U0688517

Laoteng Zuopin Diancang
Qingshan Zai

老藤 —— 著

老藤作品典藏

青山在

时代出版传媒股份有限公司
安徽文艺出版社

　　老藤，本名滕贞甫，山东即墨人，中国人民政治协商会议第十四届全国委员会委员，中国作家协会第十届全国委员会主席团委员，文化名家暨"四个一批"人才，现任辽宁省作家协会党组书记、主席。出版长篇小说《战国红》《刀兵过》《北地》《北障》《北爱》《铜行里》《腊头驿》《鼓掌》《樱花之旅》《苍穹之眼》等10部，小说集《黑画眉》《熬鹰》《没有乌鸦的城市》等8部，文化随笔集《儒学笔记》《孔子另说》等3部。作品多次被《小说选刊》《中篇小说选刊》《长篇小说选刊》《新华文摘》《小说月报》等选刊转载，多次进入各种年选和排行榜。曾获东北文学奖、辽宁文学奖、《小说选刊》年度大奖、《北京文学》奖、《湘江文艺》双年奖、丁玲文学奖、百花文学奖、中国作家出版集团奖·优秀作家贡献奖等。长篇小说《战国红》《铜行里》分别荣获第十五届、第十六届中宣部精神文明建设"五个一工程"奖，长篇小说《北地》获2021年度"中国好书"。作品以英、德、法、俄等10种文字被译介到国外。

Laoteng Zuopin Diancang
Qingshan Zai

老藤作品典藏

青山在

老藤——著

时代出版传媒股份有限公司
安徽文艺出版社

图书在版编目（ＣＩＰ）数据

青山在/老藤著. —合肥：安徽文艺出版社,2023.6
（老藤作品典藏）
ISBN 978-7-5396-7626-5

Ⅰ．①青… Ⅱ．①老… Ⅲ．①中篇小说－小说集－中
国－当代②短篇小说－小说集－中国－当代 Ⅳ.①I247.7

中国版本图书馆 CIP 数据核字(2022)第 239491 号

出 版 人：姚　巍
策　划：朱寒冬　姚　巍　　　统　筹：张妍妍　姚爱云
责任编辑：宋晓津　段　婧　　　装帧设计：张诚鑫
· · · · · · · · · · · · · · · · · · · · · · · · · · · · · · · · · · · · · · · · · · · · · · · · · · · · · · · · · ·
出版发行：安徽文艺出版社　　www.awpub.com
地　　址：合肥市翡翠路 1118 号　　邮政编码：230071
营 销 部：(0551)63533889
印　　制：安徽新华印刷股份有限公司　　(0551)65859551
· · · · · · · · · · · · · · · · · · · · · · · · · · · · · · · · · · · · · · · · · · · · · · · · · · · · · · · · · ·
开本：880×1230　1/32　印张：11.75　字数：290 千字
版次：2023 年 6 月第 1 版
印次：2023 年 6 月第 1 次印刷
定价：46.00 元
· · · · · · · · · · · · · · · · · · · · · · · · · · · · · · · · · · · · · · · · · · · · · · · · · · · · · · · · · ·
（如发现印装质量问题，影响阅读，请与出版社联系调换）

# 自序:"无用"抑或"有用"

人间事物若从实用角度看,可分"有用""无用"两类。文学应属于后者,正因如此,清代诗人黄景仁才有了"十有九人堪白眼,百无一用是书生"的慨叹。爱上文学伊始,我对这一诗句颇有同感,但在经历了诸多世事之后回头看,又觉得这种两分法过于简单粗暴,事实上很多时候看似"有用"的东西恰恰无处可用,而那些"无用"的东西却能支起脑颅里的帐篷,让你的灵魂有了自由活动的空间。比如说,诗和远方有什么用? 好像无用。但这个"无用"会像潮汐一样一波波激荡你的心扉,让你血脉暗涌,不时蹦出打起行囊奔赴远方的冲动。

不得不承认,我喜欢"无用"的东西,这当然与受庄子"无用之用"思想的影响有关,但归根结底还是对文学的痴迷使然。有"无用"的文学相伴,我热衷于钩沉稽古、发微抉隐,也喜欢静处发呆、冥思遐想。在这个"无用"的世界里我可以随心所欲、直情径行,活成真实的自我。此时的"无用"转化成了实实在在的"有用",它给我原本安分的心灵搭建起一座不安分的房子。

我是 20 世纪 70 年代末期开始喜欢上文学的。那时我读初中,写作成了我生活中的一个秘密,让我的中学时代充实而富有期待。拥有秘密的人如怀揣美玉,会产生一种富裕感。秘密是身价的砝码,也是自信的底气,那时,哪怕身上穿着空心袄,走过冰雪覆盖的操场时我也会高昂着头。不明真相的同学肯定猜想:老藤有什么可神气的? 对了,我在中学时就被人称为"老藤",我后来之所以确定用"老藤"这个笔名,多少有些水到渠成。当时只是写,没想过投稿发表,写满一本就锁进抽屉,偶尔拿出来自我欣赏一番,仅此而已。知道马克思年轻时也有类似的习惯后,我心里暗自发笑,连伟人都不能免俗,看来许多文学爱好者的写作最初都是一种自娱。马克思是雪莱的粉丝,热衷于写诗,给恋人燕妮写了好几本情诗,给父亲也写了一本,但当时也只是锁进抽屉没有出版。马克思一生发表的诗作只有寥寥几首,但这位哲人最初的梦想确确实实是"无用"的文学。

对于我来说,"无用"变得"有用"是在 1985 年,那时大学毕业生由国家负责分配,个人可以填报分配志愿。我当时面临三种选择,举棋不定时一位忘年交文友建议我去新成立的五大连池市。他当时在该市担任文教局局长,给出的理由是新组建的城市百业待举,是一片尚未开垦的处女地。这让我

2

想起了肖洛霍夫的作品《被开垦的处女地》。我欣然听从了他的意见，在分配志愿里填写了五大连池市并被顺利分到了那里。五大连池是个县级市，规模不大，文化、教育在一个局，我被分到文教局后不久就当了一个中国最小的官——股长。教育股长虽小，却管理全市的中小学。股里有中教视导员马老师、小教视导员赵老师，还有招生干事吴老师、培训干事刘老师，四人都在五十岁以上。开始，我担心无法领导这些工作经验丰富的资深干部，让我感动的是，他们给了我这个毛头小股长以极大的支持，因为他们知道我是一个经常在报刊上发表作品的年轻人。我心里清楚，与其说他们尊重我，毋宁说他们高看文学，因为那是一个属于文学的年代，这是文学给我的加持。接收我的文教局局长大我二十余岁，是位多才多艺的业余作家，文学素养极高，不仅发表文学作品，而且精通中医，擅长地方戏曲吟唱。局长退休后离开了黑龙江，在北京一个部队医院开中医专家门诊，找他看病需预约。老局长虽然已经过世，但他的名字深深镌刻在我的心里，他叫刘锡顺，黑龙江嫩江人。

20 世纪 90 年代初期，我产生了离开机关的想法。这一想法没有变成现实还是因为"无用"的文学。当时，我特别想从事影视编剧工作，便在朋友的介绍下从五大连池市调到了大连，但在广电系统仅仅工作了三个月又调到了机关。我曾经有过写机关文学的想法,我对自己说:你不是想写机关吗?要想写好机关,就应该把机关坐遍、坐透、坐穿。这样一想,内心便有些释然,于是收起当编剧的小心思,专心从事组织、宣传、纪检和其他机关工作。我在山东、黑龙江、辽宁三省学习、工作过,这些经历为我积累了丰富的创作素材,怎么写都不会有枯竭感,这也是我能顺利完成《北地》《刀兵过》《北障》等长篇小说的原因所在。

从 1985 年到 2016 年,我一直在大连的区、市党政机关工作,无论岗位如何变化、工作多么繁忙,文学的灯火一直摇曳在心底,没有什么风能把它吹灭。这个时期,我的创作基本与工作体验密切相关,比如在负责宣传工作期间,写了文旅题材的长篇小说《樱花之旅》;在负责纪检工作期间,写了反腐题材的长篇小说《鼓掌》;在负责扶贫工作期间,写了农村题材的长篇小说《战国红》。记得我离开区委到市委工作时,一位市级老领导对我说:"别写了,好好当你的官儿。"我知道老领导是好意,但我无法照办,因为我觉得当干部与写作并非是对立的关系,领导干部有点文学爱好不是坏事,文学作为塑造灵魂的事业,从某种意义上说它会让冷漠的行政管理多一些人性化的温情,让管理者的内心变得柔软而富有弹性,历史和现实的经验都能证明这一点。在机关工作时我虽然没有放弃文学,但不敢本末倒置,毕竟做好本职工作是第一位的,所以作品量不是很大。对此,我没有烦躁、焦虑,文学创作不可能是全过程的井喷潮涌、大河浩荡,有时它也会是泉水叮咚、浅池深潭,只要心中留一线清水流淌的缝隙,就不愁遇不到柳暗花明的桃源。

"无用"的文学在 2016 年秋天再次改变了我的人生轨迹——因为辽宁省作协面临换届,我被省委安排到了省作协任职,我不得不从海滨城市大连来到了省会沈阳。省作协工作虽然运行程序与党政机关没有较大差别,但毕竟文学成为主业,我因此有更多的时间来写作,这便有了《苍穹之眼》《北爱》《铜行里》等六部长篇小说和许多中短篇小说。这个时期也被许多批评家称为我创作的"井喷期"。

如果需要阐释一下文学观的话,那么在文学的世界里我是一个彻头彻尾的理想主义者,我希望通过笔下的故事和人物更多地透出现实生活中的曙光和彩虹。对于大多数有追求的普通人来说,生活不易,人生路上充满艰辛与坎坷,带着伤疤的跋涉者比比皆是。我不想在作品中放大这种悲催,而是选择温情的剖面来描述和解析,更多地诠释人性中闪光的元素,目的不是掩饰,而是给人以生的热望。文学自身是具有神性的,但这种神性带有何种光环则取决于作家。文学缺少神圣性,就像古玉少了沁色,品读的味道会变得寡淡。我在写作时感情很投入,作品中的人物甚至会活跃在我的梦境里。我的作品中恶人很少，尽管生活中从来不乏恶人，但我内心里有一种屏蔽恶人的本能。尼采那句话对我影响很大："当你凝视深渊时，深渊也在凝视你。"我笔下的恶人，往往也有良心未泯的一面。我的大部分写作时间是在夜晚，夜深人静，打开电脑在键盘上敲打，仿佛在与作品中的人物对话，这个时候，多写一些向善、向美的东西，自己的心情才不会差，梦境也会少些骚扰。

我在写作中比较注意对人物内心纹理的刻画，努力让人物的心理活动符合生活逻辑，因此我很少去写怪异、离奇的故事。对那些违反生活逻辑却又有艺术价值的素材我会进行加工，把它们纳入逻辑的轨道，就像厨师烹调河豚一样，去除毒素，留下美味。我不反对文学要书写"生活中的不可能"，但我也坚持一个"笨"原则，那就是你写的东西读者是否认为可信，如果写出来的东西不令人信服，读者就不会读，读者不读，就谈不上产生影响力。其实，万物都循道而行，文学作品的道就是逻辑，是真理的逻辑、社会的逻辑、情感的逻辑和自然的逻辑。作家应该替读者去发现那些不知晓的东西，而不是去杜撰一些不符合逻辑的故事。当然，这是属于我自己的一个创作原则，并不适用于其他写作者。

我在创作中很少用"上帝的视角"，不是说这种视角不好，主要是考虑到作品的可信度问题。我喜欢用作品中人物的视角来叙事,让作品中的某个人物担当探秘的导游,带着读者走进一个属于文学的迷宫。比如《北地》是用主人公儿子和自传作者的视角,走进主人公曾经工作过的三十个地方,在回望中寻找答案;《北障》用的是当事猎人的视角,表现一个昔日的猎杀者对猎物、对禁猎者、对朋友、对大森林的那种纠结、不甘和人性复苏的复杂心理;而《北爱》则是从女大学生苗青的视角,也就是从一个逆行者的站位,来发现东北的质感,感受东北人文,最终靠静默和永不言弃,实现了父女两代人设计飞机的计划。

文学创作永远在路上,没有终点可言;既然在路上,就会面临许多道路的选择和各种要通过的"榆关""柳边"。我英语不好,无法阅读英文原著,这就导致学习和借鉴上存在障碍。我读翻译作品时总有些怀疑,担心原作者是不是这样表达的——这不是一个好习惯,是我在读了鲁迅先生翻译的《死魂灵》和满涛等人翻译的《死魂灵》之后形成的印象。当然,现在去学习外语已经没有必要,对于重要的外国名著,我会尽量多选择几个译本对比着阅读。我写作没有压力,也没有负担,是心里有东西想写才去写。当然,写作中也存在一些难题,比如对历史题材的处理、对民俗信仰层面的深度挖掘、对人类精神结构的多层次剖析等等,还需要不断提高脑力、笔力。

这套典藏收集了我 2022 年以前所创作作品的大约八成,理论和诗歌部分没有收入。长篇小说《北爱》因为于 2023 年 2 月出版,也没有收入。在此,我要感谢安徽文艺出版社,感谢安徽出版集团总编辑朱寒冬先生和为文集辛勤付出的编辑们,他们为文集的出版付出了许多心血,因为三十年前的作品没有电子版,扫描、校对是一件很辛苦的事。我还要感谢我的夫人赵蓉,她是我的大学同学,更是我所有作品的第一读者和首席批评者,没有她的支持和保障,我的文学之路不会顺畅。虽然不知读者评价如何,但我敝帚自珍,特别珍视这套典藏,因为它是我创作中的一个阶段性总结,它的问世也让我有了新的起点,我会更加努力地在"无用"的文学里徜徉。

# 目录

# 官　井

题记:水师营棠棣沟西南隅,有一古井,井建自何年已无人知晓,不知何故却有官井之称。该井壁深七丈,水深五尺,水位雨天不升,久旱不落,取井水所酿黄酒、所制豆腐远近闻名,当地有"官井有神"之说。九十年代中叶,官井因城镇动迁而毁弃。

——摘自《旅顺口文史资料第二辑》

## 谢青瓷

一连几天,丛奎水的儿子丛大平都在琢磨一个奇怪的问题:人死后脸上的雀斑就可以消失吗?

谢青瓷被人从官井中打捞上来的时候,颊上的雀斑像被井水洗去了一样,那张多少回令他心底发痒的脸竟然凝脂一样白净。

谢青瓷说是要去趟邮局,快一个下午了,人还没有回来,丛大平有点想法,有这么打工的吗? 要知道,石磨磨豆子是要一瓢一瓢往磨上添的,这活本来是谢青瓷做的,青瓷不在,大平就有点忙不过来,于是,嘴唇便一点点噘了起来,看着拉着磨的驴子那副不紧不慢的样子,忍不住就在驴腚上拍了一巴掌。

坐在门槛上抽烟的丛奎水看出了门道,就劝他:

人家是大学生呢,来咱家打工也就是点点卯。

大平很不以为然,鼻子里的气很粗,心想:大学生怎么了? 一

1

肚子学问不还是来官井豆腐坊打零工?

　　谢青瓷去年大学毕业,她学了个很高雅的专业——哲学。毕业后工作一直没有着落,就来大平这里打工。当初,谢青瓷的父亲——棠棣沟的菜农谢春平来找从奎水说这事时,从奎水心里嘀咕了一阵:大平还没有媳妇,这个谢青瓷要是能留在官井豆腐坊也许会成就一桩好事。谢青瓷虽然长相一般,可是毕竟是大学生,是个有知识的人,至于模样那个东西有什么用?丑妻近地家中宝呢。谢春平单薄瘦弱,宛如一根菜豆,在从奎水答应了自己之后,又惴惴地请求说,是不是让青瓷在豆腐坊里做点杂活,别让她到街上卖豆腐。从奎水满口答应了。

　　其实,谢青瓷也不丑,至少大平很喜欢。谢青瓷红扑扑的脸上有些星星点点的雀斑,这在别人看来是缺点的东西,在大平眼里是不可多得的优点。大平多年以前就有种奇怪的想法,想用绞干的湿毛巾为青瓷擦擦脸,他甚至想那雀斑是可以擦掉的,只是青瓷洗脸不认真所致。大平和谢青瓷是同学,学习成绩却天地之差,高中毕业谢青瓷考上了省城一所有名的大学,而大平却名落孙山,回家做豆腐。谁想到风水轮流转,四年以后,大学毕业的谢青瓷竟然来到自己的豆腐坊里打工,这让大平好几个晚上兴奋得失眠。

　　谢青瓷的自尊心要比她的形象强得多。她来豆腐坊的第一天,面对有些局促的大平就这样说:我暂时来帮帮忙吧,在家闲着太闷了。说这话的时候,她面无表情,目光像粘住了一样不离屋中央那盘石磨。

　　听听,好像她来豆腐坊打工是帮人家的忙,而且来这里似乎不是干活而是解闷来了。大平心里别扭,他印象中的谢青瓷是很朴实的,怎么上四年大学回来,会变成这个样子?难道哲学这门学问真的就能变简单为复杂吗?大平依稀记得高中政治老师说过一句话:要想体会人生真正的幸福,你就去学哲学。大平想谢青瓷肯定是受了这话的影响,要不,那么多专业不去学,怎么偏偏就选了哲学?多年以后大平才明白,政治老师这话多少有些自慰之嫌,因为他本人就是复旦哲学系毕业的,不知怎么就落脚在这么个镇中学教政治。每次,老师来买官井豆腐,他都要留心一下老师身上那套从地摊上买来的冒牌西服,他并不笑话老师的清贫,只是不明白老师为什么要穿这假货。

大平话少,干活时,总是谢青瓷先说话。

你知道尼采吗?她问。

大平摇摇头。

那么,你一定知道亚里士多德了,那个古希腊的哲人。谢青瓷很陶醉地解释说,这样一个大哲学家却有一个十分低级的错误结论,他一直认为男人的牙齿要比女人的多,你说多么可笑。

大平说:有什么可笑的?肯定是他老婆的牙齿比他的少,而他又不能去掰开别的女人的嘴巴数牙齿。

谢青瓷愣了一下,说:个例,个例不能归纳出结论。

谢青瓷每周都要请假往市里跑,大平不用问,只要第二天看她的神色就知道她又是白跑了。大平不晓得,一个大学生找工作怎么会这么难。

渐渐地,谢青瓷的话也少了,来了就默默地干活,大平发现她干活常常走神,有时把一瓢水当成了豆子倒进磨里。大平想:幸亏这里除了豆子就是水,要是有沙子可就麻烦大了。

大平本来不想问,但在谢青瓷又一次误将一瓢水当作豆子倒到磨盘上时,他忍不住还是问了:

白跑了?

白跑了。

啥时候能不白跑?

不知道。

差啥呢?

听到这一问,谢青瓷苦笑了一下,没回答,而是反问道:我问你,钱和思想哪个要紧?

大平回答说:思想怎么回事我不懂,我知道过日子离不开钱。

就是这个理由,所以我的哲学很尴尬。

谢青瓷向大平述说了她的一次应聘经历。那是一家咨询机构,要招聘几个学社会科学的人才,她去应聘时接待她的是一个秃头的主管,那个主管一边看着她的材料一边自言自语:你干吗学哲学?学经济学多好,现在是以经济为中心嘛,选错了专业好比投错了胎呀。她一把夺过材料就走了,她听到主管冷冷地说:这年头,谁还要什么哲学!

谢青瓷总是找不到工作,急坏了她的父亲谢春平,邻里们怪怪的眼神不说,谢春平自己每天看着女儿到官井豆腐坊去做豆腐内心也不是滋味。他对老伴发牢骚:我要种多少棵大白菜才能供出一个大学生啊!谢春平白菜种得好,但这些年城里人家大都住进了高楼大厦,已经丢了冬天储藏大白菜的习惯,这让他的白菜很不好卖。也是凑巧,谢青瓷的妹妹又考上了大学,而且也选了个哲学专业。谢春平愁了三个晚上,终于下了不让女儿去读书的决心。他对满面愁云的老伴感叹道:大学的学费比青瓷读书时涨了一倍,家里就是砸锅卖铁也供不起了。

谢青瓷来劝父亲,说为了妹妹的前途还是该让妹妹读书。

谢春平叹了口气,喃喃地说:读了又能怎么样呢?读了回来还不是做豆腐?

谢青瓷的妹妹倒是蛮有志气,她知道了父亲的心思后,把那张

4

录取通知一撕两半,像丢掉两块烂菜叶一样把它丢进了猪圈,说:我不读了,我要出去学美容,自己将来开店当老板。妹妹走了,谢春平却病了,是胆囊出了问题,整个人由菜豆变成了豆芽菜。一个月后,一家人提心吊胆的日子才算结束——妹妹给家里来了信,说她已经在广州一家美容院上班了,一个月的收入顶老爹种一年的白菜。

妹妹来信后,谢青瓷并没有像父母那样高兴,显然,她对美容这个行业心存一种比哲学更难把握的担心。她的目光总是随着那缓缓转动的石磨而游离不定,而且还开始喜欢自言自语。

老四找到工作了,是一家杂志社。谢青瓷似乎在对着石磨说话。她说的老四是她大学同寝室的同学。她说老四在学校四年,有三年半用来谈恋爱,最后一任恋人是北京一个大公司的白领,他们的毕业证和结婚证几乎是同时拿到的。

大侠真是运气,签证下来了。

谢青瓷说的大侠是她的一个男同学,学习很好,在学校是学生会的干部,上学时的理想就是去德国留学,现在,梦想就要实现了。德国可是哲学之乡啊,出来很多大师级的哲学家。谢青瓷流露出一种羡慕之情,她说,大侠是我们全班同学的梦。

对青瓷这种老女人式的唠叨,大平并没有感到厌倦。他喜欢青瓷说这些话时那种充满理想的神态,这神态让青瓷脸上的每一点雀斑都灿烂起来,重现出中学时代那种似曾相识的红晕。

大平曾经试探过,如果她一辈子都在这里做官井豆腐,该怎么办?

青瓷当时愣了愣,说,如果自己不读大学,不是学了哲学,也许会在这里做一辈子鲁迅笔下的豆腐西施,可是现在不行了,因为自己有了思想,有了思想的人给别人的不能是豆腐,而应该是精神。

大平很不屑,精神?精神能当豆腐吃吗?

大平发现总是唠唠叨叨的青瓷似乎有些不对头,因为她好像总在和那头拉磨的驴说着什么。他对父亲说了自己的担心,说青瓷不会想不开吧?父亲却说不会有问题,因为没有人欺负她,当年顾鸣瑚是有二彪捣鬼,现在小彪天天忙着打牌,也不祸害人,青瓷能有什么事?工作慢慢找呗,在家等着找工作的又不是她一个。大平觉得父亲的话有些道理,提起的心又放下了。也许学哲学的人都这样神神道道的,他想。

在一个人困驴乏的午后,青瓷向大平提出了个建议:能否把石磨换成机器?

青瓷说机器磨豆子省工省力,磨得又细,还省得这头驴子老在这里转圈。这头驴子真是太可怜了,日复一日地原地转圈不说,还被蒙着眼睛,应该把它解放出来。

大平没想到青瓷会提出这个问题,他觉着青瓷的脑子真是长叉了,这样古怪的念头也想得出来。官井豆腐怎么能用机器呢?祖祖辈辈都是用石磨的,现在他在市场上打的招牌就是官井石磨豆腐,要是换成机器,力气虽然是省了,牌子却砸了,还能叫官井石磨豆腐?

见大平不同意,青瓷又提出了一个要求:把驴子的蒙眼摘下吧,这样白天黑夜地蒙着,不是蒙成了一头瞎驴吗?

大平更不能同意了,说蒙上驴眼,驴可以稳步转圈拉磨,要是摘下蒙眼,驴看到自己在转圈,就会眼晕,它就不转圈了。

青瓷若有所思。

尽管大平没有采纳青瓷的建议,但他告诉青瓷,说老爹发话了,给青瓷的工钱加一百块,而且以后还要加。

转眼在官井豆腐坊打工满一年了,如果不是加薪,谢青瓷还忘

6

了计算这个时间。她对丛奎水老人的加薪有点内疚,自己三天两头往市里跑,老人不但不怪罪,还加了工钱。她对大平说:这工钱还是不加好,这么无功受禄我心里不安。大平知道父亲的用意,就道:官井豆腐坊是我爹做主,老爷子定的事就这么办吧,再说你爹治病也需要钱呀。

青瓷说不出是感激还是内疚,大平说这些话的时候,发现她的额上布着一层汗珠。

那个叫大侠的同学给谢青瓷来了个电话,大概对方问了她工作的问题,她支吾了一句,走到井台上去接电话。大平似乎听到青瓷说什么什么食品企业。两个人通话时间不长,大平发现青瓷进屋的时候,眼圈却是红的。

中午休息的时候,青瓷说是要去趟邮局,说大侠下周要去德国,她去邮局打个电话。结果快一个下午了,也不见她的影子。大平对坐在门槛上的父亲讲,打这么长时间的电话,电话费不会少了。

这时,小彪领着一群人来到了院子里。小彪常常向来棠棣沟的各级领导介绍官井和石磨豆腐,用他的话说,官井是棠棣沟的一张名片哩。在他的鼓动下,市区很多领导喝过官井水,吃过石磨豆腐。这次,丛奎水知道小彪又领什么大干部来了,就起身拿了只水瓢出来,他知道来官井参观的人,肯定要喝一口官井的水。

小彪亲自提了一桶水,如同一个敬业的导游,一边介绍官井的历史,一边请大家喝水。大家都喝了些井水,纷纷点头称道。有人在大核桃树下对石碑指指点点,在猜测它的年代;有人到屋里看豆腐加工,不时拍拍那头忠于职守的驴子;只有一个年龄大的领导显然对官井水颇感兴趣,他小心翼翼地在井台上探头往下看。突然,这个领导大叫了一声:你们看呀,井里那是什么?

大家闻声都挤过来往下看，果然，井水里有一团黑东西在漂着，乍看像个黑色的水母。

不会是个人吧？有人马上想到了这可能是女人的头发。

大平听外面的人一嚷嚷，两条腿顿时酥了，一个趔趄从屋里蹿出来，大声喊道：天老爷，肯定是青瓷，谢青瓷啊！

井里的人果然是青瓷。

处理后事时，小彪把相关人士召集到丛家说：青瓷是在你这里打工出的事，你家要承担一些责任的。小彪像是很公正的样子说：因为没人看到她跳井，说不准是提水时失足落井的。再说了，好好的一个等待分配的大学生，又没有想不开的事，怎么说跳井就跳井了呢？

丛奎水和大平都没有说话，两个人已经商议过，赔钱是难免了。

谁也没有想到面黄如姜的谢春平却否定了小彪的话。谢春平一边擦着混浊的老泪一边道：青瓷的死不能怪人家。他哆哆嗦嗦地拿出一封信说：是孩子自己不想活了，她写了遗书，咱不能讹人家，做人要讲良心的。

谢春平的话不仅感动了丛氏父子，显然也感动了小彪。小彪在感慨了一番后，对大家说：官井遇到这样的事肯定要淘井的，因为大伙终归还是要吃水嘛，我看，雇人淘井的钱就由村里出吧。

## 七姨太

站在蟠龙山西峰上俯瞰，可看到山脚下一前一后对开的两栋青砖瓦房，两房中间是个铺了青石的院落，院落的东侧有一棵恣肆张扬的老核桃树，用它的长枝挽起两道屋脊。透过疏朗的枝叶，青石地上一个圆圆的黑洞十分醒目，像院落的一只独眼在冷冷地斜视着山上。这,便是棠棣沟丛家院子里有名的官井。官井掘自何年已无从查考,但井台旁却竖着一块半人高的石碑,碑上阴刻着"官井"两个楷书大字。因为刻痕极深,字的笔画里积淀了厚厚的尘埃,在树荫和水汽的作用下,这尘埃便生成了青苔,使石碑多了些古董的味道。

官井很深,井壁用青石砌成,下阔上细,呈宝瓶状,井壁上已成墨色的青苔渗着水珠,让人疑心在缝隙里是否藏着水蛇;井口应该是有点说法的,那是在一整块方形大青石的中央,凿出了个缸口粗的圆孔,不知是不是和"天方地圆"的说法有关联。井口上被经年不断的井绳勒出一道道凹痕,看上去很有些沧桑感。井台的东侧,是那棵枝繁叶茂的老核桃树,像一把巨大的绿伞庇荫着官井,使它越发显得幽深莫测。

与官井齐名的还有丛家的石磨豆腐。这用官井水做成的石磨豆腐堪称一绝,嫩软如脂,百炖不烂,炖菜菜汁鲜,炖肉肉汤香。什么也不炖,就是一方鲜豆腐撒点辣椒青酱,吃起来也让人胃口大开。丛家石磨豆腐现在的主人叫丛奎水,八十岁的人了,还鲁智深一般结实,搬一板豆腐就像搬几块砖头,很有些底气。镇上的人都说,丛家的豆腐和丛奎水的身板都是这官井滋润的。

丛奎水记忆中的七姨太就是一个字:白。

在海边的村落,尽管女人们五冬六夏都用头巾裹着脸,但她们的脸还是海蛎子一样黑。偌大个棠棣沟,只有七姨太的脸鱼肚一般白。

七姨太姓吴,是从牛庄嫁来的,嫁给了棠棣沟的富户德喜。其实,德喜并没有七个太太,只是德喜在家里排行老七,大伙就给吴氏起了个绰号——七姨太。七姨太本人对这个绰号没滋没味,懒得去理。倒是德喜很稀罕这个名字,说起话来,总是我家七姨太如

9

何如何,久而久之,七姨太这个绰号就叫开了。

七姨太喜欢洁净,每天都到官井来提水。她提水用的白铁皮桶是洋货,桶不大,一身蓝地白花衣裳的七姨太拎起来一步三摇,娉婷婀娜,煞是好看。十几岁的丛奎水就是这样认识七姨太的。每当七姨太来提水时,他都放下手里的活,站在门口痴痴地看,直到七姨太走远。磨豆子的长工打趣说:别瞅了,明天让你爹给你讨个比她还白的。丛奎水不善开玩笑,听长工这么一说,便立马红了脸,赶紧低了头干活。

长工叹口气,莫名其妙地说:好汉无好妻,赖汉娶花枝。德喜有什么?有几亩像样的地吗?

丛奎水知道长工为什么会有这样的牢骚。

其实,棠棣沟的人都晓得,德喜的家底并不厚。德喜的父亲在双岛盐场晒盐,靠出苦力挣了点血汗钱,回家后从别人手里买了处荒山,当时许多人都笑他痴,买块兔子不拉屎的荒山做什么?留着盖祖坟吗?德喜的父亲也不说什么,带着七个儿子在山上搭了个窝棚,开始栽苹果树。父子八个忙活了几年,苹果树一结果,德家立马就阔了,七个儿子一人一幢瓦房不说,还人人娶了媳妇。尤其老儿子德喜,一副歪瓜裂枣的模样,却讨了这么个白白净净的媳妇,这让棠棣沟许多光棍儿愣头青心里直痒痒,其中就有海碰子二彪。

德喜六个发了财的哥哥显然觉得棠棣沟的水太浅了,兄弟七个都蜷在这里施展不开手脚,于是便个个像硬了翅的燕子一样离巢而去。老大、老二去了大连;老三、老四去了营口;老五、老六走得最远,去了关内的廊坊。六个哥哥人走了,房子却没有卖,就让德喜给照看。这样一来,德喜想走也走不了,一则父母需要照顾,二则六个哥哥的房子和果园也需要照看,德喜便死了出去闯闯的念头,守着七姨太在棠棣沟老老实实地过日子。

丛奎水第一次和七姨太说话是在一个伏天的中午。吃饱了咸鱼饼子的大人们瞌睡正紧,核桃树上的蝉却撒欢地鸣叫。丛奎水被刺耳的蝉声叫得心里发痒,就用树杈搅了些蜘蛛网去树上粘蝉。透过核桃树枝叶的遮挡,穿着水红薄绸衫的七姨太一步三摇地走来了,在清一色的胡同里,七姨太像一颗饱满的樱桃让丛奎水心动不已。七姨太是来官井提水的。丛奎水发现,七姨太不仅人白,身段也好看,那薄绸衫在她身上一抖一抖的,每一抖都让他心里颤一下。

德喜哥怎么不来提水?

丛奎水从树上跳下来,站在井台上,不知怎么就问了一句。

七姨太看了他一眼。丛奎水直觉得七姨太的眼神像刚提上来的井水,清冽明亮,让人心里一阵凉爽。

德喜去了果园。七姨太笑眯眯地说。

丛奎水想再说点什么,可是又没有话,想了想,突然就冒了句:

你怎么这么白?

七姨太愣了一下,扑哧一声笑了,伸手摸了摸丛奎水的脸蛋,道:洗的呗。

我来提。丛奎水麻利地弯腰提出一桶井水,倒进七姨太的白铁皮桶里。

七姨太又摸了摸他的脸,道:脸不洗是不会白的。说完,笑了笑,拎着白铁皮桶一步三摇地走了。丛奎水觉着自己的脸蛋像是被小猫蹭过一样,柔柔的,好滑腻。丛家有一只通体雪白的小猫,很招人喜爱。冬天的夜里,小猫喜欢钻丛奎水的被窝,那种又软又暖的感觉让他的梦乡充满了温馨。

七姨太的话让丛奎水将信将疑。不过,从这个中午开始,他开始每天用井水洗三遍脸,每次洗完,他都照着镜子审查一番,而每次审查,他都会发现自己的脸又明亮了一些,只是唇上的绒须日渐浓密,让这明亮打了些折扣。

从奎水发现七姨太每次都是来提水,却从不买他家的豆腐。这在棠棣沟是一件很怪的事,因为丛家的石磨豆腐和官井是齐名的,喝官井水就要吃石磨豆腐,这是天经地义的事,她七姨太怎么就不吃呢?

还是在一个蝉儿撒欢的中午,在核桃树下粘蝉的丛奎水等来了提水的七姨太。

我帮你提吧。

他从七姨太手里接过井绳,很麻利地就提了一桶水上来,然后倒进七姨太的白铁皮桶里。七姨太微笑着,什么也没有说。他直起腰,手挽着井绳问:

人家都喜欢吃我家的豆腐,你怎么不吃呢?

七姨太还是伸手摸了摸他的脸蛋,丛奎水脸上顿时又涌起那种小猫蹭过的感觉,柔滑到了心里。

七姨太眨了眨笑眯眯的眼睛,歪了歪头道:

豆腐,可不是随便吃的哦。

七姨太的话很软,像她的手指。丛奎水疑惑地看着她,真是个怪人,他这样想。

丛奎水对七姨太的这句玩笑话有所认识还要感谢磨豆腐的两个长工。两个长工在石磨旁议论七姨太,在灶下添柴的丛奎水听了个似懂非懂。

长工说二彪趁德喜上山的工夫,去吃七姨太的豆腐,结果被七姨太挠破了脸。

丛奎水忍不住就问:德喜家从来不买豆腐,二彪去吃什么?

长工告诉他,吃豆腐就是占女人的便宜。

从奎水突然觉得这个说法太好了:豆腐是白白的,七姨太也是白白的,二彪去占七姨太的便宜不就是想白吃豆腐吗?

二彪不会干农活,就靠夏天赶海凑合活着,快三十的人了,还光棍儿一条——棠棣沟的人视碰海为不务正业,所以没有人肯把闺女嫁给他。他卖了碰来的海鲜后就整天腥蚝蚝地在街上闲逛,谁家有红白之事,他就跟着蹭吃混喝。这样一个人也想吃七姨太的豆腐?从奎水很有些义愤,觉得七姨太那只柔软的手该把指甲留得长长的,那样挠二彪的脸才解恨。

七姨太闲适的日子被土改给打破了。尽管德喜家一个人的家产不够地主成分,可是把六个哥哥委托他照看的宅子加起来,小富农就变成大地主了,这顶大地主的帽子足以要他的性命。

从家因为没有地,划成分时占了便宜,但长工是不敢雇了,土改工作队一个爱吃豆腐的队长很善意地提醒从家,再雇人豆腐就做不成了。两个做豆腐的长工哭天抹泪不愿意走,说:我们在这里心甘情愿做豆腐招惹谁了? 非要赶我们走。从奎水的爹,一个总喜欢噙着烟袋、从不会发脾气的老头儿很无奈地对他俩说:你们的手艺也成了,回家自己开个豆腐坊吧。长工说:我们那里没有官井水,做出豆腐也不好卖。从奎水的爹道:有什么法子? 胳膊还能拧过大腿?

从奎水对长工的走没放在心上,反正长工走了他和爹一样能做豆腐。他心里牵挂的是七姨太,这不仅是因为德喜被镇压了,要命的是二彪这个穷小子当了贫协的头头。二彪的脸上有两道酱紫色的疤痕,那是七姨太的杰作,现在二彪咸鱼翻了身,他会让七姨太安生吗?

此时的二彪已经很是个人物了,他腰扎宽皮带,头戴一顶灰军帽,喜欢叉着腰在大会上讲话。德喜的死刑就是他在大会上宣布的,他给德喜定的罪是大地主、大果霸。

用二彪的话说,对七姨太这样的地主婆要钝刀子割肉——慢慢来。

在镇压了德喜之后,二彪又没收了德喜家的正房,用来做贫协的办公室,德喜家的财产也给分了个精光。二彪只给七姨太留了个放农具的西厢房,七姨太一下子成了土改前的二彪。

七姨太去找工作队的队长,那个爱吃豆腐的盖州人。队长因自己没能随大军南下正在闹情绪,他没等七姨太说上两句话,就拧着眉头训斥道:这样的婆娘烂事也来烦老子? 二彪干什么吃的?去找狗日的二彪。

二彪叉着腰站在队长的门口,见了一脸泪水的七姨太,不怀好意地说:队长是革命军人你知道不? 你拜错佛了。

七姨太不和二彪说话,扭头走了。身后飘来二彪的一阵冷笑。

从奎水不知怎么就想去看看七姨太。他趁着中午日头正毒,队长和二彪他们正打蔫的当口,拿了只弹弓,装作打麻雀的样子,房前屋后转来转去,就转进了过去麻雀成群的德喜家西厢房。

七姨太没有想到会有人来看她,闪身进来的从奎水吓了她一跳,正在木盆里洗一件旧衣裳的她本能地抄起了盆边的棒槌。直到看清了来者,她才放下棒槌,长舒了一口气。

你是怕二彪来吃你的豆腐吧? 从奎水毕竟是个孩子,竟傻乎乎地这样问她。

七姨太捂着脸抽泣起来。从奎水注意到,七姨太的那双手已经失去了以往的细嫩,变得如自己的母亲的手一样粗糙。

你别怕,有我呢。从奎水心中充满了一种成人般的责任感。

七姨太站起身一下子把他抱住了,泪水一滴滴落在从奎水的脖子上,如同核桃树上滑落的露滴一样冰凉。

这一刻,丛奎水觉得自己突然长大了,他攥紧了手里的弹弓问:是不是二彪欺负你了?你别怕,我用弹弓打掉他的牙!七姨太松开了手,用手帕擦泪,擦了旧的,又涌出新的,总也擦不净。丛奎水发现七姨太的脸更白了,白得没有一点血色,像凉了的豆腐。

丛奎水环视了一下屋内,屋里空荡荡的,冷灶冷炕,能吃的东西似乎只有一棵白菜。这个天杀的二彪,够缺德的。

你能不能帮我个忙?七姨太松开了手,望着他问。

你说吧。丛奎水说,是不是要我教训二彪?

七姨太摇摇头。我想见见工作队长,我要申诉。她在说这话的时候,眼窝里盈满了泪。德喜不是大地主,怎么说杀就杀了呢?

那个队长脾气可大了,整天板着脸,像谁欠他钱似的。丛奎水总觉得这个当兵的很怪,他一个人早晨也起来跑操,跑就跑呗,还满棠棣沟喊着一二三四,好像带着一队人马似的。

那个队长能帮你?他望着七姨太的一双泪眼问。

有什么法子?他就是棠棣沟的天了,七姨太说,他要是不给我做主,我就没指望了。

丛奎水点点头,说:我把你的话捎过去。

别叫二彪知道。七姨太嘱咐道。

二彪这个海蝎子,我会打掉他的牙,你等着吧。丛奎水把弹弓在七姨太的眼前摇了摇。

丛奎水临走时,七姨太似乎想起了什么,又叫住了他。七姨太在贴身的口袋里摸索了一阵,摸出一样东西,用手帕仔细擦了擦,递给他说:你喜欢蝉,这只玉蝉就给你吧。丛奎水接过一看,原来是只白玉雕成的蝉,这玉蝉活灵活现,丛奎水握着它,耳朵里似乎响起那熟悉的"知了知了"的叫声。

蝉其实很可怜,七姨太说,它们从土里来,又回到土里去,不吃不喝,留在这个世上的就是几天的叫声。

从奎水似懂非懂,却很认真地点了点头。

从奎水来到海边捡石子,他捡了满满一兜,他对七姨太说了,要打下二彪一颗牙,这件事不能不办。

队长又来官井吃豆腐了。他蹲在井台上,端着一碗豆腐,蘸着大酱吃得很香。从奎水蹑手蹑脚地靠过去,壮着胆子对他说:七姨太想见你。

队长嘴里正含着一口热豆腐,听从奎水这么一说,烫得一缩脖子,回过头来问:哪个七姨太?

德喜的媳妇,七姨太。从奎水从来没有和挎枪的人说过话,队长腚后那只大盒子枪让他的声音有些变调。

噢,队长又吞了一口豆腐,那个地主婆啊,她八成要喊冤吧,喊什么喊?家里那么多房子,还有果树,够个儿了。

说完,队长大概觉得这个小孩子挺怪的,就缀了一句:没给她一粒"花生米"已经便宜她了。从奎水打了个寒战,不禁觑了一眼队长腚后的盒子枪,那里装的"花生米"可不止一粒。

从奎水知道队长不会见七姨太了,他想去和七姨太说,又觉得受不了七姨太的那两窝眼泪,心里便越发觉得二彪可恶。七姨太给了自己一个玉蝉,他也该回赠七姨太一样礼物才对。他想,二彪的门牙是最好不过的礼物了。

从奎水开始谋划自己的行动。他悄悄跟了二彪三天,发现二彪没事的时候总在西厢房周围像条狗一样转来转去。他想,不能在西厢房附近打,那样会连累七姨太,最好的地点是村外,这样,二彪就不会想到是棠棣沟的人打的。

机会真的来了,来官井吃豆腐的队长无意中透露,二彪要到区里去开表彰会,还要披红戴花。从奎水暗记了时间,踩好了点,在一片黑松林等着领奖归来的二彪。他特意选了一棵老黑松做掩护,在这棵黑松处望过去,沟底弯弯曲曲的小路伸出很远。从奎水心想:要是手里的弹弓是把弓箭就好了。

临近黄昏,沟里静得吓人,心扑扑跳的从奎水藏在树后,探出半个头目不转睛地盯着那条通往棠棣沟的小路。他选了一颗鸟蛋一样的石子,特意用点豆腐的卤水浸了浸——这是他自己发明的办法,他相信浸过卤水的石子见了血,会像点豆浆一样让二彪的血变成豆腐脑。

远处,二彪慢腾腾地走来了,像小道上越滚越大的屎壳郎。他大概还在回味领奖时的荣耀,一边走,还一边哼着什么"解放区的天是明朗的天",左腋下夹着一面卷起的东西,好像是会上领取的锦旗,右手提着一捆书。这个装模作样的家伙,从奎水心想,一个大字不识,还装起了有学问的派头。

目标已经在弹弓的射程之内了。从奎水屏住呼吸,开始瞄准。从弹弓的三角叉中瞄过去,正是二彪那张咧开的嘴。要瞄上嘴唇的中间! 他想,只有击中那里,才能把门牙打下来。他把皮筋拉满了,捏紧的拇指和食指一松,一粒石子带着风声直冲二彪正在哼着小曲的大嘴。

从奎水撒腿就跑,他早已忘了去捡那颗门牙做礼物的想法,身后"哎哟哎哟"的惨叫像一条追来的蛇,他不得不没命地疯跑。

从树林里绕了个圈,他回到了村里。要到家的时候,发现官井的井台上围满了人,他感觉一定出大事了,二彪不会这么快就找上门来吧?

原来是七姨太跳井了!

人捞上来时,已经不行了。

七姨太穿着那套蓝地白花的衣服,像淋过雨一样横陈井台。

工作队长背着手在一旁冷冷地看着,他的脸色更黑了,皱着的眉头像个咸菜疙瘩一样鼓了起来。丛奎水听到他对几个民兵吩咐:拉到马营后埋了吧。

马营后是棠棣沟的丧葬岗,德喜被枪毙后也埋在那里。

丛奎水插进衣兜的两手,一手攥着那只玉蝉,一手紧握着那只枣木把的弹弓,一用力,手里的弹弓竟被握断了木叉。他进到家里,见爹正坐在马扎上低头抽烟。好一会儿,爹将烟袋在石磨下扣了扣,然后说:

得淘井了。

丛奎水跟着点点头,听爹又说了句:

淘井。

## 顾鸣瑚

丛奎水认识顾鸣瑚是在娶了媳妇之后。

顾鸣瑚是个杭州女知青,性格上很有些西子湖的忧郁,说话软软的,容易激发男人的匪气。顾鸣瑚和五个知青就借住在丛家前排房子里,那四男一女都是天津知青。

不忙的时候,顾鸣瑚喜欢一个人倚靠着石碑看书。丛奎水的媳妇发现她看书与别人不一样,她看一会儿,就合上书仰脸看一会儿头上的树叶,看得极仔细,好像那一片片树叶上也印着字一样。丛奎水的媳妇纳闷儿,顾鸣瑚不在的时候,她也靠着那石碑仰着脖子看,结果只能从枝丫间看到一片不完整的蓝天,其他什么也没有发现。

这丫头看什么呢?丛奎水的媳妇心里不解。

丛奎水的媳妇白白胖胖,像棵剥了皮的大洋葱,丛奎水相亲的时候感到眼前一亮,亲事就定下来了。从奎水的这个媳妇给石磨豆腐添了不少人气,因为她的古道热肠,也因为她的通情达理。

是想家吧,从奎水说,毕竟是个大孩子。

顾鸣瑚体质弱,干农活跟不上,就常常挨二彪的训。

二彪已经掌控棠棣沟几十年,但他很是有些不平,和他同期搞土改的都吃了供应粮,有的还混到了镇里区里,只有他还在棠棣沟当个村干部。二彪曾对人说过,要是当年革命时不被反动分子破了相,他也会混个一官半职。

二彪的门牙镶了个包金假牙,这倒不算什么,只是上唇当年被打豁了,又缝得马虎,便留下了个永远无法弥补的"兔唇"。二彪每次给村民开会讲话,从奎水都替他捏把汗,怕他万一用力大了,把那"兔唇"挣开。

二彪牙不好,就格外喜爱吃豆腐,因为这个缘故,石磨豆腐没有被关掉,只是这豆腐坊不再是从家所有,而是归了集体。二彪来官井宣布那天,从奎水的爹向二彪提出了一个条件:他和奎水给集体做豆腐可以,但工分要整劳力的,每人一天十二分,要不他爷儿俩宁可下地干农活,也不在这里当半拉子。从奎水的爹一向是个逆来顺受的人,没想到在这个工分问题上表现得异常坚决。从奎水事后问过爹,为什么敢在工分上和二彪叫号,爹说,半拉子就低人一等,爹不能什么气都咽啊。

没想到二彪在这个问题上答应得很爽快,在吸溜吸溜喝了一瓢豆腐脑之后,他说:你不说我也要给你们算整劳力。生产队喂牛的都挣十二分,你们做的豆腐可是喂人的,所以我还要再给你们派个人,把顾鸣瑚分给你们。

顾鸣瑚这姑娘挺水灵的。二彪说,是杭州人,他娘的杭州,那是出白娘子的地方。

19

二彪在说起顾鸣瑚的时候,丛奎水发现他欲盖弥彰的假牙光芒四射。

顾鸣瑚不用下地了,这让其他五个知青好生羡慕。做豆腐多舒服,就是烧烧火,打打下手,和在地里风吹日晒地当牛作马比简直是天堂一般。

和她同住一个屋子的天津知青小张不知怎么就来了脾气,整天摔摔打打,和顾鸣瑚不说话了,顾鸣瑚的麻烦由此而来。

傍晌,两板豆腐还在模子里压着,歇息下来的顾鸣瑚又倚在石碑上,仰脸看那些核桃树的叶子。一脸阴沉的二彪来了。

顾鸣瑚!二彪的声音如同狮吼。

顾鸣瑚激灵了一下,身体马上变得僵直,垂着两手站在那里,竟忘了应一声。

你做的好事!二彪怒气冲冲。

顾鸣瑚睁大了疑惑的眼睛。

丛奎水站在门口,抱着膀子看着二彪,他的父亲站在他的身后,他感到爹那杆没有点着的铜烟袋吸得他脖颈凉飕飕的。

《棠棣沟的冬天》是你写的吧?二彪从衣兜里掏出几张纸,在顾鸣瑚的眼前晃了晃。

顾鸣瑚低下了头,捏着自己的衣角不说话。

现在是冬天吗?春夏秋你不写,偏偏写冬天,你这是什么立场?什么态度?二彪把那几张纸叠起来放进衣兜里,指着顾鸣瑚的鼻子说:晚上开会,你要说清楚!说完扭头走了。

见顾鸣瑚呆呆地站在那里,父亲对丛奎水道:去问问丫头,二彪这家伙又在打什么主意?

丛奎水很少和顾鸣瑚说话,他觉得这个女孩子怪怪的,他曾和媳妇说过,这丫头老是望着核桃叶走神儿,心事太重。现在,二彪劈头盖脸这一顿,简直把这个孩子吓坏了。他想:二彪这家伙也怪,让人家到豆腐坊来干活的是他,总是对人家找碴儿挑刺儿的还是他,真不知这人心里是怎么想的。

你写了什么冬天,惹二彪发这么大的火?从奎水走过来,一边望着二彪远去的背影,一边问顾鸣瑚。

这一问,顾鸣瑚噙在眼里的泪水哗地就下来了,两个肩膀抖动个不停。

怎么会是这样?怎么会是这样?我只是写了篇散文,投给了报社。顾鸣瑚说,我喜欢文学,我写冬天没有恶意。

从奎水不懂文学,他隐隐地感到这事情复杂了。

果然,当天夜里,前屋的灯亮了半夜,吵吵闹闹的,好像还有口号声。从奎水知道,那是二彪在组织开会。

一连几天,顾鸣瑚白天在豆腐坊干活,晚上就在二彪的会上做靶子。从奎水看着她的眼睛一天天凹下去,眼圈像被烟熏了一样,黯淡如秋天的核桃。

让顾鸣瑚无法辩解的是,同屋的知青把她的日记交给了二彪,二彪不识字,就让知青在会上一篇篇读日记,而在这些日记里,就有顾鸣瑚对二彪那颗金牙的认识。

她的日记里有这样一段话,被参加会议的人传了出来:

在来棠棣沟之前,我对金牙的认识都是从反面人物那里得来,因而,对这种珍贵的金属竟然镶在那些肮脏的嘴里而感到惋惜;来棠棣沟接受贫下中农再教育,没想到,教育我们的竟是一颗大金牙!这使我对金牙有了新的认识。

这段文字让二彪恼怒万分,所以,他不停地开会,让顾鸣瑚一遍又一遍地检讨。不仅晚上开会,白天顾鸣瑚正干活的时候,常常就有民兵来传话,让她到大队部谈话。每次接到谈话的通知,她都浑身发抖,一双无助的大眼睛望着丛奎水,那样子让丛奎水联想到了七姨太。

丛奎水说:二彪这家伙,真该一刀骟了他。

知青们开始返城。五个天津知青天天兴高采烈,因为二彪在吃了他们送来的天津大麻花之后已经许诺:只要天津来调令,我一概放行,但顾鸣瑚除外,她必须对我的金牙端正认识,没有深刻认识就休想回杭州。

当年曝光她日记的女知青在离开棠棣沟时,对顾鸣瑚很有愧疚之意,偷偷对她说:想法子走吧,再留下去就毁了。

顾鸣瑚越来越走神儿了,烧火时常常忘记续柴,在核桃树下坐着时,老是仰望着核桃树的枝丫发呆。

六个知青已经回城五个,丛家前屋就剩顾鸣瑚一个人在住。顾鸣瑚像一只受伤掉队的孤雁,天天在老核桃树下徘徊,成了一个被遗忘的人。父亲对丛奎水说:让她请假回杭州跑跑吧,多可怜的孩子。

丛奎水就对顾鸣瑚说了父亲的意思。

顾鸣瑚苦笑了一下,摇摇头,眼眶里马上盈满了泪。

丛奎水听媳妇说,前屋有点犯邪,夜里有鬼影晃来晃去,一点声音也没有,挺吓人的,鸣瑚晚上不敢睡,在枕头下藏了把剪子。这丫头不让她对别人说,怕二彪知道后抓她的辫子,说她宣扬迷信。

丛奎水听后啐了口吐沫,从仓房里找出几把夹耗子的大铁夹。

他告诉顾鸣瑚,晚上把门插好,外面天塌下来也不要开门。

在一个月黑人静的夜晚,丛奎水把铁夹悄悄埋伏在前屋的门口、窗前。媳妇以为他要捉耗子，也没有留意。倒是父亲看出了他的用意，道：吓吓也就行了，别伤了性命。

埋伏铁夹的第二天半夜，前后两屋里的人都听到屋外有一声惨叫，像是杀猪一样。丛奎水开了灯，却迟迟没有出去。直到外面没有动静了，他才披衣推门来到井台上，若无其事地大声问：谁呀？深更半夜吵吵什么呀？

没有人回答。

一连七天，二彪没有派人来叫顾鸣瑚到大队部去谈话，棠棣沟的人都知道，二彪下地检查工作扎了脚，在炕上躺着呢。

丛奎水和顾鸣瑚心照不宣，但顾鸣瑚似乎一点解恨的样子都没有，她像做了错事一样，说话做事更加小心翼翼。丛奎水知道，她是担心二彪会有更狠的报复。

真是个可怜的人。丛奎水十分无奈。

官井边的老核桃树渐渐被秋风掠光了叶子，顾鸣瑚倚靠着石碑坐在地上，无须再仰望树叶，她的目光从天空收拢回来，开始望着树下那个黑魆魆的井口发呆。她拿着一个牛皮纸信封，两膝并拢，下颌抵在膝盖上，似乎在想着什么。

丛奎水的媳妇说，顾鸣瑚拿的是杭州一所大学的来信，说只要大队、公社、区三级推荐，大学就可以录取她。

二彪会推荐她吗？丛奎水想，二彪推荐谁上大学也不会推荐顾鸣瑚。

媳妇上供销社称了二斤槽子糕，对顾鸣瑚说，这东西比天津大麻花软，二彪牙口不好，会喜欢这个。

倚着石碑坐了一个下午的顾鸣瑚决定到二彪家去一次。这次回城的机会太难得了，而且还是上大学。

她没有拎那二斤槽子糕，她知道二彪要的是什么。

23

黄昏的棠棣沟光线暧昧,贴了些标语的青砖高墙挤出一条狭长的巷子,巷子尽头拐个弯,就是二彪贴着标语的家门。丛奎水望着顾鸣瑚消失在深巷里的身影,狠狠地骂了句:真该骗了驴日的。

晚上,顾鸣瑚回来了,手里已经没有那个牛皮纸信封。

怎么样?丛奎水的媳妇很关心这个单薄的丫头。顾鸣瑚点点头后又摇摇头,她说二彪没有答应也没有拒绝,说要开会研究研究。

顾鸣瑚等了三天,二彪研究的结果出来了:棠棣沟正式推荐一名复员军人去杭州上大学。二彪对这个幸运的复员军人说的话,全村人都知道。他说:杭州,那是他娘的天堂!回来的时候带个细皮嫩肉的白娘子回来,让棠棣沟的人长长见识。

就在二彪做出这个决定的次日一早,顾鸣瑚投了官井。

顾鸣瑚没有留下一句话,就在太阳还没有爬上蟠龙山的时候,一头扎进了官井。

丛奎水的媳妇目睹了这一幕。后来她说,她从来没有看过顾鸣瑚坐在石碑上,这样坐很不吉利,她刚要劝顾鸣瑚下来,却看见顾鸣瑚从半人高的石碑上自己下来了,只见顾鸣瑚仰脸往天上看了许久,然后径直走向了井口。丛奎水的媳妇以为顾鸣瑚要到井口提水,以为她刚才仰脸是在做一种什么操,反正没有想到她会投井,结果真就投井了。

尸体打捞上来,丛奎水的父亲说,这丫头不是淹死的,是跳井的时候,头碰在井壁上碰死的。之后,他蹲在核桃树下抽了一袋烟,对站在身边的丛奎水说:

让二彪派上几个劳力,淘井。

丛奎水点点头,鼻子酸酸的,用力拍了一下光秃秃的老核桃树:

淘井！

## 秋正红

从奎水认识秋正红是因为护着官井。

秋正红是二彪的儿子小彪招商招来的。秋正红人很漂亮，喜欢穿米色的纱质衣裙，走起来婆娑婀娜，一副风情万种的样子。

棠棣沟虽是镇级建制，但镇所在地就棠棣沟这么一个村，当半身不遂的二彪迈一个门槛都如同登天的时候，他让位给了自己的儿子小彪。小彪上任后就赶上抽风一样的招商热，上级下达的招商指标，经过层层加码，到了小彪这里简直就是个吹大的肥皂泡，只能是看上去很美。聪明的小彪很快学会了敷衍，再跟上级出去招商时，一到目的地，就约几个村干部锁上房门打麻将，招几天商，就等于到宾馆打几天麻将。至于任务嘛，随便弄个假合同往上面一报，信口诌个合同额也就是了，反正能不能履约也没有谁去管。

也该小彪运气，一次到北京招商，大伙都去了八达岭看风景，小彪和两个牌瘾大的人在新大都宾馆里急得团团转，三缺一凑不够局的滋味可想而知。小彪明知道其他人都去了长城，他还是赌气一样来到走廊里一个个房间地敲门，敲着敲着就敲错了，把一个套房的门给敲开了。套房里出来了一个纱衣女子，很礼貌地问：你有事吗？小彪的眼睛顿时直了，盯着人家不该看的地方痴痴的，不知道拐弯儿。女人很生气地训斥：你敲门到底有什么事？小彪这才缓过神来，忙解释说他们三缺一，正等人打麻将，还解释说这些人都是来北京招商的领导，不是坏人。没想到女人一听说打麻将，眼睛顿时亮了，便表示愿意凑个手。小彪喜出望外，忙把女人请进房间，四个人开始搓麻将。让小彪缩不回舌头的是，他们三个都让这个女人给收拾了，等去八达岭看风景的队伍回到新大都宾馆时，三个人输得只剩下了一张回家的车票。

从此,小彪见识了这个牌场高手——秋正红。

小彪还知道,秋正红是一个大剧团的京剧演员,现在下了海,在京郊开了一个果汁厂。让小彪羡慕的是,秋正红成年就在宾馆包着个套房住着,宾馆的楼下就泊着自己的宝马车。这样的生活给个市长都不换,小彪这样想。

小彪开始打秋正红的主意,向她介绍棠棣沟的官井。小彪当过几年兵,见识不少,他说:果汁的生产太复杂,成本也高,搞不好还会有农药残留,你干脆搞矿泉水多好。棠棣沟的官井水,抽上来就是矿泉水,灌了瓶就能出口,你要是干,说不定几年后就是第二个娃哈哈。

秋正红被说服了,随小彪来棠棣沟实地考察。

果然,棠棣沟原生态的景色让秋正红心动不已。在官井旁,她用自己精致的玻璃杯喝了整整一杯井水,然后,她站在那棵参天的核桃树下,望着房后黑松如云的蟠龙山,对小彪道:真是好地方。

小彪说:李鸿章相中的地方错不了。

秋正红说:李鸿章又不是什么伟人,要是别的名人还有说服力。

小彪的脑子里关于棠棣沟也只有李鸿章建北洋水师这点储备,听秋正红这么一说,他噎住了,好一会儿才说,现在有专家正要重新评价李鸿章呢。

很显然秋正红不想谈论李鸿章,便提出建水厂投资可以,但她希望在建厂前,能在丛家祖房的西侧建一座别墅,她要到这里来居住。

秋正红选择的房址简直无可挑剔,龙头下,官井旁,背风朝阳。小彪心想,这女人的眼力何止看一副好牌?看风水也是行家,他甚

26

至后悔自己当初怎么就没想到在这里建一处房子。

小彪拍着胸脯答应了下来，一切手续由村里办。

别墅的事情丛奎水并不知情，直到一个工程队在他家房子的西侧开始大兴土木时，丛奎水才知道自己要有个城里人做邻居。

丛奎水找小彪理论，小彪拿出一大堆手续，说：宅基地是镇上批的，一切手续合法。再说了，现在是一切工作服从招商引资，别说盖处房子，就是选个婆娘咱也得送人家。

丛奎水没辙，回到家里生闷气，倒是儿子大平一句话提醒了他。大平说：这个老板是奔着官井来的，咱家的井还不是咱自己说了算？

大平的话让他想出了个不得已的办法——给自家套个院墙。

第二天，丛奎水雇人拉了砖石，真的就砌了院墙。院墙不高，院门很阔，但门是插着的，来提水时，需要吆喝一声，再从里面开开。

小彪冷笑道：砌个墙就能挡住我建厂吗？

小彪对秋正红说：房子你放心盖，我给你打一口新井就是了。小彪说话算数，真的就找了打井队来打井。丛奎水站在院子里，望着那轰鸣作响的机器，心里一阵阵发颤，有几次，压好的豆腐都忘了开包。

小彪的打井队在拼命地钻井，官井的西侧，黑洞洞的井口钻了一个又一个，就是钻不出水来。小彪找来明白人，一看，说岩层不对，钻多深也白搭。这时候，秋正红的别墅已经封顶，小彪骑虎难下，来向秋正红讨饶：这井是没指望了。秋正红说：没关系，厂建不成，我就做个棠棣沟的村民好了。

秋正红带着一个四川籍的小保姆搬进别墅，两个人日子过得无声无息，气派的欧式别墅如同修道院一般寂静。别墅里来访的客人也不多,除了区里几个干部在小彪的陪同下常来打打麻将,其他人很少来。秋正红养了一条小鹿犬,清晨或黄昏时,就牵着犬在屋前房后转一转。那小鹿犬几乎没有毛,明明不冷的天,它也冻得瑟瑟发抖,秋正红就常常把它抱在怀里。它在怀里瞪着两只鹿一样的眼睛,警惕地望着前来官井担水的人们,却很少吠上一两声。

也许是为了和邻居搞好关系,秋正红给喜欢抽烟的丛奎水送来了两条大中华烟。这是秋正红第一次跨进砌了院墙的丛奎水的屋门。

初来乍到,人地两生,还请邻居多多关照。秋正红很客气。

丛奎水在女人的软话前,突然发现了自己的小气,他有点语无伦次:官井的水,你随便用,只是……只是不能下水泵来抽。

秋正红说:矿泉水厂已经决定不建了,我只是一个棠棣沟的村民而已。

在离开时,秋正红对丛奎水说,这烟是上等的中华,是北京的部长抽的。

既然是北京的部长抽的,肯定是好烟了。丛奎水舍不得抽,就把烟包好放了起来。从此,他再看到秋正红遛狗,就会想起她说的北京的部长,看来,这个女人很有来头呢。

丛奎水发现别墅前常停着一辆乌黑的轿车,和秋正红那辆红色的宝马并排停在那里。丛奎水注意到了车牌,牌子上除了一个绿色的"京"字,再就是一串零后面很小一个数字。丛奎水听人说过,车号越小官越大,看来坐这车的人官肯定不小了。

不久,丛奎水发现了别墅主人的一个秘密:每次秋正红开着红色的宝马进过城,不出一两天,那辆黑色的轿车就会从北京开过来,黑色轿车一来,夜深的时候就会有青衣的唱腔从别墅的窗子里透出来,声不大,却十分动听,为唱腔伴奏的则是一把流畅的京胡;

而一旦秋正红约了小彪等人打牌时,都是黑色轿车迟迟不来的日子,这个时候秋正红就拼命地打牌,输赢全不在乎。小保姆来买豆腐时透露过,说秋总很阔,赢了钱又还给大伙,一点也不小气。这话丛奎水也在小彪那里得到了印证。小彪对棠棣沟一些有头有脸的人说过,看人家秋总,那才是女爷们。久而久之,秋正红在棠棣沟有了很好的人缘,有个别蹬鼻子上脸的还托小彪借过她的宝马车办喜事拉媳妇。

丛奎水自从收了人家的中华烟,就琢磨着应该扒掉院墙,祖祖辈辈不修墙,到了自己这一代却破了规矩,这事有点说不过去。自从砌了这墙之后,他总感觉胸膛发堵,好像这墙砌在了自己的心口上。他征求儿子大平的意见,大平没有态度,他对儿子很失望,儿子太老实了,除了豆腐就是豆腐,一磨盘也砸不出个屁来。

拆墙!丛奎水下了决心。丛家在棠棣沟代代留有美名,不能因为这堵墙坏了口碑。

丛家父子拆院墙的时候,秋正红抱着她的小鹿犬站在别墅前静静地看着。好一会儿,她走过来,道:你们的举动让我想到了古代那个六尺巷的故事。

丛奎水不知道什么六尺巷,心想大概是哪出戏里的故事,就说:秋总戏唱得这么好,怎么不在京城发展?在乡下多憋屈。

秋正红的目光从残墙上掠过去,凝固在湿漉漉的井台上,停顿了好一会儿,才说:戏唱得再好,终归还要回到生活中来嘛。对于一个人来说,台上一回事,台下又是一回事。

丛奎水被她说糊涂了,便换了话题,说:我当初砌墙是怕你办厂毁了官井,你生我的气了吧?

秋正红笑了笑,丛奎水发现她的嘴唇是紫色的,像吃了桑葚一样。

你想,井是有生命的,放一台抹了机油的水泵下去,不分白天黑夜地抽,这井怎么抗得住?丛奎水在为自己当初的行为找根据。

秋正红让小保姆送来一箱外国啤酒,每一瓶上都印着个五星。小保姆悄悄对大平说,这酒是部长喝的,叫什么喜力。丛奎水只喝了一瓶就有点发晕,就想,喝这个的部长一定海量,便萌生了想见部长一面的念头。

院墙拆了以后,很长一段时间没有见到那辆黑色的轿车,秋正红总是频繁地约人打牌。小保姆来买豆腐时,眼睛红红的,问她,她说秋总坏脾气了,输了牌就喝酒,喝了酒就撕东西,一些很贵的名牌衣裳都撕坏了。

后来,小彪也不来打牌了,一个消息传到棠棣沟,说秋正红那个在北京的部长出事了。

清明前一天,好些日子足不出户的秋正红不得不出来了,别墅前来了好几辆写着"检察"字样的警车,一些神情严肃的人进了别墅。丛奎水看到秋正红时简直不敢相信自己的眼睛,这是那个光彩照人的女人吗?眼前的这个人面容枯槁,头发凌乱,一身纱质的衣裙全无往日的婆娑,倒显得十分拖沓。她怀里还是抱着那只小鹿犬,小鹿犬的眼睛惊惧地望着周围。看样子这些人是想带秋正红走,一个女警察为她打开了车门。

这时,秋正红说话了,她是对一个领导模样的人说的,声音不大,站在井台上的丛奎水却听得很清。

我可以委托邻居养几天我的狗吗?

那个干部模样的人,五十多岁的样子,没有戴帽子,小平头齐刷刷的,很干练的样子。他扭头看了看不远处的丛奎水,又四处睃了一圈,在确信周围肯定没有可以脱身的地方之后,他很绅士地点点头同意了。

秋正红怀抱着小鹿犬走向丛奎水,她抬头看了看正在抽芽的老核桃树,树上有一群麻雀落下来,叽叽喳喳欢叫着。丛奎水发现秋正红虽然眼里噙满了泪,但步子却是毫不含糊的模特猫步,正一步步走向自己。

秋正红把小鹿犬交给丛奎水,依旧字正腔圆地说:它就托付给您了。然后,她轻轻地抚摸着小狗的脑袋又说:它很乖,一顿就吃一个饺子。

丛奎水没有抱过这么听话的狗,小狗在他的怀里瑟瑟发抖,让人怜悯。

秋正红俯下头,在小狗那双惊恐的大眼睛上吻了吻,猛然直起身,一头扎进了官井。

那只小鹿犬在丛奎水怀里挣扎了几下,似乎也要随主人扎下去,因为丛奎水抱得很紧,那狗便发出一声长长的悲鸣。这是丛奎水第一次听这只小狗叫,过去,他一直以为这狗不会叫的。

淘井。这是在爷爷和父亲过世之后,丛奎水第一次自己决定淘井。

淘井的时候,小狗一直在核桃树下呜呜地叫着,声不大,叫得每个人心里发酸。

## 丛二嫂

立冬后的一个午后,斜阳把蟠龙山上星星点点的积雪照得耀眼,官井旁的老核桃树上竟落了几只喜鹊,在枝丫间跳来跳去。丛奎水的八十寿诞,亲友们把寿宴办得喜气融融,让老人心甘如饴。饭后,老人照例要出去走走。自从儿子大平取代了他做官井豆腐以后,老人开始喜欢在午后到街上溜达一圈。这些年,棠棣沟像蟠龙山下一条正在蜕皮的蛇,几日不见,就会脱胎出一截新鲜身子,让老人感到生活了一辈子的古镇倒有点陌生了。

老人沿着铺了石子的马路散步。这条路几乎是棠棣沟的环路,沿路经过刚刚修复的蟠龙寺和棠棣沟最辉煌的建筑——镇政府。镇政府别看只有三层,但风格上却像个按比例缩小了的人民大会堂,尤其是院落特别大,可以和镇中学的操场比美。院子的大门很气派,四根花岗岩切成的门柱举着一个半圆形的铁拱门。铁拱门上有"为人民服务"五个铁皮镂成的大字,因为没有刷漆,需要仔细辨认一番,才能在拱门错落的背景里找出这些字来。四根门柱上都悬着一块分别写有"党委""人大""政府""纪委"字样的牌子,四块牌子上的字三红一黑。

老人走到镇政府门前的时候,忽然发现大门的门柱旁蹲着一个人,看样子不像是蹲在那里晒太阳的,他便走上前,想看个究竟。

到了跟前,老人才看出蹲在那里的是自己的一个远方亲戚——丛二嫂。

丛二嫂头缠一条褪色的黄头巾,抄着袖,两眼痴痴地望着地面,就像在集市上摆摊卖鸡蛋一样专注。一道清鼻涕如同一条出壳的蜗牛,正缓缓地向黑紫色的嘴唇靠拢,她却毫无察觉,直到老人的影子罩住了她,她才木然地抬起头。

老人猜到丛二嫂一定遇到了难事,要不怎么会到镇政府门口来蹲着?丛二嫂命苦,年轻的时候就死了男人,自己带着个儿子熬日子,棠棣沟的人很少看她有过笑脸。去年,她儿子考上了大学,这本来是件高兴的事,可是她却更苦了,为了筹集儿子的学费她差点扒掉一层皮,棠棣沟丛姓的本家她借遍了,大平还帮了她一些钱,好不容易才把儿子送进省城。为了还债和继续供儿子读书,她在院子里盖了些鸡埘养肉鸡。老人听说她肉鸡养得很好,已经卖了几茬,家里开始有了回头钱。

没等老人问话,从二嫂的眼圈先红了,大概是见了长辈想倾吐委屈的原因,她抽泣着说:

镇里……镇里要拆我的鸡埘。

为啥呢?老人不解地问,鸡埘在你家的院子里,不碍别人的事,怎么说拆就拆呢?

镇里说是动迁,要盖厂子,鸡埘要拆,房子也要拆,房子拆了答应赔钱,鸡埘拆了说是白拆。

一道急刹车的声音从老人的身后蹿出来,把老人吓了一跳。回头一看,原来是骑着雅马哈的小彪来了。小彪跨在摩托上,一边扭着油门突突了几声一边埋怨说:我说二嫂呀,你别给咱们村丢人了,镇长在电话里撸我了,说你老来镇上惹事。

鸡埘不能白拆,从二嫂说,我盖鸡埘花了三千块钱。

二嫂呀,咱们做事要讲理,国家规定动迁有手续的才赔偿,你的鸡埘没有手续,不能赔的,你到哪里也告不赢的。

我不管,我盖鸡埘花了三千块,拆鸡埘就要给我钱。二嫂索性坐在了地上,眼圈红红的,好像碰一下就会有血流下来。

老人对小彪说:你跟镇长求求情吧,她一个寡妇家不容易。

小彪苦笑了一下,道:您老可真是糊涂了,那厂子是招商好不容易招来的,能因为一个鸡埘影响了大局?听说奠基时区长都要来呢。镇长说了,先礼后兵,思想实在不通就要强迁!

老人似乎没有听懂小彪的话,问:什么叫强迁?

小彪挥挥拳头说:就是来硬的嘛,省得费口舌。

老人摇摇头走了,他觉得从二嫂好可怜,那鸡埘,可是她的命根子啊。

回到家里,老人问儿子大平:从二嫂借了咱家多少钱?大平说:两千块,有借条的。老人说:把借条撕了吧,告诉她这钱不用还了。大平看看爹的神情,点点头答应了。

第二天,大平卖了豆腐回来,告诉老人说,他去找丛二嫂,发现丛二嫂家围了许多人,还有警察、消防车,好像是二嫂家出事了。

老人说:镇里要扒她家的鸡埘呢。

大平叹了口气,道:丛二嫂真可怜,那个厂子偏偏相中了她家的宅基地。

我得去看看,老人说,丛二嫂心眼儿实,要吃亏的。

大平知道爹好打抱不平的性子,就劝他,说:您老都八十岁了,还管这些闲事干什么? 胳膊拧不过大腿。

我总担心丛二嫂会出事,不去看看心里不踏实。

老人去了丛二嫂家。大平摇摇头,开始磨豆子。官井豆腐生意越来越好,大平已经破了父亲一天四板的规矩,上午下午都要做,他可没有时间出去看光景。

老人赶到丛二嫂家时,正是丛二嫂和镇长剑拔弩张的时候。丛二嫂家里三层外三层站满了看热闹的人,一台铲车压倒了院门,正把巨大的铁铲对着鸡埘。鸡埘上,丛二嫂抄着袖坐在那里,没有系头巾,几根麦秸落在她灰白的乱发里,使她多了几分疯癫的感觉。

镇长很年轻,梳着亮闪闪的分头。镇长在对丛二嫂比比画画说着什么,老人听不到,只是看见镇长的眉头越蹙越紧,简直就要扭到一块了。小彪在一旁直搓手,眼睛一会儿在镇长脸上,一会儿又在丛二嫂身上,像个猴子在院子里窜来窜去。

老人往人群里挤了挤,镇长与丛二嫂的最后一句对话他听清了。

镇长说:没有谁可以蔑视政府。

丛二嫂两袖抄得很紧:白拆人家的鸡埘,这是哪家的王法?

34

镇长背过身,像检阅部队一样高高地举起右手,然后狠狠地劈下来,对面前待命的一排迷彩服下达了命令:执行!

老人发现,由于镇长的动作过猛幅度过大,他梳得亮而整齐的分头一下子乱了,一缕耷拉下来的头发犹如一道墨汁破坏了他额头的白皙。

四个小伙子应声扑上去,很专业地抓胳膊拎腿,把从二嫂从鸡坼上提了起来。这情景,像一群比赛获胜的运动员要高抛自己的教练一样,只不过他们没有把从二嫂高高地抛向半空,而是很粗野地把她塞进了一辆面包车里,面包车鸣着警笛绝尘而去。

紧接着,轰鸣的铲车像个饿极了的河马,张开大嘴对着鸡坼就是一口。鸡坼在烟尘中轰然倒塌,一些没有来得及逃走的小鸡顿时血肉横飞。

老人的眼睛被腾起的灰尘眯了,他顾不上擦一下,迎着那个亮闪闪的分头走过去。他不知道自己要干什么,他想好好看看分头下的那张嘴里是两颗什么门牙。

可是有人拉住了他,回头一看,原来是大平。

大平小声说:胳膊拧不过大腿。

真是造孽!老人想,要是在从前,我非打掉他狗日的两颗门牙不可。

老人回家后,舀了一瓢井水,咕咚咚喝了半瓢,气才顺了一些。儿子大平倒是很想得开,一边磨豆子一边劝老人:啥事都是命,从二嫂要是生个当区长的儿子,谁还敢拆她的鸡坼?就是拆,也得赔个房子价。

鸡坼被扒后,从二嫂就整天到区里市里上访,她上访的理由就是一句话:拆我的鸡坼,就要赔我钱。区信访办对她很恼火,在工作通报中把她列为负面典型,要求镇村两级组织对这样的老上访户不能坐视不管,必须死看死守,决不能让这些鸡埘狗窝之类的事情影响政府的正常工作秩序。这样一来,小彪就有了吃不尽的苦头:到区里上访,区里一个电话,小彪就得派人到区里领人;到市里上访,市里一个电话,小彪又得派人到市里领人。一个月下来,小彪花在丛二嫂身上的差旅费也不下三千块。小彪草鸡了,就和镇长说,给这个疯婆子三千块算了,省得她再上访。镇长的态度却斩钉截铁:这怎么行呢? 原则问题是不能让步的,她闹就给钱,其他家的鸡埘怎么办? 都给钱吗?

小彪很上火,嘴唇上起了一串水疱,抹了无数次玫瑰水也不好,把一张脸弄得像一桌剩饭似的。更上火的是他在麻将桌上也开始走背运,几乎是逢打必输,有时候刚刚开始抓好牌,镇长一个电话,他就得急三火四地往区里的信访办跑。丛二嫂每上访一次,镇长就撸小彪一次,弄得小彪恨不得杀了丛二嫂。

年关之前,频频上访的丛二嫂突然不上访了——她生了腿病,两腿肿得像充了气,连棉裤也穿不了。小彪闻讯后长长地舒了口气,给镇长打了个电话,说这下可以省些麻烦了。谁知镇长又撸了他一次,说:人家病了你怎么还幸灾乐祸? 你应该亲自送些米面油去,这是感化群众的最佳时机嘛。

腊月二十三,是祭祀灶王爷的日子。丛奎水早早起了床,他一向看重这个被称作小年的节日,“上天言好事,下界保平安”,灶王爷的担子可不轻呢,要好好犒劳一下才对。他在中堂摆了条案,盘盘碗碗大平早就准备好了,他要做的只是点燃两根红烛,点燃三支香,把灶王爷从睡梦中唤醒。大平在忙碌着做豆腐,老人帮不上手,他点着香后,似乎发现灶王爷的牌位上有些油污,便探过身去用袖口擦了擦,这时,他听到院子里的狗叫起来。老人觉着奇怪,他家的狗很少叫的,因为每天清早来买豆腐的街坊都不少,见怪不怪的大黄狗似乎已经熟悉了每个人的步子,因而总是很温驯地趴在核桃树下,不仅不声不响,甚至连眼睛都懒得睁一下。

大黄狗今天这是怎么了呢? 是来了生人了吗?

老人来到天色依旧朦胧的院子,突然,他发现井台上站着一个人,一个披头散发的女人。

老人愣住了,莫不是见了鬼了? 是谁天还没亮就跑到井台来站着?

突然,他感到了某种不祥。这些日子他一直预感要出事,连续几天夜里他梦到了七姨太、顾鸣瑚、谢青瓷和秋正红,这些不相干的人一起到他家买豆腐,买了豆腐却不吃,几个人一起把豆腐摞起来,摞成了高高的一块豆腐碑,然后在这豆腐碑上用红笔写她们的名字,每次就要写完的时候,豆腐碑就坍塌了,老人也就在这豆腐碑坍塌中被惊醒。老人不迷信,但这老是重复的梦让他犯了不少嘀咕。现在,当一个鬼一样的女人站立在井台上时,他猜测这梦的暗示——莫不是四个冤鬼来索魂了?

井台上的女人直直地回过头来,门内的烛光照出来,打在女人的脸上,让女人惨白的脸多了些橘色,从这层薄薄的橘色透过去,是青石一样的僵冷。

大黄狗疯了一样狂吠着,在它的冲拉下,老核桃树似乎都要摇动了。狗吠声把大平也唤了出来,但大平没有看到井台上的一幕,他出门时只发现自己八十岁的父亲一腚坐在门前,嘴哆嗦着说不出话来。

大平来扶父亲,老人推了他一把,道:快喊人,丛二嫂跳井了!

或许是狂躁的狗吠声惊醒了邻居,或许是小年里大伙都希望吃上一块新出锅的热豆腐,顷刻间,官井旁便聚集了一大群人。大平在腰上系了绳子,让大伙慢慢把他放下去,下井捞人的事他责无旁贷。

大平用扁担把井底搅了个遍也没有捞到人。大伙把他拉上来时，他冻得都说不出话了，他哆嗦着问父亲：你不是眼花了吧？

父亲的嘴嗫嚅着，自言自语道：明明是丛二嫂，怎么会走了眼？

有人跑着去丛二嫂家看究竟，一个帮她看门的邻居说，丛二嫂一早去了北京，是背着干粮挂着拐去的。

大伙四散走了。浑身湿透的大平换了衣服出来，看父亲坐在石磨旁，正盯着那头蒙着眼睛在转圈拉磨的驴子出神，就安慰说：老人眼神不济，这没什么。

父亲的眼睛没有离开那头驴子，嘴上说：反正井已经搅浑了，就淘了吧。

过年前，还有许多事情要做呢，老人缓缓地说。他的目光没有离开那头驴子。

大平想了想道：中，这回我想给官井安个井盖、上把锁行不行？

老人依旧看着那头驴子，喃喃地说：

我老了，你定吧。


小彪麻将桌上的招商又有了新成果。

通过麻友之间的不断切磋，小彪认识了市公路局的局长，一次，在局长和了一把"清一色"之后，他适时提出了棠棣沟的修路问题。小彪说：棠棣沟依山傍海，资源丰富，老百姓富不起来就是个路的问题，去趟城里，要从满是黑松和棠棣树的深沟里走上半天，兜很大的弯；要是能修条穿过蟠龙山的路，老百姓一圈牌的工夫就进城了。

局长开玩笑说：走沟里风景多好，还有棠棣吃。

小彪顿时表现出一副苦大仇深的样子，说：你不知道啊局长，沟里不安全呢,当年我爹就是在这条沟里遭了黑手,成了伤残干部。

局长不笑了,一边码牌一边说:你们打报告吧,我在"村村通"工程中列上你们就是了。

小彪没有想到局长这么爽快,激动之中,连着给局长点了三次炮,惹来其他牌友一顿抱怨。

修路是大事,棠棣沟百姓敲锣打鼓举办了一个奠基仪式,仪式上又是鞭炮又是秧歌,如同过年一样。腿脚不便的从奎水无法再去凑热闹,他从大平带回的话里知道,这条柏油马路要从蟠龙山的山腰中穿过去,然后沿着海边通向区里,也就是说这条路要像一把剑一样将绵延不断的蟠龙山拦腰斩断。

这样不是破了棠棣沟的风水吗? 老人心里一颤。

老人想去找小彪理论,大平拦住了他:还是别惹气生了,咱胳膊拧不过大腿。再说了,小彪说了也不算,修路都是专家设计的。老人只好作罢。

在隆隆的开山炮声中,老人病倒了,吃不下饭,每天就靠几碗石磨豆浆维持,请了医生来看,也看不出什么名堂。大平知道爹患的是心病。

蟠龙山被拦腰切断了。

大平想,炮声停了,父亲的病也该轻了,谁知更大的麻烦出来了。自从蟠龙山被切断之后,这官井的水就不旺了,渐渐地,这口无论旱涝总是水位不涨不落的官井,竟意外地干枯了。石磨豆腐也被迫停业了。

老人让大平去找小彪,小彪说他又不是龙王爷,他也没办法,还说现在家家都通自来水了,谁还去担水吃? 干了就干了吧。

老人病情加重了,没有了石磨豆浆,老人吃不下任何东西,说话也含混不清,眼看着就不行了。临终前,老人哆哆嗦嗦地从贴身口袋里摸出一个玉蝉,交给大平说:把井填了吧,别忘了把这东西放在井里,还有那块石碑,一块填了吧。

大平接过玉蝉,他不知道父亲身上还有这么个东西,想问个究竟,父亲已经走了。

原载于 2007 年第 6 期《长城》

# 黑　画　眉

## 一

　　谁也说不清这个世界上到底有多少种气味。作为生命与生命之间的联系,它无影无踪,却又无处不在;它能决定运势、左右食欲,却又平淡无奇,被人忽略不计。每个人都有选择气味的权利。豆花小嫚喜欢的气味与众不同,她对紫花苜蓿青储后散发出的干草味儿十分入迷,这气味温暖、香甜、清新,让人入静止躁。由此,她对那些以紫花苜蓿为饲料的家畜也很喜爱,比如牛、马、羊。当然,她最偏爱的还是驴,这不仅因为驴散发出的干草味儿比较纯,还因为她对驴有一段刻骨铭心的记忆。

　　小嫚上学时,每天要路过一个叫"五魁驴肉馆"的饭店。清早,饭店门前的木桩上总会拴着不同的驴。小嫚和同学小黑经过这里时,小黑说:"我讨厌这根木桩,拴在木桩上的驴就像被绑在绞刑架上的人,真可怜!"小嫚走过去摸摸驴的脊背,看看驴的眼睛。与牛眼的执拗、马眼的惊惧和羊眼的呆滞相比,驴眼要生动许多,透过这双眼睛,似乎能看到流淌的清澈的蒲河以及河畔繁茂的紫花苜蓿。紫花苜蓿长满蒲河两岸:夏天,紫色的花海彩绸一样随风起伏,似乎要将蒲河水染碧成朱;到了秋季,勤快的农户将它收割打捆,垛在河边,像一座座迷彩碉堡。小嫚和小黑放学后常到这些草垛间捉迷藏,玩耍够了,带着满头草屑回家,干草味儿浸透在她儿时的记忆里。

41

小嫚从来不做梦，尽管她处在一个多梦的年纪。她认为女人做梦都是闲的，不信，白天推磨磨两筲豆子，看晚上还做不做梦。但不屑于做梦的她，突然做了一个奇怪的梦，这个梦让她第一次感到，原来梦是有重量的。

小嫚说的磨豆子，是她每天都要重复的工作，这是石磨豆花最大的卖点。小嫚的石磨豆花从祖辈开始，就忌用铁器，石磨、木桶、陶缸，连舀水都用葫芦水瓢。机器磨出的豆花吃起来有股铁锈味儿，只有用石磨手工磨出的豆花才是原汁原味儿的。小嫚家的石磨豆花店是甜水镇名副其实的老字号。清晨，赶着上班或出工的人到石磨豆花店喝碗咸豆花，吃张热油饼，如同有钱人下馆子，是一件很体面的事。大腹便便的镇长牛志也常常在清早光临石磨豆花店。牛志开辆黑色切诺基，威风霸气，往店门口一横，进到店里，人未落座，话先爆棚："小嫚，两碗石磨豆花、一张油饼！麻溜点，赶着下乡呢！"邻桌吃豆花的人便想，甜水已经算乡下了，再下乡，就是要到村里去。牛镇长虽姓牛，却是驴脾气，顺毛摩挲怎么都成，要是戗茬顶牛，便会尥蹶子。牛志对甜水百姓的事很上心，比如说石磨豆花的老井能留下来，就是牛志的功劳。为防控地下水位下降，县水利局不允许居民私自打井，原有的水井也要封填，要求居民一律用自来水。石磨豆花不行，用了自来水这豆花就变味儿了。牛志来吃豆花时小嫚说了这事。牛志筷子一拍："石磨豆花老井比我牛志岁数都大，要封井先把我撤了再说！"一句话，石磨豆花院子里的老井免去了被填的命运。

小嫚男人在外跑船，她和父亲经营石磨豆花店，店不大，人气却旺。父亲说，豆花是穷人的盛宴，只要甜水镇还有穷人，石磨豆花生意就不会差。父亲过世后，小嫚和丈夫商量店还开不开。男人说："算了吧，你一个女人撑不起门面，店虽小，该打理的事却一样不少。"小嫚说:"石磨豆花若是关了,街坊邻居喝不上豆花、吃不成油饼,咱不成了罪人?"男人说:"我是大副,船上离不开。"小嫚犹豫了一会儿说:"你安心跑船吧,我留在甜水接班开店。"男人很担心,说:"有上门找碴儿的无赖咋办?"小嫚说:"我养条狼狗,看谁敢来欺负我!"男人也觉得石磨豆花关了可惜,就说:"那就买吧。"小嫚果真就养了条威风凛凛的黑背,继续留用父亲在世时就雇的邻居全婶,还新收了个叫雷子的哑巴当帮工,石磨豆花店在众人的期待中重新开张。教过小嫚的甜水中学高老师说:"小嫚你做了件好事,石磨豆花要是关了,甜水人的记忆就没滋味了。"与大城市一样,甜水的生活节奏也像上足了发条的钟表,时针、分针、秒针争先恐后往前跑,人们疲于这种刷屏般的节奏,开始怀念慢悠悠的过去。甜水人一怀旧就想吃石磨豆花,很多家爷爷吃,父亲吃,到了自己这一代还是吃,吃石磨豆花已经成了一种回味。

小嫚的这个梦清晰真切,如同现实中情景再现,她甚至知道自己在做梦,却无法改变梦的走向。她梦到了镇东面那条芦花摇曳的苇河。甜水镇东临苇河,西接蒲河,北靠椅子山,全婶的老伴全叔说这是绝佳风水宝地,要是在古代,说不准就被阴阳先生选了去做皇陵圣地。甜水人都暗暗庆幸,要真的被选为皇家陵园,甜水人还能在这里居住吗?苇河东岸除了甜水中学外,还有个只有一间房的小城隍庙。庙建于何时已无从查考,小庙像甜水中学的私生子,孤零零地站在一片油菜地里。苇河西岸是店铺林立的镇中心,镇上街道不多,却干净,家家户户门前屋后栽有核桃、李子和山楂。从苇河西岸到东岸去上学,没有桥,只能踩着河底的几块青石过河。好在水不深,流也不急,站在青石上可以看到水中游来游去的小鱼。有机智的学生用细绳拴住空罐头瓶,里面放一点饭团,将瓶置于水中,待贪吃的小鱼进到瓶中,再猛地提起来,会捉住许多青脊银腹的小鱼。养着小鱼的罐头瓶就成排地放在教室窗台上,成为一道风景,老师也懒得管。河底的青石路东头通甜水中学,西头是甜水有名的五魁驴肉馆。小嫚的梦就出现在这样一个真切的环境里。

梦中,小黑向她求救,说马五魁要害他。马五魁是五魁驴肉馆的老板,一个能把账算到骨头里的生意人。他的驴肉馆,三百六十五天,每天消耗一头驴,大年三十也不收刀。驴肉馆门前的场院成了驴的鬼门关,有驮货或拉车的驴经过这里时,不用吆喝便会加快步伐,逃离这血腥之地。马五魁是临夏人,黄胡子,单眼皮,将军肚,喜欢穿无领白汗衫,二十几岁开驴肉馆,开到了四十几岁,算是甜水先富起来的一拨人之一。梦里,小嫚见到浑身湿漉漉的小黑被绑在木桩上,正痛苦地挣扎,见到她,小黑说:"小嫚你快救我。"小嫚说:"你已经被淹死了,怎么会在这儿?"小黑说:"我惦记这些驴,天天在河边为驴引路,怕它们掉到河里。"小嫚说:"你死后我为你哭过好多回。你平时在哪里呀?"小黑说:"河水又湿又冷,没有落脚的地方,我就在芦花里蜷着。"小嫚哭着上前给小黑松绑,她闻到了一股紫花苜蓿干草味儿,这气味让人想起一截点燃的蚊香,把她从梦境中熏醒。醒后小嫚觉得蹊跷,怎么平白无故会做这样一个梦?小黑多年前放学时,遇到椅子山跑山洪,浅浅的苇河顿时激流狂奔,柳罐斗大小的石头在河里翻滚。小黑不知怎么发现一头被洪水冲走的小驴,为了救这头小驴,小黑不幸溺水身亡,这件事让她难过了很久。小黑是她最好的朋友,两人在紫花苜蓿草垛间捉迷藏时头上沾满草屑的情景历久弥新。

小嫚有事愿意和全婶说。全婶油饼烙得好,为小嫚出主意也能拿捏好火候。小嫚说了昨夜的梦,全婶听后摇摇头,说这个梦她圆不了,得回去问老伴。全婶老伴全叔外号"全大下巴",是甜水镇骡马市场上的牲口牙纪。牙纪是一个几近消亡的古老职业,说白了就是骡马交易中介,凭牙口判断牲口年龄,在交易中捅袖袖、定价码,有黑话一样的指语,什么伸七捏八钩子九,讨价还价全在袖子里搞定。全叔和牲口打了一辈子交道,对牲口说的话比对人说的还多。骡马市场上的客户常常见全叔独自和一头牛、一匹马对话,说了些什么谁也不知道。全叔吃素,身上却带煞气,街上的恶狗都怕他,再厉害的狗见到他要么摇尾示好,要么就夹着尾巴溜掉。

全叔对小嫂梦的解析简单至极:石磨豆花要来新人了。小嫂有些不解,小黑求救和店里来新人有什么关系? 再说,自己从没有想过要雇人的事。小嫂没有多问,这个梦在心里如同一筲待磨的豆子,越胀越大,越来越沉。

## 二

五魁驴肉馆欠了石磨豆花两年的账,每次催要,马五魁都是一副死猪不怕开水烫的无赖相。马五魁老账不还,新账还在增加,小嫂面子矮,不愿意撕破脸皮,驴肉馆来赊石磨豆花,还是照给不误。五魁驴肉馆那么大的生意,一点石磨豆花值几个钱? 马五魁不至于总是赖账不还吧。小嫂不知道,马五魁欠账不还有他的目的,就想让小嫂来求他。马五魁天天吃驴三件,甜水有几个跳广场舞的女人喜欢跟他搓麻将,但小嫂对马五魁颇为不屑,认为马五魁有点像捞上岸的河豚,一个劲儿地膨胀。有钱又怎样? 小嫂对全婶说,有了钱就咋呼的男人其实不值钱。全婶的话更狠:"马五魁算什么? 连驴都不如。"

但是,小嫂免不了与马五魁打交道,两年的欠账,对于本小利薄的石磨豆花来说不是小数。小嫂来找马五魁,叼着烟的马五魁正和三个女人搓麻将,见小嫚来了,马五魁一边搓麻将一边说:"要不要打一圈儿,小嫚?赢了给你,输了算哥的。"小嫚说:"我还要忙着磨豆子,麻烦你把账结一下。"马五魁说:"好说好说,不就几个豆花钱吗?明儿个就结。"小嫚站在那里没动,马五魁说过多少次明儿个了,也不见他结账。麻将桌旁有个抽烟的女人叫季子红,在石磨豆花店旁开了个保健品专卖店,店面冷清,便总是搞促销活动忽悠一些老人。有上当的老人举报到镇工商所,工商所所长侯仲杰发狠话要查。让举报人失望的是,侯仲杰亲自到季子红店里查了几次,查处的事便没了下文。季子红见小嫚不走,劝小嫚:"回去吧小嫚,不说明儿个结吗?"小嫚知道等下去也不会有结果,就扭头离开了。房间里满是刺鼻的烟味儿,小嫚差点被呛出眼泪来,她不理解那三个女人怎么能坐得住。

第二天再去,马五魁把小嫚领到办公室,关上门说:"现在青藏铁路通了,我想去西藏旅游,带上你怎样?开销由我出。"小嫚冷冷地说:"我没工夫,天天两笸豆子等我磨呢。"马五魁脸色有点绿,道:"多少女人想跟我去我都没答应,给你面子你还不识抬举。"小嫚不想和他纠缠,说:"别人去我不管,我知道自己没有理由和你去旅游。"马五魁办公室里挂一张唐卡,唐卡下有转经筒、香炉,他走到转经筒前轻轻拨动了一下,转经筒开始转动。他说:"我们做生意的应该到西藏求个活佛保佑,听说挺准的。"小嫚说:"我等着结账呢马老板。"马五魁说:"坏了坏了,会计去县城看病了,慢性阑尾炎,今早走的,你下次再来吧。"小嫚叹口气:"那我明天再来。"

再次来五魁驴肉馆,还没进门,小嫚看到门前木桩上拴着一头黑驴。很瘦的一头驴,皮毛暗淡,沾满尘土。她停下脚步,这么一头驴马五魁也忍心杀?她过去抚摸了一下黑驴的鬃毛,鬃毛很乱,缺少梳理。黑驴抬头看着小嫚,目光哀怜。小嫚觉得这目光好熟悉,似乎在哪里见过。黑驴除却眼圈、嘴头、前胸口、两耳内侧是白色,其他部位皆为黑色。拴驴的木桩很粗,小黑当年叫它"索魂桩"。木桩是槐木,粗糙的树皮早已被磨掉,露出裂开的木纹,泛着黑乎乎的油腻。小嫚转身到河边薅了一把紫花苜蓿放在驴跟前,黑驴甩甩尾巴,并不低头吃草,目光一直跟着小嫚。

马五魁已经在窗内观察了好一会儿,看到小嫚去河边薅草,便推门出来。这是一头抵账的驴子,因为太瘦,他正愁着催肥。催肥需要几麻袋豆粕,现在饲料看涨,买豆粕要花不少钱。他不明白小嫚怎么会对这头黑驴感兴趣,看了一会儿,下意识发出一声坏笑。"怎么?看上这头驴了?"马五魁叼着烟从饭店里走出来。

"这么瘦一头驴,你也杀?"小嫚看着腆肚又罗腿的马五魁问。马五魁脖子上挂着一个蜜蜡观音,精致庄严的观音与无领老头衫很不搭。

"不杀驴,我卖什么?"马五魁将燃着的烟头掷在地上,上前拍了拍黑驴的脖颈儿道,"瘦不打紧,至少驴三件和驴板肠能卖好价。"

小嫚心里一紧,再看黑驴,两只大眼睛还在望着她,眼角似乎有些湿。小嫚叹了口气,她知道自己无法救这头驴,不管什么驴,也不管肥瘦,只要往五魁驴肉馆门前的索魂桩上一拴,就等于被判了死刑。她对马五魁说:"我是来结账的。"

马五魁眼睛眨了眨,又点燃一支烟,深吸几口,吐出个慢慢放大的烟圈,又一口气将烟圈吹破,然后说:"这样吧,看你可怜这头黑驴,我就做点善事,你把黑驴牵回去,顶两年的豆花账,咱俩两不亏,怎样?"

小嫚心里算了一下,黑驴顶两年的豆花账,亏马五魁想得出,这是明睁眼占便宜。马五魁见她没有回话,又跟了一句:"不顶就算了,侯所长预订了明晚的驴三件,明天一早这驴就下锅了。"说完,斜眼观察小嫚,他知道自己的话标枪一样击中了小嫚的软肋。或许,黑驴能听懂马五魁的话,马五魁话刚说完,黑驴竟然伸长脖子叫了三声,叫声凄惨,让人心里发颤。马五魁被吓了一跳,嘴上骂一声,朝驴尻踹了一脚。小嫚听到驴叫后忽然想起高老师说过,驴叫在古代是受人追捧的美声,古代"建安七子"之一的王粲、曹丕皇帝都学过驴叫。高老师是甜水中学的历史老师,教过小嫚,是石磨豆花的常客,有时吃完豆花也不回学校,到隔壁找全叔对弈。高老师对驴叫的褒扬影响了小嫚,她听到黑驴的叫声不但不反感,反而觉得很嘹亮。她说:"顶账就顶账,这驴我要了。"马五魁愣了一下,似有一朵花在脸上绽开,说:"好好好,我这就写字据。"小嫚摸了摸黑驴的脊背,有一种皮包骨的手感,心中对这头驴充满怜悯。马五魁拿来字据,小嫚看了一眼,签上名字,亲自解开缰绳,牵着黑驴头也不回地走了。马五魁拿着一纸字据,斜靠着那根索魂桩,看着小嫚牵驴慢慢走远,又点上一支烟大口大口抽起来。

雷子见小嫚牵着一头黑驴回来,跑过来接了缰绳,嘴笑得合不拢。雷子没学过哑语,无法与人交流,在甜水几乎没有朋友,有了驴,雷子就有了伙伴。石磨豆花西面是蒲河,河边有草甸,草甸上是大片野生紫花苜蓿,正适合放牧。以往雷子没活儿的时候就到河边玩耍,持一根竹竿钓鱼,现在有了驴,他就有了营生。全叔听老伴说小嫚牵了头驴回来,感到很意外,小嫚买驴不找他当参谋,这事说不过去啊,他便来看看到底是头什么驴。小嫚说:"马五魁顶账给我,我就牵回来了。"全叔明白了,掰开驴嘴看了看,目光泛出神采:"才三岁,好驴!"小嫚疑惑地问:"这么瘦,好在哪儿呀?""这是广灵驴呀!"全叔兴奋地说,"五白一黑,叫'黑画眉',通人性,能负重,还长寿,拉磨拉车那是一等一!"黑画眉? 小嫚觉得这个名字好,这名字像人,像鸟,就是不像一头驴,但全叔这么叫,就等于给这头驴子命了名。她琢磨,那晚的梦是不是与这头黑驴有关?

小嫚开始留心黑画眉。雷子教它拉磨,拴好套后,黑画眉竟然不戴蒙眼就默默地围着磨道转圈。黑画眉拉磨用心,每一步都走得坚实有力,只要小嫚在看,黑画眉就兴奋,大大的眼睛如同黑玛瑙一般流光溢彩。小嫚觉得没有必要将黑画眉的眼睛蒙上,让一个人稀里糊涂干活且不好,让一头驴蒙眼拉磨就好吗?

黑画眉颇有君子之风,它的礼让完全颠覆了小嫚对驴的认识。黑画眉的石槽也是黑背的饭碗,雷子喂食时没有偏向,同步进行,将不同的饲料各置一边,中间用一块隔板分开。黑背吃东西时,黑画眉不会去石槽吃草料,它站在一边静静地看着。黑背狼吞虎咽的时候,它还会甩甩尾巴,不时打个响鼻,像自己吃到了可口的饲料一样高兴。雷子不会说话,却能看出黑画眉的谦让,就比比画画想给黑背另准备一个食盆。小嫚没有同意,在同一个石槽子里吃食,像人一个锅吃饭一样,黑背和黑画眉同属石磨豆花,为什么要分槽饲养呢?

小嫚男人休渔期回来,黑画眉在草地上撒欢跑了两圈儿,把河畔的野鸭惊得扑棱棱飞走。男人说:"这驴懂得里外,就应该是咱家的牲口。"小嫚说:"不要用'牲口'这个字眼,它是黑画眉。"

驴一岁等于人七年,三岁的黑画眉正处于青春期,浑身散发着活力。一次,雷子牵它去镇东粮站驮黄豆,路过五魁驴肉馆门前它忽然停下了,盯着那根曾经拴过自己的索魂桩,两只耳朵矛一样前竖。索魂桩上拴着一头灰秃秃的小母驴,低眉顺眼,眼睛盯着地面,地上有一摊似血似油的污渍。黑画眉走过去,在毛驴身上嗅了个遍。毛驴很顺从,两只耳朵向后并拢,这是表示亲昵的动作。黑画眉和毛驴头顶头靠在一起。马五魁出来了,高声说:"这是小嫚那头驴吗? 小嫚都喂啥,喂得这么肥?"说完,在驴背上拍了一巴掌。黑画眉甩甩脖颈儿上的鬃,用力喷了个响鼻。黑画眉不一样的响鼻表达不同的情绪:喜悦,响鼻清脆响亮;忧郁,响鼻低沉拉长;不满,则是一种喷射。黑画眉这声响鼻,很明显在表达对马五魁的不满。

## 三

三个月,黑画眉不催自肥。小嫚说这要归功于雷子,雷子和黑画眉兄弟般相处,一早一晚都散放黑画眉去蒲河边吃紫花苜蓿,有夜草可吃的黑画眉怎能不肥?

黑画眉来到石磨豆花后,不用戴笼头,也不用缰绳,除了拉磨上套外,其他时间都是散放。雷子只要在黑画眉脖子上拍两下,它就会跟着走,雷子在前,黑背在中间,黑画眉殿后,在蒲河畔构成一幅优美的乡村图画。

让小嫚对黑画眉心生敬意的是,黑画眉在母驴的问题上绝不苟且。东街邓皮匠家一头母驴到了发情期,邓皮匠相中了威风凛凛的黑画眉,来找小嫚求情,让黑画眉配种。小嫚懒得处理这等事,便请全叔来办。邓皮匠家的母驴是一头晋南驴,清秀细致,背腰平直,算得上是驴中佳丽。邓皮匠在它的宽额上系了红缨,看起来更加楚楚动人。整整三天,黑画眉不为所动,无论母驴如何表示亲昵,黑画眉总是雕塑一样,邓皮匠只得牵着母驴无功而返。

让小嫚始料不及的是,一向温驯的黑画眉竟然把杨光给踢了。杨光是谁啊? 甜水街面有名的愣头青,城管中队长,他姐夫就是大名鼎鼎的牛志。一日,雷子去河边放驴,在店里忙碌的小嫚忽然听到黑背狂叫起来,黑背从不谎叫,叫得这般激烈,肯定是遇到了歹人。小嫚记得三伏天的一个夜晚,因天热,她只穿件内衣开着窗子睡觉,半夜里黑背忽然狂叫起来。她被惊醒后打着手电到院子里察看,发现院墙根有一只皮凉鞋,黑背的嘴角带着血渍。她知道院子进来人了,被黑背咬了一口跳墙而逃,慌乱中落下了这只皮凉鞋。黑背的狂吠让她想起了那天夜晚的事,雷子毕竟是个哑巴,没法与人交流,她便快步来到河边,只见杨光正捂着裤裆蹲在地上哎哟哎哟叫唤。原来,杨光是来没收黑画眉的,他手持一根柳条抽打驴肚皮想赶驴走,结果被黑画眉踢在裤裆处。雷子则抱紧黑背,不让黑背再冲上去撕咬。杨光个头不高,权力不小,甜水镇大小店面都拿他当盘硬菜。他到石磨豆花吃早饭从不付钱,吃完撂下一句:"记我姐夫账上。"其实,牛志吃豆花不欠账,每次都扔下十块钱,找零都不要。牛志有这样一个小舅子,跟着吃了不少挂落儿。杨光蹲在草地上说:"镇上有规定,散放牲口一律罚没,这黑驴还敢踢我,今天不把你送到驴肉馆宰了,我他妈不姓杨!"说完,又哎哟哎哟叫个不停,看来黑画眉这一蹄子蹬在了要害处。

"你怎么能抽驴肚子呢?驴和马的肚子是万万抽不得的,若是马,一抽就惊;若是驴,则会尥蹶子踢人。"小嫚解释说,"杨队长你可要记住,打哪儿也不能打驴肚子。"

小嫚不明白杨光怎么会忽然来这一手,如果不让放牧,通知一声不就完了?为什么要等到黑画眉体壮膘肥再来执法?她怀疑背后有人捣鬼。她说:"黑画眉还要回去拉磨,你把它没收了,明早就没豆花吃了,到那时甜水镇都会知道是你没收了黑画眉。"杨光一双小眼睛转了转,道:"你说咋整?"小嫚说:"先让黑画眉回去拉磨,明天再去找你商量处罚的事。"杨光常来吃石磨豆花,他也不希望明天没有豆花吃,此外,黑画眉没有缰绳,他想牵也无法牵,黑画眉又不会主动跟他走,便点点头同意了。杨光想站起来,弓着腰又蹲

51

下了,气哼哼地道:"我还没娶媳妇,要是被这黑驴踢废了,你要负责任。"小嫚轻轻一笑:"杨队长,你还是找驴算账吧。"

午后,小嫚去镇里找牛志。牛志中午有接待,下午正歪在沙发上犯困,见小嫚进来,耷拉着眼皮问:"啥事?"小嫚说杨光要没收黑画眉,请牛镇长给讲讲情,镇上禁止放牧的事也没见到告示,怎么说没收就没收?牛志性子直,听完小嫚的诉苦眼睛顿时瞪圆了,骂道:"这个二百五又让人当枪使了!"抄起电话打给杨光,劈头盖脸一顿骂。原来,这主意是季子红出的,季子红为了给侯所长弄驴三件,鼓动他没收黑画眉,然后卖给驴肉馆,驴三件给侯所长,驴肉钱就留给城管队当经费,马五魁那边她去说。牛镇长在电话里骂:"你再听那个骚娘儿们的馊主意,我就把你给骗了!"小嫚觉得牛志真是个好人,骂小舅子就像骂三孙子,不搞官官相护。有牛志撑腰,黑画眉总算安全了。不过,小嫚想不通季子红这么做是为什么,她明明和马五魁穿一条裤子,为什么又去傍侯所长呢?

说起季子红,全婶对这个时髦女人的评价与众不同。"她也不容易,"全婶说,"街面上的事不是女人说了算,不能把脏水都泼到女人身上。"全婶的话让小嫚憋在肚子里的气消了不少。季子红的确不容易,上次忽悠老年人高价买保健品的事虽然摆平了,但侯所长水蛭一样吸住了她。侯所长小气、猥琐,害着疝气,没有哪个女人会看上他,相貌出众的季子红更不会喜欢他。有一次季子红来吃豆花,对小嫚抱怨侯所长太色,隔三岔五到店里拿玛卡胶囊吃,也不知道吃了后到哪里去寻欢作乐。侯所长喜欢肉,早晨也要到五魁驴肉馆吃驴肉包子,他说早晨不吃肉,一天没精神。他和季子红之间的关系说不清道不明。小嫚有点同情季子红,尽管出了黑画眉的事,让她再来吃豆花有些不自然,但小嫚并不把话说破。倒是被姐夫撸了一顿的杨光缓过神儿来,酒后找上门对季子红破口大骂,说:"你给相好的弄驴三件,差点让驴把我给废了,你缺德不缺德!"这些话被全婶听后告诉了小嫚,小嫚说,人总有犯浑的时候,过去了就让它过去吧。

黑画眉危机解除,小嫚松了一口气,这件事也应了全叔的一句话:仁畜自有天助。

小嫚觉得黑画眉不是一头驴,而是一个不会说话的人,甚至比人更值得信任。她每次去看黑画眉,它都会打一个响鼻,甩一甩尾巴,她知道这是在向主人示意。她仔细观察黑画眉,越看越像当年的小黑,小黑虎头虎脑,长得像电影《闪闪的红星》里的潘冬子。小黑跳进苇河救驴的情景恍若就在昨天。河水中那头小驴浮上浮下,下游几十米就是陡坡深潭,小驴被冲下去必死无疑。小黑将书包塞给她,三两下脱下褂子跳进河里,用力将驴往河岸推,待岸上同学拉住驴时,他却脚下一滑栽进激流,被山洪冲下深潭。小黑为了一头驴结束了十五岁的生命。小黑落入深潭,第一个跳下去救人的是马五魁,那时马五魁还年轻,身体也棒,他潜水摸到了小黑,和众人一起合力将他打捞上岸。小黑的死让小嫚精神恍惚了很久,学习成绩直线下降,每次打开课本,看到的要么是小黑,要么是那头被救的小驴。小嫚就是那段时间对驴眼有了刻骨铭心的印象。小嫚没有考上高中,初中毕业就跟父亲学做石磨豆花。父亲说,"一招鲜,吃遍天",学会了石磨豆花,一辈子饿不着。

"我怎么看到黑画眉总想起小黑?"她问全婶。

"小黑是淹死的,淹死的人不能托生。"全婶说,"你去城隍庙烧点纸吧,老全说当年那个学生溺水后,苇河再没发过水,也就再没淹死人,死人的魂魄只能挂在芦花上摇荡。"

小嫚很清楚这是迷信,但为了小黑,她还是去城隍庙烧了两刀黄表纸。小黑是多好的男孩啊,好人的灵魂应该有个归宿。回来时,小嫚遇到了站在河边剔牙的马五魁。马五魁看小嫚去城隍庙烧纸感到奇怪,那地方只有给死人报庙、送盘缠才去,小嫚无缘无故去烧什么纸？他好奇地问:"你去城隍庙干什么?"小嫚不愿意与他搭话,便没头没脑地回了一句:"替你送盘缠。"一句话把马五魁的脸说得煞白,他骂了声"操",便扭头回去了。

小嫚轻松了不少,心里那一箩泡好的豆子磨成豆汁流走了。其实,她知道这么做有点愚昧,但不管用什么办法,能得到心理安慰就达到目的了。

回到石磨豆花,黑画眉正在葫芦架下站着,见到她竟迎上来,在她身上嗅了嗅,好像在寻找什么。她抬起手臂闻了闻自己的衣袖,结果闻到了紫花苜蓿浓郁的干草味儿。她想,这回可好了,自己和黑画眉气味相投了。

## 四

马五魁也有苦恼的时候,他的苦恼在季子红身上。季子红本来答应跟他去西藏,最后却跟侯所长去了。为此,马五魁大发牢骚,说有多少钱也不如有权好使。

事情并不像马五魁想的那么不堪,季子红去西藏从某种意义上讲是响应镇政府号召。镇政府召开民营企业发展工作会,牛志在大会上批评说:"你们这些个体户都照镜子看看,个顶个鼠目寸光,整天守着甜水一亩三分地,能有多大出息？你们要走出去,深圳、海南、西藏,只要有路的地方都应该去,开阔视野,取回真经,把企业做强做大。"侯所长领会镇长意见快,散会第二天,就给镇上的个体户发通知,要组织大家去西部考察,其中最重要的一站是西藏。季子红当然不会错过这个机会,她来动员小嫚一起去,小嫚说:"我一个卖石磨豆花的,去西藏抢人家的酥油茶生意吗?"季子红不这么想,她有她的打算。就这样,季子红跟侯所长去了西藏。

被放了鸽了的马五魁决定不去西藏,他说:"老子不能步人后尘,要去就去东北!"他带着几个喜欢跳广场舞的女麻友去了东北,长白山、威虎山、大顶子山,转了一路山,打了一路麻将。跟他去的女人回来说,马五魁将整个东北骂了一圈儿,好像不是去旅游,而是去打架。

季子红从西藏回来,人黑了不少,与侯所长的关系近了许多,两人可以毫无顾忌地在一张小桌子上吃豆花。季子红是个爱炫耀的女人。小嫚在洗碗,季子红拉着小嫚从厨房来到餐厅,在她崭新的苹果手机上一张张翻照片。"这张咋样? 这可是纳木错,圣湖!"不厌其烦地给小嫚分享她在雪域高原上的快乐。小嫚本不想看,但经不住季子红的一再介绍,便在围裙上擦擦手,接过手机翻看。手机里的照片全都人大景小,去西藏是为了看景色而去,你照些大头贴回来有啥用? 在椅子山也能照,还用上青藏高原? 但她嘴上不说,她不想扫季子红的兴。照片无所谓,倒是季子红手机皮套上的味道引起了她的好奇,这味道怪怪的,闻到后像有只无形的小虫往鼻子里钻。她问季子红这是什么味儿。季子红神秘地说:"费洛蒙香水,你不懂。"

晚上,去西藏的考察队员在五魁驴肉馆聚会,侯所长高原反应没缓过来,加上马五魁不怀好意猛劝酒,侯所长酒有点高。晚上九点,季子红打电话,说:"小嫚你看好狗,侯所长喝多了,要喝碗豆花解解酒。"店已经打烊,但季子红来电话,小嫚不得不起身应酬。她让住在厢房的雷子拴好黑背,自己打开院门,见季子红扶着侯所长摇摇晃晃正走过来。

"多了?"小嫚问。

"多了。"季子红说,"侯所长和马五魁拼酒,一人一瓶,两人都萎了。"

侯所长意识有些模糊，嘟哝道："我鞋呢？我不能光着脚。"

小嫚和季子红低头看，侯所长脚上是一双崭新的鳄鱼牌皮鞋。季子红说："新鞋，他担心丢在五魁驴肉馆。"

雷子将黑背拴好之后，把黑画眉也拴在葫芦架上。拴住才安全，这是上次杨光来没收黑画眉后，雷子心里生出的想法。

小嫚热了两碗豆花端上桌，又上了一盘油饼。石磨豆花的确能解酒，这个结论是牛志得出的，牛志每次醉酒都来喝两碗石磨豆花。牛志的经验是，豆花要热，多放胡椒，这样几口喝下去，体内的酒会变成汗排出来，酒困自然解除。牛志把这一经验分享给大家，无意中为石磨豆花做了广告，让午后和晚餐之后的石磨豆花，又多了一份生意。

季子红正在减肥不愿意多吃，侯所长却胃口大开，吱溜吱溜，两碗豆花不一会儿就见了底。令人奇怪的是侯所长吃豆花不出汗，而是走肾多尿，吃完两碗豆花就说要出去方便。雷子已经回厢房，两个女人又不便扶他，侯所长便自己到院子里解手。因为醉酒，视线不清的侯所长靠在了黑画眉的尻子上方便起来，大概他把黑画眉当作一堵墙，把石槽当成了小便池子。正在他解开腰带的时候，黑画眉本能地向后蹬了一腿。这一腿，便把侯所长踢趴下了。小嫚和季子红闻声出来，见状急忙扶起侯所长，好在黑画眉蹄下留情，侯所长没有受伤，只在屁股上留下一大块瘀青。被扶起的侯所长说："我还没来得及方便，就被马五魁推倒了。"季子红知道他真的喝多了，只好扶他到院外方便，小嫚摇摇头回屋了。侯所长这泡尿时间不短，院子外草地里扑扑腾腾动静不小，过了好一会儿，外面才恢复平静。小嫚出门看，人已不见踪影，知道是走了，便关门熄灯，不再去理会。

56

次日一早,黑画眉已经拉完磨,小嫚和全婶正在店里忙,季子红急匆匆赶来。季子红头没梳、脸没洗、妆没化,一副憔悴的模样让小嫚很吃惊,她一向注重装扮,今天这是怎么了?

"我的手机不见了,你看到我的手机了吗?"季子红很急切。

小嫚和全婶店里店外找了个遍,也没有找到。季子红几乎要哭了:"天哪,这可如何是好? 现在的网络可是能杀人呀!"小嫚说:"你丢部手机,跟网络有什么关系?"季子红的眼泪还是下来了,道:"你不知道,小嫚,手机里有些东西是不能给人看的。"小嫚恍然大悟,照片! 季子红丢的手机里肯定有不可示人的照片! 这时,雷子出来把缰绳解开,提着鱼竿领着黑画眉和黑背去了河边。

"小嫚,你再好好找找,你找到手机我给你一万块。"季子红开始悬赏,看出来她要急疯了。

"你还是回家好好找找吧,床底、枕下,还有卫生间,用别的电话拨一下。"小嫚说。季子红说:"都找遍了,手机被我设了静音,能打通却没人接。"季子红脸色有些灰黄,丢失的手机如同一枚无声炸弹,将她瞬间炸回了原形。

"我得离开甜水了,"她说,"手机里的东西一旦流出来,我就没法在甜水做生意了。"季子红红着眼圈说,"小嫚,姐以前有对不住你的地方,你别往心里去,姐打算离开甜水去县城。"

小嫚和全婶不知怎么安慰她,看来丢失的手机太重要了。"本来想留个撒手锏,没想到成了我的致命伤,我是自作自受!"季子红喃喃地说。说这些话时她精神有些恍惚,很像昨日侯所长醉酒的状态。

"要不要找全叔算算?"小嫚说。

季子红摇摇头:"知道的人越少越好。"

突然,草地上的黑画眉叫起来,叫声划开晨雾,在蒲河两岸久久地回响。黑画眉早晨去草地从不叫,今天这是怎么了? 小嫚站在院子里向外张望,雷子是聋哑人,他在河边钓鱼,听不见黑画眉的叫声。小嫚感到奇怪,对季子红说:"我们去看看黑画眉是不是踩到了水蛇。"两人来到黑画眉旁,发现黑画眉面前是被压倒的一片紫花苜蓿,草地上,季子红的手机赫然在目。天哪! 季子红扑腾跪下去,双手抱住手机,禁不住喜极而泣。她想起来了,昨夜侯所长借着酒力,在河边的草地上与她好一顿忙活,应该是激情中将手机掉在了草丛里。或许是手机上的费洛蒙香水刺激了黑画眉,让它引吭高叫。季子红说:"我要买一千斤黑豆犒劳它,黑画眉发现的不是一部手机,是我的命啊!"

## 五

　　黑画眉挽救了季子红,这让季子红对黑画眉的态度发生了一百八十度转变,她真的买了一千斤黑豆送来做饲料。小嫚不收,季子红说,这是黑画眉应得的奖赏。不仅送黑豆,季子红还经常过来给黑画眉梳理毛。她在网上买了一个小铜铃铛挂在黑画眉脖子上,这样,黑画眉拉磨时便有了悦耳的铃声伴奏。季子红渐渐与侯所长变得疏远,也不再去五魁驴肉馆搓麻将,她甚至戒掉了烟瘾,只要有空闲,她要么在店里做瑜伽,要么就到石磨豆花来为黑画眉梳理鬃毛,与小嫚说说话,话题总是围绕着黑画眉展开。季子红问:"小嫚,你相信人会变吗?"小嫚说:"当然会变,坏人能变成好人,好人也会变成坏人。"季子红望着窗外的黑画眉说:"它怎么能找到我的手机?"季子红一直想不通,手机若是黑背叼回来的这不奇怪,黑画眉发现后叫个不停便有些不可思议。小嫚想了想,道:"站在我们的角度,黑画眉是一头驴。如果站在黑画眉的角度看我们,我们又是什么呢? 全叔说过,用'蠢驴'这个词来骂人,恰恰说明人比驴蠢。"

季子红的变化让侯所长和马五魁产生了越来越深的矛盾,他们都认为季子红因为喜欢对方而冷落自己,他们没想到自己的竞争对手原来是一头驴。

问题爆发在一张网络照片上。在当地网络论坛,有人发了一张侯所长与季子红的合影。如果说是一般合影,哪怕亲密一点也不会有问题,关键是这张照片透露出的信息涉及信仰,照片上的侯所长和季子红正在一尊佛像前虔诚地上香祈祷,看上去如同一对新人在拜天地。照片被人举报到纪委,把它上升到信仰不纯的高度。上级一调查,问题就来了,你侯所长带人去考察经济,到庙里干什么?去了就去了,还拜佛上香,还拍照留念,这举动就太离谱了。上级下令,侯所长停职检查,并严厉问责了甜水镇安排的考察活动,牛志为此领了个记过处分。牛志很窝火,这事到底是谁举报的?牛志的驴脾气上来了,非要查个水落石出,要让举报人吃不了兜着走!

根据侯所长的怀疑,牛志把马五魁叫到办公室,问他是怎么回事。马五魁万分委屈地说:"牛镇长啊,我整天搓麻将,什么网不网的,根本就不会弄。"马五魁说的是实话,他真不会上网,他只会用办公室的电脑斗地主。接着马五魁发出一声坏笑,小声说:"侯所长遍地撒情种,不知哪粒长出刺来了。"马五魁这话说得狠,还真把牛志说服了。他知道,马五魁要想整侯所长会有一百种办法,唯独不会选择时髦的高科技。

牛志来找季子红,问她把在西藏拜佛的照片都发给过谁。季子红说她微信朋友圈有五百人,应该都能看到这些照片。牛志一听傻眼了,这个范围就不好调查了,就问:"你猜网上的照片是谁发的?"季子红说:"你别查了镇长,这照片是我发的,要问罪你就找我

59

吧。"牛志不相信季子红的话，但他很佩服季子红的担当，便哈哈大笑说："算了，你挺爷们的，我过去小瞧你了。"季子红说："过去的我，你小瞧不冤枉；现在的我，你高看也没错，因为我有榜样。"牛志好奇地问："能给季老板当榜样肯定不赖，你是说豆花小嫚吧?"季子红摇摇头："不是，是黑画眉。"牛志张大了嘴："你在学一头驴?"季子红点点头："没错。"牛志说："你带我去看看这头驴，到底有什么好。"

季子红带牛志来到磨坊，用一把梳毛刷为黑画眉梳理。黑画眉见了牛志，两只耳朵摇动了一下，便盯着牛志的裤裆看。开始，牛志并不在意，但黑画眉目不转睛地看他的裤裆，把他看得有些发毛。他低头一瞅，发现裤裆开着，露出大红的裤头，急忙转身扣好扣子，对季子红说："这驴是挺神的。"季子红说："每次看到它，我总会想起吉祥天母，那是绿度母的护法。吉祥天母的坐骑是一头马骡，马骡的父亲就是黑画眉这样强健的驴，天母骑着骡子飞行在天空、地上、地下，因此有'骡子天王'之称。"牛志听不懂什么骡子天王，他看季子红一副虔诚的模样，摇摇头说："看来你去西藏收获还真不小。"

侯所长坚信照片和举报信都是马五魁干的，原因是季子红跟自己去了西藏，马五魁心头醋意一直未消。侯所长在甜水深耕十年，从专管员到所长，一路积累了不少资源，他不想栽在一个自己的管理对象手上。作为马五魁昔日的朋友，对五魁驴肉馆的猫儿腻他早有所知，比如用骡子肉来假冒驴肉，用五粮醇假冒五粮液，还用鸭肉抹驴油假冒驴肉串，等等。尤其是骡子肉一事，要是被甜水人知道了，他马五魁就没法在甜水街面上混了，因为甜水人非常忌讳吃骡子肉，认为老年人吃了会诱发旧患，年轻人吃了不生孩子，马五魁这么干真是缺了大德。

马五魁用骡子肉充当驴肉的做法小嫚早就听说过,她和高老师、全叔议论过此事。高老师说:"'驴肉香,马肉臭,打死不吃骡子肉。'古人既然有这个谚语,肯定是从生活实践中得出来的结论,马五魁这么干太不讲究了。"全叔的话则总是带有某种神秘色彩,他说:"驴也好,骡子也罢,都不要吃为好,古人的餐桌上根本没有这两道菜。很多忌讳都是用命换来的,马五魁自己姓马,却肆无忌惮地杀驴宰骡,人不报天也会报。"

　　五魁驴肉馆的厄运果然被全叔言中。县食药卫生站对五魁驴肉馆进行了突击抽检,发现了驴肉馆长期以骡子肉充当驴肉的造假问题,勒令驴肉馆停业整顿。消息一出来,人们大呼上当,驴肉馆的一些常客更是忧心忡忡,担心稀里糊涂吃下去的骡子肉不知何时会在体内兴风作浪。马五魁成了人人唾弃的害人精,连那几个跳广场舞的女人都和他划清了界限。

　　小嫚觉得虽然马五魁粗鄙,但五魁驴肉馆毕竟是二十多年的老店。她还记得上学时的五魁驴肉馆,门前挂着四个带飘带的大红幌子,像四个大红灯笼,喜庆红火。驴肉馆虽然欠账,但每天都从石磨豆花进货,算是老主顾。她和季子红说:"侯仲杰在赌气,冤家宜解不宜结,还是化解了好。"季子红说:"黑画眉让我悟出了许多禅意,我不再掺和马、侯之间的是是非非了。"小嫚只能自己去和侯仲杰谈。

　　侯仲杰被停职后门庭冷落,以前天天泡在饭局上的他深感世态炎凉,跟随他去西藏的大大小小企业主都土遁了一样,连个电话也不打。一大早,他泡了一壶墨汁样浓的普洱,在家里闷头喝茶。小嫚敲门进来,他端着茶碗愣了半天,才问:"你怎么来了? 有事?"小嫚说:"来看看你,你现在是虎落平阳,心情肯定不好。"小嫚这么一说,侯仲杰便开始大骂,骂举报人,骂那些势利眼的小老板,骂上级不分青红皂白就停他的职。他骂了一大通,才回头说:"危难见真情,小嫚你能来看哥,哥就是被停职也认了,毕竟在甜水还有你这么个朋友。"小嫚在侯仲杰大骂的时候,看到地上有一只皮凉鞋,这是一只很眼熟的皮凉鞋,她忽然想起来了,这不是那天落在自家院子里的皮凉鞋的另一只吗?再看侯仲杰没穿袜子的右小腿,一道深色的伤疤十分显眼。

"你和马五魁之间的梁子能解就解吧,僵下去对谁都不好。"小嫚说。

侯仲杰没想到小嫚来给马五魁说情,拧着眉头问:"马五魁让你来的? 不对,应该是季子红,季子红天天往你那里跑,是她让你来的吧?"

"没有谁让我来。"小嫚说,"我是希望驴肉馆别倒,毕竟是家老店,黄了可惜。马五魁能拉直那些弯弯肠子,你就大人大量一回。"

侯仲杰摇摇头:"这小子太阴,竟然写匿名信,在网上发照片,我咽不下这口气。"

小嫚说:"你应该知道我的黑画眉吧,那是马五魁顶账给我的,季子红当年撺掇杨光没收它,说是为了你要吃驴三件。后来这件事被牛镇长拦下了。按理说黑画眉应该痛恨害自己的人吧,但黑画眉没有这么做。那天晚上你和季子红在草地上打滚,结果季子红手机丢了,手机里的东西把季子红吓得要死,店都不想开了。你知道是谁把手机找回来的? 是黑画眉! 黑画眉在吃草时发现了手机。这件事让季子红知道了什么叫放下,什么叫感恩。我劝你还是息事宁人为好,再说,人还不如一头驴吗?"

小嫚一番话把侯仲杰说动了心。他眨眨眼,嘴唇努了努,道:"那不是便宜了马五魁? 我都停职了,他却毫发未损。"

"马五魁怎么能毫发未损? 驴肉馆停业整顿,厨子、服务员都

62

回家了。"小嫚说，"你停职，他停业，你们扯平了。"

侯仲杰还在犹豫，他在甜水一向威风八面，这次栽了跟头有点抬不起头来，关键是季子红不再理他，让他大有赔了女人又折兵的羞耻感。他的心态小嫚猜得一清二楚。要想从根本上解决问题，必须把季子红这枚绣球从两头狮子中间摘除，否则，马、侯不会和解。

"你不要以为季子红倒向了马五魁一边。季子红现在的心思与你们二人无关，全在黑画眉身上。黑画眉是她最好的朋友，你们俩都败给了黑画眉。季子红也不是过去的季子红了，从西藏回来后，她成了一个端庄贤淑的女人。"

侯仲杰有些怀疑，甜水街上梨花带雨、摇曳多姿的季子红会变成一个文静淑女，而且仅仅因为一头驴子？

"侯所长，有些事你该学学我，得饶人处且饶人吧。你看你这只皮凉鞋，它的另一只在哪儿你应该比我清楚，可是我没有声张。我想，给别人留面子，也就是给自己留出路。"

侯仲杰的脸色突然涨红了，红得像猴腚。他喝了一口普洱，擦擦嘴角的茶汁，道："你别说了小嫚，哥给你面子，你去和马五魁说吧，这事到此为止！"

从侯仲杰家出来，小嫚直接去了五魁驴肉馆。馆内冷冷清清，厨师、服务员已经放假，昔日喧嚣的麻将室也没了动静。马五魁一个人坐在办公室里抽烟，眼皮有些浮肿，左腮像馒头一样隆起。见小嫚进来，他坐着没起身，不耐烦地说："来要账？我说小嫚，咱能不能别落井下石？"

小嫚摇摇头说："马老板，我不是来讨账的，我是为你的驴肉馆才来。你我都是做生意的，你和侯所长斗，你有多大的胜算？"

马五魁站起身，哭丧着脸说："哪是我要和他斗？是他揪着我不放。县食药卫生站站长是他中专同学,他要找我麻烦还不是易如反掌? 我正为这事犯愁呢。"

小嫚把自己去做侯所长的工作,侯所长答应和解的事告诉了他,让他主动上门,两人把话说开。马五魁有些发蒙,结结巴巴地问:"小嫚、小嫚,你、你怎么会帮我? 我挺对不住你的啊。"小嫚冷冷地说:"我帮你是因为黑画眉,你没杀这头通人性的驴,是你的一份福报。"

马五魁一个劲儿地点头,小嫚帮他的理由原来在这里,这让他心里很惭愧,做生意都盼着邻居倒,谁像小嫚有这种菩萨心? 难怪季子红早就说,小嫚就像一碗不温不火的石磨豆花,虽说不是高大上的海参鲍鱼,但人人都喜爱。

# 六

马五魁和侯所长交恶全甜水镇都知道,包括牛志在内的许多人都认为两人的矛盾不可调和,龙虎相斗,必有一伤。全叔不这么看,他对高老师说:"马、侯两人虽然势同水火,但有人还是能摆平的。"高老师问:"你是说牛志?"全叔摇摇头:"是小嫚。只有小嫚出面,这场龙虎斗才能化干戈为玉帛。"高老师有点不信:"小嫚的话就那么管用? 这两个人可都是甜水镇响当当的人物。"全叔说:"以我对小嫚的了解,她肯定会出手。"小嫚果然出手了,当全婶把小嫚出手的结果告诉全叔和高老师时,正与全叔对弈的高老师下巴仿佛坠了秤砣,张大的嘴半天没合上。

全叔说:"小嫚是看了黑画眉的面子。"高老师捏着一枚棋子,却不知落到哪里,他满脑子都是黑画眉。黑画眉种种异常之举通过全婶的嘴他没少听,比如黑画眉会在早晨或黄昏时低头朝老井里看,眼睛眯起来,像人一样笑。而早晨和晚上看老井,老井里的水就是一面镜子,难道黑画眉在照镜子? 全叔说,驴看井不奇怪,西藏的野驴在干旱缺水的时候会在河湾用蹄子刨出一口井来,当地人叫"驴井",野驴除了自己饮用外,还为其他动物提供水源。

高老师落下棋子,问全叔:"我看黑画眉时总有种似曾相识的感觉,我就瞎想,黑画眉是不是被小黑附体了?"

全叔盯着棋盘,没有回答。

全婶把高老师这句话告诉小嫚,小嫚扑哧一下笑了:"我和小黑同桌,又亲如兄妹,小黑为何会来吓我? 话又说回来,小黑的魂魄要能附体倒是好事,他游荡的灵魂也好有个安置。不过,听说附体的东西有鬼魅味儿,而黑画眉身上却是实实在在的紫花苜蓿干草味儿。"

全婶活了五十多年,从没听说什么鬼魅味儿,问全叔,全叔说:"鬼魅味儿就是啥味儿也没有,气味发自体物,而鬼魅因为是虚化的魂魄,是灵气,所以什么味儿也不会有。"全婶说:"小嫚小小年纪,怎么会懂这些呢?"全叔道:"玄机不玄,有些人对很多东西能无师自通。"

高老师的历史课不饱和,校长让他把生物课兼起来,他欣然接受。但第一天上生物课,他就被一个学生问住了。学生的问题很简单:为什么说六畜兴旺,而不是七畜、八畜或九畜? 他说这个问题一两句说不清,等下堂课再讲。放学后他请全叔到石磨豆花吃饭,想请教一下六畜方面的学问。这种知识问网络靠不住,全叔作为牲口牙纪,应该有权威答案。

两碗石磨豆花,一把嫩葱,一碟豆瓣酱,几盘小菜,两人相对而坐,小酌长叙。与全叔交往多年,高老师对动物、植物兴趣大增。高老师认为,全叔带给他的是一个全新的观念体系,这个体系不是把人作为万物之灵,而是作为万物中平等的一员来看待,这让高老师有了许多新看法。全叔自己带了酒，是用牛膝、杜仲等几味中药泡的药酒，他每晚喝二两，不多也不会少。高老师承认知识储备不足，一个关于六畜的问题就把自己难住了，只能来求助全叔。店里食客已经陆续离开，高老师让小嫚也过来坐下。

"所谓六畜，就是马牛羊豕犬鸡，是人早期饲养驯化的动物，后来成为家畜，马牛羊为上品，猪狗鸡为下品，此六者皆入属相，可以借物喻人，故有六畜之说。"全叔开门见山，从来不云山雾罩兜圈子。

高老师点点头："看来，六畜乃家畜中的精英。"

"六畜以马为首，之后的五畜可对应五味、五色、五音、五德、五行，演绎出一个超乎牲畜的世界。"全叔果然学识渊博，一个六畜概念，竟能发散出这般大道理。高老师心中敬佩不已。

坐在一旁的小嫚突然插话问："驴呢？怎么评价驴？"

全叔扭头朝窗外看了看，灯光下，黑画眉正安静地在石槽前吃草料，黑背趴在一边，下颌平放在两只前爪上，几条葫芦蔓爬到石槽上方的棚架上，大大小小的葫芦悬挂着，一副恬静惬意的田园景象。见全叔没有回答，小嫚接着说："我老是觉得黑画眉不是一般的驴，它能听懂我的话。"

"驴当然能听懂人话。古代文人雅士多喜欢骑驴，北宋的王安石官至宰相，却一直骑驴不骑马，就是因为驴通人性，懂人话。"全叔说，"西汉时期，朝中有'四宝'之说，是琥珀、珊瑚、翠玉和驴，驴被称为'奇畜'，在御花园中放养。很可惜，后来驴的地位江河日下，究其原因，在人不在驴，驴还是驴，人却不是古时的人了。"

小嫚说："驴通人性，为什么在六畜之外？"小嫚问到了核心。

"谁说驴在六畜之外？"全叔的下巴高高仰起来，语气不容置疑，"不对，应该是六畜之上！"小嫚和高老师都愣了一下，全叔可谓语出惊人,六畜之上,驴的地位将超越牛马。

全叔说:"驴比牛马被驯化为役畜要早很多,说明它辈分在六畜之上;驴能怀仁含义、顺天应时,说明其德行在六畜之上;驴与人气味相投,水流湿,云从龙,说明它志气在六畜之上。"

小嫚问:"什么叫怀仁含义、顺天应时?"

"天性慈悲,解人危难,顺德从善,这就是怀仁含义。"全叔打着手势道,"打个比方说,马会骇,牛能惊,但驴不会狂蹶,不会伤人。驴在路上遇到倒卧之人,要么绕行,要么跨越,绝不会践踏。所谓顺天,就是顺从使命,人让驴拉磨,驴就无怨无悔地转圈儿,这是役畜的天职,尽天职亦是顺人道;驴在夜晚会叫,但它从不乱叫,驴叫与更次相应,叫声是替人打更,这不就是应时吗?"

高老师插话:"气味一说怎么讲?"

全叔说:"动物以气味辨亲疏,眼里不分美丑妍媸,包括发情求偶,皆以气味为信号,同声相应、同气相求就是这个道理。"

驴有这么多好处,人真不该辜负驴。小嫚心生感慨。

全叔接着说:"驴在六畜之上还有原因,六畜乃六牲,六牲充庖为祭可为常理,而驴在六牲之外,故不可杀之过当,这是对驴的敬畏。民间有句话常常被误读,即'天上龙肉,地上驴肉',此言不是说龙肉、驴肉如何美味,而是强调龙肉、驴肉吃不得。想想看,龙作为民族之图腾、皇权之象征,能吃吗? 敢吃吗? 同样,对怀仁含义的驴你又如何下得了刀,张得了口?"

小嫚道:"全叔这话应该让马五魁听听。"

"释家有偈语,'万事皆空,因果不空',马五魁总有回头的一天。"全叔问小嫚,"你不是说当年他还下河救过小黑吗?"小嫚说:"是的,当时马五魁第一个跳下深潭,很勇敢。"

67

# 七

季子红的保健品店不开了，她加盟了一家医药公司，开连锁药店。季子红在做出这一决定前对小嫚说："当年，看到有人凭两只甲鱼就能卖三年鳖精，我觉得这是本事，便开始搞保健品。入了行我才知道，这钱赚得心慌，人一辈子还是活得踏实好，心安，才有幸福感，所以我要改行，正经卖药。"

季子红让雷子帮忙做一件事，就是把她店里的某些保健品装入纸箱，趁着夜幕，挖个深坑埋掉。之所以选择在夜里埋，是怕有人看到给起了去。

药店开业那天，来了几十个熟人，门前摆了七八个鲜花花篮，其中就有马五魁和侯所长的花篮。马五魁和侯所长握手言和后两人各得其所，侯所长停职两个月后得以复职，马五魁的驴肉馆交了罚款后也正常营业。两人都感谢小嫚，如果没有小嫚从中斡旋，打到今天两人也不见得有胜负。

药店开业，没有致辞，没有剪彩，季子红只请牛镇长将牌匾上的一块红绸布一把扯下就算礼成。雷子帮忙放了一挂三万响的鞭炮，鞭炮很响，但雷子是聋哑人，不怕，别人都捂着耳朵，唯有他站在那里憨憨地笑。鞭炮放完，众人放下捂耳的手，却听到隔壁传来一阵嘹亮的驴叫声。驴叫好似和着短促的节拍，众人都伸直了脖子，倾听这不期而遇的驴叫。

没有人发现，季子红的眼角有泪水流出，她能听懂黑画眉为何而叫。

黑画眉叫声停止后，小嫚对季子红说："你这药店里很奇怪，没有来苏水味儿，也没有中药味儿，倒是满屋子紫花苜蓿干草味儿。"季子红点点头说："不是紫花苜蓿，是黑画眉的味道。"

开业仪式结束后,马五魁请侯所长吃饭,不去五魁驴肉馆,而是去椅子山水库边一户农家乐吃鱼。邀请小嫚和季子红,两人婉言谢绝了。她们都希望两人真能和好,而男人和好的标志就是一顿透酒,借着酒劲揭掉最后一层窗纸。

季子红要到椅子山北面的青堆镇进一批药,如果从公路绕过去,开车得小半天;如果从椅子山下的小路过去,也就十几里。小嫚说让雷子去吧,黑画眉已经配了挂胶轮车,几个钟头就把药拉回来。季子红同意了,给雷子写了便条,让他赶车去山后的青堆镇。从甜水去青堆镇全是五尺宽的田间土路,典型的牛马道,走不了汽车。都说老马识途,其实,真正认道儿的是驴,驴车拉了货,只要绕过椅子山,不用人赶,自己就会把车拉回来。雷子去拉过几次黄豆,返回路上往麻袋上一靠,抱着鞭子就呼呼大睡,睡醒时,已在石磨豆花门前了。

雷子拉了一车药,将驴车赶过椅子山,走上那条窄窄的牛马道。道旁开着成片的山菊花,稗草已经成熟,那是牛马的最爱,黑画眉却对此视而不见,它从不在路上捡东西吃。它吃东西除了在院子里的石槽中,再就是在蒲河边的野草滩上。黑画眉步伐平稳踏实,午后的阳光似乎有催眠的效果,在沉寂世界里的雷子特别爱睡觉,不知不觉已经打起盹来。雷子是孤儿,流浪来到甜水,到石磨豆花乞讨被小嫚收留。他很感激小嫚,视小嫚为恩人,自觉担负起保护小嫚的责任。一次,一个货车司机醉酒在石磨豆花纠缠小嫚,他拎着把铡刀就过来了,把司机吓得屁滚尿流地逃走了。当然,他拎着铡刀不是来拼命,小嫚和司机发生争吵时,雷子正在给黑画眉铡草,全婶过来向他勾勾手,他没多想,卸下铡刀拎着就过去了。这件事在甜水传开,街头小混混都不敢来石磨豆花滋事,一来怕那条咬人下死口的黑背,二来怕拎着铡刀拼命的雷子。杨光曾经在外面说,和谁打也不能和聋哑人打,因为聋哑人听不见,到了法庭上法官也愁。杨光说过在甜水他只怕他姐夫,后来出了铡刀事件后,甜水人都知道杨光还怕雷子。

晃晃悠悠的驴车什么时候停下的没人知道,雷子睡得太沉,昨夜他垫了磨道,又新錾了磨齿,睡觉时已是子夜。

小嫚和季子红估计雷子应该回来的时间却没有回来,便有些不放心,说去看看吧,别出什么意外。在通往椅子山的草绳一样的小路上,两人看到熟悉的驴车停在路中间一动不动,快步走过去,两人顿时吓呆了——黑画眉前面躺着个人,仔细一看,是马五魁。马五魁喝醉了,呕吐后就伴着一堆呕吐物睡在了路中央。小路很窄,马五魁在前面一横,驴车就过不去了。两人叫醒马五魁,又推醒沉睡的雷子。小嫚和季子红都感到后怕,若是黑画眉不停下,那么驴车就会碾过马五魁,这么重的驴车碾过去,马五魁肯定去城隍庙报到了。

马五魁明白了事情经过后,酒被吓醒大半。他和侯所长酒喝得很开,都觉得再闹下去对不住小嫚一片苦心。人家小嫚图啥呀?人家是真心实意帮咱们,再说咱们这么对着干,让季子红也瞧不起。两人说话掏心窝,酒就下去得快,结果都喝高了。侯所长在农家乐就睡了。马五魁觉得自己还能走,便摇摇晃晃往回走,没想到走到半道酒劲上来,就倒在路中央稀里糊涂睡着了。本来已经站起的马五魁,看着黑画眉好一会儿,突然扑腾一声跪在黑画眉蹄前:"仁义啊,你比人还仁义啊!人遇到醉鬼都会迈过去,你一头驴子却怕伤到我,停下来保护我。"马五魁真流泪了,他知道,是黑画眉救了自己一命。

一周后,马五魁来找小嫚,还清了欠账。他说,五魁驴肉馆不开了,他上次去椅子山吃饭,发现椅子山上植被茂盛,各种野生菌类资源丰富,他准备将驴肉馆改成菌王火锅城,从此与肉类告别。马五魁信心满满,临走时说,当然,石磨豆花还是要天天进货,作为菌王火锅永远的配菜。

马五魁真的回头了,全叔的话又一次应验。

小嫚很开心,她觉得整个院子甚至整个甜水镇都充满了紫花苜蓿的干草味儿。夜里,小嫚又做了一个梦,梦见小黑在新开的菌王火锅城门前垛草。她问:"你垛什么呢?"小黑说:"紫花苜蓿啊,城隍庙里闹饥荒呢。"小嫚说:"我来帮你一起垛。"她抓起一捆紫花苜蓿,闻着香甜清新的干草味儿,舍不得放手。醒来发现,自己抱着枕头睡了一夜。

原载于 2017 年第 10 期《人民文学》;2018 年增刊 1
《小说月报·中长篇专号》转载

# 猎　猞

题记：在兴安岭三林区，猎手可以说进山打虎、打熊、打狼、打野猪等等，唯独对猞猁不用"打"，而是文绉绉地叫猎猞。

## 一

金虎知道胡所长已设好圈套等着自己往里钻，一旦自己中招，胡所长当三林区猎手终结者的春秋大梦就会实现。胡所长一到三林区担任林业派出所所长就许下诺言：要当三林区的猎手终结者。三林区是个十人九猎手的地方，民风彪悍，擅耍刀枪，这里的居民不少都是驿站人后裔，历史上狩猎一直是他们的主业。胡所长上任后，公安机关贴出了收缴民间枪支的公告，猎手的好日子便到了尽头。公告贴出后，林场的有线电视也做了宣传，宣传语像山枣刺一样扎人：今天不交枪，明天进班房。谁都知道班房就是笆篱子，那里可不是好人待的地方。

金虎一直在观望，一般的猎手不用看，三林区五个有名的猎手都向他表过态："我们不看公告，哥儿几个就看你一枪飙，你交我们就交，你留我们就留，他胡所长总不能把我们六个都塞进班房里吧。"这话说了没到一星期，刘大牙把枪交了，宋老三把枪交了，李库也把枪交了，剩下两个年轻猎手更是直接把猎枪交到了县局，他俩听说交到县局有奖励，结果根本没什么奖励，白白花了来回的路费。五个猎手还算讲究，交枪前都给金虎打了电话，说法基本一

72

致:不交不中啊大哥,胡所长一天一遍电话,话一遍比一遍说得狠,催命一样。金虎想,这个胡所长挺有意思,给刘大牙他们五个都打了电话,单单没打给他。他怀疑这是故意做扣,是专门给他定制了圈套。

决不能上胡所长的圈套,金虎想,红箭该交就交,不给胡所长留把柄。

红箭不是箭,是陪伴金虎多年的一杆小口径猎枪,仿苏制TOZ-8型,射击精度极佳,北安庆华厂的名牌产品。红箭是金虎的心肝宝贝,金虎之所以迟迟不交,是那种割肉的感觉实在受不住,没了红箭,金虎还是金虎吗?他甚至怀疑起自己的未来。

金虎的猎枪之所以取名红箭,是因为枪龄长了,梨木枪托有了层厚厚的包浆,透出暗红的木纹,像凝固的血丝,又像锈蚀的箭镞,他便起了这个名字,意思是带血的箭。

三林区派出所张贴上交枪支的公告后,金虎迟迟没有动,坐在家里一遍遍用鹿皮擦拭红箭。擦枪如同洗脸,是猎手每天必做的功课,不管红箭用不用,每天都要擦,而且要与它对话,这样,枪才会懂你的意图。有的猎手在夏季会将猎枪打上黄油封起来,金虎不这样做,打入冷宫还怎么交心?只有对枪上心,枪在关键时才会给你争脸,使枪现用现擦和做人现用现交一样,那是一锤子买卖。

派出所对辖区猎手了如指掌,谁有枪、什么牌子,所里一清二楚,公告发出去,没有谁敢隐藏不交。猎手们把枪交到派出所,一个个出来时眼圈都是红的。金虎看到邻居苗魁也去交了枪。苗魁新买的猎枪,一次未用,就乖乖交到了派出所,好像买枪就是为了上交,但他知道苗魁交枪有猫儿腻。

金虎知道胡所长一定在瞄着自己,谁让自己是一枪飙呢!一枪飙这个绰号等于把自己推到了风口浪尖上,出头的钉子挨锤,胡所长不盯自己盯谁？胡所长骨相峥嵘，发须皆黄，连眼珠也是黄的，这副模样盯上谁都是噩梦。

胡所长和金虎有过节，金虎分析胡所长十有八九会利用收枪这件事做文章。所内有个叫六子的协警曾是猎手，是金虎的死党，六子悄悄告诉金虎说胡所长已经撂下狠话："一枪飙不是猎手中的老大吗？咱等着事儿上见。"六子说胡所长一旦拎出这句口头禅，就说明他已经胸有成竹，稳操胜券。

在规定时限最后一日，离下班还有一个钟头，全所七名干警都带上配枪，边看手表边看胡所长的脸色，仿佛箭在弦上一样紧张。胡所长已经下达命令，五点钟一到，就上门传唤金虎。所谓传唤，就是把人强行带回派出所，绝不是客客气气地邀请。

墙上的石英钟秒针在飞转，平时几乎听不到声音，现在却哒哒哒清晰可辨。这秒针好像在人神经上弹跳，让人每一条血管都变成了传感器。干警们不能不紧张，因为要传唤的金虎可是大名鼎鼎的一枪飙，枪法十分了得，想打你鼻梁，不会打到额头，如果地形有利，用一支小口径干掉七个警察不是没有可能，所以说这次行动的危险程度不亚于抓捕杀人犯。

胡所长却稳得住，坐在桌前嘎嘣嘎嘣嗑榛子。嗑榛子需要一口好牙，胡所长捏起一粒榛子扔到嘴里，只听嘎嘣一声，让人心里一震，然后吐出榛壳，有滋有味地咀嚼榛仁。临战之前嗑榛子，一惊一乍让周围的人像听爆竹一样。

派出所大门临街西向，门敞开着，阳光斜照进来，白水泥地面明晃晃的，像块矩形荧屏。四点一刻，一个长长的影子一点点漫进来，在那块矩形荧屏上越来越大，最后占满了整个地面。是金虎，不仅扛着枪，还拎着一个黑色塑料袋。因为背对阳光，金虎凹凸不平的脸阴郁不清，倒是乱糟糟的头发格外惹眼。金虎把枪和塑料袋放在桌上,从塑料袋里拿出两盒没打封的子弹,然后对众人说:"都在这儿。"

胡所长站起身,用警惕的目光审视了一番金虎,然后拿起枪,熟练地拉开枪栓查看枪膛,道:"好枪,干净!"说完,把枪递给身边一个警察。

"需要办个交割吗?"金虎问。

那个叫六子的协警拿过一张表格,让金虎就枪型枪号做了个登记,然后按了手印。

"没事了吧?"金虎又问。

"交了枪,自然不会有事。"胡所长坐回去,用十分放松的语气对大家说,"五点了,大家准备下班吧。"金虎明显感觉到胡所长有种泄气的意味,心想,精心设计的圈套白费了,事儿上见的想法落空了,不沮丧才是怪事。

胡所长和金虎的过节在三林区不是秘密。两人之间的梁子有三件事。一是飙枪。所谓飙枪是当地猎手说的比枪法,就像电影《智取威虎山》里杨子荣和座山雕在威虎厅比枪法一样,这是东北胡子选老大的招数,是真功夫较量。过去胡子飙枪一般是在活人头顶立个酒碗,打不准就会爆头。胡所长到任后听说三林区有个一枪飙,就很想见识一下。胡所长是军转干部,在部队是全师有名的神枪手,根本没把金虎这个野路子猎手放在眼里。两人比试三项,步枪固定靶、移动靶和手枪三十米靶,三局两胜,结果步枪两项金虎胜出,胡所长只是赢了手枪。另一件事是协警风波。胡所长发现金虎是个人才,便想收到麾下为其所用,派人与金虎谈,金虎问:"当协警能穿正规制服吗?"来人告诉他正规制服没有,可以发没有警徽的保安服。金虎对这份差事不放在眼里,说了句让胡所长特生气的话:"给手下败将当差,不干!"在三林区,还没有人不给

75

胡所长面子,金虎可以拒绝,但不该说伤人的话,于是派出所便有话传出来:"一枪飙装什么灯? 等着事儿上见吧。"再一件事是金虎受罚。这是让金虎最没面子的一件事,起因是金虎在山上下套逮了头野猪被警察抓住,不仅罚了钱,还在派出所那间小黑屋里关了一夜。六子悄悄告诉他:"你偷着乐吧金哥,你要是带了红箭上山,这次就给没收了。"金虎暗自庆幸那天没带枪,打猎新规出台后他尽量避免用枪。他认为自己被关是胡所长故意找碴儿,山上野猪稀烂贱,别人打了没事,偏偏自己蹲了笆篱子。

金虎不想多看胡所长那双黄眼珠,打了声招呼转身欲走,胡所长却突然问:"没了枪,你干啥呢?"

金虎头也没回,背对着胡所长道:"给苗魁放羊。"

"放羊比当协警体面?"胡所长话里明显带着一丝嘲讽。其实,即使金虎现在想来派出所当协警,胡所长也不会答应,这么说是故意旧账重提,让金虎难堪。

"苗魁是我兄弟。"金虎回过头说。

"大名鼎鼎的一枪飙变成了拎着牧羊铲的羊倌,怎么听起来有点不对劲呢?"胡所长走到脸盆前,绞了毛巾擦手。金虎看到胡所长绞毛巾很用力,几乎要把毛巾拧断。胡所长擦手的时候,金虎不知怎么就想到了一个词:金盆洗手。

"听说你是打飞龙高手。"胡所长擦干了手,将毛巾团成一团,扔到脸盆里。

金虎是驿站人后裔,作为站上人,金虎秉承了父辈打飞龙的绝技,在猎手中影响不小。金虎打飞龙专打飞龙头部,十枪九不空。飞龙打头是有道理的,若是身子中了铅弹,铅毒会随着血走从而改变肉味,厨子就没法烹调飞龙汤了。飞龙是有名的禽八珍之一,主要烹调方式是余汤,飞龙汤鲜美无双,是闻名遐迩的一道佳肴。

76

"我早就金盆洗手了,现在飞龙受国家保护,犯法的事我金虎不干。"

胡所长愣了一下:"一枪飙有了环保意识,新鲜!"

金虎知道话不投机,便转身推门离开。

胡所长在身后缀了一句:"进山放羊可别搂草打兔子。"

金虎回了一句:"真想打,没人拦得住。"

胡所长双手叉腰,头歪向一边,看着金虎走远的身影,对满屋子下属道:"那就试试,咱早晚事儿上见!"

过后,六子告诉胡所长金虎确实不用枪也能打猎,除了枪法好外,金虎下套特神,十套九不空,三十多年前就套过黑瞎子。套黑瞎子在林区历史上极为少见。尽管下套这种古老的狩猎方法沿用至今,但顶多是套狍子、鹿和野猪之类的易受惊吓动物,黑瞎子力大无比,如果不是被套住要害,猎套不被挣断也会被咬断。胡所长听后,黄眼珠转了几圈,对六子说:"孙悟空本事大不大? 不还是在如来佛的手心里?"

上交猎枪后,金虎就到苗魁的制箸公司当起羊倌。金虎觉得当羊倌挺好,自嘲说五十岁了还当上了官。他记得电视里出过一个谜语,谜面是"千里挑一选干部",打一字,谜底就是"倌"字。当羊倌一个人很清闲,金虎就想买条狗。他喜欢藏獒,一獒抵三狼,獒是唯一不怕野兽的犬种。他和苗魁说了自己的想法,苗魁满口支持,专门派车拉他去了有"全国最大狗市"之称的辽宁北镇,精挑细选买回一只红獒。这是只一岁雄獒,体形硕大,毛色纯正,四只狮爪和两只带泪囊的三角眼,看上去颇具王者风范。凭直觉金虎认为,只要好好调教,这只红獒必成獒中龙凤。红獒弥补了金虎失去红箭的缺憾,他和红獒天天厮磨在一起,几乎形影不离。为了保护年轻的红獒不被其他恶犬偷袭,金虎特意买回一个双排刺不锈钢项圈,红獒解开链子时就给它戴上。

买回红獒当天,苗魁媳妇生下了第三个儿子。苗魁媳妇高龄产子,母子平安,可谓苗门幸事! 苗魁之所以要三胎,也是没办法的事。作为邻居,金虎看到了苗家的不幸,大儿子不幸夭折,二儿子生下来患有先天性听觉障碍,这个刚出生的小儿子便成了苗魁全部的希望。苗魁有点迷信,为了让孩子无病无灾,专门找了个能掐会算的高人给孩子起名,高人说贱名好养,就叫狗剩吧。老婆说啥也不同意,啥年月了还起这样的名字,将来上学让人耻笑。苗魁想,买回红獒当天儿子出生,就给孩子起名吉鳌吧,鳌与獒谐音,比狗剩好听点。

苗魁胆子小,草地里蹿出只兔子都会吓一跳,从家到公司不到两公里路,晚上自己都不敢走,非要拉上金虎做伴。苗魁是个美食家,看到什么动物首先想到的是肉,好不好吃,在吃山珍方面颇有心得,能讲出许多道理来,比如山鸡发柴,野猪肉腻,狍子肉干燥,兔子肉无味,最好吃的莫过犴鼻、熊掌和飞龙,尤其是飞龙,给鱼翅都不换。这一点,金虎与苗魁不同。金虎虽然是一流猎手,但不喜欢吃野味,他打猎要的更是一种征服欲,对打到的猎物却没啥胃口。他看到有些猎手打了狍子,在山中就将猎物开膛破肚,生吃狍肝,再吊上锅炖狍子肉,心里觉得不舒服,总有点胜利者杀俘的感觉。苗魁悄悄买回两支奥地利造猎枪,同一品牌,放在家里镇宅。收枪公告出来后,苗魁交了一支,另一支则藏匿在家中。此事瞒得了别人却瞒不过金虎,因为苗魁向金虎说自己买了猎枪,而且是名牌,几次炫耀给金虎看。金虎从枪托木质上断定这是两支枪,核桃木和枫木还是能分清的。但金虎没说破此事,苗魁买枪无非为了壮胆,家中有枪,遇贼不慌。

苗魁虽买了枪却不打猎,他对金虎说:"枪可以随用随拿,就当

78

是你的,我只要吃一口野味就行。"金虎就问他:"不用枪你买枪干吗?"他说:"这个你不懂,武林高手出手不用剑,但腰里必仗一把宝剑,我买枪就这个意思。"金虎觉得他是武侠小说看多了,不用武器的武林高手只在传说里。但他觉得苗魁不动枪是对的,玩枪人都懂,枪这个东西犯邪,摸不准枪脾气的人易出事。三林区有个猎手,酒后擦枪,结果走火把老婆肚子穿了个洞。苗魁说他的枪从来不压子弹,子弹都锁在保险柜里,想走火也走不成。

苗魁对金虎金盆洗手觉得可惜,就问:"你是怕胡所长?"

金虎摇摇头:"几年前就有这个念头,这次是个当口。"

"就不能睁一只眼闭一只眼吗?"苗魁说。

"是外孙女的一句话让我产生了这个念头。"金虎说,"有一次我上山,打回一只狍子、几只野兔,女儿带着孩子回来,外孙女刚两岁,看着我带回的猎物忽然哭了。女儿问她为啥哭,她说外公是个坏人,比大灰狼还坏,这么好的小鹿和小兔子给打死了。外孙女把狍子看成了鹿,这句话让我当夜失眠,我想我手上有多少动物的命啊。"

苗魁睁大了眼道:"照你这么说,我吃野味也不该。"

金虎抬头看了看远山:"不吃也好,不造孽就会多一份心安。"

"你这是要吃斋念佛呀。"苗魁觉得金虎像变了一个人。

"我也是在事儿上悟开的。"金虎讲了自己一次打猎的经过。那次在菠萝沟他打中了一匹狼,打中的是狼的肚子,照常理这狼应该跑不动了,但它还是叫唤着跑了。他沿着血迹跟上去,在一处土崖下找到了这只被打中的狼,狼上半身探进洞里,下半身还在洞外,一动不动。他估计狼死掉了,便上前抓住尾巴将它拖了出来。拖出来之后,他才发现洞里有一窝小狼,一个个惊慌失措地看着他。金虎说:"我当时就心软了,垂死的母狼是为了保护孩子才用自己的身体堵住洞口的,这是一种舍生忘死的母性啊!我扭头离开了狼窝,心里祈祷,但愿公狼还活着,让这窝小狼不至于饿死。在离开狼窝那一刻,我挺佩服自己,谁说猎手都是残忍冷酷的杀手?我一枪飙就不是!"

苗魁说:"母狼最护犊子。"

金虎点点头,说:"连续三个晚上我都做噩梦,那窝狼崽把我祸祸毁了。"

"梦到啥了?"

"我梦到一群小狼围着我要妈妈,都可怜巴巴地看我。从那以后,我一看到小狗崽就会想到那窝小狼,小狼和小狗在哺乳期你是分不出来的。"

苗魁心里琢磨,三林区大名鼎鼎的一枪飙变了,不仅仅因为没了枪,也不仅仅因为胡所长。

## 二

金虎每周三次进山放羊,倒不是为了省饲料,散放的羊体质会更好。

苗魁因为小儿子吉鳌晚上总是哭闹,心里烦,就经常跟金虎进山散心。

兴安岭的山大多是缓坡,多林地草场,适合放牧。把羊群赶到草地里,有红獒看守,金虎找了片石砬子仰面躺下晒太阳,天空瓦蓝,有絮状的白云挂在天上,像小时候爱吃的棉花糖。

苗魁也跟过来躺下,嘴里衔片嫩草叶,这是一种叫酸木浆的蔓生植物,小孩子都喜欢吃。苗魁望着天空问:"你说山中野兽什么最厉害?"

"民间有'一猪二熊三老虎'之说,"金虎道,"这个说法不是空穴来风。老虎我没遇过,野猪和黑熊我都交过手,黑熊莽,野猪猛,莽好躲避,猛就不好对付了。尤其是孤猪,见人就追,追上就咬,很多猎手吃过野猪的亏。"

"难怪野猪排老大。"苗魁倒吸一口凉气。

"人发情不畏法,猪发情不要命。最可怕的是发情的公猪,荷尔蒙这个东西在猪身上格外起作用,能让公猪战斗力倍增,在发情公猪眼里,除了母猪其他都是死敌。"金虎停顿了一下,接着道,"不过这个说法也不全对,我觉着山里最难对付的是猞猁,就是耳朵上长着簇毛的那种短尾大猫。"

"听说过猞猁,从来没见过。"

"猞猁体型不大,但下口狠,往往一招致命。张三厉害吧,遇见猞猁立马就跑。"

张三是狼的别称,狼都怕的野兽人怎能不怕? 苗魁哆嗦了一下。

羊群在开阔的草地上悠闲地吃草。忽然羊群有些躁动,接着红獒开始吼叫:"汪汪汪。"叫声像低音炮,极具穿透力。金虎觉得奇怪,这一带没有猛兽活动,红獒怎么会反应异常? 他坐起来,看到红獒是朝白石碴子后面叫,估计是那里有什么情况,便唤过红獒,系上链子,让红獒引路转向白石碴子后方。转过来一看,原来是草丛里蜷缩着一只狐狸。这是一只雌性狐狸,除了眼圈、嘴巴和四爪是白色外,其他部位通体银灰。可怜的灰狐狸被猎套套住了一只前爪,两只大耳朵直竖着,龇着利齿,惊恐地望着来人。金虎拉住红獒,一旦松手,体型庞大的红獒会扑上去将纤小的狐狸撕成碎片。苗魁也跟过来,哆嗦着掏出手机拍照,这是他第一次看到中套猎物,而且还是狡猾异常的狐狸。灰狐狸用力后退,想挣脱猎套,发出嗷嗷叫声。猎手设计的猎套像手铐,越挣扎越紧,如果套

81

在颈部,灰狐狸早就窒息而死,所幸这只灰狐狸被套住了一只前爪,挣扎才不至于致命。

有金虎和红獒在,苗魁便有些胆壮,打量着狐狸说:"这只狐狸的皮能做条好围脖。"

金虎摇摇头:"站上人从来不打狐狸,这是个意外。"

苗魁道:"是呀,没听说谁套着了狐狸。"

"是只过路狐狸,窝不在附近。"

"那咋办?"苗魁问。

"自然是放了。"金虎丝毫没有犹豫。

苗魁问:"我过去解套,它会不会咬我?"

"会咬的。"给活物解套是个危险营生,金虎曾经给一只活着的野兔解套,结果不小心被咬了一口,由此懂得兔子急了也咬人这句话是有道理的。金虎拴好红獒,去树林折了根带杈的树枝回来递给苗魁,说:"你把它的头叉住,我来把套豁开。"金虎从靴子里拔出攮子。攮子比一般的匕首要短,锋利无比,是当地猎手不可或缺的防身武器。苗魁一点点逼近狐狸,想用树杈叉住狐狸脖子。狐狸先是往后退,待套绳像弓弦一样绷紧时,猛地向前跃起,咔吧一声从苗魁左侧跳过,瘸着腿跑了,猎套上留下一只血淋淋的狐狸爪。红獒猛虎般跟着跃起,却被链子拉住了,红獒像疯牛一样和链子较着劲。

苗魁动作迟疑,给了狐狸拼命一跃的时间。

"老天爷,狐狸这么大的劲儿!"苗魁惊魂未定。

"这是一只了不起的狐狸,"金虎感慨道,"断爪求生,需要拼死一搏的勇气。"

返回时,苗魁突然悄悄地说:"真是奇怪,狐狸叫声怎么像小孩子在哭呢?"

金虎没搭腔。站上的猎手有个不成文的老规矩——要把狐狸当朋友待,丌始他不知道为啥会有这样的规矩,后来是一个知青说通了道理。旧时林区易发鼠疫,尤其是出血热,得上这种病十有八九不治。鼠疫病毒的宿主是老鼠,而狐狸是捕鼠能手,狐狸多的地方,出血热发病率就低,所以老辈人这么说有一定道理。而且不仅狐狸,猎手很少捕杀黄鼠狼、猫头鹰,也是因为它们都是捕鼠能手,用现在的话说是益兽、益鸟。

让苗魁闹心的是吉螯。小吉螯生下来就食欲不佳,夜里啼哭不止。到医院检查,各项指标正常,没啥毛病。苗魁就疑心孩子是不是有癔症,找了那个起名的高人看,高人好一番叫魂儿、画符、烧纸人,能试的法子都试了,就是不见效。金虎就劝他:"哪个小孩子不哭?我看吉螯没病。"但苗魁总觉得吉螯夜里啼哭不正常,在苗魁心里,吉螯不能有丝毫差池。

遇见灰狐狸的次日,一个朋友给苗魁发来短信,说四林区有个姓莫的叉玛专看各种癔症,已经打过招呼,让苗魁去看看。朋友说这叉玛特神,很多名人找他看过病,家里挂满了与名人的各种合影。

去四林区要经过一条荒野土路,即使开车苗魁也不敢自己走,金虎便带上红獒,陪他去四林区。越野吉普沿着一条布满榛窠和蒿草的土路,经过近两个钟头来到四林区,根据路人指点找到了莫家。莫家房子因为地基高、起脊高,在林场家属区很有点鹤立鸡群的样子。院子里有张油渍斑驳的长木桌,四周围着一圈长板凳,看来这是老莫的诊台了。老莫在午睡,被家人叫醒来到院子里,一副不情愿的慵懒相。让金虎惊讶的是,看到红獒后老莫的慵懒不见了,伸出手来和红獒打招呼,褐色的瞳孔像射灯一样照着红獒。一向无所畏惧的红獒见了老莫却变得躲躲闪闪,金虎能感觉到牵着红檠的链子在微微抖动,这是从来没有过的现象。金虎看了老莫一眼,发现老莫眼中透出一股冷气,令人不寒而栗。

"这是一只好狗,"老莫说,"至少能出二十斤肉。"

金虎有些生气,哪有这样夸狗的?狗是猎手最忠实的伙伴,身为叉玛对红檠应该喜爱才是,怎么想到了狗肉?何况叉玛是忌吃狗肉的,不仅叉玛忌吃,站上人,还有鄂伦春族、达斡尔族等少数民族都不吃。

苗魁说明来意,报上了吉鳌的生辰八字,然后把一箱北大仓白酒放到桌角。朋友说老莫喜爱喝高度酒,他特意去买了一箱北大仓做见面礼。老莫坐下来,示意苗魁也坐,却没有与金虎打招呼。老莫闭眼掐指算了算,很快睁开眼点燃一支烟连吸几口,吐出一串烟圈,然后把半截香烟掐死在烟灰缸里,盯着苗魁说:"孩子厌食、惊悸、夜啼、便稀、消瘦,对不?"

苗魁连连点头。老莫用了五个词概括孩子的症状,说得都对。老莫接着说:"孩子招人喜欢,自然也会招妖魔亲、鬼怪宠,妖魔鬼怪都喜欢这孩子就不是好事了,必须降妖驱魔孩子才能好。"老莫说得吓人,这降妖驱魔可不是凡人能胜任的。

"大师给个方子吧,孩子的病就指望您了。"苗魁掏出一个红包放到木桌上,钱能通关,想免灾不破费肯定不行,"孩子好了后,会加倍孝敬您!"

老莫没动红包,目光落在那箱酒上面:"方子肯定有,就是东西难弄。"

"啥东西?"苗魁急切地问。

"去猎猞,剥下猞猁头皮,做一顶带双耳的猞猁帽给孩子戴上,妖魔鬼怪就不敢再来骚扰孩子。"

金虎吃了一惊,猞猁是保护动物,猎杀猞猁要蹲笆篱子的。他

84

觉得老莫这个方子是个圈套，明明知道不能猎猞，却又出了这个难题，搞不来就休怪大师不灵。金虎接触过一些所谓民间大仙，出的方子千奇百怪，有的抓药容易，药引子却难寻，什么虎尿、龙须、肾精子，十足难为人。

"猎猞？是打猞猁吗？"苗魁问。苗魁第一次听到"猎猞"这个词。

"他知道，你回去问他。"老莫指了指金虎，大概他猜到金虎是个猎手。

"猎猞很难。"金虎插话说，"我打了半辈子猎，从没有猎猞。"

"对头，我给人看病十几年，从不出容易的方子。"老莫眼中露出一丝不屑。

院外来了新的拜访者，两人告辞。苗魁摇下车窗向老莫摆手，这时一直默不作声的红獒突然朝车窗外发出一声低吠，声如狮吼，站在门口的老莫脸色骤变，扭头回去了。

"打猞猁怎么叫猎猞？"苗魁问。

"猞猁狡猾凶猛难以对付，不是轻易就能打到的。打体现的是蔑视，就像大人打小孩，很容易；猎体现的是重视，就像势均力敌的两个人搏斗，需要斗智斗勇。林区猎手管打猞猁叫猎猞是有道理的，能猎猞的猎手会被人高看。我打了一辈子猎也没能猎到猞猁。"

"猞猁帽真管用？"苗魁想到了老莫开的方子。

金虎知道鄂伦春族一向有给女人和孩子戴猞猁帽的习俗，看来老莫也知道这个，一顶猞猁帽吓退妖魔鬼怪的说法有点玄，再说哪里来的妖魔鬼怪呢？"不管好不好用，戴个猞猁帽反正没坏处，问题是猎猞犯法。"

"大仙出的方子都怪。"苗魁说。

金虎笑了笑："不怪就不叫大仙了。"

金虎想起了老莫看红獒的眼神，就让苗魁给那位朋友打电话，问老莫为啥对狗感兴趣。电话接通，那位朋友说老莫喜欢吃狗肉，每年都会买十几条狗杀了吃，再厉害的狗见了老莫都会打哆嗦。

"原来如此！"金虎明白了，"屠夫身上有种看不见的杀气，狗、牛、猪、羊都能嗅出来，红獒正是嗅出了这股杀气，才一直往我身后躲。"

苗魁眉头皱成一团："屠夫当叉玛，有点拧巴。"

"是不靠谱，叉玛是不应该吃狗肉的。"金虎说。

苗魁说："不信他还能信谁？没人可信呀。"

"问题是老莫给你出了道难题。"金虎知道苗魁不可能进山猎猞，这个难题实际等于出给了他。

"你知道，我连兔子都不敢打，怎么敢猎猞？"苗魁为难地道，"我就是个吃货，这件事老哥要帮我。"

"我答应过胡所长不再打猎，不能食言呀。"

苗魁道："再想想，不行你帮我制订一个猎猞计划，你当军师就行。"

金虎被他逗笑了，心想，还猎猞计划呢，干脆叫马歇尔计划好了。

路坑洼不平，路边一个个准备垫路的沙堆像座座新坟，看上去十分添堵，车颠簸得厉害，两人唠了一路猞猁。

三

透过窗子，金虎看见苗魁正在家里摆弄猎枪。

金虎心里清楚，苗魁摆弄枪一定是为了猎猞。不知为什么，金虎忽然想起了派出所的那间小黑屋：一盏昏暗的低瓦数灯泡被铁

86

丝网罩着,高高地悬挂在天棚上,四周墙壁上布满霉菌,屋内无窗,一只涂料罐做成的马桶散发着难闻的气味,铺着稻草席子的木板床坐上去吱扭响,置身其中犹如掉进了地狱,给人鬼影幢幢的阴森感。他想,苗魁要是在那里待上几天,吓也会吓死。

一天,他和苗魁正在办公室闲聊,胡所长不请自来。

"稀客呀!"苗魁起身相迎,"胡所长难得来一趟,大家一起唠唠嗑儿。"

金虎点头示意后,从茶几上拈起一张报纸漫不经心地浏览。

胡所长坐在布艺沙发里,黄荧荧的目光扫来扫去,在寻找什么。金虎用眼睛余光留意着胡所长,知道来者不善。

沙发后有一只苍鹰标本,翼展达两米,立在一截根雕上保持着敛翅下扑的姿势。胡所长位置恰好在标本下,那双黄眼珠眼神相当锐利,让金虎联想到了 3D 电影里的座山雕,影片中的座山雕似乎就是黄眼珠。

"现在许多野生动物不能打了,知道吗老金?"胡所长并不对苗魁说话,直视着金虎说。

这个问题对于金虎来说并不新鲜,进山路口的护林防火宣传栏里就贴着禁止狩猎的告示。"能不能打都与我无关,"金虎说,"我现在是个羊倌。"

"你还是一枪飙,"胡所长跷起二郎腿说,"打猎像抽大烟,上瘾容易戒掉难。"

苗魁问:"野猪和狼也打不得啦?"

"白纸黑字写着呢,"胡所长说,"再打就是个事儿。"

金虎心里在笑,这番话明显是说给他听的,苗魁又不打猎,如此旁敲侧击有意思吗?他不搭腔,胡所长便沉不住气,盯着金虎问:"交了枪是不是手会痒呀?"

"手上不生虱子,怎么会痒?"

"虱子有时会生在心里。"胡所长反应极快。

金虎说:"派出所还负责捉虱子?"他这样说等于呛胡所长肺管子,但他不在乎,自己不做违法之事,你胡所长再厉害又能奈我何?

胡所长笑了笑:"没发现老金还挺幽默。"接着语气变得硬起来,"三林区大小事都休想瞒过我,派出所干警不多,但网格化管理是到位的。"

苗魁连连点头道:"是的是的,没听说三林区有什么治安案件。"

胡所长道:"三林区治安没问题,问题是要根治盗猎之风。"胡所长提到,有人私下交易山鸡和沙半鸡,几乎每家生态餐馆都能点到野味,派出所下决心要从源头治理,刹不住盗猎风他宁可辞职。

金虎没有搭话,他觉得胡所长这件事抓得对,没有买卖就没有杀害,管住馋嘴,盗猎之风就会消停。

"枪都收了,现在还有人盗猎?"苗魁试探着问。

"只要饭店里能吃到,就说明有人在盗猎,我这个猎手终结者的使命就没完成。"胡所长话锋一转,"老金呀,那只红獒可是好猎犬。"

金虎道:"养獒不算事儿吧?"

"当然,"胡所长说,"但是要办证。"

"三林区家家养狗,都办证了?"金虎问。

"土狗无所谓,藏獒特殊,是猎犬。"胡所长站起身,"办证花不了几个钱。"

胡所长的目光搜索完毕,最后停留在金虎身上。胡所长在部队担任过侦察连长,对本职工作超自信,在公开场合曾说过,自己眼睛后面还有一双眼睛。

"我去办,红獒是公司的牧羊犬。"苗魁说。

胡所长起身告辞,走到门口又回头道:"对了老金,你那支红箭已经被县局统一销毁了,按规定收缴的枪支一律销毁。"

金虎浑身一颤,鼻子有些酸,装作没事的样子说:"红箭已经不属于我了。"

"其实我也觉得可惜,枪没有罪,有罪的是人。"

金虎张了张嘴,终于没有说,他知道这话是对谁讲的。

胡所长走后,金虎脑海里在一幕幕过电影,铮明瓦亮的红箭像幻灯一样一帧帧打出来。三十多年了,每天入睡前都要擦一遍红箭,这是雷打不动的程序,哪怕是除夕夜。红箭上交后睡前没枪可擦,他便到羊圈旁的狗棚与红獒亲热一番,他从不否认自己抚摸红獒时心里想的是红箭。

苗魁皱着眉头问:"咋整?我们的猎猞计划咋办?"从老莫那里回来开始,苗魁心里就存在一个子虚乌有的猎猞计划,常常向金虎提及。

金虎道:"好猎手听到虎豹叫会血往头上涌。他若不来,我真想洗手不干;他来威胁我,等于下战书。"

苗魁说:"你改变主意了?"

"人家下的战书不敢接,脸往哪里搁?"

"不瞒你说,我家里还留着一支猎枪呢。"苗魁小声说。

"我不用枪,"金虎说,"猎手的手段并非只有用枪。"

苗魁说:"三林区猎手都知道你下套厉害。"

"厉害不敢,"金虎说,"站上人本来都有下套的本事。"

"胡所长总是对你不放心。"苗魁知道胡所长神通广大,三林区大事小情休想瞒过他。有一次自己丢了只羊,放羊人没发现,剥了皮的羊却被胡所长押着一个年轻人给送回来了,自己看到剥了皮的羊才跑到羊圈数羊,一数,果然少了一只。苗魁问胡所长怎么就知道这羊是制箸公司的,胡所长说:"附近四个林区就你一家饲养小尾寒羊,不是你的又能是谁的?"这件事让苗魁对胡所长佩服得五体投地。

"他若信任我,我就维护他;他这样怀疑我,对我是一种侮辱。"金虎冷笑一声,"不是要事儿上见吗? 我倒要看看他有啥本事。"

"小心为妙。"苗魁深知胡所长的厉害。

金虎说:"软绳子用到好处,不比钢枪差。"

"你教我下套,我来实施猎猞计划。"

金虎笑了,还猎猞计划呢,连山都不敢进。"好吧,我教你,将来也好套个兔子啥的解解馋。"金虎认为即使教会苗魁下套,他也不可能套到猞猁,如果猞猁那样好套,就不用叫猎猞了。

一连几天,金虎都在教苗魁制作猎套,常用的猎头套、吊脚套,以及下套的卡点、如何辨别猎物足迹,等等,一样样传授给苗魁。入门后,苗魁才发现当猎手有很大学问,不是打枪准就行,因为大多时候猎物在暗处,猎手在明处,如果猎物手里有枪,哪个猎手都会死上八遍。

金虎特意提醒,如果进山,一、二级保护动物万万不能套,套住就真成了大事。金虎很清楚,胡所长对套狍子、野猪和狼的或许会网开一面,对于捕猎濒危动物的肯定不会放过。苗魁说:"我只想猎猞,别的不感兴趣。"金虎说:"我当然知道,要是有只瞎眼猞猁钻进圈套,那是它寻死,不怪你,只是别让胡所长抓到,胡所长一直想玩猫捉老鼠的游戏呢。"金虎采用了一种隐蔽性极强的钢丝制作猎套,用羊做了试验,效果极好。动物嗅觉灵敏,一旦嗅出异味便会止步不前,而钢丝没有味道,还容易隐蔽。

学会下套的苗魁带了个保安进山,想试试猎套是否好用。金虎则按兵不动。金虎一动,必然打草惊蛇,因为胡所长的那双黄眼珠不会闲着。

苗魁进山虽然没有收获,但一次比一次走得远,让金虎惊讶的是苗魁甚至去了人迹罕至的四方台。

四方台是一处高山平台,三面立陡,南面缓坡,台上长满柞树、杨树和白桦。三林区关于四方台有不少传说,大意是这地方犯邪,容易出意外。林区有个叫吴二愣的年轻人,在秋季进山打猎,据说是为了追赶一只四不像撵到了四方台。兴安岭的秋季已经寒意袭人,吴二愣那天戴一顶兔皮帽子,反穿一件兔皮背心,扛一支老式火铳,撵那头四不像撵得满头大汗,上了四方台却不见了四不像。四不像很大,明明就在前面林子里若隐若现,怎么突然就蒸发了呢?吴二愣在靠近绝壁的草地上转悠,正在纳闷儿,忽然间一只金雕从天而降,伸出利爪一把抓走了他的兔皮帽子,并生生扯下他一块巴掌大的头皮。金雕这一爪差点要了吴二愣的命,因为流血不止,他是用枪药止血,跌跌碰碰从山上回到家。因为这趟进山,吴二愣头顶上留下一个不长头发的大疤,形状恰似四方台。林区人由此说四方台去不得,三面是绝壁,四不像怎么会往那里跑?一定是吴二愣着了魔,才上了金雕的道儿。金虎分析过此事,认为是金雕的巢筑在绝壁上,金雕感受到了危险才对吴二愣进行驱离。还有一种可能是金雕误把那顶兔皮帽当山兔,一个俯冲将帽子抓了去。不管怎么说,吴二愣之后,很少有人再去四方台。四方台东面悬崖下是一条小溪,小溪两岸生长着许多高大的黄菠萝,小溪因此得名菠萝沟。大山里的事特怪,有宝贝的地方往往很危险,比如有山参的地方就会有蝮蛇盘守,有好树的地方多有黄蜂筑巢,菠萝沟的草丛里多蜱虫。毒蛇易驱,蜱虫难防,那种像臭虫一样的小东西能不痛不痒、不知不觉地钻进你的皮肉里,甚至夺你性命。苗魁敢冒险去四方台,说明欲望能撑大胆子。

苗魁从四方台下来直接到了金虎家,拿出用手绢包好的一撮兽毛,问是不是猞猁毛。

金虎捏起兽毛,仔细辨认了许久,说可以肯定这是食肉猛兽的毛,但到底是猞猁还是豹子却不好鉴别,从颜色上看像猞猁,因为这撮兽毛和猫毛相似。金虎问是在哪里发现的,苗魁说就在四方台。能发现这撮毛简直是天意,前一天,他在四方台南坡设了个套,当夜做梦就梦到套住一只猞猁,猞猁像豹子一样大,他打了三枪才将猞猁撂倒。醒来后估摸今日上山有戏,便直接去四方台遛套,尽管没套到猞猁,却在一片榛窠丛上发现了这撮毛。

"这是山神爷给我的信号。"苗魁说。

金虎捏着那撮毛反复嗅着:"明天我进山看看。"

## 四

一般来说金虎进山离不开红獒,没有红箭,红獒便是金虎不离不弃的伙伴。红獒也是胡所长监视金虎的参照,红獒在金虎就在,红獒不在金虎肯定进山。胡所长在派出所二楼北窗只要拿望远镜一瞧,见红獒趴在那里,他的心就会放下。

为了避开监视,金虎这次进山没带红獒,凌晨天刚放亮时,他和苗魁悄悄进了山。苗魁背了一个双肩包,里面有吃的,有水,还有两件雨衣。金虎说这个包好,可以搞点山货回来。

去四方台的路崎岖难走,金虎眼睛却一直盯着左右林子中的枯树。苗魁感到奇怪,不看脚下看枯树,枯树会有什么? 忽然,金虎走到一棵枯死的老柞树下,踮脚摘下一只猴头菇,又在相距七八步的另一棵活着的柞树上找到一只。猴头菇是好东西,用来炖鸡最好。苗魁很是羡慕,但无论他把眼睛睁多大就是发现不了,倒是金虎又采到了几只。金虎说："把猴头装到包里，下山是个交代。"苗魁问："跟谁交代?"金虎笑了笑道："等下山你就知道了。"

"这一趟，我们只是侦察，目的是发现猞猁踪迹。"金虎说。

"一想到实施猎猞计划我就特兴奋，像是要做一件惊天动地的大事一样，"苗魁说，"有你一枪飙出手，心里踏实。"

"我说了，只是侦察，不一定出手。我只是想发现并锁定它。"

森林里弥漫着潮湿的雾气，间或有松香和蓝莓果味飘过。金虎喜欢这种森林中的空气，似乎能洗滤肺叶一般，让人呼吸舒畅。林下的草地软软的，野葡萄藤覆盖着经年的落叶和松针，踩上去如同踩着海绵，每一步都似乎要弹跳起来。自从把红箭上交，金虎没有再深入林地，更没有来四方台。在猎手划分的区域里，四方台是个忌讳很多的危险区域，因为这里与对面的保护区只有一河之隔，到这里打猎，就像在金库门口捡炮仗，容易惹上大事。

金虎并不认为胡所长是个恶人，但不能接受胡所长的武断和猜忌。胡所长公开宣扬，自己到三林区任所长最重要的使命是做猎手终结者，这话有点大，没把三林区的几十号猎手放在眼里。人是靠狩猎走向文明的，谁能做猎手终结者?你胡所长能改变的无非是狩猎方式而已，收了枪就不能狩猎了吗?枪的出现不过几百年，可是人类狩猎却有着超过五千年的历史。

林地无风，只有两人嚓嚓的走路声。前面的苗魁正大步前行，金虎在后面喊了一声："小心!"苗魁收住步，回头一脸疑惑地看着金虎。金虎走过来，指了指苗魁脚前的山葡萄藤，那里拉着一条细细的丝线。金虎走过去仔细看了看，原来是猎手设的猎套。金虎拔出攮子，一刀挑断了猎套。两人继续前行。走了百余步，金虎再次喊停，这次不是遇到猎套，而是一棵白桦树的树杈上绑着一架小型摄像机，镜头对着正前方一片开阔地。这是热成像监视器，金虎说,不管白天黑夜,只要有动物或人经过,就会被录下来。

"谁安的呢?"苗魁十分紧张,如此来看,自己多次进山肯定被拍到了。

"还能有谁?"金虎已经猜出这是胡所长设的机关,估计不止这一个,这种监控方式很方便,可以适时将图像传输到手机上,能监控野生动物,也可以监控偷猎者,"不愧是侦察连长,手段不少。"

苗魁变得神情忧郁起来,他担心四方台一带也会布有监控,如果有,猎猞计划将无法实施,尽管金虎压根就没制订什么猎猞计划。

金虎之所以来四方台,并不是真要猎猞,他更多的是想做一种姿态,迎接一个挑战,只要能发现猞猁也就足够了,不一定非要猎猞成功,就像军人用火控雷达锁定目标,能锁定,就有击落你的能力,不一定非要开火。当然,苗魁想法不同。为了孩子夜里不再啼哭,苗魁做梦都想猎猞成功,做一顶猞猁帽。

到达四方台南坡,时间已是近晌,苗魁找到那片发现兽毛的酸枣棵。金虎仔细察看一番后心生疑窦,看周围的地形和树木,只有几棵不大的白桦;地上的草也不密,酸枣棵却长势很猛。这环境似乎不是猫科动物盘桓的地方,猞猁钻到带刺的酸枣棵里干什么呢?他用树枝扒开榛棵丛,发现了榛棵丛下面有一条通道,通道连着一条浅沟,浅沟通向几十丈高的悬崖,走到悬崖边探头向下望,只见立陡的怪石淹没在错落的树冠中,人若想下去,只能系着绳子攀爬。

"猞猁窝不会在这种地方,幼猞会掉下去。"金虎很肯定地说,"这里可能会有鹰巢,鹰会捕食幼猞。"他想起了被金雕抓伤的吴二愣。

"这撮毛是哪来的呢?"

94

"难说。"金虎想，狡猾的猞猁不会把家安在没有退路的地方。

苗魁建议在这里设个猎套，权当试试运气。金虎同意了苗魁的建议，他也想搞清这撮毛到底是什么野兽所留，便亲自在榛棵丛里布下一个钢丝猎头套。他对自己说，若真能套住一只猞猁，将是自己狩猎生涯中的一个纪录。

下好猎套，金虎说抓紧往回走，在山上时间长了会引起怀疑。

两人在四方台转了一圈，发现了一只被啃食过半的狍子，这个发现说明此地不排除大型食肉动物存在。两人从南坡来到菠萝沟。菠萝沟是个大白天也有雾气的地方，站上人认为大树到了一定岁数，就会吞气吐雾。菠萝沟长满高大的黄菠萝，林间无路，荆棘缠腿，沟底小溪边长满了小叶樟。这条淙淙流淌的小溪是科洛河的源头，水质清澈，有成群的小鱼在游动。在溪水边金虎发现了野猪和狍子的粪便，他估计这里应该有食肉动物活动。一般来说，大型食肉动物是伴随着野猪、狍子的栖息而出没的，不像杂食的黑熊，只要有橡子、野果和庄稼就可以随遇而安，而处在食物链顶端的大中型食肉动物，会有意识地避开人类活动区域，到最隐蔽的地方划定活动范围，它们也许知道，人类才是自己的天敌。

菠萝沟与对面的保护区只有一河之隔，在这里决不能下套，这一点金虎很清楚。金虎对苗魁讲下猎套要诀，那就是窝口、兽道、水源和便溺点。一般来说，在动物窝口下套成功率最高。其次是动物走的路线，动物喜欢走自己熟悉的路，走多了，便形成了兽道，在兽道狭窄处下套，是套狍子、鹿和野猪的好办法。动物需要饮水，动物饮水也喜欢去自己认为最安全的地方，在动物饮水处下套，就容易捕获猎物。食肉动物领地意识强，它们喜欢在辖区边界留下痕迹，动物留痕是用便溺气味，以此来警示入侵者。这些便溺点大都在树下，便于设置猎套。因为学到了这些诀窍，苗魁很有点跃跃欲试的意思,建议金虎在河边下猎套。金虎指指对岸的树林,告诉苗魁,在这里下套不但带不走猎物,反而会把自己送进笆篓子。

金虎计划在五点左右进村,因为吃饭时间胡所长不会上街。

三林区村口有两棵被人们称作"杨树门"的大杨树,过了杨树门便是街两旁用板杖子夹成的一户户院落,家家房子都是红砖铁皮瓦,规矩有序,营房一样立整。傍晚的村落十分宁静,夕阳像一只硕大的蛋黄在西山坡上慢慢摊开来,让树木和房屋的影子渐渐模糊起来。走近大杨树,猛然间迎头碰见了胡所长。胡所长从杨树后转出来,左手持一台对讲机,右手插在裤兜里,一双黄眼珠盯住了苗魁的背包。苗魁愣住了,止住脚步问:"胡所长在这等人?"

"进山了?"胡所长并未回答苗魁的提问。

苗魁回答说:"闲着没事,进山转转。"

胡所长扭过头看着金虎问:"闲着没事?"

金虎面无表情地道:"杀了只鸡想炖了下酒,一翻,没猴头了。"

"进山采猴头?"胡所长道,"林子里蚊子叮、瞎蠓咬,为了采点猴头遭这份罪?"

金虎不得不佩服胡所长,这双黄眼珠能看到人的骨缝里。多亏这次没套到猎物,否则就会被抓个现行。胡所长围着两人转了一圈儿,看到金虎两手空空,便把目光聚焦到苗魁的双肩包上:"一个猴头没采到?"

苗魁打开背包,拿出几个新鲜猴头菇,笑着说:"拿两个回去炖汤吧,大补。"

胡所长摆摆手,目光却在打开的背包里打转,背包里除了吃的再无他物。"一枪飙有采猴头这份闲心,难得,看来三林区的獐狍野鹿有福了。"

金虎听出了胡所长的话味道不对,但似乎并无恶意,就不咸不淡地回了一句:"这些獐狍野鹿要感谢的是胡所长,是胡所长终结了三林区的猎手。"

"要感谢的是政策,好政策才是它们的护身符。"胡所长说话很有公职人员的高度。

金虎问:"胡所长要是没事,我俩回去炖鸡了。"

胡所长道:"我没事,最好你们也别有事,我可不想事儿上见。"

苗魁和金虎没有接话,"事儿上见"是胡所长的口头禅,这句口头禅一出,说明他已经做好了平事儿的准备。

胡所长先走了,步伐不紧不慢。刚才他是从杨树后出来的。金虎走过杨树时扭头看了看,树后有个木墩,木墩周围长满了龙葵,很多龙葵果实已经变黑,黑是熟透的标志,胡所长刚才是一边吃龙葵果一边在等他们。他心里骂了一句:这小子蹲坑的地方挺享受!

金虎先去看了红獒,与红獒亲热一番。苗魁在办公室让食堂准备了几个菜,还备了些啤酒。苗魁说:"喝点解解乏。"能看出苗魁心里有事,这是让胡所长吓的。金虎想,苗魁胆子小,胡所长阴阳怪气地那么一说,苗魁肯定心里有了负担。

金虎坐下来,两人各擎一瓶啤酒对饮。苗魁说:"胡所长说的事儿上见,是啥事儿呢?"

金虎抓起一只鸡爪啃了几口,道:"盗猎。"

"可是,你的枪已经交了。"

金虎专心啃着鸡爪,鸡爪极好吃,能吃出江葱和野花椒的香气。"我不知道他为啥不放心,大概因为我是一枪飙吧。"

"胡所长疑心太重,好像我俩进山是做贼一样。"

金虎说:"人家没错呀,我俩进山确实是下套了,就凭这一点,

97

我挺佩服他的。"

苗魁说:"既然胡所长这么盯着你,咱就别往枪口上撞了,那个猎猁计划先放放吧。"

金虎咕咚咚一口气吹了一瓶,把酒瓶往茶几上一蹾,粗粗地说了句:"我一枪飙是被吓大的吗?"

"你想和他对着干?"

"我本想吃素,他却总拿着肉在我面前晃荡,我若不吃,就是牙口有问题了。"

苗魁点点头:"我知道你想气气他。"

"赌气归赌气,但猎猁不在其中。"金虎说,"猞猁是早就明确的濒危保护动物,红箭在手我也不会打。"

苗魁眼圈有些泛红:"我不难为你,大哥。"

"不过四方台一带确实有猞猁,我的感觉不会错。"金虎说。

## 五

对于苗魁来说,金虎的话是最准确的情报:四方台一带有猞猁。

苗魁悄悄到四林区找了一个叫高老大的猎手,许诺一旦猎猁成功,就付一大笔钱。高老大说猎猁太难了,又没枪。苗魁说枪他来想办法,高老大只要在家听招呼就行。两人约定对此事要保密。高老大认识金虎,说:"你们三林区有个一枪飙为啥不找?"苗魁说一枪飙树大招风,出马不方便。

苗魁几乎每天都去四方台遛套,猎套总是空的,连只野兔也没套到,不免有些泄气。陪他的保安说,听说下套不能天天遛,三五天遛一趟就行。但苗魁心里急,希望某天猎套能勒住一只猎猁。这些日子吉鳌厌食症有些加重,吃啥吐啥。他给老莫打电话,说猞

98

狲不好弄,可不可以变通,换个兔皮或貉子皮帽子。老莫语气生硬地回答说,妖魔鬼怪比人精,糊弄他们是作死! 一句话让苗魁打消了替代的想法,一心一意实施他的猎狲计划。

金虎知道苗魁的想法,说:"你就是发现了猞猁行踪也套不住它。猎猞对于猎手来说好比奥运会上的五项全能,一个猎手能猎到一只猞猁,在整个林区可以横着膀子晃。"

一天,从四方台南坡下来,苗魁有点疲惫,一趟趟白跑,让他开始怀疑猎套是不是好用。跟随他的保安也有点失望,打猎原本是很刺激的事,可是连只麻雀都逮不到,这一天天进山还有啥意思?苗魁从背包里掏出水壶,倚着一棵老柞树歇息。柞树周围有些黑蜂飞来飞去,其中有几只落在了他头上,他抬头挥手驱走了黑蜂,忽然发现头顶树枝上趴着一只小花猫。坐在草地上的保安也看到了,指着树上说:"苗总,你头上有只小猫!"

苗魁定睛再看,小猫睁大一双圆眼惊恐地望着他,小猫的眼睛又圆又大,很可爱的模样。苗魁说:"这大概是只被遗弃的野猫崽,怪可怜的,抱回去养着吧。"

保安爬上树,小野猫挥舞两只前爪想反抗,但实在太小了,大概还没断奶,只能乖乖就擒。苗魁解开背包,将小猫装到背包里,小猫很老实,不挠不叫,两人下山回村。

苗魁回来时,金虎正在派出所门前的小广场上看人下棋。苗魁打来电话叫他去办公室。他赶回来看到了空纸箱里的小猫。金虎惊呆了:"哪里逮的?"

"树上捡的,估计是老猫遗弃的。"苗魁道。

"什么老猫小猫,这是猞猁崽啊! 大猞猁呢?"

苗魁又惊又喜,他从没有见过猞猁崽,以为这是一只被遗弃的小野猫。金虎这样一说,他抱起猞猁崽左看右看,疑惑地问:"凭啥就认定这是猞猁崽呢？"

金虎告诉他，猞猁崽和小野猫的区别主要有两处：一是尾巴，猞猁崽的尾巴短粗，而小野猫的尾巴却细长；二是看耳朵，猞猁崽的双耳尖已经有了簇毛的轮廓，而小野猫却耳毛均匀。猞猁一窝大都只有两只，而且母猞猁照顾极为上心，一般来说猎手能猎到成年猞猁，想抓到小猞猁却不易，因为母猞猁会把猞猁崽藏在十分安全的地方。

苗魁说了发现这只猞猁崽的经过。金虎断定这是一只被猞猁妈妈弄丢的幼崽，母猞猁很可能有两只幼崽，先叼了一只走路，想不久再回来叼这只，正是这个空当，被苗魁捡到了，估计母猞猁一定急得发疯呢。金虎想，发现这只猞猁崽不是件好事，说明以四方台为领地的猞猁很可能在搬家，一定是苗魁频繁去四方台惊扰了它们。

"有了猞猁崽，不愁抓不到母猞猁。"苗魁说，"把小家伙放哪里呢？不能让胡所长看到。"

"胡所长见了就是个大事儿。"金虎说。

该怎么安置这只猞猁崽成了难题，两人商议还是藏起来稳妥。

"藏到哪里呢？"苗魁很犯难，"再说，这小东西会一天天长大，纸包不住火。"

"放到羊圈养着吧，以后再做主张。"在说出这句话的时候，金虎知道自己已经成了苗魁同案犯，等于把柄已经递给了胡所长，能不能摊上事儿就看运气了，他仿佛看到了胡所长那双黄眼珠正透出森森冷光。

"那就藏在羊圈里。"苗魁也觉得只能这么办。

与金虎的忧心忡忡相比，苗魁显得特兴奋，毕竟发现了猞猁踪迹，猎猞计划等于敞开了大门。金虎抱着猞猁崽去了羊圈后，苗魁给高老大打了电话,说枪和子弹已经备好,让高老大随时准备着,啥时进山猎狝等他通知。

金虎抱着狝猁崽来到羊圈,特意选了羊圈最靠里的一间羊舍来安置小家伙。小家伙喵喵直叫,他找了个奶瓶给它喂了一袋羊奶,小家伙才安分下来。

次日一早,胡所长果然来了。红獒每次见到胡所长都会叫,但叫得并不凶,是一种警告或报信似的叫。金虎听到红獒叫,从羊圈里出来,不冷不热地打了个招呼:"早。"

"早。"胡所长回了一句,站在围墙外朝羊圈里面看,里面一百多只小尾寒羊有立有卧,平静安详。胡所长问:"这两天养羊挺上心啊。"

"闲着也是闲着,收拾一下羊圈让羊也干净干净。"金虎没猜错,胡所长一直在盯着自己的一举一动,这么早来羊圈,说明胡所长发现了某种异常。

"收拾羊圈好,收拾羊圈不会有事儿。"胡所长点上一根烟,倚着围墙说。

"不收拾羊圈也不会有事儿。"金虎的话不软不硬。

"没有事儿最好,"胡所长用夹着烟卷的手在面前画着圈,"说实话我最担心你惹事儿,你毕竟是一枪飙!"

金虎哈哈笑起来:"你放心,没了枪,一枪飙就是个空名。"

胡所长掐灭烟,回头看了看羊圈,走到红獒的窝前观察了一番说:"要拴好,别伤人。"

"红獒是经过训练的,只咬坏人。"

"坏人脸上又没写字。"胡所长说,"对了,抓紧去所里办证,要依法养犬。"

他点点头。六子几次打来电话要他给红獒办证,他在电话里

101

还质问六子:"林区家家户户都有狗,谁办证了?"六子说:"你和别人不同,所长说了,你是重点中的重点。"他知道六子是奉命行事,不能难为这个兄弟,就答应找个时间就去办。办证就像结婚登记,该选个良辰吉日。

临走时,胡所长道:"祸从口出,也从口入,贪吃一口野味,结果蹲了笆篱子,不值!"金虎说:"我虽然是猎手,但从来不得意野味,打猎是图个刺激。"

"好,"胡所长点点头,"不馋就少报应。"说完,做了个扩胸伸展动作就走了。

金虎明显可以看出胡所长嗅到了什么味道,否则不会一清早来羊圈,眼珠骨碌碌乱转。苗魁问是不是猞猁崽被发现了,他说不像,胡所长如果发现了羊圈里有猞猁崽,不会这样离开。入夜,金虎失眠了,总觉心里不安,半夜起身喝了几口烧酒才昏昏沉沉地睡过去。

以酒催眠,入睡早,醒来也早。天尚未亮,金虎便被一声鸡叫唤醒。七月林区的清晨,空气本来是甜润的,金虎却闻到了一股腥味,腥得发咸,带着几许黏滞。猎手的嗅觉格外敏感,这种味道让他预感到某种不祥。他披上衣服快步前往羊圈,路上还想,有红獒看守羊圈应该是安全的,红獒的吠声足以唤醒整个林区,没人敢来偷羊,更何况林区治安一向不错,站上人夜不闭户的淳朴民风一直保留至今。

走近羊圈,情况有点不对——红獒趴在狗棚前两丈远的地方,铁链子拉得很紧,一动不动地保持着匍匐的姿势。以往,红獒听到他的脚步声,会欢快地迎上来,今天这是咋了?他叫了一声,没有反应,再叫,红獒还是不动,他跑过去俯身一看,红獒已经死了。

"谁干的?"他马上就想到了胡所长,仅仅因为没有办证,就来

102

杀死红麭吗？他很快否定了自己的猜测，胡所长不会这么做，完全可以正大光明地来没收，不会杀死红麭。那么这是谁干的？红麭没有激烈反抗，也没有吼叫，无声无息地死去只有下毒一种可能。

仔细查验后才发现，红麭原来是颈椎被生生咬断，从深深的咬伤来看，是一招致命。他忽然想起了什么，跳进羊圈，跑到最里面的那间羊舍一看，猞猁崽不见了。羊舍的门虽然关着，但通风透气的窗子却一直开着。猞猁崽应该是通过这个窗子被叼走的。他明白了，是母猞猁来救幼崽并袭击了红麭。母猞猁能够袭击成功，应该得益于拴着红麭的铁链，如果红麭不被拴住，猞猁不会这么容易得手。现场的迹象表明，母猞猁很可能出其不意地跃到红麭身后，一口咬住了红麭的脖子。泪水从眼角汩汩流下，滴在抚摸红麭的手背上。如果把那个不锈钢项圈给红麭戴上，猞猁是下不了口的。他觉得很对不起红麭，刚刚一岁多的红麭还没有一展身手就这样走了，一岁对于人来说还是个孩子。

"该死的猞猁！"他恨恨地说，"你若救子，直接去羊舍就行，为什么要对红麭下死口？红麭被铁链拴着也不会去拦你、追你，你叼着猞猁崽走就是了。"

苗魁赶来了。苗魁不相信红麭被咬死、猞猁崽丢失的现实："这怎么可能，怎么可能呢？这猞猁比 CIA（美国中央情报局）下手还利索，这可是藏獒啊！"

"都怪我没放开红麭。"金虎很内疚。

"猞猁够狠！"苗魁看了看红麭的伤口。

"这就怪不得我了。"金虎站起身，望望不远处的山林，从牙缝里挤出一句话，"是你逼我出手的！"他弯下腰解开拴着红麭的铁链，脱下自己的夹克衫盖住了红麭的头。

"找把锹来，到林子里安葬红麭。"金虎说，"红麭的证还没有办下来,在派出所没名分。"

　　苗魁拿来一把锹,还带了条毯子,两人用毯子裹起红獒,将红獒抬进山找了一棵山楸树,把红獒埋在了树下。金虎特意堆起个坟包,并在坟包前横了块土坏大小的石板。金虎嘱咐说,这件事不要对外面讲,有人问,就说红獒送人了。

# 六

　　金虎说他要亲自去四方台猎猞,这个决心下定了。

　　金虎下猎套一丝不苟,不仅隐蔽,连尺寸都拿捏到位。苗魁知道此前自己下套为何形同虚设了,明晃晃一个圈套横在那里,傻子才会往里钻。设套,是一个研究猎物的过程,猎物的大小、习性、路径、忌讳等等,必须样样琢磨透才能提高中套率。金虎把下猎套的心得说与苗魁,苗魁觉得之前自己只不过学了点皮毛,下套的学问原来很深。

　　来到四方台,金虎并不急着下套,而是像工兵探雷一样仔细查看脚下每一处动物走过的痕迹。探查好的地方,他不毁坏周围植被,更不打桩来固定猎套,而是因地制宜地固定猎套,有树用树,有岩石用岩石,这样固定起来猎套就不易被发现。苗魁由此想到此前设的猎套,周围的草都被自己踩倒了,猎物自然会警惕。

　　金虎进山头一次下套猎获了一只野兔。这是一只灰褐色的野兔,有四五斤重的样子,遛套时野兔还没有死,只是被勒昏了。他解下野兔,把它放到一处树荫处。他不想收这个猎物,因为胡所长就在村口蹲坑,一旦发现他带回了猎物,计划将无法实施。过了一会,野兔苏醒过来,惊恐地看了周围几眼,颤巍巍蹦跳着离开了。

　　金虎因为套住了这只野兔变得忧心忡忡。野兔来此觅食,说明这里短期内没有天敌存在——野兔虽憨,但嗅觉灵敏,鼻翼一刻也不停止翕动,任何食肉动物的膻味都会将它吓跑。难道自己感觉错了? 他之所以判断四方台有猞猁,是上次和苗魁来此,发现了一处猞猁的粪便。猞猁粪便与狼粪相近,多呈浅色,但狼粪断节明显,而猞猁粪却是橄榄形,一看就是猫科动物的粪便。他在发现猞猁崽一带查看了很多树,尤其是高大的枯树,希望能找到猞猁藏身的树洞,但这一带的树都很健康,没有大的树洞,很显然猞猁崽是从别处来的。

"想和我捉迷藏,等着瞧吧。"他自言自语道。

为了不引起胡所长的注意,他进山时会赶上羊群,羊群一到草地,照看的事便交给那个保安,他和苗魁便直奔四方台。这次进山,他从自家鸡舍里抓了一只芦花鸡。

"猎猞需要诱饵。"他对苗魁说,"当然,我不会让它吃了芦花鸡,我老婆还指望它下蛋呢。"

猎猞的最佳地点已经选定,就在悬崖边一道草沟处。草沟底有野兽走动的痕迹,很多草呈倒伏状。猎猞的钢丝套布在沟口一处洼地,周围尽是齐腰深的榛棵,芦花鸡被绑在榛棵中央。猎套用铁丝固定在一棵白桦树根部,凭猞猁的力量不可能拉断这棵白桦。精心布好猎套,他对那只咕咕直叫的芦花鸡说:"别怕,我会抱你回家。"

接下来,他又在悬崖边设了个猎套。"我闻到你的气味了,你跑不了。"金虎这次自言自语提高了声音,"一命抵一命,红獒不能白死!"

"我们在哪里等着?"苗魁问。

"自然是回家,明天来遛套。"

离开四方台时,金虎回头看了看那只芦花鸡,自言自语道:"我知道拴着你你没法跑,就像我将红獒拴起来导致了红獒丧命,但真的没办法,舍不得你就猎不到猞猁。"他对苗魁说过,红獒皮肤松弛,如果不是被铁链勒住脖子,即使被猞猁咬几口也无大碍,红獒那种沙皮狗一样的皮肤,能化解对方的咬力。

赶着羊群走到村口,远远望见了杨树门,他猜测胡所长一定在那里坐着。走过了杨树门,没见到胡所长,他觉得有点奇怪,就回头望了望,却见胡所长骑着摩托车从后面赶了过来。胡所长骑摩托车进山干什么?刚才怎么没见到?他满腹狐疑,回过头来若无其事地往前走。

摩托车在身旁刹住了,胡所长两条腿支在地上问:"老金啊,怎么一下子变出仨羊倌来?"

"我俩跟着进山玩,三个人正好玩斗鸡。"斗鸡是一种打牌玩法,苗魁这么说等于给自己和保安找了个借口。

"红獒呢老金?怎么几天不见了?"胡所长不知道红獒被咬死的事。

"红獒嘛,去了该去的地方。"金虎回答说。

"红獒该去哪里?"胡所长并不满意金虎的回答。

"红獒是纯种藏獒,被人借去当獒爸爸了。"金虎临时想出一个答案,这种说法容易被接受,养獒的人没有不借种的,当然要付费。

胡所长没再深问,却对三个人进山的动机生了疑心,进山玩斗鸡,这是糊弄小孩吧?他盯着保安背的帆布包问:"鼓囊囊的,又是猴头?"

保安把背包打开亮给胡所长看。胡所长瞥了一眼,没发现猎物,只有一把小工兵锹,锹不算武器。他撂下话道:"我总觉着你们在谋划什么事,咱可丑话说到前头,低头不见抬头见,千万别在事儿上见。"说完,一踩油门走了。

金虎看着绝尘而去的摩托,知道胡所长的疑心加重了,胡所长肯定发现只有保安一人在放羊,对他俩去四方台的行踪有所察觉。他想,一旦猎猞成功,必须在山上就地处理,如果带下山就会人赃俱获。

为了不引起胡所长的注意,次日,他们没有赶羊群进山,两人起早便悄悄离开了村子,想早去早回。到四方台来回要三个小时,这样,在九点之前就可以神不知鬼不觉地赶回来。

来到设套地点,两人被眼前的一幕惊呆了——洼地里的芦花鸡不见了踪影,草地上有鸡毛和血迹,很显然芦花鸡被什么动物吃掉了。再看榛窠里的钢丝套,竟然完好无损。

"厉害!"他嘟哝了一句,"好机灵的家伙!"

他吸了吸鼻子,嗅到了一股尿臊味,四处观察,忽然发现几十步外的柞树林里有个灰色的东西闪了一下,很快又不见了。

"我看见它了。"他咽了一口唾液,"这家伙也在观察我们呢。"

苗魁什么也没看到,睁大了眼睛四处张望。

"不用看了,"他说,"回吧,明天再来。"

苗魁看了看空空的洼地说:"可惜了芦花鸡。"

两人下山很早,这次没见到胡所长。但金虎明显感觉到有一双黄眼珠在杨树下盯着自己。他没有回头,心里却说:你累不累呀,小孩子躲猫猫一样?

## 七

在四方台这个方圆不到一公顷的地方,金虎已经损失了三只鸡。除了那只芦花鸡外,他还从集市上买了两只红公鸡,公鸡更醒目,叫声也响,更容易引起猎物注意。但三只鸡都被吃掉了,洼地里一地鸡毛,钢丝套完好无损。

"好难缠的家伙!"金虎看着那块被榛窠围起的小小洼地,怒气像烧开的水从七窍往外直喷。

苗魁更是着急,心想,这样干不是白白喂猞猁吗?昨夜,他给高老大打电话,说可以肯定四方台上有猞猁活动,只是露了下头就跑了。苗魁对下套猎猞有点信心不足,如果金虎有枪,那天见到的那个灰色的动物是跑不掉的。但金虎坚持不用枪,说一开枪性质就变了。苗魁心里也清楚,金虎虽然不怕胡所长,却一直避免与胡所长正面发生冲突。金虎说过,他给自己定了个规矩,上交红箭后不再动枪,规矩是不能破的,就像猎手不打狐狸和黄鼬,这是祖辈留下的规矩,规矩肯定出自教训,不守是要吃亏的。苗魁知道金虎的心理,笆篱子形成的心理阴影还在。苗魁盘算着,一旦发现猞猁踪迹,就把金虎择出来,让高老大上山猎猞。

金虎设在悬崖边的猎套套住了一匹狼。狼被套住脖子后吊在悬崖上,遛套发现时狼已经僵硬了。金虎把死狼拉上来,苗魁一看死狼腿肚子就转筋了,站在一旁哆嗦个不停。狼褐色的皮毛有些斑驳,龇着利齿,双眼圆睁,舌头耷拉在嘴巴一侧。金虎解下猎套,用工兵锹在不远处挖了个坑把狼埋了。按规定,狼也不能打,一旦被胡所长发现就成了事儿。前几天,他让苗魁去办狩猎证,胡所长不给办,理由是上级严控狩猎,除了鄂伦春族、鄂温克族等少数民族有几个指标外,其他人一律停办。不知是不是胡所长有意限制,反正胡所长用意很清楚,就是让一枪飙从此成为历史。

"我很想要这张狼皮。"苗魁觉得把狼埋掉有点可惜,"都说用狼皮铺座椅辟邪。"

林区人喜欢用狼皮做垫子,就像某个国家喜欢用狼皮做羽绒服领子,是一种习惯而已,说辟邪就有些牵强。金虎知道,如果带张狼皮回去,怎么能逃过胡所长那双猎犬一样的黄眼珠?那样的话猎猞计划就会前功尽弃。但他没有说这些,只是告诉苗魁,夏天的狼皮掉毛,想要的话到冬天再打。

苗魁看着金虎掩埋死狼,不禁想起前些日子掩埋红獒的那一幕,红獒如果活着,那天看到的一团灰色就不会跑掉。他听一个老猎手说过,狩猎必须带狗,老祖宗在造"狩猎"两字时加上犬字旁就是这个道理。

"明晚是月圆之夜,"金虎说,"我们要在四方台住一夜。"

苗魁说:"住几晚都行。我们用不用换个诱饵?"

"不用,它已经吃顺了嘴。"

回来后,苗魁去鸡贩家中挑了一只公鸡,用蛇皮袋拎着往回走,恰好遇到了胡所长。胡所长叫住他,问他拎着什么。当看到是一只公鸡时,胡所长皱起眉头问:"你一连几天买鸡,整啥事儿呢?"苗魁愣了一下,说最近淘了个偏方,公鸡炖鲜猴头治胃寒脾虚,不光买鸡,这几天还老是上山采猴头,这猴头越来越难采了。苗魁一谎两答,让胡所长下面的问题不用再问。

"我说你和一枪飙怎么老往山里钻呢,原来还是采猴头,这三林区的猴头怕是叫你俩采光了。不过我可提醒你,别整啥事儿。"

苗魁手一摊:"我俩能整啥事儿?"

胡所长歪着头说:"告诉一枪飙,我脑壳后面可是长着眼呢,别再想打猎的事。"

苗魁心里直突突,胡所长那双黄眼珠鳄鱼眼一般瘆人,仿佛带着芒刺,能扎透人的皮肤。

苗魁回来对金虎说刚才遇到了胡所长,把胡所长的话复述了一遍。金虎笑了笑,心想,胡所长不生疑心才不正常。

"明天改成下午进山。"金虎说,"我问六子了,胡所长午饭后要午休,一般会睡到一点半,咱俩明天一点钟进山。"

上午,两人特意在办公室若无其事地喝茶,金虎知道,胡所长通过望远镜能看到办公室里的情景，苗魁特意拉开窗纱，打开了窗户。中午吃过饭，两人按照约定时间，分头出村，过了杨树门再会合进山。

来到四方台，仍然在那块洼地里拴好公鸡、布好钢丝套。苗魁问："为什么总在这块洼地下套？不能换个地方吗？"金虎说，设套如同钓鱼，打好的窝子最好别换，因为动物和人不一样，人喜欢见异思迁，动物喜欢老路重走。这一次，金虎在卡点布套后，又在公鸡身边增设了一个触发式钢丝套，鸡被叼走时就会触发猎套，一下子将偷鸡者套住。一切就绪，金虎轻轻拍了拍公鸡道："你若立功，我养你到老。"

黄昏降临，昆虫鸟兽的奏鸣曲让四方台变成了一个名副其实的舞台，不时有鸮声在耳边响起，一会儿像年迈老人的咳嗽，一会儿又像婴儿的啼哭，令人头皮发麻。森林里雾气重，应该是食肉动物养足了精神，抻直了懒腰出来觅食的时候。金虎找了一棵老柞树作为夜晚栖身之地。在树上过夜有两个好处：一是视野开阔，便于观察；二是利于防身，免得被野狼偷袭。大柞树枝杈多，金虎让苗魁在上面一个枝杈上休息，自己则选择了靠下的一个，这样行动会方便些。因为不能抹防蚊油，两人各备了一顶防蜂帽，戴上后蚊子是防了，但却影响视线，月光里看那片洼处有点蒙蒙眬眬。

夜色渐浓，月光被柞树枝叶分割得支离破碎。两人为了不在睡着后跌下来，像爬杆的电工一样用绑带将腰和树干套在一块。苗魁带了强光手电，这是金虎特意嘱咐的，一旦遇到狼，强光手电比鸟铳好使。

苗魁心里有些怕："晚上会有狼来吗？上回可是套住一匹狼。"

"有狼也是孤狼，森林里不会有狼群。"金虎说，"猞猁都敢猎，你还怕狼？"

苗魁道："我俩没枪，你就带把攮子，我带一把工兵锹，哪有这种装备的猎手？"苗魁抱着膀子，担心一旦有猛兽出现，两人应对不了。

"那你不该来，"金虎说，"打猎本身就是赌博。"

苗魁嘿嘿笑了笑："有你在我怕啥？"柞树枝叶夜里会发出蜜一样的甜香气息，而且随着夜色的加深，这种甜香会越来越浓。打猎几十年，这个发现还是第一次，金虎陶醉在这种惬意的气味里，体会着夜色的美妙。不时有蚊虫来扰，只能在防蜂帽外乱嗡嗡。这些烦人的蚊虫嗡嗡一会儿，见占不到便宜便飞走了。苗魁有些乏，先是打瞌睡，夜半时分竟微微打起鼾。好在鼾声不大，不至于惊到猎物，金虎也没有摇醒他。

随着鸟虫的沉寂，金虎也有了困意，眼皮变得懈怠。往事一幕幕在脑子里回放。三十年前，他曾经套过一只野猪，那是一只带着一群猪崽的母猪。母猪被套住腰部，进不成退不得，一群小野猪围着它哕哕直叫。他估算了一下，野猪应该不下三百斤，卖到林区供销社土产收购部，可以买一辆大金鹿自行车，拥有一辆大金鹿自行车可是他多年的梦想。套到野猪应该杀死，这是三林区猎手的共识，因为前不久，林区一个老年猎手进山下套遭遇了一头发情的公猪，被公猪撞断了五根肋骨。老猎手对前去看望他的同行发出呼吁：见到孤猪一定要捕杀，这东西祸害人。套住了这么大的野猪，自然不能放过，他举枪瞄准野猪脑门。野猪也发现了他。野猪的眼里透出一种绝望，和他对视片刻后，突然匍匐在地，那群小猪则像卫士一样，迅速排成队跑到母猪前面呈半圆形向外拱卫。他十分好奇，小猪为什么会有这样的动作？母猪为什么会突然匍匐下身子？他没有扣动扳机，因为此时开枪会打到小猪，而打猎的禁忌是杀幼小。他收起红箭，掏出匕首，将固定猎套的麻绳挑断，让野

111

猪带着一群小猪跑了。当时他想,带一群小猪的母猪不是孤猪,放掉它与老猎手的呼吁不矛盾。

记得自己曾猎杀过一头黑熊,正是这次猎杀成就了一枪飙的威名。

猎杀发生在刚入冬的菠萝沟,溪水还未封冻,草木已经枯黄。他在菠萝沟遇见了一个持砂枪的外地猎手,猎手是来打野鸡的,砂枪杀伤面大,适合打野鸡。两人并未搭话,各自保持着距离。在山里讨生活的人都懂,遇到狼虫虎豹不可怕,最可怕的是遇到人。素不相识的两人偶然相遇,各自又带了刀枪,若是一方起了歹心,后果难以预料。金虎和那个猎手都懂这个道理。他们同时发现了那头到溪边喝水的黑熊。黑熊牛一样大,通体黑色,像个移动的煤堆。一般来说有经验的猎手遇到这种情况应该选择躲避,因为没有合适武器,奈何不了这个庞然大物。金虎准备离开,他看到那个持砂枪的猎手站在原地犹豫,没有躲避的意思。金虎很纳闷,凭一支砂枪来对付黑熊,简直是拿性命开玩笑。但这个猎手似乎着了魔,把砂枪枪塞拔下,倒出小粒铁砂,换上了大粒铅弹。这个猎手要么疯了,要么没有打熊经验,如果一枪不能击中要害,被激怒的黑熊不会给你第二次装药填弹的机会。他想劝阻,但老规矩告诉他不能多话,一心打猎的人最怕打扰,尤其是陌生人打扰,一旦误会掉转枪口来一枪不是没有可能。他不想看到惨烈的一幕,转身快步进入密林,隐藏在一棵大椴树后。就在这时,只听砰地响了一枪,猎手开枪了,这枪击中了黑熊的肩胛处。黑熊先是原地转了个圈儿,然后蹦了个高。砂枪放过后会有一团枪烟迟迟不会散去,正是这团枪烟暴露了猎手的位置。只见黑熊旋风一般扑到了猎手面前,一掌将猎手打得滚出老远。那支砂枪被抛起来,在空中划了个弧,落在枯草里。完了! 金虎惊叫了一声,下一招儿就是坐压和撕咬了。黑熊对猎物总是先拍后坐再咬。想想看，牛一样的重量压下去，下面的人必然筋断骨裂、性命不保。猎手被严重拍伤，佝偻着身子在抽搐。救人要紧，不能眼看着同行就这样命丧熊口！金虎大吼一声从椴树后现出身来，顺手拉开了枪栓。这声吼吸引了黑熊，它不再对昏死的猎手感兴趣，转身直立起来发出愤怒的咆哮。直立起来是黑熊暴怒至极的动作，是一种示威，紧接着就是狂风般的攻击。金虎正是抓住了黑熊直立起身这一瞬间，举枪瞄准了黑熊胸前一团白毛扣动了扳机。胸前这团白毛是黑熊心脏的标志，造物主不知什么原因用一团白毛来标注黑熊的致命处。站上的老猎手常说，这是老天爷特意给猎手准备的，在使用弓箭狩猎的年代，这撮白毛就是靶心。金虎只用一粒小口径子弹就打死了一头黑熊，这让他一枪成名，一枪飙的威名也就成了林区的传奇。那个被熊一掌将左臂拍得粉碎性骨折的猎手从此不再打猎，他来自呼玛，后来每逢过年都给金虎送来两瓶高粱烧。

月亮转到了四方台的西侧，榛窠丛变得模糊起来。金虎进入一种似睡非睡状态，他仿佛看到怒气冲冲的胡所长走过来，一脚踢飞了大公鸡。他浑身一震，胡所长便像提线皮影一样消失了。瞪眼再看，有个灰蒙蒙的东西正在悄悄靠近榛窠丛。他立马精神起来，心跳陡然加快，脱下帽子擦了擦眼。一定是你了，他对自己说，这一回你要是能逃脱，我服你！

一团灰色静止在榛窠边不动，似乎在观察那只公鸡。

金虎悄悄从树上下来，猫腰向前走了几步，想看得更清楚一些。他靠近一棵白桦树，借着月光朝洼地处细看，似乎看出那团灰色是一只狗一样的野兽，像獾，像狼，也像猞猁。不管像什么，他心里已经确定这是那只狡猾的猞猁。突然，那灰色的一团跳起来，越过榛窠直接扑向了公鸡。他心中大喜："中了！"

但奇怪的一幕发生了,只见灰色的一团又跳出来,急速沿着浅沟跑向悬崖处,一眨眼不见了。

"这家伙简直成精啦!"

苗魁被叫声惊醒,跳下来问:"咋样?"

金虎没有搭腔,径直来到榛窠前。苗魁打开强光手电一照,发现洼地里设好的猎套已经被触发,正套在公鸡身上,而公鸡的脖子已经被咬断,若不是绑得紧,公鸡就被叼走了。

"这是只难缠的家伙,我低估它了。"金虎拎起死鸡,鸡腿还在不停地蹬着。

苗魁因为刚才迷迷糊糊睡着了,没看到猎物捕食一幕,很有些后悔。金虎的话提醒了苗魁,苗魁说:"要是有枪它就跑不掉。"

金虎放下鸡,双手叉腰愤愤地说:"没枪,我也会逮住它!"

"这家伙是不是察觉到了我们在下套?"

金虎点点头:"它在耍我们,我会奉陪到底。"

森林里响起一声猫头鹰的叫声,很滑稽,似乎在嘲笑两人白白忙活了半个晚上。金虎嘟哝了一句:"夜猫子早不叫晚不叫,偏偏这个时候来报庙,晦气!"

"今晚它还会再来?"

金虎说:"它记性好着呢,死鸡也不能再用了。"

"它跑哪里去了?"苗魁问。

金虎指指悬崖边:"那里是它布下的陷阱,不能追。"

金虎决定连夜下山,省得次日一早遭遇胡所长。

# 八

金虎尚在熟睡就被一阵咚咚的敲门声惊醒,起身开门,门口站着胡所长,警服的两个裤腿是湿的,粘着些黑土和草屑。

"有事儿?"他心里一惊,难道昨夜进山被胡所长的定点监控给拍到了?

"你有事儿瞒我。"胡所长那双黄眼珠异常犀利,发出的光像利刃。

"我不是你的监视对象,没有必要什么事都向你报告吧。"他对胡所长这种口吻有点不满,一大早来敲门,岂不是扰民?

"红獒是怎么回事?为什么撒谎?"胡所长打开手机,把一张照片展示给他看,正是他掩埋红獒的地方,土堆上新草尚未萌生。胡所长发现了红獒的遗体。他心里暗暗佩服这个黄眼珠警察,林子那么大,怎么就会找到这个小土堆,又怎么会挖开看个究竟?红獒又不是人,没有命案必破的说法,犯得上这么上心吗?

"你不该对死去的红獒感兴趣,"金虎冷冷地说,"死獒也不需要办证。"

"在我的辖区,所有反常的事我都会感兴趣。"胡所长说话也不客气,"我再次提醒你,休想耍我,一枪飙已经被终结,你必须面对这个现实。"胡所长把手机放进兜里,接着说,"红獒脖子断了,如果我没猜错的话,是你带红獒进山,遭遇了豹子或黑熊,你没有枪,只能靠红獒去撕咬,结果搭上了红獒的性命,对吧?"

"我没带红獒打猎,也没遇到豹子和野猪。"他辩解说,"红獒之死是个意外。"

"我知道你不会承认,我还是那句话,咱们事儿上见!"胡所长转身走了。

金虎站在门口,望着胡所长远去的背影,心想,也许当初比试枪法应该让一让,赢了不该赢的人是一个摆脱不了的梦魇。他担心红獒的土冢会被挖得七零八落,就找了把铁锹,披上衣服匆匆赶往山里。

露水打湿了胶鞋,走起来吱吱响。找到那棵山楸树并不难,因为红獒的原因,这棵树已经长在了他心里。走到树下一看,那个原本浑圆的坟包还算好,胡所长挖开后重新填上了封土。他铲了些新土将封土加高后,挂着铁锹站在坟前沉默不语。可怜的红獒就像一个出师未捷身先死的战将,太不幸了。红箭、红獒这两样心爱之物,成了他心头永远的痛。他对着坟包说:"我已经发现凶手了,这个狡猾的家伙跑不掉,我会把它吊到这棵山楸树上来祭奠你!"

他来找苗魁商议下一步该怎么办。谈话在苗魁家的茶室,隔壁不时传来小孩子的哭闹声,金虎知道那是吉鳌,吉鳌每一阵啼哭,都会牵动苗魁的眉心,能看出苗魁特别心疼孩子。

鸡不能再用,猞猁一旦发现鸡是诱饵,就不会第二次上当。金虎认为猞猁比家猫聪明,据说能记住每一次受到的伤害或惊吓。那么,换成什么呢?金虎想到了羊羔。

"舍不得孩子套不住狼!"金虎狠了狠心说,"羊羔对于猞猁来说是顶级美味,一个哺乳期的猞猁无法抵御羊羔的诱惑。"

"诱饵很重要,但它不上套咋办?我看还得用枪。"苗魁起身打开铁柜,从里面拿出一支用报纸包着的猎枪,"这是奥地利造,品牌枪。"

金虎接过去打开报纸,果然是一支好枪,保养得也好,枫木枪托亮可鉴人。

他把枪还给苗魁:"还是下套,我要活捉这只猞猁,我向胡所长保证过,不会再用枪。"

"别让胡所长知道就是了,"苗魁说,"要是被抓住,我来顶,大不了罚钱。"

他摇摇头。这不是罚钱的问题,一旦用了枪,在人格上自己就输了,胡所长说的事儿上见也就自见分晓,自己不能给胡所长这个长志气的机会,用猎套捕获猞猁更能证明自己的本事。当然,用猎套捕获猞猁,胡所长也会处罚,但那时的一枪飙就变成了 套灵,胡所长想当本地猎手终结者的梦想会从此破灭,因为胡所长无法没收所有的绳子。

"啥时再进山?"苗魁恨不得晚上就走,吉螯啼哭似乎是在催促他快点起身。

"明天。不过俩人目标大,这一次我自己去。"金虎决定一个人进山。他告诉苗魁,明早自己和保安赶着羊群一道出发,进山后把羊群交给保安,自己直接去四方台。

"我会套住它的,"金虎说,"若是再失手,我宁愿把钢丝套套到自己脖子上。"

苗魁吃了一惊,心想,金虎这是要赌命啊!相识多年,从没见到一向沉稳的金虎说这种狠话,红葵之死固然是个诱因,但一再失手,让金虎变得恼羞成怒。金虎想证明自己不用枪同样也是好猎手,想击碎胡所长当三林区猎手终结者的梦想,这谈何容易!

"咱不干傻事,大哥,"苗魁有些紧张,"不行的话我想别的法子。"

"没有什么不行!"金虎道,"我不仅要给红葵个交代,而且要证明自己还活着,还不是一个猎手的标本。"

"昨晚你要是有枪就好了。"苗魁再次提到了枪。

"不要再提枪,小心胡所长。"金虎似乎开始忌讳提枪,红箭是他心头的一道无法愈合的伤口。尤其是胡所长说所有上交的猎枪都被销毁之后,他的心在流血。

"胡所长会不会知道我们的猎猁计划?"提到胡所长,苗魁总是心里忐忑。

"应该不会。再说了,哪里有什么计划? 不就是你脑子里一个想解开的结吗?"

苗魁嘿嘿笑了:"你说你,当时比枪法给胡所长留个面子多好,人家毕竟是所长。"苗魁觉得金虎过于较劲,胡所长才是三林区的老大,折老大的面子能好吗?

金虎道:"比枪法不是我提出来的,我是接受挑战而已。人家下战书,我若不接招,还怎么在林区混?"

"我有个想法,"苗魁说,"我们请胡所长吃顿饭,你俩把话说开,梁子消掉,化干戈为玉帛。"

"他不会来,警察有禁酒令。"金虎说。

"试试吧,今天是周六,"苗魁说,"我现在就去找他。"

事情出乎金虎预料,胡所长答应来苗魁公司食堂吃饭,而且点名要金虎陪。

苗魁回来一说,金虎感觉到了不妙,胡所长必是有备而来,弄不好这将是一场鸿门宴。但既然请神了,这酒就必须硬着头皮喝。

苗魁对这桌饭菜很上心,有鸡有鱼,但野味一样没有。因为金虎特意交代,胡所长很可能是火力侦察,若是上了飞龙汤、爆炒山鸡什么的,正好就中了圈套。苗魁冰柜里有犴鼻、狍子肉,经金虎这么一说,才觉得万万使不得,拿不准胡所长是否在钓鱼执法。

胡所长如约而至。胡所长没有空手,拎了一个五升的白色塑料桶,里面是大半桶小烧。胡所长将塑料桶往桌上一蹾:"这是七年前扎兰屯烧锅出的酒头,红脸儿高粱原料,不上头。"

苗魁备了茅台、五粮液,胡所长让他统统收起来,说自己要是喝这两样酒,所长就不用干了。苗魁只好把摆出来的名酒放回酒柜,心里觉得胡所长这个人挺敞亮实在。

这顿饭对于金虎来说有点尴尬,苗魁备菜,胡所长带酒,好像只有自己是白吃的主儿。他不多言,酒菜下得也慢,等着胡所长说话。他知道有身份的人在酒桌上都是后发制人，胡所长肯定也是如此。苗魁看得明白，在主动敬了胡所长几杯酒后看了金虎一眼："金大哥说过几次了，想和胡所长坐坐，胡所长两袖清风，总也不给机会。"

"老金可从没请过我呀，"胡所长并不买账，"老金是三林区有头有脸的人，他请的话我不会不给面子。"

金虎觉得胡所长这句话没说错，自己确实没请过人家。他知道自己该说话了，就斟满一杯酒，起身道："我敬胡所长一杯，喝酒自备，讲究！"

"真想和我喝？"胡所长看着金虎的酒杯，酒杯是标准四钱杯，满杯，酒面纹丝不动，看出对方端杯的手很稳。这是打枪练出来的腕上稳功，在部队时自己曾托着砖头练过，最多时托过六块砖。只有手臂稳，枪才能准；手腕微微抖一下，靶上就会偏出好几环甚至脱靶。

"敬你。"金虎端着酒在等待。

胡所长也站起身，拿过两个碗，往碗里倒了两个半碗，然后端起一个碗，把另一个碗递给金虎，道："咱俩用碗喝。"

金虎看了碗里的酒，少说有三两。他不能拒绝胡所长所敬之酒，用大碗敬酒是站上人的习俗，只是这一习俗不再时尚，但老友相聚、逢年过节，还经常能看到这种酒桌上的豪气。金虎接过碗，把手中那一小杯也倒了进去，然后双手将碗端至下唇一平，很平稳地喝了下去，然后把空碗照向对方。金虎这个动作也很讲究：如果把酒碗端得高过头顶，那是敬长辈的动作；对于敬重的平辈，端碗最高不能过眉心。

金虎喝干了酒，胡所长用同样的动作也喝了半碗酒。

两人坐下，胡所长道："老金，从喝酒上看你是条言而有信的汉子。"

金虎笑了笑。胡所长带来的酒很冲,但回味却绵。他酒量尚可,但毕竟五十多岁,喝酒虽爽,醒酒却迟,而且夏季他很少喝烧酒,只有冬天踏雪进山前才喜欢闷半碗小烧。胡所长吃了几口菜,他也用同样的方式回敬了半碗酒。两个半碗小烧下去,金虎脸上潮红如霞,而胡所长的脸却蜡黄如烟叶。

"其实,有些事是职责所系,办得硬了点,理解万岁吧。"胡所长表情很放松。

"树要皮人要脸,猎手的毛病是太在乎这张脸。"金虎也很诚恳。

"有些念头儿,就像炮仗引信,还是早掐灭了的好。"胡所长话锋突然一转,忽然没头没脑地来了这么一句。

金虎显然听明白了,他想了想,接上话道:"理儿是这个理儿,可是大年三十谁家不放个炮仗?"

胡所长道:"没告示前,放二踢脚、窜天猴也没人管;有了告示,再放就是个事儿。"

苗魁怕两人争执起来,急忙打圆场说:"小孩子玩的东西,咱不放就是,喝酒。"

苗魁也给自己倒了半碗,想给胡所长倒时,胡所长伸出手挡住了:"你不行,我看你喝醉过,让人背回家的。"

胡所长果然厉害,苗魁想,有一回自己和来林区进货的客户喝醉了,被饭店老板送回家,这件事没几个人知道,胡所长却能掌握底细,可见胡所长耳目众多。

"你不行,老金没问题,脸红的人酒量大。"胡所长话里不失挑战味道。

其实金虎也有些吃力,但他必须接招。他不知胡所长酒量深浅,但知道对方今天来是想撂倒他。作为三林区最有名的猎手,他还没有在酒桌上被人放倒过。站上人的血脉赋予了他非凡的酒量,他本可以和胡所长厮杀一番,但他对胡所长带来的酒拿捏不准,不知自己服不服扎兰屯烧锅七年前的酒头。但对方话已挑明,自己不能退缩。金虎把两个酒碗并列摆好,伸出手做了一个请的手势。

胡所长提起塑料桶,咕咚咚倒了两个满碗,然后表情很严肃地说:"三季度上边来检查非法狩猎,有明察也有暗访,我不希望我的地界儿出事儿。"

"好猎手都懂得分寸。"金虎并不回避胡所长的目光,尽管对方的目光咄咄逼人。

一旁的苗魁吓坏了,这个满碗可是半斤多酒,喝了肯定会有人倒下去。想拦,看看两人斗鸡似的架势,又不敢说话,心里暗暗叫苦,心想,金大哥啊,你就认尿不行吗?怎么还像比枪法那么较真呢?

"大碗喝酒,痛快!"金虎端起碗,手依然很稳。

"先喝为敬!"胡所长先喝了个满碗。

两人都没有醉态,依旧吃菜、说话,谈笑风生。胡所长不恋战,吃了个馒头后起身告辞。临走前他拍着金虎的肩膀说:"三林区有你在,我当所长才有意思。"

"多有得罪,见谅。"金虎努力保持着身姿,他不能摇晃,一旦摇晃,胡所长很可能再追加半碗。他知道,是自己的表现镇住了对方,很多时候,博弈中想让对方收手,最好的方法是不让他看清你的底细。

"酒德看人品。"走到门口,胡所长回头道,"不差事儿!"

## 九

金虎觉得猎猞计划应该缓一缓,罩一下胡所长的面子没亏吃,上级来明察暗访,不能在要紧时候给人家上眼药。

苗魁说一切听大哥的。

"胡所长这个人挺讲究,"金虎说,"敬了酒,说了软话,不容易。"金虎把那天胡所长说的三季度上级要来检查非法狩猎的话视为软话,是在通风报信,是提醒他别顶风作案。

金虎很清楚胡所长一直在怀疑自己,林中那些或明或暗的电子眼不是摆设,让猎手本身成了圈套里的猎物,如果你扛着一只捕获的狍子或拎着几只飞龙下山,估计还没出林子,就会有警察在路上等你。电子眼这东西没法通融,一旦被抓拍到就是个事儿。金虎估计自己每次上四台都没躲过那些电子眼,这也是胡所长总是盯着自己的原因。胡所长迟迟没出手,是没有人赃俱获,毕竟禁止非法狩猎不等于禁止进山,进山不犯法,这是自己没摊上事儿的主要原因。金虎的基本判断是,胡所长不是个讲情面的人,以抓人为乐趣,当然,胡所长所抓是违法之人。

一连三个月金虎没进山,一心一意放羊。苗魁当然着急,高老大来过几次电话,问啥时猎猞,他只能用金虎的话来敷衍,说夏天猞猁皮不中用,掉毛,按站上人打猎的习惯,头场雪下来才能进山。

苗魁不傻,觉得金虎是麻痹对方,等出手的机会。苗魁很清楚,即使不为了那顶猞猁帽,金虎也要为红獒报仇。金虎是个说话算话的人,他见金虎扛着铁锹去过林中,估计是给红獒的坟培土,由此可以判断金虎没忘记猎猞。他看到金虎从家里拿来给红獒买的那个双排刺不锈钢项圈,坐在羊圈门口的石阶上,往自己脖子上反复套了几回,然后仔细抚摸着一个个钢刺,眼泪慢慢地就流下来。苗魁看过金虎两次独自默默落泪,知道他的泪水是为红箭和红獒而落。

这期间胡所长来过公司一次,向金虎讲了四林区办的一起非法狩猎案。四林区一个猎手因为私藏猎枪，并非法进入保护区偷猎一头马鹿，被抓现行。"闯进保护区狩猎，等于到银行抢钱，事儿大了，"胡所长说，"再加上私藏枪支，此人肯定重判。"金虎很清楚这条狩猎红线，保护区好比古代的上林苑，去那里偷猎是脑袋进水的举动。胡所长说这个案例明显有旁敲侧击的用意，说到家还是对他不放心，担心他惹事。

那一次，颇有兴致的胡所长还和苗魁交流起了工作体会，说自己在部队最骄傲的是参加了军运会并获得射击铜牌，这个荣誉写进了集团军军史。他问苗魁："知道我到三林区工作最大的收获是啥吗？"

苗魁接话说："当然是治安好转了，盗伐现象几乎绝根。"

"不是。"胡所长否定说，"最大的收获是改变了老金，老金由大名鼎鼎的一枪飙，变成了不温不火的羊倌。"

金虎看了胡所长一眼，心里笑了，跟着调侃了一句："羊倌也是官，说明我被胡所长提拔了。"

三人都笑了。

生活中的过头话往往会物极必反，就像一个人说自己开车总也不出事，结果马上就剐蹭追尾一样，脚下没有余地的时候，张脚跌跟头就在眼前了。苗魁夸胡所长抓三林区治安有方、盗伐现象绝根没两天，三林区出了大事，菠萝沟十一棵百岁以上的黄菠萝和十九棵成材水曲柳遭盗伐。这是三林区国家天然林禁伐之后出现的第一起大案，甚至惊动了省厅。盗贼伐木后顺着河水将木材运出了三林区，跑到邻县销赃。上级对此案高度重视，下令限期破案。胡所长压力来了，嘴角烧起了燎泡，走路都是一路小跑。金虎说，三十棵成材原木不是绣花针，想藏起来很难，只要仔细排查，不难找到下落。

时令已到小雪。小雪这一天,林区恰恰下了一场大雪,山上雪深没膝,有些胆大的野兔甚至跑到村民院子里觅食。金虎站在窗前望着远处白黑两色的山峦自言自语:"是时候了。"

"我早就在等着这一天。"苗魁说,"吉鳌昨天晚上朝我笑了,我估摸好运来了。"

"我自己去。"金虎说,"你是有身份的人,还有企业要管,不能出事。"

尽管苗魁不是很情愿,但金虎的话很实在,何况自己进山不但帮不上大忙,还容易暴露目标。他只是担心金虎的钢丝套能不能奏效。胡所长正忙着破盗伐案,无暇注意金虎,老天爷又帮忙赐了一场大雪,这是千载难逢的机会,他一定要助金虎一臂之力,完成这谋划了近半年的猎猞计划。

金虎自己进山,反穿一件羊皮袄,戴一顶貂皮帽,这是祖辈狩猎的装束。反穿羊皮袄容易雪地藏身,貂皮帽可以伪装成猎物同类。金虎抱着一只羊羔,小羊羔不知道主人带它去干什么,很不情愿地挣扎着。金虎将它绑住四蹄,然后像抱孩子一样抱在胸前。

"别怕,"金虎拍拍羊羔的头说,"很快就会回来。"

所去之地自然是四方台,金虎相信自己的直觉。

他先去了那棵山楸树下,走到白雪覆盖的红糁坟包前,默默站了一会儿,然后信心满满地说:"瞧好吧,我会把它拎到这儿来的。"

大雪掩盖了原本凹凸不平的山地,走起来深一脚浅一脚,不敢把脚落得过实。跋涉的小心比不上躲避电子监控的担心,他只能不停地留心前面每一个可疑的树杈,有的似乎像录像设备,绕过去一看,结果是个树瘤,就这样小心翼翼地前行。路上,他看到了许多觅食的野鸡,一处山泉边的椴树上甚至落满了飞龙,雪地上不时可见野猪、狍子的足迹,足迹很有规则也很新。看到这些久违的足

124

迹,他很激动,沿着这足迹追下去,不用很久就会追上猎物。但他不能驻足,好猎手最重要的素质是目标专注,自己的目标是那只猞猁,万万不可分散注意力。

被大雪覆盖的四方台格外静谧,原始森林神秘的氛围被大雪渲染得愈加扑朔迷离。他摸了摸靴筒里的攮子,这是唯一的防身武器,关键时候要用上的。观察周围是猎手的下意识动作,他抬起头四处打量,忽然在一棵柞树树杈上发现了一个小型视频监视装置。他暗暗吃惊,看来胡所长早就注意四方台了,前几次来的时候,还没有这个装置。他找到镜头盲区上前看了看,发现监视装置没有红灯闪烁,估计是很久没有换电池,监视器无法作业。他松了口气,盗伐案追得那么紧,胡所长一心哪能二用?想必把这个监视器给忽略了。

转身离开时,他的目光停留在远处一片嶙峋的小石砬子上。夏季因有树木枝叶遮挡,这个石砬子并不醒目,冬季树叶落尽,这个灰黑色的小石砬子就在白雪中凸现出来,像雪地里卧着一群野猪。他知道猞猁喜欢在石缝或岩洞栖息,便悄悄走过去查看。因为雪地上没有足迹,他断定石砬子下不会有猞猁藏身,但他还是把那个双排刺项圈拿出来戴在脖子上。猞猁和狼这种猛兽首先会攻击人的脖子,有了项圈至少可以保护脖子。他甚至想,如果真有猞猁扑出来,他就与猞猁肉搏一番,虽不能保证徒手制服猞猁,但他靴子里有攮子,狭路相逢勇者胜,不信这家伙会有三头六臂。搏斗才有快感。如果一枪击倒对手,复仇的过程就变得乏味;若能徒手打败猞猁,那么他将创造整个林区又一个奇迹,赫赫有名的一枪飙也就从此转化为徒手猎猞的林区武松。那个时候,胡所长会怎么看?恐怕黄眼珠就会变成蓝眼珠了。他摸了摸脖子上的项圈,上面的狼牙钉密集尖锐,红葵的悲剧不会在自己身上重演。

看遍了石砬子，也没发现可疑之处，他坐在石砬子上歇息，起身时刺啦一声，裤子被刮开个大口子。他觉得晦气，朝石头上跺了一脚，石头发出砬砬声。他感到奇怪，弯下腰仔细查看，原来石头下面有个洞。他小心翼翼地趴下来朝洞里看，洞大约两米深，一步宽窄，半人高。从里面已经风干的粪便看，这应该是猞猁窝。他心里一阵狂跳，心想这才叫得来全不费工夫。再看，里面一些啃食过的骨头没有新茬，洞口尘埃的厚度说明这个窝已遭废弃。窝遭废弃说明猞猁已经迁徙他处。

他站起来，望望东面莽莽苍苍的保护区，心想，猞猁会不会带着幼崽迁徙到了对面安全的保护区呢？他疑虑重重地来到那处设套的洼地，落叶后的榛窠显得很稀疏，被榛窠环抱的那块不大的空地雪光耀眼，连老鼠的足迹都没有。他抱来小羊羔，把羊羔固定在拴公鸡的地方，然后绕过榛窠丛，来到那个通向悬崖的沟口处。这些日子，他一直觉得这个通向绝壁的沟口是下套的绝佳之处，尽管小沟不过两步宽，深也不能齐膝，但是，上次这家伙就是从沟里逃走的。小沟里有几道足迹，从爪印完全可以判断这是食肉动物留下的。他觉得自己判断对了，猞猁的窝也许在悬崖上的石缝里，站在悬崖边的人无法看到，而善于攀爬的猞猁却可以自由出入。他记得上次那个月夜，这家伙明明跑到了悬崖边，却土行孙一般消失了，不躲到悬崖上还能去哪里呢？

在沟口悬崖边下套是一步险棋：一则没有掩饰物，套子容易暴露；二则下套太险，一旦失足会顺坡滑下去跌落悬崖；再有，一旦套住猎物，如果吊在了悬崖上，如何取下猎物也是难题，夏季时套住的那匹狼当时就挂在悬崖上，费了好大力气才拉上来。权衡再三，他还是想走这步险棋，因为想套住这只猞猁，最佳卡点是它蹿上蹿下的沟口。

126

他设了一个用较粗尼龙绳做的暗套,用雪覆盖上,只要有活物经过就会触发猎套,将猎物套住。

一切妥当后,他回头看了看羊羔,心里有些自责,应该给羊羔带点吃的,饥饿的羊羔容易被冻死。他去树林里薅了些干草给小羊铺在雪地上,小羊咩咩叫了几声,黑眼珠望着他,一副可怜状。他抚摸了一下小羊的头:"别怕,就一个晚上。"

冬季,夜来得早。黄昏一到,他知道好戏要上演了。他找到上次栖身的那棵老柞树,在树根处的雪地里挖出一个半人深的雪窖子,反穿着皮袄斜躺在那里等待奇迹出现。七八分把握还是有的,他想,大雪封山,猞猁捕食不易,又有小猞猁需要喂养,闻到羊羔的味道不会无动于衷。他唯一担心的是有狼半路杀出来,但这个担心被他自己否定了,猞猁这种独行侠活动的区域,狼会退避三舍。

夜色渐浓,雪地里一片朦胧。小羊被冻得咩咩叫个不停。忽然,他看到灰色的一团从沟里出现了。他吃了一惊,这家伙从哪里冒出来的?因为这灰色的一团是反方向来的,让他一时有些发蒙,如果它叼了羊羔不往悬崖边跑怎么办?

这灰色的一团在榛窠边停下来,似乎在观察。他揉揉眼,却怎么也看不清,便悄悄站起身。那灰色的一团异常警惕,大概听到了什么,猛地蹿起来,回头要跑,这时,只听砰的一声枪响,灰色的一团瘫在了雪地上。这一枪也把金虎吓了一跳,他回头一看,高老大端着猎枪从树后走出来,身后跟着苗魁。他顾不得和苗魁搭腔,快步赶到榛窠边。雪地上那灰色的一团不是猞猁,是一只三条腿的狐狸,被击中了后腰,正痛苦地抽搐。

"怎么是只狐狸?"高老大提着枪靠过来问。

他起身一把夺过高老大手里的猎枪,低声道:"怎么是你?为啥要用枪?这会出大事的你知道吗?"

高老大认识一枪飙,解释说:"不是我的枪。"

"你不是在四林区吗? 怎么跑这儿来了? 老莫让你来的?"金虎没想到高老大是苗魁请来的,还以为是老莫派他来帮忙。

"老莫?"高老大愣了愣,"老莫死了,狂犬病,杀狗遭狗咬没打疫苗,耽误了。是苗总叫我来帮忙猎猞。"

"老莫死了?"他有点不相信自己的耳朵。

"死半个月了,挺惨的,见水就发飙。"看来高老大很了解老莫。

金虎看了苗魁一眼:"老莫没把自己看明白,他的话你还能信吗?"

苗魁很是意外,如果金虎不问,他还不知道老莫已经去世。苗魁满脸通红,鼻尖像一只红辣椒,胸脯快速起伏着。他做梦也没想到,实施了小半年的猎猞计划,却被一只狐狸捉弄了,猞猁呢? 猞猁哪里去了? 几次吃鸡的原来是这只残疾的灰狐狸。

这三脚狐简直成精了! 金虎想,原来与他们捉迷藏的一直是这只受过伤的狐狸。都说狐狸聪明,看来此言不虚,猎套很少套到狐狸就很说明问题。看了看因失血而死去的狐狸,在垂死前抽搐的过程中,狐狸努力将头朝向了东方悬崖的方向。"狐死首丘,它的窝应该在悬崖上。"金虎对高老大说,"你犯的忌,你去把狐狸埋了吧。"

高老大问:"就埋在雪地里?"

金虎点点头。高老大是猎手,懂得站上人狩猎的规矩,他特意嘱咐道:"头的朝向别变。"

苗魁把工兵锹递给高老大,高老大过去在雪地上挖了个长方形的雪坑,将灰狐狸抱进去,用雪掩埋上,然后将雪踏实,用锹像抹灰一样又抹了抹,以防雪被风吹走。

看来四方台上的猞猁的确迁走了,很可能母猞猁叼回小猞猁当天,就迁到了对面的保护区。金虎起身道:"到此为止吧,我一枪飙以为自己多能耐,没想到被一只三条腿的狐狸给耍了,没有家什,我们啥也不是。"

"都别动!"三人身后传来一声断喝。

是胡所长!金虎怀抱猎枪紧闭双眼,大脑蹦出一片雪花。苗魁和高老大傻子般站在原地不敢动。

胡所长过来一把夺过猎枪挎在自己肩上,又走过去摸了摸高老大的腰,他没理苗魁,而是来到金虎跟前,熟练地下了金虎靴子里的攘子,看着一脸尴尬的金虎说:"不愧是一枪飙啊,够准!"

金虎愣了一下,诚恳地道:"你赢了,我心服口服。"

"输赢是另一回事,你顶风作案可是摊上了大事儿。不过我挺佩服你,你迷惑了我,我差点就信了你。"胡所长有些得意,"说实话,我真不想咱俩在事儿上见。"

金虎伸出双手,意思是让对方把他铐起来。胡所长摇摇头:"算了,天黑路滑,铐着怎么走?"

金虎问:"你是怎么跟踪我的呢?这么准成。"

"电子监控。"胡所长实话实说,"将来还会用无人机巡逻,你必须正视现实,一枪飙的辉煌已经彻底终结。"

金虎明白了,自己和苗魁进山,没有躲过胡所长的电子眼,胡所长虽然在办盗伐案,但还有一双眼在盯着自己。

"我知道你还下了暗套,"胡所长说,"信不信我能把它找出来?"

胡所长说完,走到通向悬崖的浅沟,浅沟尽头埋着金虎设的暗套。金虎有些纳闷,暗套是在监控盲区设的,而且那个监控器已经没电,胡所长怎么会发现呢?

他看着胡所长大踏步走过去,在走到埋葬灰狐狸的那个地方时,因为雪被踩得平滑,胡所长脚下一滑,刺溜一下,只听咣当一声,眼看着胡所长双臂伸展,肩上那支猎枪高高抛起落在雪地上,人却顺着浅沟滑下崖去了。

"糟了!"金虎快步跑过去,拽住一棵小树往下看,发现胡所长右脚被猎套套住,大头朝下倒悬在悬崖上。或许跌落时碰到了头部,胡所长失去了知觉,头上的棉警帽也掉了下去。

"快过来帮忙!"他招呼苗魁和高老大,三人用尽全力才把胡所长拉了上来。金虎摘下自己的貂皮帽给胡所长戴上,胡所长头上在渗血,月光下血色是黑的。他把胡所长抱在怀里,一边呼叫一边掐着人中。

过了一会儿,胡所长慢慢睁开眼,看了看他,又看了看苗魁和高老大,喃喃地说:"咱还是事儿上见了。"说完,想挣扎着起来,腰却明显不吃力。"我走不了。"他痛苦地说。

"我背你下山。"金虎蹲下身,让苗魁把胡所长扶上身背起来,对苗魁说,"把羊羔抱回去。"苗魁过去抱了羊羔,几个人深一脚浅一脚地开始往山下走。

走出不远,胡所长在他的耳边轻声说着什么,他听了几遍才听清楚,胡所长是说:

"别忘了猎枪,那是物证。"

原载于 2020 年第 4 期《湘江文艺》;2020 年第 7 期《小说月报》、2020 年第 7 期《中华文学选刊》、2020 年 7 月《新华文摘》、2020 年第 10 期《海外文摘》转载;入选《中国当代文学选本(第 3 辑)》(中国言实出版社)、"百花中篇小说丛书"(百花文艺出版社);被译介到美国、法国

# 遣　蛇

## 一

　　每个人心里都盘着一条蛇,你心门洞开的时候,它蜷缩成一团;你心有怨恨的时候,它会蠢蠢欲动,吐出血红的芯子来。这段话是我的搭档齐大嘴说的。去年夏天,我到大平台村挂职,和新当选的村主任齐大嘴聊天,齐大嘴说了这段话,听后我觉得后颈发凉,似乎每一处角落里都蜷着蛇。更可怕的是,我这个从小怕蛇的人,总觉得心窝里盘着一条蛇,每次洗澡一遍又一遍往胸口打香皂,反复搓洗,恨不得把外皮都搓掉。

　　齐大嘴是个喇叭匠,年近花甲,颈粗肚圆。"大嘴"是他的绰号,人们叫惯了,以至于忽略了他的大号。"大嘴"这个绰号在当地并无贬义,是指人嘴上功夫好,就像人们称呼齐大嘴的爷爷为齐大喇叭一样,是因为他爷爷喇叭吹得好。齐大嘴没受过专业训练,吹奏时用真气,吹久了,便两腮下垂,双眼外凸,成了俗称的金鱼眼。齐大嘴总是随身背着一个还算时尚的电脑包,里面没有电脑,只有一支小唢呐和一个白钢扁酒壶。小唢呐又叫"三吱子",是他的吃饭家什,走到哪带到哪,几乎不离身;白钢扁酒壶则是俄罗斯渔夫喜用的便携式酒壶,容量不大,可插在猎装口袋里。齐大嘴嗜酒,吹喇叭起兴时,不时会摸出酒壶哑几口。

　　齐大嘴当选村主任,像一支不靠谱的喇叭曲,滑稽但真实。

　　我刚到大平台村挂职村书记,村委会换届便遇到了麻烦,因为村里方、石两家养殖大户有宿仇,形成了两个阵营,一方赞成的,另一方肯定反对。正式选举这天,尽管有镇里分管民政工作的副镇长老毕坐镇,正式提名的主任候选人还是落选了,换届流产。其实,流不流产与喇叭匠齐大嘴无关,但齐大嘴和老毕是好朋友,齐大嘴那天在家里喝了几盅,心里觉得有必要到村委会安慰一下老毕。老毕是镇换届工作领导小组副组长,出了这种打脸的事,肯定有王八钻灶坑的感觉。齐大嘴和老毕相识是因为喇叭,老毕一个远亲办喜事请齐大嘴吹喇叭,齐大嘴已经答应了别家,便婉拒了邀请。那家亲戚没辙,只好央求老毕出面,老毕便在晚饭前坐着皮卡来到齐家。齐家还没吃完饭,老毕说:我下乡转了一下午,肚子饿了,到你这个大名人家蹭顿饭行不行?齐大嘴是个社会人,见镇领导看得起自己,很是高兴,连忙让老伴加菜,并搬出陈年小烧。老毕说:饭菜吃你的,酒喝我的。让司机从车上拿下自己带的白酒,两人喝了个沟满壕平。临末,齐大嘴有点高,舌头打着卷说:从今往后咱就是生死弟兄,用着大嘴的尽管说。老毕便顺口说请他给亲戚办喜事捧捧场,齐大嘴话收不回去了,只好应允下来。老毕远亲办喜事那天,齐大嘴演奏格外卖力,以至于宾客冷落了花枝招展的新娘子,都围上来听他吹喇叭。

见齐大嘴带着酒气进来,老毕没好气地说:你来干啥?来吹《秦雪梅吊孝》?《秦雪梅吊孝》是一支哭丧喇叭曲,闻之令人落泪,老毕这么说显然是没好气。齐大嘴说:大平台没辙了,丢人!老毕叹了口气:满屯子几百人,没个争气的,想椎子里拔个将军都难。齐大嘴道:也不见得,卧龙岗上散淡人还是有的。齐大嘴这么一说,老毕眼睛忽然圆睁起来,他想起前些天发生的一件事。大平台村有两个村民因为一起荒地纠纷闹到了镇里,找老毕断理,老毕站在日头地里解释了半天,纠纷也没解决。碰巧,齐大嘴到镇里找老毕送非遗项目申报表,看到了满头大汗的老毕正在苦口婆心地向两位村民讲政策。两个村民家有红白喜事都求过齐大嘴,齐大嘴自信说话还能管用,就走过去道:大热天你俩缠着毕镇长干啥?村民说了事由,齐大嘴道:毕镇长的话你们不听,老天的意思总该听吧。两个村民都看着齐大嘴,其中一个问:老天啥意思?齐大嘴说:你俩钉杠锤,三局两胜,这就是天意。两个村民谁也不服谁,果然就当着老毕和齐大嘴的面开始钉杠锤,结果输掉的一方蔫头耷脑地扭头就走。齐大嘴对赢的一方,快去拉着人家吧,到小店喝几盅,我和毕镇长也借个光。就这样,地界纠纷化成了小酒馆一席酒,齐大嘴酒量大,把两个村民都灌高了,走出饭店时开始相互扳脖子搂腰亲兄弟一样。这件事让老毕对齐大嘴刮目相看,觉得齐大嘴不仅会吹喇叭,摆平事还有一套。

齐大嘴说:毕镇长你别上火,换不成就不换,镇里不是已经派了书记吗?书记主任一肩挑,啥毛病没有。老毕说:现在提倡村民自治,还是有个本地人当主任好。齐大嘴道:我估摸了,村里真没这么个人,村主任大小也是个领导,可不是谁都能当的。老毕说:得!今儿个是你自己上门的,不怪我,这村主任就你来干吧!齐大嘴一听连连摆手:毕镇长别开玩笑,我一个吹喇叭的,都五十九岁了,当啥主任?再说明年我就到大连女儿家养老了,你给我套上夹板我咋走?

老毕把齐大嘴拉到面前坐下,给他讲了一大串道理,齐大嘴还是不同意。老毕有些急,双手作揖道:全大平台人都说你能摆事,现在村里遇到这么大的事你不摆,看笑话就那么好受?算我老毕求你行不行?你要不出山,我只好辞职回家养鱼了。齐大嘴是来安慰老毕的,没想到会惹火烧身,把自己摆了进去。老毕是副镇长,在村民眼里是大人物,大人物这么高看自己,总该识点抬举吧。

齐大嘴思前想后,对老毕说:我干可以,但就干一年,明年秋天我就去大连。老毕考虑的是当下,明年的事明年再说,当务之急是把换届这台戏唱完。老毕说:行,你先救急。老毕问选举会不会有问题。齐大嘴拍着胸脯道:谁要是不选我,等他家有了红白喜事我罢吹。当地办红白喜事都要吹吹打打,而吹吹打打缺谁都缺不了齐大嘴,齐大嘴在十里八村是名气最响的喇叭匠,齐大嘴喇叭一举,这吹吹打打的戏就成了。老毕说:大嘴你是我的救星,我正愁得没咒念,你一来,难题迎刃而解。

事情果然如齐大嘴所料,方、石两大阵营的村民谁都不愿意和齐大嘴过不去。齐大嘴满票当选大平台村委会主任。

地处黑龙江边的大平台村原本是个清代驿站,石家是驿人后裔,当地称站上人;方家是民国早期闯关东的登州府人,尽管在大平台生活年头不少,但对于站上人来说,终归还是外来户。两家的宿仇源自一起命案,这是后话。齐大嘴当选那天,是我正式报到的第三日。老毕找我俩谈话,对齐大嘴交代了两件事:一是要全力支持我这个驻村书记工作;二是要千方百计保稳定,稳定压倒一切。老毕说:我主管民政,大平台的稳定是我的一块心病。齐大嘴道:放心吧毕镇长,我会把你的心头之蛇给遣走。老毕睁大了眼问:啥蛇?齐大嘴的金鱼眼眯成一道缝儿,道:心病就是蛇造孽嘛。齐大嘴说支持书记工作没问题,司令二鼻子谁大他心里清楚,保一方稳定虽难,但只要找准按住喇叭眼儿,运足了丹田气,平安曲就跑不了调儿。齐大嘴说:化解方、石两家宿仇是我一桩未了的心事,不惦记都难。老毕问:你还有这么桩心事?齐大嘴说:当然,不过这事要慢慢来,急不得。老毕说:行,你大嘴真行,我没看错人,石、方两家宿仇如果得到化解,大平台从此就太平了。

老毕走后,我问齐大嘴:听说方、石两家宿仇很深,是咋回事?

齐大嘴从电脑包里摸出酒壶呷了一口,抿抿嘴唇道:陈年芝麻谷子,一笔无头账。

正式上任第一天,齐大嘴一壶五味子茶刚沏上,村民石锁便黑着一张驴脸破门而入,把一条死蛇头鱼往地上一掼,道:我的三道鳞都没了,肯定是方世坤捣的鬼。

齐大嘴并不急,让石锁坐下,慢慢道来事情原委。

方世坤和石锁两家都在黑龙江边养鱼。方世坤承包了一道江汊子,江汊子与主航道之间用三层丝网拦住,在汊子里养蛇头鱼。江汊子是大江的"胡须",虽短促,却是活水,适合养蛇头。方家的蛇头肉质紧而细,熬的汤像牛奶,卖价自然不菲。石锁在江边湿地一个池塘养三道鳞。三道鳞又叫镜鲤,也是吃货喜欢的鱼类,起鱼的日子,鱼塘边大小车辆会排成队。石锁也曾想养蛇头,和方世坤比个高下。但石锁的伯父是个火居道士,伯父说养蛇头是造孽,因为蛇头又叫孝鱼,在道家属四不食之列,石家无论如何不能养蛇头,就养三道鳞。

方、石两家各自养鱼,蛇头主供火锅店,三道鳞主供酒馆,两个井水不犯河水,客户大体固定,几乎不存在竞争。去年八月中旬的一天,石锁鱼塘起鱼。谁知左一网右一网,却不见三道鳞上网,池塘里投放的四万尾三道鳞仿佛水遁一样不见了。让石锁几乎要气炸肺的是,网里三道鳞没几条,却扭动着不少黑乎乎的蛇头!

蛇头是当地人对黑鱼的别称,因为头像蛇,加之在浅水里会像蛇一样爬行,人们给它起了蛇头的名字。养鱼人最怕蛇头,无论养鲤鱼、鲫鱼还是草鱼,只要鱼塘里混进蛇头那就惨了,不出多长时间,凶猛的蛇头会把其他鱼类吞噬干净。

石锁说自家鱼塘与黑龙江不相连,一个草甸子里独立的池塘,蛇头会从天上掉下来?蛇头出现在鱼塘里,来路只有一个——方世坤的江汉子。

凭一条死蛇头,不能给方世坤定罪,方世坤也不会认账,齐大嘴说这件事村里会调查清楚,他让石锁先回去等信儿。

石锁说:你们告诉方世坤,有本事冲人来,冲着三道鳞去算啥本事!骑驴看唱本,咱走着瞧!

## 二

有村民告诉齐大嘴:说石锁在家里磨滚钩。

齐大嘴调查了一番,消息准确。石锁翻出已经生锈的滚钩开始磨钩,并对邻居说,要把爷爷留下的一千把滚钩都磨出来。

石锁的怀疑似乎有些道理。江边养鱼户有五家,唯有方世坤养蛇头,石家鱼塘里的蛇头来路很清楚。石锁上访诉求是两个字:赔钱!四万条三道鳞,平均一条二斤,按出塘价算,让方世坤包赔损失。我和齐大嘴说石锁上访好像能站住脚,齐大嘴却不以为然,道:明明是那么一回事,偏偏就不是那么一回事,看看再说,看看再说。

一个屯子住着,石锁的举动不可能瞒住方世坤,这边磨滚钩,那边方世坤则大张旗鼓地在江汉子边建起个蛇屋。方世坤对外说蛇屋用来养蛇,专养乌苏里蝮蛇,给辽南一家蛇毒制药厂提供蛇毒原料。方家祖上能呼蛇、治蛇伤,作为方家后人的方世坤养蛇顺理成章,没人怀疑。方世坤江边蛇屋建得极简单,房子不大,四四方方,坐北朝南,外面不刷灰,南墙有一扇门,用一把铁锁锁着,蛇屋平顶,房脊留有天窗,看上去像碉堡一样神秘。方世坤蛇屋里的乌苏里蝮蛇长啥样没人知晓,但江汉子每隔几十步远,便会发现一个警示牌,上面写着:有蛇禁入,违者自负。这个牌子很管用,方世坤承包的江汉子自从竖起这个牌子,连钓鱼的都望而却步,因为村民知道,乌苏里蝮蛇可是要命的毒蛇。

石锁为了三道鳞的事多次来村委会上访,每次都情绪激动,我觉得齐大嘴该有所动作,但齐大嘴很能沉住气,每次都是不温不火,一双金鱼眼眨个不停。

一次,来上访的石锁嘴里不干不净地走后,齐大嘴点燃一支烟,眯起眼盯着窗台上的一只空酒瓶想心事。我和齐大嘴坐对桌,齐大嘴抽烟无所谓,但齐大嘴酒后打出的饱嗝却实在难闻。齐大嘴喝的是当地小烧,这种酒因为没有提纯,喝着辣,酒气臭,对此我也很无奈。齐大嘴酒后来办公室时,我也会点一支烟,来个以毒攻毒。齐大嘴抽烟总是眯着眼,一副很享受的模样。我曾想,齐大嘴吹唢呐也一定眯着眼,在我印象里,所有鼓弄乐器的人,都喜欢闭着眼摇头晃脑地进入某种境界。

石锁的事该研究一下了,我说,可别小事拖大,大事拖炸。

齐大嘴掐灭烟头,仍然盯着那只空酒瓶,道:急不得,瞅瞅再说。

齐大嘴自己说过,化解方、石两家的宿仇是他的一桩心事,为啥他对这心事就不上心了呢?我开始怀疑村民关于齐大嘴能摆事的种种说法,村民们说在大平台没有齐大嘴不会吹的曲,也没有齐大嘴摆不平的事。现在,三道鳞、蛇头之争就明睁眼露在那里,也不见齐大嘴出手啊。

你到底有啥打算呢?我怀疑齐大嘴心里没谱,化解村民矛盾不是吹喇叭那么简单。

还能有啥打算?遣蛇。齐大嘴说,心头之蛇不遣走,两家掐架不会停。

你老是提到遣蛇,这个话从哪里来的?我问。

我爷爷。齐大嘴说,小时候爷爷告诉我,遣蛇难,遣蛇难,有了

137

喇叭就不难,找准喇叭眼儿,运气用丹田,蛇不遣走不算完。齐大嘴说出一串顺口溜,让我哭笑不得,这是哪跟哪的道理啊?

齐大嘴的目光一直在窗台的空酒瓶上。我顺着他的目光也看了看那只蒙着灰尘的空酒瓶,酒瓶上依稀有模模糊糊的商标,上面写着"三蛇酒"几个红字。不知这空瓶是谁留下的,也不知放在这里多久了。

事要从头捋,就像一条河,如果源头不清,会越蹚越浑浊。齐大嘴说:现在看起来是三道鳞和蛇头的问题,其实底火在他们祖父那一代身上。齐大嘴说:当年我爷爷和方四平、石栏山是好朋友,知道一些方、石两家的旧事。

我爷爷叫齐大喇叭,虽是盲人,心里却明亮,爷爷有很多语录现在村里老人还常常说起。比如爷爷说:人没啥了不起的,眼不如猫,鼻子不如狗,胃肠不如猪,要是再不会听唢呐就猪狗不如。这话听起来糙,但用意不错,让人学会欣赏音乐,至少会欣赏他吹奏的唢呐。比如爷爷还说:蛇有七寸,喇叭有七眼,按住七寸蛇听话,按准七眼喇叭响。

石锁祖父石栏山开烧锅,开烧锅不卖小烧,专门泡制蛇酒出售。石栏山用一种大口白玻璃罐,里面放三条绞成一团的活蛇,然后再灌满烧酒,用蜡封好,窖起来,五年后再出售,价钱自然就打了几个滚儿。黑龙江畔大草甸子湿气重,风湿病患者多,蛇酒专对此症,生意不愁。石家地窖里至今还封着石栏山时期泡制的蛇酒,有人闻讯愿意出大价钱收购,被石锁拒绝了。石锁说爷爷留下的宝贝,不到卖儿鬻女之时,这酒不能卖。

石栏山加工蛇酒,意见最大的是方世坤的祖父方四平。方四平是个蛇医,叫蛇医,不是给蛇治病,而是专治毒蛇咬伤。方四平治蛇伤需要蛇毒,将经过处理的蛇毒涂在清洁后的伤口处,蛇伤便

138

会痊愈。什么原理村民并不关心,大家惊奇的是方四平取蛇毒的技法。他通过呼蛇来取毒,村南面江边小龙山上的蛇听他调遣,呼之即来,任他取毒。这么说有点难以置信,但这是千真万确的真事,不少村民都见识过这一奇观。方四平喜欢听唢呐,闲着没事的时候,两人就到小龙山下玩耍。爷爷是盲人,看不到山上有什么,方四平就给爷爷一一介绍。走累了,两人便会到江边吹吹江风,爷爷取下插在后颈上的唢呐,吹几段老调儿给方四平听。小龙山下两个老人看风景、吹唢呐的一幕,一直持续到一九五七年。方四平去世前,爷爷去看他,问他咋不将呼蛇绝技传给儿子。方四平说了这样一句话:呼蛇容易遣蛇难,既知如此,何必当初?

齐大嘴说,爷爷和方四平、石栏山都是大平台有头有脸的人物,三个人像三根柱子,擎起了村里的戏台。很可惜三根柱子折了一根,而且三人的下一代都不争气,没出息不说,还把父辈的手艺给丢了。自己的父亲不会吹唢呐,石锁的父亲不会烧酒,方世坤的父亲不会呼蛇,整个塌腰的一代。齐大嘴说他问过爷爷,这到底是怎么一回事。爷爷不假思索地说:天翻地覆人倒茬。倒茬就是种地轮作,再好的地,也不能连茬种,要隔两年换换茬,这样才能既保地力又多打粮食。爷爷预测隔辈缓苗准不准不好说,但至少爷爷对齐、方、石的第三代充满期待。齐大嘴很崇拜爷爷,爷爷从来不放空炮,对于一个盲人来说,他的感应能力为常人所不及,也许三家在自己这一代,能迎来个倒茬之后的新气象。

我问:方、石两家第二代果真都没啥动静?

也不能这么说,方、石两家第二代各出了一个人物,齐大嘴说,方家小女儿方小茹和石家小儿子石天翔,这对金童玉女像炸弹一样轰动了大平台。

炸弹?我吓了一跳。

是啊,这个炸弹爆炸后有块弹片一直嵌在我心坎,堵在我心口。

齐大嘴这番话我听起来有点云山雾罩。

齐大嘴说:方小茹和石天翔双双殉情而死,一幕人间悲剧,我每次吹《秦雪梅吊孝》总会想起他俩。

我心里好像有条蛇在扭动,大平台是够复杂的,几十年前就发生过这种殉情事件。到这个村子任职,我有一种突然间置身湿地深处的感觉。原来在机关里觉得农村没啥大事,无非是种地、养猪,搞搞村容村貌治理,现在看来问题不那么简单,想把一个村子搞好并不容易,小村庄大社会,看似平静的日子背后,也有可怕的暗流在涌动。

方小茹和石天翔的事等以后我再说,齐大嘴道,我要搞清楚石锁磨滚钩的真实用意。

但我觉得滚钩无非是一种渔具,搞不搞清楚问题不大,当务之急是搞清楚石锁鱼塘里的蛇头是哪里来的,搞清楚了这个问题,才能让石锁息访。我们应该抓紧,不能再拖,我说,老毕担心把事拖炸,我也有这个担心。

齐大嘴说:按不住七寸就下手容易遭蛇咬,心急吃不了热豆腐。

三

齐大嘴身上的酒气像蛇头的黏液一样擦拭不去。他每天脸挂两团浅浅的酒红,背着个黑色电脑包在屯子里转悠,和每个碰面的人都会唠上一会儿。齐大嘴带着唢呐却不吹,唢呐虽是标配却已成了摆设,背在身上无非是寻找一种感觉而已。我没有听过齐大嘴吹唢呐,曾想请他吹个曲子听听,我以为他会爽快答应,这毕竟是他展露身手的好机会,谁知齐大嘴摇摇头道:当了领导就不能吹啦。我说为啥,他说身份不符,当领导要有个领导的样了。我心里感到滑稽,看来齐大嘴真把自己当干部了。

齐大嘴一双金鱼眼很贼,村里大事小情休想瞒过他。方、石两家的事他自然格外关注。一次午后,齐大嘴突然要和我商议家禽家畜圈养的事。大平台有史以来家禽家畜就散养,任它们到草甸子里吃草捉虫,齐大嘴怎么想起圈养来了?我问为啥,齐大嘴便给我讲了石锁家白鹅的事。石锁家养了一只大白鹅,特别通人性,长得像天鹅,齐大嘴觉得那是家鹅和天鹅杂交的后代,比其他鹅高出一大截。可惜了,一只好看的大白鹅,到死都不知道得罪了谁。石家和方家有仇,但两家家禽却没这层隔阂,石家这只大鹅与主人正相反,对方世坤有一种莫名其妙的好感。这只白鹅很怪,只要在村路上看到方世坤,无论隔着多远,都会扇动翅膀热烈地奔过来,像见到老朋友一样用脖颈在方世坤裤腿上亲昵地啄个遍。方世坤也挺喜欢这只白鹅,每次从江汉子回村,都会采几把嫩草喂鹅。大白鹅吃草时,他会蹲下身,抚摸几下大鹅柔顺的羽毛,和大鹅说几句话。说来也奇怪,大白鹅似乎能听懂他的话,每当他说回去吧,免得你家主人不高兴,大白鹅就会停止亲热,转身很绅士地离去。自家白鹅对方世坤的表现被石锁发现了。石锁偷偷跟踪了两回,发现方世坤每次都蹲下来和大白鹅说话,石锁便觉得这事不简单,一定是方世坤给鹅下了蛊。有一次,他看到大白鹅和方世坤在一起,便高声吆喝大鹅回家,还当着方世坤的面说,再这么没出息就剁了你!大鹅听不懂主人的话,昂着通红的鹅冠左顾右盼一副茫然。石锁这样猜想是有原因的,大平台老辈人传说,方世坤爷爷方四平会呼蛇,不仅呼蛇,还能和山狸子、獾和水貂对话。有村民看见方四平在小龙山的一株白桦树下作法,嘴里发出奇怪的喵喵声,不一会儿,竟有好几只獾跑来围在他周围向他讨吃的。石锁就想,龙生龙,凤生凤,耗子生来会打洞。既然方四平懂兽语,方世坤会说上几句完全有可能,要不自家大鹅怎么会对他那么亲热?石锁还听钓鱼的村民说方世坤能和蛇头对话,站在江汉子岸边吼上几声,就会有成群的蛇头游过来。开始石锁不信,偷偷观察了几次方世坤喂鱼,才发现传言不虚。石锁就想,方世坤和他爷爷一样,属于走歪门邪道的,一定要小心防备,别中了他的蛊。在几次见到自家大白鹅不争气后,石锁下了狠心,觉得大白鹅成了石家叛徒,必须斩断方世坤伸向石家的黑手。

一天,石锁从鱼塘回来,在村口看到方世坤拎着鱼篓在路上行走,他家那只大白鹅跟在后面屁颠儿屁颠儿很快活的样子。石锁心里恼,姓方的糟蹋了我四万条三道鳞还没说法,现在又开始打我家鹅的主意,是可忍,孰不可忍!当天晚饭前,他将大鹅一刀给剁了,鹅肉当晚就炖了,鹅头被他趁着夜色丢到了方家门口。早晨,方世坤出门发现了鹅头,用报纸包着来村委会讨说法,说石锁这是找事,杀了大鹅把鹅头丢到他家门口。齐大嘴一双金鱼眼眨了眨道:世坤哪,你心头有条蛇,正往外吐芯子呢。方世坤说:主任怎么这么说话?齐大嘴道:人家剁自家大鹅怎么就是找事?这鹅头说不准是狗扯猫叼到你家门口的,又不是炸雷子,你怕个啥?方世坤鼻子里蹿出一股气:我怕啥?别说一只鹅头,就是石锁的脑袋,我也当倭瓜看。方世坤的话够狠。

方世坤走后,齐大嘴对我说:这个石锁,竟然和一只鹅过不去,何苦呢?

我说:好像听你讲过,石、方两家结仇是因为蛇,到底是咋回事?齐大嘴泡上一壶五味子茶,在村委会那张油漆斑驳的办公室桌前给我摆起了龙门阵。

方世坤的爷爷方四平是个能人,那时候大平台南面小龙山蛇多,常有赶山的乡亲遭蛇咬,有的因为救治不当丢了性命。方四平一心想当蛇医,到处拜师学艺,后来跟一个苗族大夫学了呼蛇取毒的技艺,成了当地的半仙儿一样的蛇医。有人看见过方四平呼蛇,他身穿黑衣黑裤,袖口裤腿用布条扎紧,脖子上挂着一个鹿皮包,包里是一些极小的瓶瓶罐罐,那套程序动作如同神汉作法,胆子小的不敢睁眼看。方四平呼蛇并不避人,但要求围观者须在十丈开外,而且不能站在草地里挡住蛇路,要站在石头或没有草的土丘上。方四平找一处避风草密的地方,将草踩倒,用石灰撒成圆圈,留出一尺宽的豁口,然后端坐在圆圈中心,用火链点燃一根夹着火绒的草绳,草绳不着明火,却有袅袅的青烟升起,他则嘴中念念有词,闭目祷告。半袋烟工夫,奇迹出现了,周边草丛开始摇摆,接着便有大大小小的蛇从四面八方爬过来。这些蛇围着灰圈绕弯,绕几个圈后便会从豁口处爬进去,纠缠在方四平身上。这些蛇大都是当地一种叫野鸡脖子的蛇,也有乌苏里蝮蛇,它们并不袭击方四平,只是在他身上缠来绕去。这个时候,方四平会选择大一些的蛇,捏住蛇头,让蛇咬住小瓶取毒,取过毒后再将蛇放回。如此这般,一直忙碌一两个钟头才能结束。之后,方四平学几声鹅叫,这些蛇快速离开,遁入草丛。这种作法般的呼蛇让村民惊悚不已,很多年后,当村民从电视里看到印度人能靠一支短笛让眼镜蛇翩翩起舞时,还有人说这算什么? 比起方四平呼蛇差远了。

　　石锁的爷爷石栏山在村里也不乏传说。石栏山以泡制蛇酒为生。石家开烧锅,但因粮食金贵,烧酒产量并不大,烧出的酒都用来泡制蛇酒出售,这实际是拉长了产业链。石栏山泡蛇酒用蛇量大,一般一个玻璃罐泡三条蛇,要趁蛇活着时灌酒封口。有村民说石栏山泡蛇酒很神奇,酒瓶里的蛇多年不死,有人买了一瓶五年蛇酒回家治老寒腿,开封时发现酒里的蛇还会动。这个传说的真假没人考证,但石栏山的蛇酒畅销却是真事。黑龙江边的居民因为地域关系,对蛇酒需求量很大,石家蛇酒供不应求也很自然。

方四平对石栏山泡制蛇酒有意见,因为一瓶酒就要用三条蛇,这让爱蛇的方四平无法接受。方四平专门上门劝过石栏山,说:东北天寒地冷蛇生长慢,你这么捕蛇泡酒,银子是赚了,可蛇会越来越少。因为方四平近期几次呼蛇,闻香而至的蛇比原来要少,他担心石栏山如此捕下去,小龙山的蛇总有一天会绝根。

石栏山自然不听方四平的劝告,你呼蛇取毒可以,我捕蛇泡酒怎么就不成?再说,山上的蛇是捕不尽的,鹰抓,獾吃,我石栏山能捕几条?再说一条蛇就能活六七年,与其让蛇老死洞中,不如我来泡酒利用。

方四平说:蛇绝根了老鼠就会泛滥,说不准孙吴热就会回来。

方四平说的孙吴热是一种可怕的鼠疫。伪满时期黑河一带曾经暴发过孙吴热,这是一种因线鼠引发的鼠疫,患者死亡率极高。当年,别说普通百姓,就是有一定卫生保障的驻孙吴关东军鬼子也没躲过这场瘟疫,死者达三成。

石栏山说:你别吓唬我,我逮几条蛇泡酒就能引发孙吴热,谁信?

方四平见劝不动他,索性撂下一句气话:你不听劝,再叫蛇咬了我可不医。之前,石栏山多次被蝮蛇咬过,都是方四平给治愈的。

石栏山道:你不医我就赖到你家去。石栏山知道方四平是吓唬他。

方四平长叹一声,摇摇头走了。

齐大嘴说:方四平劝告不成,就去找我爷爷来劝。

144

方四平、石栏山和我爷爷是发小，三人本来彼此关系挺好，方四平喜欢听唢呐，石栏山会哼几段小调儿。听爷爷说他们最后一次饭局是石栏山张罗的。"满洲国"倒台那年，石栏山在江里下滚钩，钓到一条七百斤的鳇鱼，卖了不少钱。别人家有钱盖宅子，石家有钱修地窖，石栏山用卖鳇鱼的钱在自己屋里修了个挺阔气的地窖。说是地窖，其实是个酒窖，主要用途是存蛇酒。地窖完工那天，石栏山找了村里有头有脸的人吃饭。酒桌上，方四平提了个倡议，想把小龙山坍塌的小龙庙修葺一下。这个倡议遭到了石栏山的反对。石栏山说：你修个庙在那儿，我逮蛇会有忌讳，一边供蛇，一边杀蛇，我左右不是。这次聚会之后，大平台这三个有头有脸的人物再也没有坐到一起。齐大嘴提起爷爷总是充满自豪，他说爷爷本来能摆平方、石两家的事，可惜石栏山走得太早了，人一死，矛盾就成了死结。齐大嘴说爷爷在村里说话有分量，一把唢呐交下了全村人。要知道，在文娱生活极度匮乏的年代，能听爷爷吹上一曲唢呐独奏《大开门》，那是过年般欢快的事。

　　爷爷来到石栏山家，到了却不进门，用竹竿在门边杖子上敲来敲去。迎出门的石栏山见状问爷爷在敲什么。爷爷说是吓唬蛇，别人是打草惊蛇，我这是敲杖子吓蛇。石栏山说：院子里哪里有蛇？再说有蛇你也看不见。爷爷说：我闻到蛇味了，有点腥。石栏山问爷爷是不是想买蛇酒，爷爷说不买酒，是来劝他别逮蛇了。石栏山问爷爷为啥，爷爷说：我吹过《白蛇传》，法海逮蛇，把白娘子压在雷峰塔下，遭无数人骂，法海死后变成了螃蟹。你要是这么逮蛇泡酒，怕你也会落个法海的下场。石栏山听后哈哈大笑，说：大兄弟，你吹喇叭吹晕乎了吧？《白蛇传》那是戏曲，现实里你见哪条白蛇变成女人啦？爷爷说：我虽然看不见，但我耳朵好使，我总能听见有风往你家里刮，你小心就是了。石栏山用葫芦装了两斤小烧塞给爷爷,连推带搡把爷爷送走了。他知道是方四平撺弄爷爷来的,心里埋怨方四平多事。

石栏山不怕得罪你爷爷?我说,他家里也会有红白喜事,你爷爷罢吹咋办?

齐大嘴道:石栏山礼数不差,他给爷爷装了两斤小烧,也算给了爷爷面子。爷爷来石家烧锅不久,石家就出了大事。

一天夜里,石家突然遭到无数大大小小毒蛇的袭击,都是野鸡脖子蛇,这种蛇遇到人会把黑绿色的头颈高高昂起来,格外吓人。夜半时分,石栏山听到有风声嗖嗖刮进来,点灯一看,顿时惊得魂飞魄散——家中房梁、灶台、地面、窗台上到处爬满了野鸡脖子。石栏山抄起炕梢的烟笸箩四处扬,蛇怕烟油,黄烟一撒,蛇就会躲避。但这些蛇很顽固,竟然在地窖盖处聚成一球。为了保护家人,石栏山连抓带踢,一条条往窗外甩。激战了好一会儿,邻院一只大鹅叫了起来,这些野鸡脖子才突然得令一样纷纷逃窜。石栏山检查了惊魂未定的家人,好在蜷缩在炕头的家人都安全,再看看自身,四肢上竟有好几处咬伤。看到伤口的一刹那石栏山腿酥了,让家人快去找方四平。家人急急忙忙来到方家,非常不巧,因为白天方家儿子定亲换盅,方四平醉酒,睡得死沉,怎么叫也叫不醒。家人连哭带叫了半个时辰,方四平总算被唤醒,带着蛇药赶来石家时,石栏山浑身肿胀,已经不治。石家认为这是方四平故意为之,开始对方家心存怨气。石栏山下葬后,他老伴对儿女们说:见死不救,视同杀人,石家后人忘记什么也不要忘记这个茬儿!方、石两家由此结下梁子。

齐大嘴摆完龙门阵,皱着眉头道:我本来想研究一下石锁家那只白鹅为啥会对世坤好,谁知道这鹅叫石锁剁了。我爷爷说,当时聚集到石栏山家的野鸡脖子,是因为听到鹅叫才退去的,这里面肯定有文章。

听了齐人嘴讲的方、石两家宿仇源头,我觉得作为方、石第三代,再纠结这件事没有什么好处,便对齐大嘴说:我想把石锁、方世坤召集到村委会来唠唠,让他们把过去的事放下。齐大嘴没反对,懒散地说:要召集就召集吧,只是这俩老小子尿不到一个壶里。结果真让齐大嘴说对了,我定好的时间,石锁、方世坤谁也没来。打电话给方世坤,回答只有一个字:忙。再问石锁,石锁说:我一直瞄着方世坤的鱼窝棚,他没挪窝,我去干啥?我由此对齐大嘴有点意见,觉得他办事太拖沓,连召集双方来碰头都不上心。

## 四

一天清早,江边的布谷鸟还在叫着,齐大嘴裤腿沾着露水进来了。我问他起这么早干吗。他说看见石锁买了团麻绳回来,那团麻绳不下两百米长,是做滚钩主纲用的。他皱着眉头说:石锁为啥用麻绳?做滚钩主纲完全可以用尼龙绳,脑线都用丝线,主纲为啥选麻绳?

我不知道麻绳和尼龙绳有啥大区别,只觉得两百米的主纲太长了,足以拦断黑龙江,就问:滚钩主纲要这么长?

齐大嘴道:滚钩捕鳇鱼,几百米长不奇怪,问题是石锁把滚钩都磨成了带刃钩刀,也不知他干什么用。

钩刀?我脑子里闪现过一种可怕的兵器。

齐大嘴说:我俩去找方世坤,提醒他留点心。不过这老小子挺傲的,怕是听不进去。石锁磨刀霍霍,肯定不是冲着猪羊去的,作为仇家的方世坤如果麻痹,到时候哭都来不及。齐大嘴特别强调:我向老毕保证过要保一方稳定,要是大平台出了娄子,我一世英名将毁于一旦。

我感到好笑,齐大嘴有什么一世英名可毁的? 不过,齐大嘴提到的捕鳇鱼我却感到很新鲜,就问他:大平台这段江真的有鳇鱼? 齐大嘴金鱼眼突然亮起来:早先出过,石栏山就钓到过七百斤的鳇鱼。鳇鱼大呀,小的上百,大的过千。

我说:莫非石锁真想学爷爷钓鳇鱼?

齐大嘴道:骗鬼呢,这个江段出鳇鱼那是老皇历,石锁想钓啥只有他心里清楚。

去江汉子的路上,齐大嘴忽然说:书记,你是不是觉得我办事磨叽?

我心里一震,我潜意识里的事,齐大嘴怎么能知道? 但既然他问,我也不隐瞒自己的看法,就说:眼看一年将满,我是担心你对老毕交不了差。

齐大嘴点点头:是时候找准喇叭眼儿了,要不我这脸上挂不住。齐大嘴对我说过,他去邻村操办红白喜事,人们当着他的面就说大平台风水不好,村民窝里斗,这次换届,别的村都顺利,唯有大平台连个村主任都选不出来,成了笑柄。对此,齐大嘴感到脸上无光,再被请去吹喇叭,他都会约法三章,不能埋汰大平台,谁埋汰跟谁急。

我说:简单问题也不能复杂化,像蛇头吃三道鳞这种事,不难调查。

事情不那么简单,捉奸捉双,捉贼见赃,方世坤不会承认石锁鱼塘里的蛇头是他的,我们也只是怀疑,怀疑不能成为证据。

可是,问题怎么解决呢? 矛盾随时有激化的可能。我表现出不应有的焦虑。

还是我爷爷说的那句话——遣蛇。齐大嘴说,当年,我爷爷去看望病在炕上的方四平,问他为啥不把呼蛇绝技传授给儿子。方

148

四平说,呼蛇容易遣蛇难,还是不传为好。爷爷后来对我说,遣蛇难,遣蛇难,有了喇叭也不难,运足丹田气,找准喇叭眼儿,拱手遣蛇走,相互道平安。我当时问爷爷,为啥是遣而不是赶。爷爷说,遣是送,赶是撵,当然不一样。爷爷的话我琢磨了几十年,在石锁和方世坤这起纠纷上我想明白了,遣蛇和赶蛇区别在于一个礼数上,这个礼数就是一个个喇叭眼儿。

我觉得齐大嘴有点故弄玄虚了,但也不好戳破他,就笑了笑道:能看得出来,对大平台你挺上心。

齐大嘴摆摆手说:不上心不中,我一个喇叭匠,生在大平台,长在大平台,大平台好歹是自己的家乡。选举前我对老毕说我上任后就做好一件事:化解方、石两家矛盾。老毕说你别哨了,方、石两家的宿仇都变成癌症了,你还能化解?我最讨厌别人说我哨,说我能吹可以,谁要是说我能哨我就急眼。哨是啥?就是忽悠、泡人、耍嘴皮子。但老毕这么说是在用激将法,我心里明白。我说:毕镇长你听着,我齐大嘴从不哨人,大平台不是人为地划出一条楚河汉界吗?我一年工夫就把它填平喽。老毕说:这可是你说的,你填平了楚河汉界,我请你吃全鱼宴。我说:那你就准备吧,全鱼宴不算,还要两瓶老白干。

我已经摸透了齐大嘴说话的套路,就说:填平楚河汉界的前提一定还是遣蛇吧。我刚赴任时齐大嘴就说过遣蛇,对此我心有疑惑,盘在心头的蛇看不见、摸不着,如何遣?

齐大嘴停下脚步:啊呀,书记你好厉害,把我想说的话给说出来了。

沿着草甸一条泥泞的小路,说话间我俩来到了方世坤养蛇头的江汊子。方世坤像一只猞猁伏在草丛里,正躬身朝江面张望,听到脚步声,回头嘘了一声,朝水里努了努嘴。我和齐大嘴蹑手蹑脚走过去,透过稀疏的芦苇望向江面,江水静流,浅水处有两只叫不出名的大鸟立在水中。是鹤还是白鹭？我问。方世坤道:是长脖老等。长脖老等？我听过这个名字,见到真鸟还是第一次。这是一种很奇怪的鸟,静静地站在浅水处,一动不动地盯着水面。它们在盯什么？我轻声问。方世坤说等鱼呗,要不怎么叫老等呢？我正想再问,忽然一条小野鸡脖子吐着芯子爬过来,我触电般惊叫一声跳开了。叫声惊到了江面上的长脖老等,它扑棱棱振翅飞走了。再看那条小野鸡脖子,精灵一样钻进草丛不见了。方世坤叹了口气站起,道:窝棚里坐吧,外面小咬多。

方世坤身材消瘦,谢顶,目光冷硬,唇上留一道横须,不黑,是棕黄色,这让他看上去很像个"二毛子"。"二毛子"是黑龙江边中俄混血儿的别称,在当地较为多见。但方世坤不是"二毛子",其祖上是驻守驿站的驿丁。据齐大嘴说,方世坤酒量不一般,没人看他醉过。有一年,哈尔滨来了一个收黄豆的,当时的村书记招待他吃饭,因为酒量小,没喝几杯就被这个大肚子老板给灌倒在炕上。老板很不屑,说:你们大平台真屄,连个喝酒的对手都没有。村主任想到了方世坤,跑到方家求援。方世坤一听,二话没说就来到了村委会食堂。大肚子老板看他一副精瘦的模样,牛哄哄地说:来陪我可以,要是喝趴下,我收豆子每斤落二分钱。方世坤说:要是把你喝趴下呢？大肚子老板说:每斤涨二分！两人开始对饮。结果两人喝到半夜,不分输赢。大肚子老板服了,说:我收粮喝遍北大荒,你是能和我打平手的第一人。第二天收黄豆,价格没涨也没落,方世坤的酒量却从此出名。

方家窝棚呈马架形,里面一铺连着灶台的土炕,几只塑料凳和一个能当饭桌的地平柜,虽简单,却干净。三人在地平柜前坐下,方世坤问:石锁找村里告状了？

150

齐大嘴感到奇怪,方世坤怎么知道石锁去告状?便装作没事的样子说:不算告状,就是反映一些情况。我和书记来找你,就是想核实一下。

方世坤道:想一出是一出,疑神疑鬼。齐大嘴说:他家的三道鳞都叫蛇头吃了,这事不容他不想。方世坤从敞开的窝棚门望出去,往南不到百步就是石锁的鱼塘,鱼塘是月牙形,四周长满蒲阜,远远看去,一枝枝鬼蜡烛矛一般竖立着。再往远处看,就是郁郁葱葱的小龙山。方世坤道:他家的三道鳞被蛇头吃了和我没关系,他是塘我是江,江水不犯塘水。

齐大嘴道:他鱼塘里的蛇头哪里来的?

乘云驾雾过去的呗,方世坤说,亏他还是个养鱼的,竟然不知道蛇头会在雾天飞。

我觉得方世坤在撒谎,便插话道:蛇头鱼没有翅膀,怎么飞?

方世坤大概顾忌我的身份,没有直接顶撞我,不卑不亢地说:我在江边养了十几年蛇头,蛇头会些什么我心里清楚。言外之意,他比我明白。

我一时不知说什么,对蛇头我真的一知半解。

齐大嘴说:咱先不说蛇头会飞不会飞,现在的问题是你们两家这个误会怎么消除。能不能坐下来聊聊呢?上次书记召集你俩,你俩都不露面。都绷着,不嫌累吗?

聊个蛤蟆!方世坤愤愤地说,我宁可和他家大鹅唠嗑,也绝不和石锁说话。石家坏我爷爷名声,又害了我小姑性命,这笔账还等着算呢!我知道石家当年散布的方四平呼蛇杀人之说在村里妇孺皆知,方家背负的压力可想而知。

齐大嘴没有把石锁磨滚钩的事告诉方世坤,那样会激化矛盾,但他提醒方世坤,要留心点江面,因为正是汛期,江水说涨就涨。

方世坤却似乎知道石锁在干什么,将手里的烟头掐灭,立着两眼说:石锁在磨滚钩我知道,他忘了石栏山当年是咋死的了。

我听出了方世坤的话外音,很显然他是做好了接招的准备。

咋的?你想和他硬碰硬?齐大嘴眉心蹙成一个肉疙瘩,方世坤的话让他很担心,站上人好斗,民风彪悍,两家真要是硬碰硬起来,那一定是场涉及多人的械斗。

我不傻,违法的事不干。方世坤很平静。

离开方家窝棚前,齐大嘴不忘提醒一句:世坤,很多事都事出有因,要按住心头那条蛇,别让它兴风作浪。

方世坤扭过头,又聚精会神地盯着江面,江面上不知何时又落下几只长脖老等。我对齐大嘴说:方世坤挺喜欢水鸟的。

齐大嘴锁着眉头说:蛇头鱼真的能腾云驾雾?我笑了笑:好像海里有一种飞鱼,但也只是能跃出水面滑翔一段而已。

## 五

我俩决定去石锁的鱼塘看看。

石锁的鱼塘在江边一片大草甸子里。鱼塘前身是个靠近小龙山的天然水泡子,里面长满蓝色的鸢尾花,村民给这个水泡子起名蓝湖。农村实行承包后,石锁包下了蓝湖,并扩大水面,把蓝湖变成了一个月牙形的池塘。石锁开挖蓝湖,水中成片的鸢尾花不见了,替代的是茂盛的蒲苇。齐大嘴说蓝湖要是不被承包,现在一定是个欣赏鸢尾花的景点,现在却给毁掉了。石锁听到村民有这种议论,来找村干部,说:那些钢笔水花有啥看头?我包池塘是交了承包金的。村干部就解释道:蓝湖里那不叫钢笔水花,是有名的鸢尾花。石锁就说:村里给我弄点种子,我在鱼塘周围种一些就是了。村干部哪有这个闲心?再说草甸子里的鸢尾花都是野生的,没处弄种子。鸢尾花在大平台从此绝迹。

石锁的鱼塘养三道鳞,与方世坤不同的是,养三道鳞需要投放饲料。石锁个子高,不适合住马架窝棚,他不知从哪里要了一顶民政救灾帐篷支在鱼塘边。帐篷是湖蓝色,有门有窗,四角还固定了拉线,看上去十分牢靠。胡子拉碴的石锁蹲在帐篷前抽烟,看出来心情很不好,面前是一块垫高的磨刀石,磨刀石旁是几把待磨的滚钩,滚钩用钢筋弯成,像秤钩一样。天边挂着幕布一般的火烧云,有布谷鸟在湿地里不时叫上几声。石锁的鱼塘波澜不起,连只水鸟都不见,与方世坤活跃的江汉子对比明显。

来啦!石锁粗门大嗓。与方世坤的矜持不一样,石锁多了义气,他递过两支烟:我见两位去江汉子了,方世坤承认了没?

我和齐大嘴也在鱼塘边蹲下来,接过烟点上。在鱼塘边抽烟是无奈之举,小咬蚊子太多不说,还有神出鬼没的野鸡脖子,抽烟是有效的防护措施。齐大嘴说:兄弟你是养鱼的,你应该知道蛇头会不会飞。

石锁反问:蛇头又不是鸟,怎么会飞?

方世坤说过蛇头会腾云驾雾,今天石锁否定了这种说法,到底谁说得对呢?

齐大嘴说:看你在磨滚钩,咋想起这老玩意啦?

石锁吸了口烟说:去年三道鳞都喂蛇头了,总要想点法子挣钱养家。

齐大嘴笑了笑:咱大平台上次见鳇鱼,还是你爷爷活着时钓的,七十多年了,再没人钓到过。

只要没灭绝,早晚会回来。石锁说,电视报道抚远渔民捕到条千斤重的鳇鱼,一下子发了。

齐大嘴和我交换了一下眼神。抚远渔民捕获鳇鱼不假,但那

153

是在乌苏里江,大平台黑龙江这一带根本没有鳇鱼,说捕鳇鱼挣钱,这明显是假话。

齐大嘴弯腰拿起磨刀石边放着的滚钩,钩有小指粗细,弯钩一直到钩刺,被磨出了利刃,用拇指试试刀刃,极锋利。齐大嘴问:滚钩还要磨出刃来?

石锁目光诡异地瞅了齐大嘴手里的滚钩一眼,道:有刃不好吗?

齐大嘴把滚钩递给我,我看不明白,只是惊诧这鱼钩之大,这样的钩,钓老牛、大象都足够了,钓鱼岂不是大材小用? 我望着石锁问:这么大的钩?

鱼大,石锁说,小钩钓不住。

齐大嘴道:我要提醒你,石锁,你的三道鳞被吃掉和方世坤没关系。我们去方家调查了,方世坤不会把江汉子里的蛇头偷偷放到你家鱼塘来,那样的话,他不也是损失吗?

石锁冷笑一声:方世坤这家伙,杀敌一千自损八百这样的事也会干,能占一点便宜就觉得自己赚。他见我三道鳞市场好,心理不平衡,就想出了这个下三烂的做法。

你这是怀疑,齐大嘴说,告人家要凭证据。

蛇头就是证据,石锁说,我说过三遍了,证据就在蛇头身上。我调查过,黑龙江野生蛇头没有这一种,在我家池塘里吃三道鳞的就是江汉子里养的这种,叫七星斑,方世坤想赖是赖不掉的。

咋办? 你想报复? 齐大嘴问。

村里不管我就会报复,以命抵命,以鱼抵鱼。石锁个子比方世坤高,坐在凳子上身体弓成了一只弯虾,看上去像个立体问号。

我心想,以命抵命好理解,啥叫以鱼抵鱼? 难道石锁能派只水猴子深入江汉子里把方世坤的蛇头给吃光?

齐大嘴站起身,拍了拍石锁的肩膀道:听我句话,兄弟,别让心头那条蛇胡乱窜,还是早点打发了它好,这样心里会好受些。

石锁站起来,凶着一张脸说:凭啥吃亏的总是我家？当年我爷爷叫他家呼蛇给害死,我小叔叫他家狐狸精给迷住丢了命,我家三道鳞又叫他家蛇头给吃光,这口气我如何吞得下？你说我心头有条蛇,我承认不假,我想说我心头还不是条小蛇呢,是一条过山风大王蛇,恨不得一口将方世坤这老小子吞进肚子里!

你吞了方世坤又能咋样？日子就会好？齐大嘴说,我吹喇叭见过太多死人,死了人,哭一哭,吹个《秦雪梅吊孝》也就过去了,不能让死人拖累活人。你爷爷、你小叔,说不定在阴间和方四平、方小茹成了好朋友呢,活人有啥放不下的？

我咽不下这口气!石锁一只脚踩在磨刀石上,身体前倾,眼里蒙着一层薄雾,古铜色的皮肤泛着油渍,像熏过的腊肉。能看出来石锁一直在郁闷当中,去年一年收入打了水漂,这个损失几乎让他破产。

回村的路上,齐大嘴突然说:书记,你能不能向老毕要点钱？

我愣了一下,问:要多少？干啥用？

我想在江边安几个监控,尤其是鱼塘。齐大嘴说。

我心里明白了,齐大嘴挺聪明的。县里公安机关正在实施"天眼工程",我说,我和他们领导熟悉,请他们赞助几套设备。

齐大嘴道:眼见不一定为实,有时候,人要借只眼。

齐大嘴上任后,我一直留心他要怎样化解两家宿仇,这是难得的学习机会。我曾换位思考,假如我是齐大嘴,我会有什么办法来化解这个宿仇,说实话,我想不出办法来。齐大嘴这次提出了安装监控,让我心里一震,我怎么就没想到这个在城市里已经司空见惯的办法呢？

我心里记着,精心布控,这是齐大嘴使的第一招。

# 六

说起方小茹和石天翔的事,大平台许多年岁大的人都会八卦一段,方、石两家父辈之仇在此二人。

齐大嘴说,想遣走石锁和方世坤心头之蛇,必须揭开三层谜面:第一层是祖辈的群蛇夜袭石家烧锅这一层,第二层是父辈方小茹和石天翔双双殉情这一层,第三层就是当下蛇头吃掉三道鳞这一层。齐大嘴说三层谜面都有谜底,等找到谜底就是摸和。齐大嘴偶尔也打麻将,摸和就是自摸,赢双倍。

三层谜面我听说过两层,中间一层是第一回听说。两家死对头怎么能扯到殉情上来呢?我让齐大嘴讲讲是怎么回事。

提到这一层,齐大嘴表情变得凝重起来,两只金鱼眼耷拉着道:这是我的一桩心事,那时候年纪小不更事。齐大嘴用悔恨的语调,给我讲述了一个凄婉的爱情故事。

那是二十世纪七十年代人民公社时期。方四平的小女儿方小茹和石栏山的小儿子石天翔,被公社文化站双双选拔到黑河地区学习新编二人转。当时推广的二人转曲目叫《红石桥》,曲调流畅,情感表达到位。推广这种新编二人转的目的很明确,是让二人转雅起来。但再怎么雅,二人转也是一男一女边唱边耍,作为搭档的男女双方不眉来眼去这戏没法唱。方小茹和石天翔虽在一个村子住着,来地区学戏前彼此却形同陌路,到了学习班上想不说话是不行了,不仅要说,而且相互排练免不了你推我搡肢体接触。世上的事往往就是这么怪,没啥联系时彼此天各一方,一旦有了关联,就无法预料往哪个方向发展。学戏三个月,方小茹和石天翔竟然背着家人偷偷好上了,这种好像一粒罂粟种子,开出的必然是毒花。

齐大嘴说,方、石两家互不往来的规矩只在大平台管用,离开了大平台,这规矩就没了约束力。很快,在学习班结束时,方小茹和石天翔已经如胶似漆不可分开。二人转这个东西催情作用不可小觑,过去一般都是两口子搭档对唱,放任裂大臊也没啥,但其他搭档对唱就不同了,一开始面红耳赤,时间一长,感觉就唱出来了。他俩唱二人转,我和拉三弦的老白给伴奏,三弦一直拉,唢呐只在高潮的时候吹。我嘴上不吹,眼睛便盯着台上,冷不丁我就看见他俩有小动作,我看见石天翔在舞扇时,用扇子划过了不该划的地方,我看着心里一惊,差点吹错了调儿。石天翔长得好,是哥儿四个中最顺溜的一个,三个哥哥,包括石锁的父亲都给人歪瓜裂枣的感觉,唯有石天翔最标致。方小茹也长得俊,细高挑,身段像水曲柳,长发简直就是一匹湿透的黑缎。与妹妹相比,方小茹的三个哥哥也长得很随便,但三兄弟脾气和酒量都大,遇到两家对垒时,个个敢抄家伙。应该说方小茹和石天翔挺般配,但他俩不能好,他俩要是好上了,两家男人就会打群架。方小茹和石天翔也知道这个道理,只能偷偷摸摸地好。

　　真正发现方小茹和石天翔偷偷相好的是拉三弦的老白。老白四十多岁,是远近有名的情种,有人说他太色,看一眼大姑娘就能让人家怀孕,可见他的眼光有多么淫荡。老白经常和方小茹开玩笑,说唱新版二人转没啥意思,唱《十八摸》《月牙五更》才过瘾。老白还有个怪癖,喜欢摩挲女人用品,方小茹的演出服就是他坐车时常常下手的物品。方小茹有点烦他,对石天翔说担心老白弄脏了演出服,石天翔就想着调理调理老白。老白怕蛇,一见到蛇腿肚子就抽筋,很多人知道他这个毛病。一天,公社组织会演,大队拖拉机拉着宣传队去八里外的公社。路上,石天翔把不知从哪儿弄的一条绿色软塑料蛇放在了装演出服的袋子里。拖拉机在乡村土路上摇摇晃晃,半睡半醒的老白便把手伸进了袋子里,大概摸到了一根软软的东西,拽出一截低头一看,吓得"妈呀"一声就抽了过去,假蛇也被他甩到了石天翔身上。石天翔顺手抓起假蛇,远远地抛到车下草窠里。老白缓过神儿来,眼珠子转得就有些慢,那天晚上伴奏,手里的三弦有点鬼哭狼嚎,好像被野狼追着一样急迫。从这以后,老白再也不摸不明之物,正应了那句话,一朝被蛇咬,十年怕井绳。老白发现方小茹和石天翔有事也很偶然,因为有一次夜里演出结束,农村茅房远,方小茹竟然不顾忌老白在场,叫石天翔陪她去方便。老白就对我说:哪有大姑娘去茅房让男人陪的?我说:那有啥?晚上去茅房多吓人,天翔哥在外面等着就行了。老白坏笑一声,道:你咋知道天翔不会进去?我当时觉得老白这人不地道,就想会演那天石天翔咋不放条真蛇在袋子里。

我很不解,都七十年代了,方小茹和石天翔还怕什么呢?大队、公社都会给他们做主,大大方方恋爱就行了呗。

对我的疑问齐大嘴并不认同:农村不像城里,两家不来往是祖辈遗训,方小茹和石天翔没那个胆子破规矩。

方小茹和石天翔最后还是出事了,齐大嘴说,一次到邻村演出,我看到演出后方小茹到屋外呕吐。当时年纪小,不明就里,后来经老白点拨才明白,方小茹是怀孕了,是妊娠反应。我想他俩一定是吓坏了,那个时候医院管得严,做人流这样的事不可想象,两个可怜的年轻人承受了怎样的压力不好说,但方小茹病倒,二人转演不成了。方小茹怀孕一事是大队赤脚医生迟大舌头透露出去的。方小茹偷偷找到他,让他想办法打胎,为此还给迟大舌头买了两瓶花园大曲。迟大舌头收了酒,开的堕胎药却不好用,眼看着方小茹就要显怀了,再找迟大舌头,迟大舌头说,你回去顿顿吃荸荠,方小茹吃了一星期荸荠也不好用。迟大舌头怕方家三个好斗的儿

158

子找他算账,就先来到方家向方家人说了方小茹怀孕的事,结果,就在迟大舌头说出消息当天,土豆窖惨案发生。

齐大嘴仿佛回到了过去,鼻尖有些泛红,深深喘了口粗气,接着讲述下去。

我记得是腊月二十四,那天下午,方小茹到我家找我,她给我一个小木盒,对我说,这里面有一样东西,将来方、石两家和好那一天,把这个东西当面交给两家主事的人,一定要三头会面当众打开。方小茹给我这个小木盒时眼圈有些红,她说:你答应姐姐,一定按姐姐说的去做,迟大舌头误我,你不会,你吹的喇叭干净透亮。说实话,在此之前,我一直暗恋方小茹,尽管她大我几岁。方小茹不仅长相好,而且二人转能唱出万种风情,她一开腔,我就觉着自己双脚离地在云里飞。能为方小茹做点事我心甘情愿,我接过小木盒,用力点了点头。方小茹:你发誓,要不姐姐不放心。我就说:我要是不按姐姐的话办,出门遭蛇咬。方小茹这才走了,走出几步,又反身过来,抱着我亲了一下我的脸。那是我第一次被女人亲,还是我暗暗喜欢的女人。当天晚上我失眠了,两眼像电灯泡,把天棚照得雪亮。第二天一早,我独自跑到江边,对着大江吹了一遍《红石桥》,把江面雪地上一只狍子给吹得驻足许久,我想,狍子也能听懂唢呐。

从江边回来刚吃过早饭,街上就传来一个令人震惊的消息:老迟家的土豆窖让人给揭窖门了。在当地农村,土豆、白菜是一冬的蔬菜,谁家土豆窖如果三九天被揭了窖门,里面的土豆便会被冻,一冬天的菜便没了着落。老迟一到土豆窖就慌了神,说窖里有两千斤土豆呢,谁这么缺德!他下到窖里查看,片刻,窖里传出“妈呀妈呀”的惊叫声。迟大舌头水耗子一样惊慌失措地从窖口爬出来,说:快快快找大队干部来,窖里死人啦!大队干部急匆匆赶到,派

159

民兵下到窖里,把死人拖上来,一男一女,男的是石天翔,女的是方小茹。说到这里,齐大嘴眼圈红了,两只金鱼眼变成了两只油桃,他说:说实话我很伤心,两人本来不应该死,他俩要是不死,恢复高考肯定能考出去,谁知道他们都让心头的蛇给缠死了。从方小茹出事那天,我开始喝酒,每次喝高了,都会看到方小茹在面前问我:姐姐交代你的事咋样了?这一问,我就会酒醒。

是意外还是寻短见?我问。

这是个谜,齐大嘴说。公社公安人员说是两人下到窖里幽会,一氧化碳中毒而死;老白说是自杀,小茹和天翔看到方家兄弟摩拳擦掌准备到石家闹事,怨恨迟大舌头多嘴,特意选了迟家土豆窖来殉情。但方家坚持说是石天翔见色起意,强奸不成杀人灭口;石家则说是方小茹作风不正,引诱石天翔下窖,结果双双丧命。两家闹得不可开交,一度在大队院子里形成对峙态势。

那么,方小茹让你保存的小木盒呢?那个东西应该能说明问题。我觉得齐大嘴这个时候该出来说话。

齐大嘴摇摇头:我答应过方小茹,要按她说的话办,两家没和好的时候,这木盒不能拿出来示人。

那么,木盒里到底是什么呢?我有些迫不及待。

齐大嘴再次摇摇头,道:我不看。有好几次想打开,一抬头却发现方小茹就悬在半空望着我,我急忙把木盒包好放回箱子里,再看,方小茹不见了。我之所以想了却这桩心事,就是想把这个小盒子交出去,我快六十岁的人了,揣着个秘密是不小的负担。

小盒子里能是什么呢?我觉得应该是方小茹的遗书之类的东西。

齐大嘴说:等到三头会面那天吧。说完,他揉了揉眼睛对我说:书记呀,你没听过方小茹唱二人转,你要是听了,你也忘不了她。

我很不以为然,对二人转我一向敬而远之,因为这个地方戏曲表达情感过于热情奔放,与我的性格差异太大。但从齐大嘴的眼神里我能猜得到,方小茹一定很美。

## 七

老毕来大平台调研,齐大嘴请他在家里吃饭,叫我作陪。

老毕下乡从来都是自己带酒,一种用小烧泡制的药酒。老毕说酒里有人参、蛤蚧和锁阳,是县里一个老中医配的。老毕用一个十斤装白塑料桶装酒,就放在吉普车后座。在齐大嘴家一坐下,老毕就拎出了酒桶道:喝酒自带,不犯错误;下酒菜别多整,炖个蛇头、拌块豆腐就中。

老毕和村民关系很近,他不装腔作势,也不占村民便宜,大家提到老毕,都夸他是厚道人。吃饭时,老毕突然问:大嘴呀,你那桩心事咋样了?

齐大嘴道:期限一年呢,别急。

老毕看看我,又把目光投向齐大嘴,问:大嘴你说说,方、石两家矛盾咋就成了你的心事?

我知道齐大嘴不会说小木盒的事,就替他道:齐主任到外面吹奏唢呐,总听到外面人埋汰大平台。作为大平台人,他心里堵,所以消解方、石两家的宿仇新恨,让大平台太平起来就成了他的一桩心事。

老毕喝了口酒,摇摇头:别蒙我,皮裤套棉裤,里面有缘故,我估计还有别的猫儿腻。不过你不说我也不多问了。我听治保主任到镇里反映,说石锁在家磨滚钩,为啥?

齐大嘴点点头:是有这码事,石锁听说下游抚远渔民捕获了千

161

斤鲤鱼,就翻出滚钩来磨,说要钓鲤鱼,弥补去年三道鳞歉收损失。

听说他还买了麻绳做主纲,说道儿不小呢。老毕啥事都知道,麻绳的事他怎么知道?我和齐大嘴都很奇怪。

知道为啥用麻绳吗?老毕问。我俩面面相觑,这个问题齐大嘴提出过疑问,但没有答案。

作法。老毕很肯定地说,过去萨满巫师作法,都用麻绳,麻绳一旦浸了猪血鸡血,就能捆住看不见的东西,所以传说中小鬼到阳间锁人要用麻绳。

我吃了一惊,再看齐大嘴,他装作不明白的样子,很虔诚地望着老毕。我忽然明白了,齐大嘴当时一大早来告诉我石锁买了麻绳时,就知道这麻绳的用处,只是不明说,大概怕我批评他搞迷信。现在老毕把话说破了,他没有必要再隐瞒,就惊讶地说:毕镇长也知道这个。我听爷爷说过,麻绳是有灵性的,一浸血就变成了索魂绳,妖魔鬼怪都能捆。老毕道:农村的事说到底还是一种说道儿,说道儿通了,一通百通;说道儿不通,做多少工作也白费。齐大嘴一拍大腿:毕镇长说得真好!农村的事根子就在一个说道儿,说道儿就像一条蛇,盘在人的心头。人为啥会皱眉头?就是蛇在抽筋。

我对齐大嘴把什么都往蛇上扯有点不以为然,端起酒杯敬酒,说:你俩懂得真多,一根麻绳有这么多说道儿。

老毕喝酒实在,和齐大嘴能喝到一块。两人推杯换盏,菜没吃几口,酒却下得快。老毕说镇里分工他负责大平台稳定,他知道大平台是个定时炸弹,说不准哪天就会炸,所以他一听到石锁、方世坤的名字就格外警惕,总觉着这俩人会惹大麻烦。齐大嘴说:你放心,我和书记能按住他们俩的七寸。老毕说:三道鳞的事到底和方世坤有没有关系,要好好调查,给石锁一个信服的答案。我和齐大嘴都表示关系不大,因为没有任何证据说鱼塘里的蛇头是方世坤

162

投放的,再说,方世坤真这么干会损失很多蛇头,何苦?

老毕点点头,又说了一个难题:近期石锁到镇里上访,说方世坤建在江汊子的蛇屋是违法建筑,要求拆除,这件事你们要妥善处理。

蛇屋属于违建是肯定的,齐大嘴说,但他建在江边草甸子上,不是耕地,也不是宅基地,又不碍着其他村民,我和书记商量,就睁一只眼闭一只眼算了,免得激化矛盾。再说要是强行拆除这个蛇屋,一旦方世坤不配合,把成千上万条乌苏里蝮蛇放出来,后果不敢想象。

可是,按规定要给举报人一个答复,老毕说,这件事你们处理好,我的要求就一条——别让石锁越级上访。

饭吃完了,老毕脸色绯红,说让我陪他到村里走走,不让齐大嘴再跟着,说三人一块不像散步,一看就是检查工作。

我知道老毕有话想对我说,就陪他在村里转。大平台村村容村貌一般,像个缺少梳洗的村姑,但格局还算整齐,街道平直,民居多是砖房。正是晚饭时间,街上不时飘出饭菜的香味。因为齐大嘴家畜家禽圈养的方案已经落实,除了土狗,再无鸡猪上街,街面利索了不少。老毕很高兴,夸大平台有了新变化,下一步要创建文明村。突然,老毕停下来问我:你发没发现村子里少了一样东西?我举目四顾,少什么呢? 农村就是这个样子,几十年一贯制,物是人非而已。我摇摇头,不知道老毕说什么。老毕背着手,目光朝面前一排民居的房顶望过去,喃喃地说:少了炊烟。

我恍然大悟,是的,现在农村做饭改成了液化气和电,已经很少有人家在夏天烧柴火做饭了,从街上走过,自然看不到过去的炊烟。

千百年来离不开的烟囱成了摆设,老毕说,你不担心吗? 将来很多东西都会成为摆设。

我觉得老毕的话很有忧患意识，与其说这是他的担心，还不如说是一个农村干部对未来的思考。炊烟一直是人间烟火的象征，炊烟不再，带来的不仅仅是伤感。

老毕说：我要单独和你说件事，大平台村民纠纷，一定要用"软刀子"解决。

我不明白老毕这话的含义，怔怔地看着他。老毕又补充了一句：感情上的事通过感情解决。

我明白了，老毕是希望我注意工作方法。

回到齐大嘴家，齐大嘴正在鼓捣一支唢呐。明天邻村一个村支书给老母亲办丧事，想请他给吹吹，他不能拒绝，红白喜事在当地是天大的事，人家开口相求，也说明看重他的技艺，他只好破例去吹一回。

老毕问：大嘴，你收徒弟了吗？

齐大嘴摇摇头：年轻人没人学，再说现在屯子里也没有年轻人，空了。

老毕担忧地问：你将来不吹了，这唢呐在大平台是不是也就没了？

齐大嘴道：不会的，有些技艺需要轮茬儿，隔辈传。

我和老毕都知道这是一句假话，因为齐大嘴就一个女儿，已经远嫁大连，女儿的两个孩子都在大连上学，将来工作、生活在城市里，没人回来吹唢呐。

老毕在上车离开时，对齐大嘴说：你说的话我记着呢。

我也记着，齐大嘴道。

老毕看了看夕阳西下的村路，自言自语道：本来就日薄西山，还窝里斗。说完上车走了。

看着缓慢驶离的吉普车,齐大嘴忽然说:老毕心头有条蛇,一条大蛇。

我没接话,老毕心头的蛇,是不见的炊烟吗?

# 八

为了让石锁别再告蛇屋,我和齐大嘴再次来找石锁。

石锁戴着草帽,在一个"勇闯天涯"的广告伞下磨滚钩。石锁磨钩很卖力气,像木匠在木方上使刨子,哗啦哗啦,动作幅度夸张。见到我俩,石锁停下来,抬起头说:来啦,坐。我们在马扎上坐下,齐大嘴道:石锁,你磨滚钩很卖力气。

石锁说:对付大鱼,钩不快不行。

石锁的鱼塘水面平静,不远处有个垂钓者在挥竿。齐大嘴问:鱼塘对外开放垂钓业务了? 这可是镇上发展农家乐提倡的。

石锁嘴撇了撇:开放啥! 人家是县里来钓鱼的客户,到江汉子那边一看,有蛇禁入,就不敢去了,到我这里和我商量,说就是图个乐子,钓上鱼来可以按斤付钱。我说啥钱不钱的,咱大平台人还没都掉到钱眼里,你钓吧,钓到三道鳞就放回去,钓到鲫鱼、鲶鱼、蛇头统统拿走,分文不要。

石锁能说出这些话,让我对他有点刮目相看,一个普通村民能为大平台的对外形象着想,说明骨子里深爱着这个村庄。

齐大嘴说:其实,世坤也从来不阻止人去江汉子钓鱼,村里与他签订的承包合同里也有这一条,村民垂钓自由,只是钓到养殖的蛇头要放生。

石锁冷笑一声:谁敢去? 江汉子里到处是乌苏里蝮蛇,不是野鸡脖子,那蛇毒性大,别说咬人,就是咬上老黄牛一口,也足以致死。

我觉得石锁这话有道理,方世坤这么做显然有些过分,他竖的牌子比电网还管用,本村人、外来人,谁都会躲得远远的。齐大嘴点点头道:我们去找世坤,让他管好蛇屋,一定不能把蛇放出来,否则出了人命他要负责。

他负责个屎! 石锁说,我爷爷被蛇咬死,方家负责了吗? 对方家不能客气,就要以牙还牙。说到方世坤,石锁气不打一处来,开始翻陈年旧事。

方世坤有不对的地方,大伙都能看到,齐大嘴说,你老石通情达理,不会像他那么犟,你今天让外地人在鱼塘垂钓,说明你顾大局、识大体。

齐大嘴一表扬,石锁倒有些不好意思,把磨了一半的滚钩放到篮子里,指了指远处江汊子边的蛇屋说:他建了个蛇屋,啥手续也没有,养些剧毒蝮蛇,我到镇上把他告了。

齐大嘴说:方世坤那个蛇屋的事,你就别再去告了,即使拆掉也要等到蛇冬眠的季节,现在要是拆了,那些蛇还不得爬得满地是?

他养蛇就没安好心,他爷爷呼蛇他养蛇,他家上下都和毒蛇有关。石锁愤愤不平。

你举报是正确的,蛇屋确实是违建,齐大嘴说,可是现在米已成粥,你要是在他打地基时举报就好了,我们可以阻止他施工,现在咋办? 就像妇女,孩子已经超生落地了,你还能掐死不成?

石锁道:我不想给村里添麻烦,就是看不过方世坤无法无天。

齐大嘴给石锁递上一支烟,小声说:蛇屋的事你就当个屁放了吧,不看方世坤,还要看我和书记的面子,昨天毕镇长来大平台,为蛇屋的事把我和书记好一顿剋。

石锁有点不好意思,点着烟吸了两口,道:你们知道我不是对你俩,今天你们来找我,我也不能不给面子,好了,蛇屋的事先放着,三道鳞的事我可等不及,都一年了,总该给我个说法。

齐大嘴很会做思想工作,当交谈遇到解不开的疙瘩时,他会巧妙地转换话题。他似乎想起了什么:老石呀,听人说你祖父泡的蛇酒你当宝贝待,给多少钱都不卖,有这回事?

石锁最希望别人和他谈蛇酒,因为这是石家祖上的光荣。齐大嘴一问,石锁立马来了精神,眼睛一瞪:当然,爷爷留下的蛇酒,我怎么会卖呢? 爷爷的蛇酒摆在家里就能治风湿,你看看我们老石家人,谁得风湿了? 你再看看方世坤和其他江边养鱼的那几个,哪个不成沓地往家买风湿止痛膏?

这是啥道理? 齐大嘴顺着他的话往下说。

当然有道理,酒在地窖里放着,会慢慢挥发,我家放酒的地窖就在里屋睡觉的炕沿下,隔几天我就会打开窖门透气。你知道吗? 每次打开窖门,满屋子都是酒香,酒香也能醉人,在我家炕上睡一觉,就像喝了一盅蛇酒,自然不会得风湿。

我被石锁的话吸引了,他的话使我想到了南方一个盛产名酒的小镇,那里一年四季飘着酒香,听说周围许多流行病在这个小镇从没出现,说明空气中的酒气有一种神秘的力量。我插话道:窖酒散发酒味有道理,尤其用陶器窖藏,酒能像人一样呼吸。

石锁没想到我这个书记会肯定他的话,便对齐大嘴说:你看看你看看,有文化的大干部就是不一样。我说给毕镇长听,毕镇长说我哨,我有啥哨的? 爷爷泡的酒就在地窖里面,几十年没挪过地方。

齐大嘴没有点头,问:咋证明那些酒是你爷爷泡制?

石锁很神秘地一笑:爷爷每罐蛇酒都带着帖,用毛笔在红纸上写着年份,有的还写着蛇的来处。

167

真的？齐大嘴兴奋起来，一双金鱼眼变成了牛眼。

我蒙你干啥？石锁说，我爷爷有文化，留下的文字之乎者也，我们都识不全，地窖里最早的一罐酒标着"民国三十年"，最后一罐酒是爷爷被方四平害死那天的，酒罐上红纸黑字写得很清楚。

泡酒不是为了卖吗？为什么要收藏起来呢？我有点不解。

卖当然是卖的，我听父亲说，爷爷留下的蛇酒都是用他从前没见过的异形蛇泡的，这些蛇毒性多大估计爷爷也拿不准，所以不会马上卖，怕卖出去把病人给喝坏了。

异形蛇什么意思？齐大嘴也是第一次听说。

爷爷说过，医不三世，不服其药，蛇有异形，损益必分。异形蛇就是那些花纹特殊、双头或短粗的蛇，这样的蛇不常见，有啥说道儿爷爷也拿不准。我爹说他年轻时看到地窖里一个玻璃罐里泡着一条双头蛇，酒都泡成了酱红色。那罐酒后来因为密封不严酒全飞了，双头蛇连骨架都没剩下，只剩下一个空罐还在窖里。

齐大嘴趁热打铁，接着石锁的话说：哪天能不能让我俩开开眼，见识一下你家的地窖？

石锁扭头看了我一眼，有些为难：我家地窖从不让外人进。

你别为难，不让看就算了，我说，年份蛇酒毕竟是你家祖传宝贝，秘而不宣也能理解。

齐大嘴却说：好东西不给人看，就像珠宝藏在暗地。你把文物一般的蛇酒让我们见识一下，我俩也好向镇里、县里做个宣传，说不准你爷爷就成了非遗名人，你石锁也就成了名人之后。

石锁忽然看着我问：我要有了名气，再去告方世坤，是不是就不一样了？

石锁马上转到上告的事情上，这让齐大嘴哭笑不得，但齐大嘴很会说话，道：当然不会一样，名人说话是放二踢脚，普通人说话是

168

放小鞭,现在名人结婚离婚生孩子和谁吃饭都是大事,而咱们再大的事也没人搭理,有出名的机会你得抓住抓紧。

石锁脑子还清醒,嘴撇了撇:你别忽悠我,我听书记的。

我想了想,告诉他如果能把大平台失传的蛇酒宣传一下,对提高大平台的知名度有好处,说不准可以开发一个经济项目。

石锁道:好吧,等我回家收拾一下,请你们过去。

我心里一颤,实地侦察,这是齐大嘴用的第二招。

# 九

发现齐大嘴解决方、石宿仇有了实质性进展后,我和齐大嘴有过一次长谈。我很费解,一个没当过干部的喇叭匠,凭什么一下子对当村干部变得轻车熟路?齐大嘴并不谦虚,他说过,谦虚的人吹不了唢呐,吹唢呐就是要欢实起来,恣肆起来。齐大嘴会用"恣肆"这个词我感到很新鲜,不过,感到更新鲜的是他本事的来处。

齐大嘴说,当干部和吹喇叭是一个道理,他已经悟出了这里面的秘诀:一是憋足气;二是按准眼儿;三是该按下就按下,该抬举就抬举。懂得了这三个秘诀,村主任能当,给个镇长也担得起。

我觉得齐大嘴此话很形象,有位领袖就把当领导艺术比作弹钢琴,钢琴和唢呐都是乐器,道理相通。但我很想听听这三个秘诀如何解释。齐大嘴不愧是大嘴,啥道理到他嘴上都讲得通,好像真是那么一回事。齐大嘴道:气是精神,气足精神头儿就足。农村有句话不好听,却很有道理,叫"倒驴不倒架",这就是说要憋住气,吹喇叭全靠一口气,气一泄就吹不成。当干部也是,自己先蔫了,哪个村民能信你?按准眼儿太重要了,工作千头万绪,你就十个指头,不能啥都舞弄,一定要找关键的音孔来按,这样才能吹出曲调来。喇叭杆正面七个眼儿,我爷爷把它比喻成蛇的七寸,你按住了七寸,啥蛇都能听你摆弄。当然,光知道按准还不行,按住不动就按死了,要知道收放,做到收放自如,本事就练成了。

齐大嘴等于给我上了一课,真是高手在民间,一个喇叭匠能有这般领导智慧,这是我下乡前无论如何也料不到的。

齐大嘴也有齐大嘴的狡猾,对不同的人他会说不同的话。他告诉我,他在当婚礼大知宾时,再能闹妖的娘家客他也能摆平,那不是靠唢呐,而是靠这张能深能浅的嘴和千杯不醉的酒量。

方世坤的蛇屋必须扒掉,这是我和齐大嘴的共识。如果放任蛇屋存在,江边村民你建个猪圈,我搭个鸭舍,大平台就成了县里的整顿对象,到时候县里的推土机可是六亲不认,不但一推了之,村里还得掏柴油钱。

矛盾不能回避,齐大嘴说,咱俩去找方世坤。

方世坤在江汉子里养殖的蛇头还有一个月就起鱼。今年订单不错,所有蛇头都找到了买主,方世坤挺高兴,自己在窝棚里就着拍黄瓜喝啤酒。见到我俩造访,方世坤有点不好意思,说自己是早饭、午饭一顿吃,也就是说吃两顿饭,因为没啥事做,吃多了也不消化。齐大嘴说:这样吧,你到地里再摘几根黄瓜,放点大蒜拍了,我俩陪你喝。方世坤一听笑了,道:好呀,一个人喝酒没啥意思,正想找个酒友呢。我说:下午我给你送箱啤酒来,把亏空补上。方世坤道:书记你这么说就见外了,这江汉子里十几万斤蛇头呢,哪条蛇头不卖箱啤酒钱?

窝棚里很凉爽,三人围着一盆拍黄瓜,边喝啤酒边聊天。喝啤酒不用碗,直接对瓶吹,拍黄瓜也可口,很快每人就喝下两瓶。看到方世坤有了酒意,齐大嘴开始导入正题,他说:世坤哪,你爷爷活着的时候是咋说石栏山的? 一个会捉蛇泡蛇酒的人,怎么就能被蛇咬死了呢?

方世坤摇摇头:其实石栏山的死和我爷爷没关系。你知道,你爷爷还去劝过他,他不听,非要泡蛇酒,结果让蛇咬死了。方世坤谈起石栏山并无仇恨,甚至有些惋惜,他说:我爷爷后来很后悔,说自己那天要是不醉酒,也能救活石栏山,毕竟乡里乡亲的,咋能眼看着他去见阎王? 可是那天是我爹妈定亲换盅的良辰吉日,爷爷自然就多喝了几杯,石家来人一时叫不醒,等醒来赶过去,石栏山蛇毒已经由血入心,没救了。

这是误会,为啥就不能坐下说说呢? 齐大嘴道。

没法说了,石栏山死了,石家没人能和爷爷说上话,加上石栏山老伴说是我爷爷呼蛇害人,这梁子便结得死死的,解不开了。方世坤咕咚咚喝下半瓶啤酒,有些激动地说:这件事是石家的不幸,也伤害了我们方家后人。我爷爷从那件事出现后,就决定不教子孙呼蛇,呼蛇和治疗蛇伤的绝技从此失传,我们方家后人为此都恨石家,因为是石家影响到了方家一门绝技的传承。

齐大嘴举着啤酒瓶子停在嘴边,愣了半天才问:为啥不教了? 一招鲜,吃遍天,技多不压身呀。

方世坤道:我爹问过爷爷,爷爷说,呼蛇容易遣蛇难,遣蛇不去,反遭蛇害,这是个在刀刃上跳舞的绝技,不碰为好。

齐大嘴点点头,他也听爷爷说过类似的话,看来方四平是铁了心不想传授这门绝技。

方世坤说:爷爷这段话方家后人都知道。小姑活着时对这段话有过解释,说这是爷爷反思方、石两家宿仇后得出的结论,也就是说,如果爷爷不会呼蛇,和石家就不会有这层解释不清的误会,一门绝技,让两家几代人势不两立,这绝技的价值就值得斟酌;呼蛇,等于呼来了仇恨,却又无法将仇恨遣走,人生就徒增烦恼。小姑的解释不无道理,小姑本人就是被这仇恨给害死了。

171

爷爷不把呼蛇绝技传给你们,说明已经从呼蛇变得忌讳蛇,希望后人不再和蛇打交道,你怎么还要在江边建蛇屋、养蝮蛇?你可知道,因为你养了乌苏里蝮蛇,江汉子里连垂钓的都不敢来,你竖的牌子成了一道无形的铁丝网,把江汉子给封闭起来了。我看养蛇生意你还是别做了,老人家反对的事你去做有不孝之嫌。

方世坤没有回应齐大嘴的问题,将一瓶新酒在板凳上一擦,开了瓶盖,然后仰脖喝了几大口,擦擦嘴巴道:我是迫不得已,人家天天磨刀,我总不能伸着脖子等人家剁吧。你们知道吗?从石锁把家里那只白鹅杀死那天起,我就策划养蛇,养就养毒性最大的蛇,养蛇为了自卫,人可犯,蛇不好惹。

我和齐大嘴都明白了,方世坤养蛇是冲着石锁磨滚钩去的。当然,他这一招很有效,石锁特别在意这个蛇屋,要不也不会去镇里上访。齐大嘴说:蛇不认路,一旦爬出江汉子,爬到周围养殖户的鱼塘里,伤着人可不是小事。

方世坤道:谁说蛇不认路?蛇有蛇道儿,不会乱爬。我不插牌子的地方,就不会有乌苏里蝮蛇出没,大伙可以放心打草、放牛、钓鱼。

话可以这么说,谁愿意冒险?你养蛇之后江汉子成了死亡之地,这对你也不好,毕竟都是乡里乡亲。齐大嘴开始打软化牌,作为大平台有头有脸的大户,方世坤应该注意自己的形象,毕竟身后还有个亲友团。

我要看石锁下步棋咋走,方世坤说,他进我进,他退我退,让我一个人罢手,我不干。

我一直在听两人对话,现在,方世坤把话说到这个份上,我觉得有必要把问题的严重性告诉他。我说:老方呀,养蛇可以,但需要村里批,由村里选址。你这样私自建个蛇屋是违法行为,村民举报你是有道理的。

方世坤并不急,竟然微微一笑,道:我承认蛇屋没批先建,可是我养蛇也不是只为了取蛇毒,还有一条是看护江汉子,看护我的十几万斤蛇头。你知道山里的山参、灵芝吗？每一棵老山参、老灵芝旁边,都有蛇看着,想挖参采灵芝,先得防着蛇。我就是受这个启发,才养蛇看护江汉子。如果书记、主任能保证我江汉子里的十几万斤蛇头安全,我就将蛇屋扒掉,把蛇都放到小龙山去。

我和齐大嘴面面相觑,谁能保证江汉子里蛇头的安全？去年石锁的三道鳞就不明不白叫蛇头给吃了个精光,方世坤江汉子里的蛇头就更不好说了,被天敌给吃掉也不是没可能。齐大嘴道:这个事书记不能打包票,你自己掂量着办。

方世坤好酒量,举起酒瓶敬我和齐大嘴:我向两位领导保证,我养的乌苏里蝮蛇绝对不会伤人！你们放心就是。

从方世坤窝棚回到村委会,齐大嘴泡上五味子茶,一边喝茶一边说:蛇屋挺蹊跷,方世坤话里有话。

养蛇护鱼,闻所未闻,我说,大平台什么怪事都有。

齐大嘴又把目光投向窗台那个空酒瓶,思忖了片刻对我说:书记,你和老毕说说,先别对蛇屋来硬的,给我点时间再说。

我说:这不成问题,老毕就是想强拆,也得征求咱们的意见。

齐大嘴叹了口气道:这个喇叭眼儿在哪儿呢？

**十**

安装在石锁鱼塘边的监控硬盘能储存一周的视频,这个视频只有我和齐大嘴能看。视频中,一连有两个阴雨夜晚,草甸子有成群的蛇从江汉子往石锁的鱼塘爬,蛇的速度很快,好像有人驱赶一样,嗖嗖嗖,可以看到草在游动,令人汗毛直立。这是什么原因？

难道是方世坤在搞鬼？我和齐大嘴看不明白是怎么回事，齐大嘴想了想说，这事要保密，千万不能让石锁知道。我一时也没了主意，说这些蛇太神奇了，自己往鱼塘跑。齐大嘴想了想，道：孙悟空打不过妖怪的时候咋办？去找观世音菩萨，我也要去搬救兵。我说：你找谁去？谁能解释得了这个现象？齐大嘴说去腰屯找孔六枝。孔六枝是个蛇医，和当年的方四平一样有名气，腰屯周围村民遭蛇咬，都去找孔六枝治伤。孔六枝已经七十多岁，因为右手有六根指头，人们叫他六枝，至于真名是什么，没人记得住。

齐大嘴没让我去，他说孔六枝不喜欢和政府机关干部打交道，因为他治疗蛇伤没有执照，都是土法，严格来说是非法行医，怕干部找他麻烦。齐大嘴走后我想，临时抱佛脚，这应该是齐大嘴的第三招。

腰屯有个蛇医我事先不知，齐大嘴各路信息就是多，这都是走街串巷吹喇叭的收获。齐大嘴是骑摩托走的，走之前告诉我，可以到方世坤那里看看，策略地问问他的蛇屋是不是哪里出了裂缝。齐大嘴走后，我就来找方世坤，因为是清早，方世坤正在江汉子边起虾笼。江汉子里盛产河虾，个大饱满，能晒出金钩米来，当然，这河虾也是蛇头的食物。见到我，方世坤道：早，书记。

我应了一声，过去帮他往水桶里倒虾。河虾在阳光下闪着银光，有的会弹跳到桶外，三蹦两蹦又回到了江里。方世坤并不去捉，见我弯腰去捉，他伸手拦住说：别捉了，能逃出去的说明不该死，就让它回汉子里游走吧。

方世坤起了半桶河虾，把水桶往我眼前推了推：拿回去煮了吃吧，不错的下酒菜。方世坤知道我在村委会一个人做饭，吃饭总是对付，便想把这些河虾送给我。我婉拒了他的好意，就站在江边与他聊起蛇来。

老方,你养的乌苏里蝮蛇安全吗？会不会跑出来？我问。

安全肯定是安全,但也会有跑出去的,就像这河虾,总有几只逃脱回到江里,乌苏里蝮蛇逃出蛇屋,爬进甸子里去也正常。方世坤把蛇出逃一事看得稀松平常。

一条两条无所谓,要是逃出去多了,损失就大了,所以要把蛇屋封闭好,蛇这个东西,有缝儿就会爬。我提醒方世坤,希望他能听懂。

没事,蛇屋铁桶一样安全。方世坤并不多想。

我一时无语。方世坤如此相信他的蛇屋,乌苏里蝮蛇成群逃跑的事似乎不会存在。

突然,方世坤问了一句:石锁今年的三道鳞咋样?

我心里咯噔一下,这个问题暴露了方世坤的意图,说明他在想着三道鳞的事。我说我不清楚,还没有起网,具体情况要一个月后起鱼才能知道。

方世坤道:养鱼的人都知道怎样计算成鱼密度,投放饲料时就能看出来。当然,石锁的鱼塘深,那里原来就是个大泡子,西南角最深,有三四丈,大鱼趴在里面不浮上来。

方世坤对石锁的鱼塘如此了解,这出乎我的预料。我问:他家鱼塘你咋知道这么清楚?

那里过去叫蓝湖,是片湿地,有大片的鸢尾花,我小时候常去那里钓鱼,西南角有块沙滩,沙子很细,夏天里有甲鱼到沙滩上产蛋。都怪石锁,他挖了鱼塘后,鸢尾花不见了,沙滩甲鱼也绝迹了,就剩下一圈蒲草和数不清的鬼蜡烛,我平时看着心疼。

我为方世坤有这样的环境意识感到高兴。与石锁相比,方世坤的养殖的确环保,不破坏江汉子自然原貌,不截断水流,不投放合成饲料,除了蛇头鱼苗外,其他都是绿色原生态。而石锁却把原来一个自然天成的池塘给破坏殆尽,蓝色的鸢尾花不见了,野生甲鱼也绝迹了,养殖三道鳞也要投放人工合成饵料。这样比较起来,方世坤的生产方式更为可取。

其实,你们这些养鱼的应该在一起交流一下。村里本来想成立个养鱼协会,主要因为你们这两家大户老是顶牛,成立不起来。

方世坤道:石锁小肚鸡肠,连只白鹅都容不下,想一出是一出,还到处告我,我不稀得搭理他。

你们两家误会太多,需要都降降身段,别总是绷着,这样下去有什么好?斗则两伤,和则两利,把过去的事情放下,把心头之蛇遣走。说完这话我自己吃了一惊,我竟然在用齐大嘴的理论做村民工作。看来理论这个东西,其影响力在于不断重复,正因为齐大嘴遣蛇不离嘴,才导致我潜移默化地接受了他的这套东西。

这一代恐怕不能缓和了,看看下一代吧。方世坤对两家宿仇化解持悲观态度,他心里记恨的应该是小姑方小茹的死,方家始终认为是石天翔害死了方小茹。

我离开江汉子时,看到草甸子远处,石锁正站在那里张望,手拎一个弯弯的器物,不用猜,那是一把滚钩。

傍晚,齐大嘴没回来,手机没信号,我有些着急,乡路路况不佳,齐大嘴骑摩托,万一出交通事故就麻烦了。我给老毕打电话,希望老毕能带着他的皮卡拉我去接一下齐大嘴。老毕一听齐大嘴骑摩托去了腰屯,在电话里就放声骂开了:这个大嘴,去腰屯要经过四不漏子他知道不? 那里地势多险哪,当年苏联红军打关东军,四不漏子是出了名的鬼门关。那里的陡坡像瘦驴背,骑摩托最容易栽到沟里去。老毕放下电话就坐着皮卡车赶来了,人未下车就喊我上车走,赶快去四不漏子。老毕说齐大嘴要是出事肯定在四不漏子,但愿别伤了筋骨。我说不会那么严重,齐大嘴灵活得很。

老毕说快六十岁的人了,再灵活手眼也慢了。

皮卡卉得很快,颠簸了二十多分钟,米到曲里拐弯的四不漏子。这里不愧是军事要塞,路窄坡陡沟深,人没进沟,就有一种阴森森的感觉,加之天色已晚,往来车辆又少,让人总担心路两边柞树林里会有狼虫虎豹冲出来。皮卡缓缓开到沟底,果然看到一辆摩托车翻倒在路旁柳树丛边,正是齐大嘴的摩托。我和老毕跳下车,用手电在摩托车周围找人。柳树丛后面是一条小河,河水浅却急,哗啦啦的流水声很响。手电筒在河边照到了齐大嘴,齐大嘴双手紧紧抱着他随身带的电脑包,身上散发着酒气,不知是晚上喝的酒,还是包里的扁酒壶泄露,酒味很大。看到我们,齐大嘴有些舌头僵硬,开玩笑说:骑摩托不如骑驴,摩托会倒,驴不会倒。我们没有多说,把齐大嘴挪到车上,再把摩托抬上车。老毕冷着脸道:直接去县医院。齐大嘴说:不用了,就是腿碰了一下不听使唤。老毕说:还是到医院拍片看看好。齐大嘴不再坚持。看出来他腿很疼,那张大嘴抿成了一道细缝儿。

要到县医院时,齐大嘴突然说:你们说刚才我在沟里半躺着看见了啥东西?

我说:该不是狼吧?听说四不漏子有狼出没。

我看到了一条蛇,胳膊粗细的一条野鸡脖子。这蛇真奇怪,从我伤腿前爬过去,好像我不存在一样,你说怪不怪?

老毕说:你没惹它,它自然不会咬你。

齐大嘴道:它要是咬我,我就扔在四不漏子了。

检查结果出来,齐大嘴左腿胫骨骨裂,需要打夹板固定,拄拐走动。

我问去搬救兵有没有收获,齐大嘴说录像的事孔六枝不懂,但孔六枝提供了一个情报,很有价值。至于什么情报,齐大嘴没有

177

说。我知道齐大嘴想留着包袱到关键时候抖,便没多问,齐大嘴毕竟是个喜欢哗众取宠的喇叭匠。

## 十一

齐大嘴在县医院住了三天,其中有一天莫名其妙地失踪了,问护士,护士说,骨裂不是骨折,只要拄拐,可以到街上逛逛,碍不了大事。护士这样说我便没在意,但我发现齐大嘴是背着床头那个电脑包出去的,黑包里有唢呐、酒壶和监控硬盘,齐大嘴莫不是跑到公园吹唢呐过瘾去了?

齐大嘴的女儿打电话要回来接他去大连,说早先联系好教唢呐的老年大学催她了。他对女儿说:干满一年肯定走,你和那边老年大学说好,去教唢呐的事不会变卦。齐大嘴说这话的时候我就在病房陪他,我说:你不该把话说得这么死,要是满一年你那桩心事未了咋办?齐大嘴道:已经有谱了,不会跑调儿。

我发现齐大嘴任职快满一年前这段日子,变得有些神秘起来,孔六枝说了什么他守口如瓶,从病房失踪一整天不知去向,有时拿着包里那支短唢呐欲吹不吹,痴痴地在那里把玩。我对老毕开玩笑说:坏了,齐主任怕是把魂丢在四不漏子了,该请个萨满去招招魂儿。老毕说:齐大嘴在动脑子呢,他夸下了海口,总该有个交代。

我从医院回到大平台,在村委会门口,正遇到脸色铁青的石锁。石锁将一条死鱼掼在地上,我一看,又是蛇头。

我不能忍了,石锁说,一而再,再而三,我再不还手好像我怕他。

原来,还有些日子就要起鱼,这天石锁试了一网,没想到捞上来的鱼里又有不少蛇头,他由此认为这是方世坤故技重演。石锁说:这次来我是向村里打个招呼,我石锁要出手了。我说:你要咋出手？石锁道:等着瞧!

石锁说完,朝地上的死鱼狠狠踢了一脚,那条蛇头被踢破了肚皮,滚落在院墙根,不知谁家的土狗跑过来,叼起死鱼跑了。

我站在村委会院子里,心想,石锁如果报复,肯定会用他磨了一小年的滚钩,但滚钩怎么用却没人清楚。在安装鱼塘监控时,我通过无线装置将图像传输到手机上,以便能即时看到监控状况,但石锁不笨,他摆弄滚钩的时候选择在监控盲区,这样便躲过了监视。

我正在想对策,齐大嘴回来了,拄着单拐,一进门就问:石锁一千把滚钩磨完了吧?

我点点头,告诉他石锁来过,不是上访,是来告诉村里他要出手了。

齐大嘴轻笑一声:我早就料到他要下滚钩。

那怎么办? 我有些吃惊,尽管我不知怎样下滚钩,但这一定是石锁说的出手。

明天一早我们俩去找石锁,齐大嘴说,到了该摊牌的时候了。

我看了齐大嘴一眼,心想,这个喇叭匠是不是脑子在四不漏子碰坏了? 手里没牌怎么摊? 时至今日,蛇屋没拆,滚钩磨成,宿仇未消,再添新恨,楚河汉界裂得越来越宽,这个时候去找石锁,只能自讨没趣。

见我有些迟疑,齐大嘴说:我俩去石锁家,不是去鱼塘,上次不是说好要去参观他家地窖吗?

说实话,如何化解方、石两家矛盾,我想不出好办法,只能跟在齐大嘴身后走,因为我别无选择。老毕说得对,夸下了海口,总该有个交代,齐大嘴既然揽下这件瓷器活,腰里一定别着金刚钻。齐大嘴说明天去石家,让我联想到了一个成语:不入虎穴,焉得虎子。

我心里盘算了一下,主动出手,这应该是齐大嘴用的第四招。

清晨,我们一进石家院门,石锁就迎上来,盯着齐大嘴的伤腿问:咋还拄拐了呢?齐大嘴骑摩托出车祸一直瞒着村民,没人知道他去腰屯找孔六枝的事。

齐大嘴道:关节有伤,不吃力。

石锁变得警惕起来,他担心对方是来讨蛇酒的,就先用话挡住:我可没有蛇酒卖,家里有几瓶,那是留着的念想,给多少钱都不卖。

齐大嘴哈哈一笑:老石你也忒小气了,我这是硬伤,不是风湿,用不着喝蛇酒。

石锁有点不好意,道:不讨蛇酒,两位领导大清早到我家有啥事?

齐大嘴说想见识见识地窖。因为上次有话,这个要求并不突兀,石锁也没有拒绝,领我俩来到里屋,点上蜡烛,打开屋地上一个一米见方的木门,自己先踩着梯子下去,站在下面抬头问:你这腿脚能下来?

齐大嘴一把丢开拐,道:别说地窖,就是地狱我也下得去。

窖门往外冒着凉气,好大一个地窖,而且是有年头的旧窖。透过窖门往下看,窖壁青砖砌成,白灰勾缝,工艺十分精细。齐大嘴不在乎伤腿,硬是踩着一节节木梯下去了。我也跟着下到窖里。在烛光里可以看清,地窖有十几平方米,中间有两口大缸,青砖铺成的地面上再无他物,四壁一些凹槽里放着些大大小小的玻璃罐和陶罐。让我感到奇怪的是地窖里不潮,应该是做过防水,看来石栏山果真下了功夫。

石锁端着蜡烛,一罐罐给齐大嘴介绍这些蛇酒,每灌酒上都有一个菱形的红纸帖,上面用毛笔写着制作时间。有一罐上竟然写着"民国三十年六月初六",齐大嘴伸了伸舌头,真如石锁所言,这些瓶瓶罐罐称得上文物了。我注意到,这些所谓的蛇酒已经看不出蛇的样子,罐里净是些浑浊不清的液体,想必因为时间太久,酒与蛇已经完全融为一体。难怪石锁不出售这些蛇酒,因为酒精挥发殆尽,这些液体会给人带来什么谁也说不清楚。

地窖里有一种酒与醋相混合的味道。石锁解释说这酸味是缸里散发出来的,缸里腌渍着酸菜,有地窖腌渍酸菜,石家一年四季都能吃上酸菜馅饺子和汆白肉。

齐大嘴一双金鱼眼停留在靠近木梯的一个凹槽处,那里有一封口大玻璃瓶,瓶上的红纸上竖写这样一列字:"丙申年丙申月己未日。"换算出来,这是一九五六年八月二十日,阴历七月十五,中元节。时间正是石栏山被蛇咬伤去世那天,也就是说,这是石栏山泡制的最后一瓶蛇酒。齐大嘴从石锁手里接过蜡烛,靠近酒罐仔细观察,依稀可以看出一条蛇的骨骼,骨骼成了文殊兰花的形状,这是蛇活着时不断扭动的结果。瓶中酒已经变成赭红色,尽管用了蜡封,但瓶中酒还是挥发过半。

你动过它? 齐大嘴问。

石锁摇摇头:这些酒没人动过,地窖平时也不让人进。你俩是领导,领导嘛,不让进也得进。当然,我不是巴结领导,我看出来领导是真心想见识一下。

你看,老石,这瓶子下面好像压着一张黄纸。齐大嘴有了发现,他没有动手去碰,而是把这发现告诉了石锁。

石锁探过头来看了看,道:是有张黄纸,以前怎么没发现? 石锁挪开酒瓶,拿出这张叠好的黄纸,像捧着圣旨一样诚惶诚恐,说:我们上去看吧,窖里光线太暗。

我们依次爬出地窖,石锁将黄纸放在炕上,关上窖门,匆匆到

181

外屋洗了手,回来小心翼翼地打开折叠着的黄纸,原来是一张信札。我靠过去,一字一句把这封毛笔写成的信札念出来:

> 丙申年丙申月己未日,出行吉旦,登小龙山,捕蛇制酒。获蛇六条,归,遇一赤练之蛇横路,遂捕之。此蛇异质,单独制酒一罐,宜久储。获此蛇时,身后有窸窣之音,若风拂衰草,回顾,却不见异常。此蛇浸酒,头昂酒上,不死,甚奇。即日,栏山上。

小龙山坐落在江边,山上巨石错落,间或生长着柞树和杨树。山上蛇多,常常伤人,古时人们建小龙庙以祈福。小龙庙是石栏山捉蛇的地方,信札中描述了石栏山上山捕蛇,路上遇到了一条带有红色花纹的蛇,便捕获了该蛇,往回走的路上,总是听到身后有窸窸窣窣的声响,待回头看,却什么也没有。回家后他将此蛇泡酒,却见这条蛇能将蛇头昂在酒面之上,这样很久蛇也不会死去。他制作这瓶蛇酒,要长久储存。

你爷爷被蛇咬之谜,就在这条赤练蛇上。齐大嘴很肯定地说。

为啥? 石锁瞪圆了眼睛。

腰屯孔六枝告诉我,你爷爷捉到的是一条蛇王,蛇王被捉,跟随它的蛇便尾随而至,到夜晚向你家发动了攻击,你爷爷往外赶蛇时激怒了蛇,遭到蛇咬。这封信基本可以排除方四平呼蛇到你家害人的猜测,白纸黑字很清楚。

石锁摇摇头:我不信,一条小花蛇能是蛇王?

别说石锁不信,对于齐大嘴的断言我也将信将疑,这封信只是写了捕蛇的过程,并没写群蛇来袭的经过,齐大嘴要想让自己的结论立得住,就必须找到令人信服的依据。

征得石锁同意,我用手机将信札拍照留存。石锁说要把信札放回原处,爷爷留下的东西,他不想动,将来告诉孩子也不要动,蛇酒安放在地窖,好像爷爷就活在家里。齐大嘴和我说过,石锁是个孝子,他虽然没有继承爷爷制作蛇酒的本事,但总是以爷爷制作蛇酒的业绩为豪。外省一家药酒企业想购买爷爷的肖像,以此为他们的产品做宣传,开价不低,但石锁不为所动,这也令村里很多人竖大拇指。

齐大嘴笑了笑,突然改变了话题道:治疗心病、遣走心蛇的灵丹妙药是有成本的,这成本就是我这一条腿。他拍了拍伤腿对我说:书记,我想明天把老毕请来,再叫上老石、世坤,咱们来个三堂会审。

我猜想这是齐大嘴要摊牌了,这也是他解决问题的关键一招:摆上桌面。其实,很多事情存在问题,根子就在捂着瞒着,没把问题摆上桌面;如果把各自手里的牌都亮在桌面上,赢的明白,输的心服,省得猜来猜去。我问:喇叭眼儿都找准了?

齐大嘴道:八九不离十吧。

石锁虽有些糊涂,却说:三堂会审好,让方世坤自己说说他都干了些啥埋汰事。

离开石家时,石锁忽然追了一句:我上午忙,最好下午。

齐大嘴愣了一下,朝我使了个眼色,便拾起拐杖,一瘸一拐地走出石家。石锁送出门外,突然扯了我的衣袖问:你是书记,我想问你一句话,一个人无缘无故打了你两个耳光,你去找人评理,又没人管,你说这个人该咋办?

怎么会没人管?世上总有说理的地方。我说。

齐大嘴回了一句:老石,别做傻事,事情总有水落石出的时候,别忘了明天下午去村委会。

回到村委会,齐大嘴给老毕打电话,想明天一早借用渔政站的小快艇。老毕说:你想干啥? 齐大嘴说:没啥,我明天一早和书记到江里看看,书记来大平台快一年了,我还没陪他视察一下江界呢。

我问齐大嘴:为啥明早要到江里去? 齐大嘴说:你明天跟我走就明白了。

我发现齐大嘴行为反常,又不便深问,心想,权当随他看看江景了,黑龙江江景不错,两岸植被茂盛,水质也没有污染,游江是件开心事。

黑龙江大平台段有个江心岛,在主航道中国一侧,从江心岛往下游百米许,就是方世坤用丝网隔出的江汊子。齐大嘴忍着腿疼,和我一人拎一把二齿挠子来到停泊在岸边的小快艇上。开快艇的是个小伙子,见我俩没带任何渔具,好奇地问:用二齿挠子刨鱼? 齐大嘴咧嘴一笑:不是刨鱼,是刨滚钩。我这才明白,原来齐大嘴今日行动是为了阻止石锁的滚钩。我问:你咋知道石锁今天会下滚钩? 齐大嘴道:千把滚钩磨完,院子里又有充气橡皮艇,再加上鱼塘里再次出现蛇头,我估摸下钩的火候到了。

我不得不佩服齐大嘴,这哪里是个吹喇叭的? 明明就是神机妙算的诸葛亮!

齐大嘴让驾驶员将快艇开到江心岛一角的柳树丛中隐蔽起来,然后盯着西面的江面。果然,不大一会儿,一辆四轮拖拉机开到了江边,石锁从拖拉机上卸下小橡皮艇和盘成圆团的滚钩。可以看到滚钩在早晨的阳光下闪闪发光。石锁并不急着下钩,而是在江边打夯一样用大锤砸下一根木桩,砸好后,双手试着摇动,看到很牢固,才将盘成圆团的滚钩主纲的一端绑在木桩上,然后将小艇放到江里,一边下钩一边往江心岛划。大约半个小时,他划到江心岛,泊好橡皮艇,把滚钩主纲的另一端系在一棵树上,然后拎着铁锤和一截削尖的木桩往上游走,走到一处沙滩,开始打桩。这根木桩打得并不深,石锁还故意摇动了几下,然后拎着铁锤原路走回,解下滚钩主纲,拖到木桩处系好,在裤子两侧擦擦手,吹出一串口哨,登上橡皮艇划走了。

石锁在忙碌的时候,齐大嘴一直没有说话,只是盯着看。一直到石锁扛着橡皮艇上岸,开着拖拉机咚咚咚冒着青烟开走,齐大嘴才对我说:走,咱们过去看看。

我俩登上江心岛,来到石锁固定滚钩的木桩前,不看不知道,一看吓了一跳,固定滚钩的木桩眼看就要被拽起,因为江水冲力的原因,滚钩主纲拉力太大,江面上呈弧状的主纲甚至兜起了浪花。齐大嘴喊我一起动手,拉住滚钩主桩,然后找到一棵碗口粗的楸子树,把主纲拴好。齐大嘴一腚坐在草地上,一边抚摸伤腿,一边喘着粗气:好险,好险哪!

我似乎也看出一点门道,就问:一旦主纲脱了木桩会怎样?

跑钩呗! 齐大嘴说,这么大、这么长的滚钩要是跑钩,那就是江里面一条甩来甩去的铁蒺藜,一条浑身是刺是钩也是刀的铁龙呀! 你往下看,不到百米就是方世坤拦江汉子的三层网,滚钩一旦甩上去,江水冲力就会把三层丝网豁个稀巴烂,那样,方世坤的十几万斤蛇头就真成了野生鱼了。好险,好险! 齐大嘴重复了两遍,没想到石锁心头盘着一条铁蛇! 难怪遣不走它。

我明白了,石锁是故意不固定好拦江主纲这一端的木桩,目的就是放走这条带着千把滚钩的铁龙,去撕毁方世坤的拦江网。应该说这是一个能规避法律惩罚的报复手段,一旦出事,可以归结到自然原因上,作为捕鱼者,顶多承担一点民事责任,而方世坤的蛇头也给他的鱼塘造成了损失,最后的结果就是不了了之。石锁很

185

聪明,磨了一年的滚钩,目的原来在此。这一刻,我从内心里佩服齐大嘴,如果没有今天的防备,跑钩事件已成定局。

我说:齐主任,你牵住了这百米滚钩不是遣蛇,简直是遣龙啊!

齐大嘴道:真要是跑了钩,方世坤就能善罢甘休?他蛇屋里可是有成百上千条乌苏里蝮蛇啊!

# 十二

午后的时光似乎疏了密度,即使窗户全开,村委会小小的会议室里也十分沉闷。

石锁第一个进来,我把一杯五味子茶端给他,请他落座。石锁坐下来,眼睛却不安分,在会议室墙壁上溜来溜去。墙上挂满了镜镜框框,写满了规章制度,我想石锁对这些内容不会在意,他是担心自己的目光被齐大嘴逮住,便老鼠一般窜来窜去。

方世坤进来了,朝我和齐大嘴点点头,却无视石锁的存在,自己点着一支烟抽起来。石锁斜视了他一眼,嘴角露出一丝冷笑。

随着一阵皮卡车马达声由远而近,老毕走了进来,和屋内每个人握了握手,然后坐在主位上,把一个屏幕很大的手机摆在面前,问:大嘴呀,把我们招来有何吩咐?下午镇里组织干部学重要文件,我请假来你这里,说明在我心目里大平台工作比上级文件还要紧。

齐大嘴说:今天请各位来,目的很明确,就是遣蛇。

老毕和我都知道齐大嘴的意思,倒是石锁和方世坤不明白,好奇地望着齐大嘴。齐大嘴接着说:心头之蛇不遣走,方家和石家宿仇不会消解。

方世坤知道爷爷的遗言,听齐大嘴说出“遣蛇”一词,他若有所悟,收回了投放在齐大嘴脸上的目光。石锁变得心不在焉,目光又在墙壁上扫来扫去,我估计他心思在滚钩上,想象着滚钩已经豁开拦网,此时此刻,江汉子里的蛇头正成群结队地从豁口处往江心挤呢。

大家都等着齐大嘴往下说。

方、石两家的仇恨像压实的豆饼,小来小去的不说,大的有三层,我们一层层来揭。先说最新一层,就是蛇头和三道鳞的矛盾。老石弄不明白,自己鱼塘里怎么会出现那么多蛇头,这些蛇头把三道鳞当成了饵料,结果一个夏天过去,鱼塘里的三道鳞几乎被吃光。

石锁用仇恨的目光盯了方世坤一眼。方世坤却全神贯注地看着齐大嘴,等着下文。

齐大嘴接着说:老石猜这蛇头是世坤故意投放的,去年投放不算,今年又发现了鱼塘里有蛇头,所以老石就想报复,天天磨滚钩,一千把滚钩,把把都被他磨成了钩镰枪。你们听说过《水浒传》吧?里面有徐宁使的钩镰枪,这东西一旦下到江里,江水一冲,那可就是一条滚钩铁龙,什么网也挡不住,对吧,老石?

石锁脸色变了,变得失去了血色。方世坤却猛地站起来,他只想到在陆地防范,从来没想到石锁会从水上偷袭,他当然知道滚钩一旦挂到拦网会有什么结果。

齐大嘴摆摆手:先坐下,世坤,我还没说完呢。

方世坤坐下,却用针刺一般的目光扎向石锁。我担心冲突在瞬间爆发,便在心里催促齐大嘴快快往下说。

老石,你冤枉世坤了。这件事你俩都是受害者,你的三道鳞被吃,世坤的蛇头也流失不少,世坤也冤呀!

那是咋回事? 难道蛇头会自己飞到鱼塘里? 隔着七八十米远,鱼又没长腿。石锁问。

齐大嘴点点头说:真让你老石说对了,这蛇头就是自己过去的,不是飞,是在草上爬。我们安装的监控拍到了大量蛇头在阴雨的夜晚往鱼塘里迁徙的镜头,开始我和书记以为是蛇屋里的蛇,后来我找专家一看,人家说这是典型的蛇头鱼迁徙。蛇头鱼生命力极顽强,在没水的情况下可以活三天,当栖息地食物缺乏时,它们会利用阴雨或雾天迁徙,别说六七十米,它们最远的迁徙距离可达两三公里。看来世坤你自己也没完全搞清楚蛇头的习性。

方世坤点了点头,他确实不知道蛇头如此神奇。

那么,蛇头为什么要迁徙呢?江汉子不比鱼塘更自由吗?其实不然,世坤在江汉子里养蛇头从来不投放饵料,蛇头靠自然觅食。蛇头长大后,因为有拦网隔着,江里的小鱼进不来,汉子里的食物就有限了,而老石的鱼塘定时投放饵料,三道鳞不愁吃喝,条条肥胖,蛇头自然要择水而栖了。至于蛇头是怎么知道鱼塘里有好吃好喝的,这就不清楚了,专家说很可能是饵料味道的原因。

说完,齐大嘴打开手机,把监控录像给石锁看。石锁看完录像,脸上的五官发生了扭曲,长长地吐了口粗气。齐大嘴又把手机给方世坤看,还没看完,方世坤的眼角和鼻头便红了。我想,让方世坤难过的原因无非有两个:一个是这么多养大的蛇头流失了,而自己却一无所知;另一个是石锁的确冤枉了他,如果没有监控,没有专家的解释,他就像当年的爷爷一样,成了一个坏人。

老毕听明白了,道:最新一层"饼"揭开了,老石、老方,你们都明白了吧?这是一个误会。石锁和方世坤没有接话,一年来,两家谁也不轻松,心头真的有条蛇越缠越紧,让他们都有了窒息感。

我再来揭最旧的这张"饼",这张"饼"已经超过一个甲子,但我还是摸到了喇叭眼儿。齐大嘴说,这张"饼"能揭开要感谢老石,老石破例让我和书记到他家地窖参观,偶然间我发现了谜底。

齐大嘴这样一讲,我知道他一定找专家解读那封信札了。石锁顿时耳朵竖起来,他不知道齐大嘴从那封信札中发现了什么谜底,因为那天三人在场,并没有发现信札有特别之处,无非是记录了捕蛇和泡酒的经过。

一九五六年农历七月十五那天夜里,群蛇袭击石家,导致石栏山老人被蛇咬伤不治。村里一直有种说法,说这些蛇是方四平呼来的,原因是方四平不希望石栏山杀死蛇来制蛇酒。应该说,方四平反对石栏山泡制蛇酒确定无疑,因为方四平还委托我爷爷上门做过说客。但这不能说明方四平非要呼蛇害人。方四平是个蛇医,也就是专门治疗蛇咬伤。用什么治呢?要用蛇毒,所以方四平需要活蛇取毒,不害蛇的性命。我问过腰屯的蛇医孔六枝,取野蛇的毒是不是比养殖的蛇要好,孔六枝打了个比方,两者的差别就像野山参和种植参的区别一样,一个天上一个地下。所以方四平希望小龙山一直能生存大量的野生蛇,但石栏山捕蛇却是一个威胁,北方寒冷,蛇繁衍生长都慢,石栏山这样做,最终会导致小龙山上的蛇灭绝。

石锁插话道:一个老人能抓尽满山的蛇?谁信?

一个护蛇,一个捕蛇,这是不可调和的矛盾不假,但是,方四平是个医生,救人不害人。我爷爷说过,一个喜欢二人转的人心肠是软的,软心肠的人不会下死手。齐大嘴停顿了一下,接着道:那么夜里袭击石家的蛇是怎么来的呢?其实,石栏山老人的信札已经说明了缘由。信札里说他捕到赤练蛇往回走时,听到后面有窸窸窣窣之声,这声音是蛇啊,是草丛里的蛇在尾随老人家。那么,话题就来了,蛇为什么会尾随老人?专家的解释是,那条赤练蛇不是什么蛇王,它就是一条发情的蛇,身上性腺散发出特有的气味,石栏山老人在捕蛇时,身上沾染了这种气味,那些蛇便寻着气味而来。应该说这些蛇到石家也并不是去伤人的,它们是找那条发情的蛇。石栏山老人因为驱赶这些蛇,从而激怒了它们才遭到攻击,而石家其他人,因为蜷缩着没动,所以就没有受伤。石栏山老人在驱赶蛇时,惊动了邻居家的大鹅,大鹅惊叫吓跑了蛇群,因为鹅是蛇的天敌。那一天也凑巧,方世坤的父母定亲换盅,方四平因为高兴多喝了酒,耽误了出诊,加深了误会。

齐大嘴的解释在逻辑上完全站得住,石锁目瞪口呆,因为他读过那封信札,专家做出这种解释,没有丝毫迷信色彩,完全是从生物科学角度来做的分析。我注意到石锁双手抱在胸前,望着面前的五味子茶在沉思。方世坤接过话道:其实,我爷爷因为没能及时出诊也很内疚,村民的传言让他心里像压着一个磨盘,难过的时候就去找大嘴的爷爷去江边吹一曲喇叭解闷。也就是因为这件事,爷爷发誓不再呼蛇,也不教子孙后代呼蛇,并留下了呼蛇容易遣蛇难的遗言。

齐大嘴说:我们应该感谢石锁,正是他保留了老人留下的蛇酒,这个谜底才能揭开。如果石锁把地窖毁了,把蛇酒卖掉,这个谜底就永远没有揭开之日了,方、石两家的宿仇也就成了永远解不开的死结。

石锁忽然有些腼腆,他没想到齐大嘴会表扬他,端起杯喝了口茶,硕大的喉结上下动了几下,想说什么,又把话咽了回去。

老毕的手机响起铃声,他拿起那部大屏幕手机看也不看便按死了,朝齐大嘴道:就差中间一层"饼"了,快揭吧。

大家把目光投向齐大嘴。齐大嘴从身旁拎出那个随身携带的电脑包,打开后,先拿出一支小唢呐,接着又拿出白钢扁酒壶,最后拿出一个肥皂盒一样的小木盒。我忽然明白了,这个小木盒里装的才是齐大嘴放不下的那桩心事。

190

你们还记得方小茹和石天翔吧？当年我和老白是给他俩伴奏的，我们几乎天天在一起。两人出事之前，方小茹找到我，委托我做一件事，说是将来方、石两家宿仇尽释那一天，把这个小木盒当面交给两家主事之人。今天，我把这个小木盒带来了，我要当面交给老石和世坤，了却压在心底四十多年的一桩心事。石锁和方世坤都站起身，靠过去，想看看这小木盒里装着什么。

木盒打开了，里面是一张黑白照片，照片上是方小茹和石天翔的半身合影，合影右上角写着"革命友谊万岁！"，下面署着"反修照相馆"五个字。照片中，方小茹穿列宁装，没有笑容，一脸严肃，眼睛却如星星一样有神，两条粗黑的辫子自然垂在前胸，挡住了应该挡住的部位；石天翔穿不戴领章的军装，梳三七分头，狮眉剑目，脸部棱角分明，很像京剧《沙家浜》里的主角郭建光。

看到只有一张照片，齐大嘴不免有些失望，他又仔细翻看了一下小木盒，里面再无其他。他把照片反过来看，发现上面有两行字：

石天翔（1952.7.1—1974.8.24）
方小茹（1953.3.28—1974.8.24）
愿我们的生命，化作方、石两家鸿沟上的一座红石桥，两家后人从此不再坠入深渊。

齐大嘴念出这段简短的文字时，在场的每个人都哭了，谁都看得出来，方小茹在交给齐大嘴小木盒时，两人已经决心赴死。

方世坤要过照片，看着照片中风华正茂的小姑，哭泣着说：是谁害了你呀小姑？为什么要走上这一步？你唱的二人转《红石桥》，我现在还记得呢。方世坤把照片直接递给石锁，很诚恳地道：

我们方家不该埋怨天翔,天翔和我小姑是真心相好。

石锁犹豫了一下,双手接过照片,眼含泪花看着照片道:有这张照片,可以断定两人是真心相爱,这实际是一张订婚照。两位长辈知道会有这么一天,知道齐主任能帮助揭开这三层豆饼一样的谜面,他俩是用命来劝告我们两家后人应该和好。

老毕站起身,抱拳朝齐大嘴作揖,道:大嘴,你真行!

我被齐大嘴逻辑缜密的揭秘过程所折服,这简直是侦探小说的情节,竟然发生在我工作的大平台,齐大嘴吹喇叭、嗜酒这些癖好的后面,似乎还有第三只眼在审视着生活中的一切。我庆幸自己遇到了一个高人。上任一年,齐大嘴做的每一件事,都按在了喇叭眼儿上,结果吹出了一首美妙动听的曲子。

三堂会审已毕,齐大嘴说:老石、世坤,我有个建议,不知你们能不能同意。我知道石天翔的墓在小龙山东,方小茹的墓在小龙山西,他们生没能同衾,死后应该同穴,将天翔和小茹合葬怎样?也算给两个苦命人一个交代。

石锁点点头:我同意。

方世坤道:费用我来出。

石锁突然想起了什么:啊呀,我江里还下着滚钩呢,我先走了,不敢耽搁,不敢耽搁!说完,急匆匆走了。

我和齐大嘴交换了一下眼色,会心地笑了。

当天晚上,老毕和我在齐大嘴家喝酒,齐大嘴喝透了,整个晚上都在说到大连女儿处教唢呐、养老的事。


# 十三

方小茹和石天翔合葬赶上了阴雨天。

小雨不急,淅淅沥沥,让雾气蒙蒙的小龙山一夜白了头。方、石两家亲友都聚集在小龙山上，人们或穿雨衣，或打伞。我感到惊讶的是，大家的雨衣、雨伞都是素色的，很显然在选择雨具时经过了用心挑选。新坟距离两人的旧冢等距离，这是石锁和方世坤两人亲自丈量的，这个中间点恰好在一株合抱粗的椴树下，正前方有一处泉眼，汩汩冒出清水，形成一道细细的小溪。挖掘墓穴时，有条赤练蛇吐着芯子从小溪处爬过来，爬到挖出的新土边停留了好一会儿。大家都看着这条带着红色花纹的小蛇，没人驱赶它，任它缓慢地爬进墓穴边的草丛里。这条赤练蛇像是来告别的一样，爬几步，翘首望一望，似乎在寻找什么。方、石两家亲友都知道了赤练蛇的事，知道那么一条小小的蛇竟然改变了两家三代人的命运，所以没有谁再去碰它。

我和老毕见证了两家合葬故人的全过程。齐大嘴没有来，因为下小雨，山路泥泞，拄着单拐的他行动不便。这当然是公开的说法，真正的原因头天夜里齐大嘴就告诉了我：他怕见到方小茹的遗骨情感上受不了，他心中的方小茹一直年轻漂亮，这个漂亮的印象不能让一副骷髅给置换。

在合葬前，齐大嘴建议给新坟立一块石碑，石碑上把方小茹写在照片后的文字一字不落全刻上。老毕看着眼前的情景，自言自语道：一切将归于泥土。

我舒了口气道：两条青春生命，在四十五年后真的化成了一座桥。

就在方小茹和石天翔的新坟前，石锁和方世坤一起来到了我和老毕跟前。石锁说：三道鳞和蛇头的事一笔勾销了。方世坤则说：明天我就拆掉蛇屋。

我心里一震：那你养的乌苏里蝮蛇怎么安置？总不能放归山林吧。

193

方世坤笑了笑,道:其实,蛇屋建成后就一直空着,没养过一条蛇。

我和老毕都愣住了,原来蛇屋只是方世坤吓唬人的幌子。老毕哈哈大笑,道:世坤啊世坤,你真行!

回到村里,老毕说要兑现当初的诺言,请大嘴吃全鱼宴,大嘴是大平台当之无愧的英雄。

办公室里,齐大嘴守着一杯五味子茶正在想心事,见我俩回来,他勉强笑了笑,道:毕镇长你坐,我有话和你说。

老毕是个聪明人,知道齐大嘴要说什么,就嚷嚷道:不急不急,都上我的车,到镇上我请你们吃全鱼宴。

齐大嘴从上衣兜里摸出一张折叠的纸递给老毕:麻烦你带回去,这是我的请辞报告。

老毕坐下来,想说什么却没有说,把那张折叠好的纸递给我,道:还是你去交给镇党委吧,我没法拿出手。老毕说完,摇摇头走了。老毕舍不得齐大嘴走,心情可想而知。

我在齐大嘴对面坐下,心里也不是滋味。说实话,我对齐大嘴由观望,到失望,到焦虑,再到剧情反转,这一年里的变化带有戏剧性,我发现自己离不开齐大嘴了,包括他酒后呼出的酒臭也不再那么难闻。

我说:齐主任,你给别人遣蛇,其实你心头也有一条蛇。

齐大嘴愣了一下,问:我心头有蛇?

是一条总想把你从故乡拉走的蛇,这条蛇已经在你心头盘了一年,我仿佛能看见它时时从你胸口探出头来,吐着芯子。

齐大嘴沉默不语。

其实,城市虽然好,但你不一定习惯。在大平台你是鸡头,到城里你是凤尾,即或在老年大学教吹唢呐,你也是个打工的,不会有主人感。

那倒是,齐大嘴说,要离开大平台了,心里空落落的,好像吹喇叭气都不足。

说实话,齐主任,我和老毕都舍不得你走,你再考虑一下好吗?

齐大嘴抬起头:你来大平台一年了,还没听我吹过喇叭,我给你吹一曲吧。

我好感动,这是我的一个愿望。齐大嘴随身背的电脑包里有一支小唢呐,但当了主任后在大平台没吹过。我说早就想听了,就盼着这一天呢。但同时我也知道,这恐怕是齐大嘴和我告别的一曲唢呐了,心里不免有些伤感。

齐大嘴从包里拿出唢呐,安上哨子,含在嘴里试了试,便站起来,开始吹奏一曲人人熟悉的《抬花轿》。齐大嘴的吹奏音质明亮,流畅活泼,热情奔放,听起来特过瘾,好像演奏者不是一个人,而是一个乐队。

曲罢,齐大嘴收起喇叭,忽然向我伸出一只手:拿来。

我明白了他要什么,便把那张折好的纸还给了他。他将纸装回口袋,起身回去了。

望着齐大嘴的背影,我忽然开始责备自己,我遣走齐大嘴心头之蛇是不是做错了? 心头若没有一条蛇盘着,就像野外老山参没有守护蛇一样,异物容易侵入。

人的心头应该有蛇,但不是毒蛇。

原载于 2019 年第 10 期《长江文艺》;2019 年第 11 期《小说选刊》、2019 年第 11 期《北京文学·中篇小说月报》转载

# 青　山　在

## 一

传说不等于谎言,谎言没有寿命,会像烟雾一样散去,而传说却像种子一样能生根发芽,开花结果。

元青山有白虎就是一个传说,这传说源自毕氏皮匠铺老掌柜毕一裘。多少年后,毕国兴还记得爷爷描述这个传说时的神态,他双目圆睁,下颌低垂,右手食指竖在发红的鼻尖前:记住,这是一个秘密,白虎就在河那边。

爷爷所说的河是元青山深处的都柿河,位于都柿沟深谷,因水势湍急,山洪无常,加之林密无路,鲜有进山者涉足此河。爷爷说,河那边草丰林密,百鸟朝凤,獐狍成行,虎豹悠闲,是可望而不可即的好去处。

毕国兴对爷爷的记忆总是与元青山、河那边、白虎缠绕在一起。

爷爷是小兴安岭一带远近闻名的皮匠,据说给鄂伦春族人制过马具,给胡子做过乌拉,也给剿匪的解放军缝过皮袄。爷爷最拿手的手艺是制作一缝裘,但这是另一个传说,除了毕家没人见识过,人们是从爷爷毕一裘这个名字中猜到了这一毕氏绝活儿的。

爷爷好酒,喜欢喝烧刀子——当地一种用高粱酿制的烈酒。半碗烧刀子下去,爷爷的脸会抹了腮红一样鲜艳起来,双目炯炯有神,不停地清嗓子,家人于是知道爷爷要喊山了。

196

爷爷喜欢喊山,他把喊山当成一件很神圣的事。爷爷喊山,地点基本是固定的——白石砬子上方一块突兀的虎头岩、元青山最高处的山神台和都柿河东岸。父亲说爷爷喊山最多的地方还是近处的虎头岩,另外两处喊山地则有说法:山神台是元青山最高处,碾盘大一块龟状圆石,是节日喊山必去之所;都柿沟是爷爷与白虎邂逅之地,心有狐疑之时会前往求解。

爷爷喊山荡气回肠,腔似蒙古长调,一个"哎"字,拖出高高低低的一串"啊哦",不换气,几乎让人听到窒息。爷爷常和父亲说:没活儿干就去喊山,去和元青山说说话。那时毕国兴还小,不懂怎么和大山说话,就隔了父亲问爷爷:元青山不长耳朵没有嘴,怎么和它说话呢?爷爷道:谁说元青山不长耳朵没有嘴?你喊一声,它立马就回一句。毕国兴似懂非懂,却记住了爷爷的话,他的童年充满了爷爷喊山的长调,那山谷里久久不息的回音是他最早接触的音乐。

在毕国兴印象里,爷爷的话总是云山雾罩。爷爷说:山不说话的时候,就是出状况了。他瞪大了眼睛疑惑地望着爷爷,爷爷解释说:死人会说话吗?山要是不回应,不就出状况了吗?爷爷喜欢用新词,把熟过头的皮子、绷裂的鼓一概叫出状况。毕国兴似乎明白了爷爷喊山的用意,爷爷是担心大山唤不醒出状况。受爷爷影响,毕国兴很小就喜欢站在高处向元青山喊上几声,然后侧耳细听大山的回应,尽管自己的喊声稚嫩,但每次都能听到大山清晰的回音。

毕国兴八岁那年才知道自己的名字原来寄托着爷爷的梦想。八十四岁的爷爷已经卧病多日,一天,阳光从窗外照进来,将爷爷那张清癯的脸照得松蘑一般湿白。爷爷招手把他叫到炕前,从右手中指上缓缓地撸下一枚银顶针,塞到他手上:拿着。这是一枚边上带着云纹的顶针,錾孔大部分变黑,只有几处常用的地方被磨得耀眼,他朦朦胧胧地知道这是爷爷的心爱之物,即使睡觉爷爷也不会摘下。爷爷问:知道为啥给你取名国兴吗?他摇摇头。是和白虎有关呢,爷爷说,国之将兴,白虎戏朝!

他清楚地记得爷爷弥留之际那种不同寻常的眼神,后来他经常思考一个问题:回光返照是不是老天赐给人的最后一次清醒的机会,让人把该说的话说完?一阵雷声滚过,昏迷中的爷爷忽然清醒了,对围在炕前的家人说:我看见白虎了,在河那边。爷爷目光里出现一抹神采,像无数星星聚在一起,接着,爷爷又缀了一句:守护好元青山。说完,那聚在一起的星星慢慢化开,褪色成丝丝浅灰,爷爷在没有黎明的长夜里睡去。


毕国兴问过父亲,爷爷为什么如此在意元青山,临终前还念念不忘。

父亲说:其实你爷爷惦念的是白虎,元青山在,白虎便安好。

毕国兴又问:爷爷见过白虎?

父亲点点头:见过,就在都柿河那边。

那么您见过?他问。父亲摇摇头:我没见过,但我闻到过虎的味道。那是一九七八年冬天,我到都柿沟伐椴木做菜墩,站在冰封的都柿河这岸,忽然几只狍子从我身边一跃而过,然后我就闻到了河那边有虎的气味飘过来。活物是有气味的,白虎身能隐,味儿却藏不住。

父亲叫毕晨鸣,这名字也和白虎有关。当年父亲来到元青山下时只有乳名,皮匠铺开业后,父亲到了应该有大号的年龄,对此早有考虑的爷爷说:就叫晨鸣吧,白虎晨鸣,雷震四野,王者仁而不害。就这样,父亲有了一个响亮的名字——毕晨鸣。父亲一生话稀而迟,只有独自喊山时,才有雷震四野的霸气。

毕氏皮匠铺传到毕国兴是第三代。毕国兴长大的过程,也是小兴安岭野生动物日渐珍稀的过程。爷爷去世后,毕氏皮匠铺先是公私合营,后来由私变公,成了林场的皮革社,父亲当上了皮革社主任。父亲继承了爷爷的皮匠手艺,也继承了爷爷喊山的功夫。

父亲的拿手活儿是绱鼓,地区、县里文艺团队的大鼓小鼓人都出自他手。父亲还带出一个绱鼓的徒弟吴老贵,两人父子般亲密。吴老贵为人耿直,用父亲的话说就像一只响鼓,有屁从不憋着,一捶就要响亮地放出来。父亲眉心有个泛红的肉痣,就像鼓边的铆钉,他总是锁着眉,在组织全社九个职工读报纸时眉头也不松开。

父亲是个一诺千金的人,古板而实在,把规矩看得比吃饭还要紧。父亲恪守爷爷留下的所有规矩,其中就有"三不熟"和"四不用"。"三不熟"就是指虎皮、火皮、黄皮这三种皮不能熟,给多少工钱也不能接这种皮活儿。虎皮人人都清楚,火皮和黄皮就需要解释一下:火皮是指狐狸皮,因为狐狸毛色腹白背红,故有"火狐狸"之称;黄皮则指黄鼠狼皮。有职工质疑:这样定规矩会不会是讲迷信?

父亲说:这是老掌柜定的规矩,你们知道老掌柜叫啥?毕一裘!老掌柜一缝裘做得漂亮!能做一缝裘的皮匠,不是匠而是神了!你们都是皮匠,见过一缝裘吗?没见过吧?因为一缝裘是用虎皮做的!老掌柜虽说叫毕一裘,但他只用羊皮练手艺,练成的手艺没处使,因为有"三不熟"这道紧箍咒。老掌柜说过,虎是百兽之王,熟之不忍;火含因果,熟之不吉;黄有复仇之心,熟之恐遭报应。

在解释了"三不熟"后,父亲强调:守着这三条规矩也是为你们好,你们谁家媳妇不怕火黄二仙?林场常有体弱的妇女发癔症,什么原因连医生也搞不清楚,有年龄大的便说是火黄附体。尽管很多人知道这是迷信,但火黄二仙的传说自古有之,而且传得神乎其神,想拂拂手把它驱散不那么容易。众人都噤了声,父亲一番话把大家说得后颈飕飕发凉,没人想破这"三不熟"的规矩。

至于"四不用"则不是出自老掌柜之口。按父亲的说法是爷爷的爷爷定下的规矩,即疫皮、毒料、甲胄和利刃四不用。父亲的解释是疫皮作瘴,用之传播疾病;毒料难闻,用之伤地害水;甲胄涉兵,恐惹刀兵之祸;利刃无情,不当破皮断筋。这"四不用"的规矩挂在皮革社墙上多年,没有谁质疑。

父亲退休后,全林场干部没谁看好皮革社这个又苦又累的集体企业,接班人只能内部产生。上级来考核,其他八个职工一致推举毕国兴,毕国兴便上任了。后来,大集体企业改制,皮革社在安置了八个职工后,正式改回毕氏皮匠铺。

改制时唯有父亲的徒弟吴老贵不走。吴老贵只会缯鼓,离开皮匠铺无事可做。吴老贵跟着毕国兴又干了三年。一日,垂垂老矣的父亲对吴老贵说:你是唯一懂得老掌柜心思的老职工,现在皮匠铺不景气,你去巡山吧,也算对老掌柜有个交代。

龙河林场把护林员称作"巡山",这是老场长的发明,老场长卸任前恰遇国家天然林限伐政策颁布,林场聘了首批护林员。在护林员入职仪式上,满头白发的老场长十分动情地说:我伐了一辈子树,就像刽子手砍了一辈子人头,如今放下斧锯,立地成佛啦。我今天封你们个官职,你们就别叫什么护林员了,护林员再大也是个员,你们就叫巡山吧,听起来就像个官。老场长一番话把每个护林员心里都说得美滋滋的,仿佛自己真的就成了巡山大王。从此,巡山这称谓被其他林场学了去,竟然在林区叫开了,连管局领导也跟着叫起来。父亲说:一个"巡"字可了不得,历史上南巡北巡东巡西巡,那都是啥人物?为了吴老贵,毕国兴去找了现任场长杨群。

杨群是毕国兴发小加同学,两人小时候总是结伴上山采都柿,私交甚笃,但志向并不相同,如今稳坐场长交椅的杨群,儿时向往的却是离开这片山林,进城。毕国兴还记得,那时两人看完电影《黑三角》,杨群对那个卖冰棍的女特务印象不深,却十分羡慕五分钱一根的冰棍。他发愿说自己将来一定要进城。毕国兴不解:为啥一门心思想进城? 杨群当时说了个理由:为了吃冰棍。那个时候没有冰箱,满林场买不到冰棍。

　　多年以后,虽然弃山进城的愿望落了空,但命运依然待杨群不薄,他接替叔叔当上了这座林场的当家人。

　　有一言九鼎的杨场长点头,吴老贵便不再缯鼓,改当了元青山巡山。


　　与志得意满的杨群相比,一心想复兴毕氏皮匠铺的毕国兴可谓时运不济,皮匠铺生意并未因改制而红火:汽车代替了骡马,马具加工自然萧条;皮靴保温轻便,乌拉也就成了古董;家家买了电视,皮影也就没了看客。皮匠铺做得最多的生意只剩下缯鼓和熟牛羊皮。

　　更让毕国兴忧虑的是,爷爷的这枚银顶针将来传给谁? 儿子小春志向不在当皮匠,要考大学学生物。上大学是改变命运的选择,毕国兴必须支持,而他也隐隐感觉到,小春的选择似乎并未远离元青山。

　　这一天,毕国兴站在窗前,望着空旷的马路说:昨晚我梦到了白虎。

　　老伴停下手里的针线问:白虎在哪儿?

　　河那边,他说,白虎在河滩上走来走去,不时低吼几声,很焦躁的样子。

老伴摇摇头说:白虎是老毕家梦里的风筝,外人连根线都捭不上。

白虎可是实实在在,就在河那边。父亲闻到过虎味儿,我听到过虎啸。

你在哪儿听过虎啸?老伴刨根问底,做皮匠活儿的人喜欢较真儿。

在都柿沟呀,他说,我站在河这边喊山,忽然就在回音里听到了虎啸,虎啸声来自河那边,像从喇嘛吹的铜钦中传出,那声响似乎能穿墙过铁一样震人。

毕国兴和父亲继承了老掌柜喊山的地点,虎头岩、山神台和都柿沟成了他们喊山的舞台。爷爷说过,只有与白虎有缘之人才有形缘、味缘、声缘,无缘之人,同路也不相逢。

## 二

小春考上了省城的林业大学。

第一个打来电话的是杨群,杨群说:恭喜你老同学,侄子考上林大是全林场的喜事,你到我办公室来一趟,我要表示表示。

毕国兴本不想去,虽说是同学,毕竟不是一块儿上山采都柿的孩子了,人家是大场长,有权有势,戳在龙河岸上咳嗽一声,连鱼虾都会吓得直蹦。但杨群给了这么大的面子,不去就有点见外了。

杨群是个有诸多天分的人,既有伐木汉的豪放,又有打围人的狡黠,他曾经酒后说过一句狂话,他要是座山雕,肯定会识破乔装打扮的杨子荣。有人问他凭啥来识破,他给出的答案是两个字:眼睛。他的解释是,人什么都可以装,唯有眼神装不了,眼神要是能装,杨子荣就真成土匪了。杨群拿出一部没开封的新款手机递过来:给,奖励侄子的。

毕国兴接过手机,心里很感动,杨群从来不差礼数,出手也大方,同学有个大事小情总能见到他。

杨群在夸赞了小春一番后,话题一转:你知道咱们林管局桑局是哪里调来的吗? 是林大! 林大是培养林业干部的地方,小春读林大将来肯定有出息。

毕国兴觉得这些话与自己没什么关系,林管局局长姓桑姓蚕自己一概不知,不能因为儿子考上了林大就去高攀人家。他谢过杨群,不想多打扰对方,因为进门的时候看到几个家庭困难的老职工站在走廊里,估计是来找杨群的。

两人握手告别时,杨群小声说:你帮我一个忙。

毕国兴愣了一下,道:我一个皮匠,能帮你什么?

杨群转身从铁质卷柜里拿出一个绿色帆布包,递给毕国兴:把它熟了,做成坎肩,我有大用处。

啥皮? 毕国兴警惕地问。

金钱豹,杨群压低了声音说,这东西对我来说意义重大,你懂的。

离开场长办公室时,走廊里几个老职工神情木然地站在那里,其中他熟悉的一个老职工问:吴老贵还在巡山吗? 他点点头。对方的目光在他抱的帆布包上,嘴上却说:吴老贵是不是天天吃哈士蟆,要不哪来的力气巡山? 他没有接话,快步离开了场部。

抱着帆布包,一路上毕国兴感到心率加快,裤兜里那部新手机秤砣一样几要将裤子坠下去。自接手皮匠铺,还从没有熟过金钱豹的皮子,这帆布包像一包烫手山芋,让他不知如何是好。

夜晚,老伴烙了他最喜欢的油饼,他却盯着油饼发呆,胸口一直被那个圆鼓鼓的帆布包堵着,有点透不过气来。他问老伴:这活儿接还是不接?

老伴做事像她皮活儿上的手工,向来一丝不苟,皮匠铺有什么难题,破题人往往是老伴。杨群曾夸赞说:国兴你这辈子最大的成功之处是娶了个好媳妇。老伴略作思考后说:豹皮不在"三不熟"之列,接也无妨。

毕国兴放下筷子,仰身躺在炕上看起电视来。毕国兴喜欢看《动物世界》,只要屏幕里出现他熟悉的动物,他就会和老伴讲解一番这动物的相关学问。这一次,屏幕上是一只遭到偷猎者杀害的白犀牛,几个黑人默默地围在犀牛尸体旁,画外音中一个苍老悲凉的声音在解说。

该死的偷猎者! 他说,就为了一点点牛角,几吨重的犀牛就给杀了。收拾碗筷的老伴未说话。电视上换了画面,是一只在沙漠上爬行的蜥蜴,他忽然想起了什么,躬身坐起来:哎,都说马蛇子是蛇的表亲,那豹子是不是老虎的表亲呢? 若是,咱不是拐着弯儿在破"三不熟"的规矩吗?

豹是豹,虎是虎,虎豹可是一对冤家。老伴开解说。

毕国兴道:不行,我得问问通宝。他从炕琴里摸出一个小木匣,打开,拿出一枚包浆润泽的铜钱:通宝不会诳人。毕氏皮匠铺有个传统,遇到不好决判的事,就用这枚乾隆通宝来说话,方法也简单:双手捧住铜钱,口中默念三遍,然后把铜钱抛到炕上,有字一面向上为可行,无字一面朝上为不可。这一次,犹豫不定的毕国兴选择了让乾隆通宝来说话。依法操作后,铜钱在炕席上蹦了个高,竟然滚过炕沿,跌到地上,恰巧落入胶鞋鞋窠里。

毕国兴愣住了,这是从来没有过的现象,通宝落入鞋窠,分不清反正,等于这次问卜没有答案。他眉头蹙了蹙,下炕从鞋窠里摸出通宝,在衣襟上仔细擦了擦,放回木盒收好。爷爷定下规矩,一事通宝只可抛一次,再抛就不灵了。

老伴说:通宝让咱自己拿主意呢,求谁不如求己。

毕国兴点点头说:接可以,但要弄清楚皮子的来路。

他给杨群打了个电话,问皮子的来路,特意强调要是来路违法他不敢接活儿。杨群在电话那头很不高兴,说:难道我一个县团级领导干部还需要你来普法? 豹子是濒危动物打不得我比你清楚,这张豹皮的来路到时候我会告诉你,你把心放肚子里做活儿吧。

受了一番奚落的毕国兴猜测这豹皮八成来自境外,境外地广人稀,野生动物多,常有珍贵皮毛易货过来。杨群让他放心做活儿,就等于告诉他这皮子来路没问题,他对老伴说:熟吧,总不能驳了杨群面子。

依皮匠铺传统工艺,他用草灰、黄米熟了这张豹皮。鞣皮时,他看出这是一张雌豹皮,猎手一枪击中豹子头部,其他地方没有伤痕。豹成对,虎独行,看来另一只雄豹要孑然余生了。

在白石碇子上晾晒时,他忽然听到了白石碇子下面传来焦躁不安的唧唧声,其间夹杂着婴儿的哭叫。他急忙上去收了皮子,下面才恢复了安静。

缝制坎肩时,引线的二号缝针竟然顶透了银顶针,把中指扎出血来。他摘下银顶针,吮了吮伤口,感到嘴里有些咸,知道出了不少血,心里便有些堵。银顶针用来缝牛皮都没事,一张豹皮竟顶穿了,看来这豹皮还真不能小觑。

杨群来取坎肩,试穿了一下,对着镜子啧啧称赞,颇为得意地说:当年杨子荣穿虎皮坎肩打虎上山让我好生羡慕,今天我有了豹皮坎肩,你说能不能"壮志撼山岳,雄心震深渊"? 他知道杨群说了两句京剧唱词,他不太喜欢这一段,上山就上山,为啥非要打虎? 便没接这个话茬,不冷不热地说:以后这样的皮子还是少沾为好,提心吊胆的。杨群说:豹皮是索三弄的,索三路子野,搞边贸的朋友一大帮,黑白两道通吃,别说豹皮,就是北极熊皮也能弄得到。

提到索三,毕国兴不由得打了个寒战,索三有枪,是支德国造双筒猎枪,索三用它猎杀过一头蹲仓的黑熊。他提醒杨群:索三的那杆猎枪还是上交了好,留在手里容易闯祸。

杨群不想谈论猎枪的话题,他把坎肩放进帆布包,在手上掂了掂,道:说实话国兴,我对裘皮不感兴趣,是有人喜欢而已。

临走,杨群拿出三张百元大钞往案上一拍:给!

他不收,杨群眼睛一瞪:还有件大活儿求你呢,你不收,下次我咋张口?

啥大活儿? 他问。

先不说,杨群卖了个关子,到时候你就知道了,这件大活儿是我的"投名状"。

他并不吃惊,他和杨群小时候是无话不讲的好友,彼此十分了解,杨群有颗猞猁般的心,三步之外都能听到他胸腔里突突突的心跳,只要是认准的事,头拱地也要办成。

他说:最近龙河出了状况,原本清清亮亮的一条河,快成黄河了。

杨群愤愤地说:上游桃山林场发现了一个铁矿,兔崽子们全肥了,这水就是挖铁矿弄浑的。我在琢磨,咱元青山有没有铁矿、铜矿之类的资源呢?

他心里一阵抽紧,看来杨群还在打元青山的主意。

## 三

毕氏皮匠铺当年选址元青山下,用时三天。

老场长说:毕家老掌柜选址讲究,都说臭皮匠,皮匠臭,这顶风臭十里的生意要是开在街面上还不把人熏死?

老场长虽然是夸赞毕一裘选址远离村屯,但这话有毛病,别的皮匠铺臭,毕家却不同,因为毕家熟皮子采用古法,主要用草灰和黄米,少用或不用硝,臭味自然就微乎其微。

其实,皮匠铺选址元青山下也不是没有来由,用爷爷的话说,是缘分到了。

当年,老掌柜率领一家老小闯关东来到小兴安岭中部这里时,现在的场部还是一个不满百户的村屯,有个很普通的名字——靠山屯。屯子里满是倒卖木材山货的商贩。那时,林区最火的生意是木匠铺和皮匠铺,而皮匠生意要好过木匠,因为皮匠铺除却熟皮子外,还要加工皮具,像马具、乌拉、皮袄、皮氅、皮帽,还有缯鼓、制箱甚至刻影,都离不开皮匠。

毕氏皮匠铺前面是水势舒缓的龙河,后面有一片白石硌子,熟皮子离不开水,晒皮子离不开石硌子,选址于此固然有老掌柜的高明,但也有赖于天意。

那是六月的一个傍晚,老掌柜一家赶着马车从龙镇向小兴安岭出发途中遭遇了狂风沙尘,天地一片混沌,令人不辨南北,他们只能沿着龙河旁的土路艰难前行。

当马车爬过一道高岗走到元青山下时,狂风止歇,沙尘退去,一道山势不急不缓、藏风聚气的土形山出现在东方。远观,山上草茂林密,不见险峻气象。近瞧,靠近路旁的草地上,一片白石硌子棉垛般堆在那里。上看,有一块突兀的白石从山坡上探出来,状似虎头。

好地方! 老掌柜忍不住叫起来。恰在此时,一侧马车车辕应声断裂,无法继续前行。老掌柜俯下身子察看车辕时忽然嗅到一阵果香,趁着夕阳余晖,他四处张望,发现缓缓流淌的龙河边有成片的灌木丛,果香就来自那些深绿色的灌木。老掌柜走过去,发现这些小叶灌木上结满了豆粒大的黑色果实,尝一粒,酸甜可口,甚是好吃,采了满把吃下去,感觉生津醒神,一路疲惫顿时消解。后来才知道这黑果叫都柿。

一家人饱餐了一顿都柿后,老掌柜发现白石砬子上有活物在动,便登上白石砬子察看。此时夕阳已经落山,西面湿地里大片的小叶樟稻田一般平整,白石砬子聚拢起初放的月光,显得光洁如新。在一个凹陷处,老掌柜捡到两只野兔,验过伤口,这或许是刚刚被黄鼬咬死的猎物。老掌柜站在白石砬子上极目远眺,环顾四方,看到南面三四里处有明灭的灯火,猜想那里便是路遇的老乡提到的靠山屯,心中暗暗盘算。一家人在白石砬子下安营扎寨,点起篝火烤熟野兔做了晚餐。晚餐后老掌柜对家人说:我们权且在此盘柜几日,待我勘察一下山中风物,再做下一步打算。

老掌柜在元青山上转悠了两天,都看到了什么他没有说,家人也不问,老掌柜自有老掌柜的主见,谋可寡不可众,重大的事情最怕七嘴八舌瞎呛呛。

第三日清早,成竹在胸的老掌柜对家人说:元青山乃飞禽走兽之乐园,此处有地穴之利,南近村屯,北靠高岗,更有野果提神,灵物馈赠,选址不如撞址,毕氏皮匠铺就安家在此了!

有山有水,造屋不愁,湿地里到处有塔头,是冬暖夏凉的好材料,山坡上白桦成片,削皮后做椽当檩都成。老掌柜只是赶车去靠山屯买了点砖瓦,雇了几个泥瓦匠,几天后毕氏皮匠铺落成了。

皮匠铺开张当日,家人看到了一个奇景——大大小小一群黄色皮毛的小动物在白石砬子上聚集,它们后腿直立,前爪弯垂,露出腹部白色的皮毛,好奇地望着山下,模样甚是可爱。老掌柜说:这是貔子,权当黄家吧,以后不可慢待。

次日,老掌柜用建房余下的砖瓦在白石砬子上方的山坡上盖了个大小如鸡埘的小庙。小庙青砖黛瓦,有门无窗,无字无匾,很多客户误认为是土地庙。逢年过节,老掌柜总是在开饭前到小庙去,在里面摆几盘供,静静地默念几句,才安心回家吃饭。

老掌柜为人谦和,慈眉善目,各种皮活儿极其地道,加之屯子里多是闯关东的胶东人,乡音近,习俗同,毕氏皮匠铺很快便红火起来。

毕国兴在上中学时才见到白石砬子下面住的貔子。

那天,他从杨群家抱回一条二串子小狗,这种狗善于奔跑,是猎人的最爱。父亲见到小狗后脸色立马就变了,呵斥他马上抱走。他不解,龙河一带家家养狗,为什么毕氏皮匠铺不能养?父亲不多解释,说:这是你爷爷在世时定下的规矩,毕家在这里不养狗。他不服:养条狗碍啥事?爷爷为啥要定这么条规矩?父亲发脾气拧着他的耳朵逼他把狗送走,毕国兴只得哭着顺从了父亲。

事隔几天,父亲或许觉得对儿子过于粗暴,便拉着他来到白石砬子上方的小庙前,对他说:知道爷爷为啥不让养狗吗?就是为了它。毕国兴疑惑地望着父亲眉心那颗肉痣,不知父亲为何这般说。父亲说:你养狗,貔子就会搬家,小庙就没了主人,而貔子对毕家是有恩的。宣统三年,龙河一带暴发瘟疫,龙河村家家死人,大冬天死人太多,刨坑刨不过来,只能埋在雪窝里任由狗扯狼拽。可是毕氏皮匠铺八口人却平安过来了,你奶奶,还有你三个姑姑、两个叔叔都活蹦乱跳地过了鬼门关,啥原因?你爷爷说这归功于白石砬子下面的好邻居。

好奇心让毕国兴开始留心屋后的白石砬子。他起早贪黑趴在后窗前观察那座小庙,终于有一天黄昏,他看到了一只动作敏捷的小动物,他屏住呼吸,知道这就是父亲说的貔子了。貔子比黄鼠狼

209

形粗,比狸猫体长,通体黄色,唯有嘴巴发白、眼下泛黑。貔子快速跑到小庙旁,东嗅西嗅,闪来闪去转了一圈儿就跑走不见了。他将自己的发现告诉父亲,父亲很平静地说:它在巡查领地呢。

后来,毕国兴从教科书中了解到父亲所言不虚,那是始于中东铁路的一场瘟疫,几乎弥漫整个东北,清廷为此限制关外居民入关。这场大瘟疫的罪魁祸首便是山鼠,泛滥的山鼠几乎让东北变成乱葬岗。让人感到神奇的是,远离街区的毕氏皮匠铺无一人染病,爷爷归功于好邻居的说法完全能够成立——貔子擅长捕食老鼠,山鼠不能横行,毕家自然无虞。

白石砬子下面的貔子与毕家几十年来相安无事。有人说貔子偷吃鸡鸭,但毕家的鸡从没少过一只。貔子生性胆小,遇到毕家人却不怕,会停下来用两只黑亮的小眼睛注视一番,然后主动走开。一旦有生人来,它们就会藏起来,没有哪个客户见过貔子。


山林进入防火期,索三来检查小庙,围着小庙转了两圈,不无嘲讽地说:你这是供啥呢?无名无姓的,不是供小鬼吧?索三这个保卫科长在龙河林场是响当当的实权派,检查木材的关卡、防火期野外用火都归他管,一旦谁违规让他抓了现行,罚款事小,关个三天五日也是稀松平常。索三说:我丑话说在前头,这里干草连片,你不能上香烧纸,否则我就办你。毕国兴笑了,心想,索三干别的不靠谱,这防火之事却抓在点子上。

索三离开时又围着白石砬子转了一圈儿,问:听人说,白石砬子下面有貔子?

毕国兴没有回答。

索三说:我打了几十年猎,从没打到过貔子。

毕国兴问:索科长就那么喜欢吃野味?

吃啥吃？索三说，柴了吧唧的，我打猎是图个乐子。

## 四

小春打回电话，说把元青山上有白虎的秘密告诉了林大徐教授，教授听后异常兴奋，说动物无国界，元青山一带地处边境，动物越境觅食现象肯定会发生。小春介绍说徐教授外号"徐霞客"，络腮胡子，一年四季都穿棕色高靿儿翻毛皮靴，是电视上人文地理节目的嘉宾，徐教授若是到元青山考察请老爸关照一下，让老贵叔给当当向导。毕国兴埋怨儿子怎能把白虎的秘密告诉别人，小春说徐教授是专门研究猫科野生动物的，知道了会更好地保护白虎。

他等了几天，徐教授没来，巡山的吴老贵却来了。

吴老贵是来诉苦的。这山没法巡了，吴老贵说，我前些天逮了个盗伐红松的人，送到保卫科，索三说这事交给他，前两天，我在山上又抓到了这个家伙，你知道这家伙说啥？说你别抓我了老吴头，抓也白抓，我和索三是铁哥们！我去问索三，索三说老吴你别惹这个人啦，他蹲过笆篱子，腰里别着攮子呢。我说他盗伐红松，索三说丢几棵红松元青山剃不了光头。你说说，这山我还怎么巡？总不能当睁眼瞎吧？

索三和这个人肯定有勾连，毕国兴说，他就不怕老场长的锁魂链？

吴老贵鼻子里哼了一下：索三还怕鬼？鬼遇到他会绕着走，锁魂链锁不住他。

关于索魂链的说法龙河林场几乎妇孺皆知。

应该说元青山得以从斧锯下幸存是老场长的功劳。老场长是杨群的叔叔，军转干部，当年闻名全国的伐木劳模，戴着红花的大幅照片印在省报头版。知情人都知道老场长的晚年是在愧疚和纠结中度过的,他最后一次登上元青山防火瞭望塔,环视远方光秃秃的群山,自言自语道:我都干了些什么? 说完狠狠跺了三下脚,把木质的瞭望台都跺晃了,老场长脸上流下两行冷泪。卸任前一年,老场长开始植树,他说在任上砍了多少树,他就要栽多少树,给自己赎罪。他卸任时,侄子杨群当了场长,他当着很多人的面做了交代:龙河林场就剩下元青山这么一座囫囵山,把它完完整整地留给子孙吧,谁若敢打开山的主意,我会在阎王殿里拎条锁魂链来牵人! 老场长这话不是没来由,他听说杨群要给地区林管局打报告,要求对元青山进行间伐。所谓间伐其实是骗人的把戏,谁都知道一旦开山,就会大树小树一刀剃。林场很多人知道,杨群对元青山一直在动脑子。杨群埋怨叔叔过于保守,放出风来:我们不能守着一座金山要饭吃,元青山上一棵红松,就是一个职工半年的开销。牢骚归牢骚,有天然林限伐政策勒着,杨群不敢贸然进山伐木。

你去找杨群,他对吴老贵说,姐夫的话小舅子总该听吧。

吴老贵摇摇头:找了,杨群当着我的面操起电话骂了索三一通,可是骂归骂,索三还是索三。我想好了,再抓到盗伐的,直接送林业派出所。

那就彻底得罪索三了,毕国兴说。

得罪索三就得罪吧,只要不得罪九泉之下的师父就行。吴老贵的忠诚令人感动。

吴老贵说:还有件事很奇怪,这两天我发现了一个留着大胡子的人总在都柿沟转悠,又是拍照又是检查野兽粪便,看样子来者不善。都柿沟山势险峻,野鸡脖子(蛇)缠腿,这个人来弄啥?

毕国兴心里一惊,来者不善,善者不来,这个大胡子或许是奔着白虎而来! 难怪这些日子自己心神不宁,喊山回声有些变调儿,看来都柿沟真要出状况了。他说:下午我俩进山去瞅瞅,要真是偷猎的,就扭送派出所去。

吴老贵又说:最近杨群领着一帮人在山里东刨刨西抠抠,听说在找矿,元青山有矿吗?

杨群这个人,什么都想和桃山林场比高低,桃山出了铁矿,杨群很是眼红,就雇了地矿队的人进山找矿。我也担心呢,真要是挖出铁矿,元青山可就毁了。毕国兴忧心忡忡。

吴老贵道:元青山一开矿,我这个巡山就没用了,说好了,到时候我回来缯鼓。

午饭后,两人一同进山,经过一番穿山越岭,来到人迹罕至的都柿沟。都柿沟长满茂密的水曲柳和椴树,空气潮湿,都柿河水流湍急,河滩上有横七竖八的倒木,几只白鹭在河中岩石上静静地站着,似乎在等待什么。河那边是连绵的群山,群山与都柿河之间是连片的都柿丛,一只雀鹰在都柿丛上方盘旋。没有发现有人活动,河滩上也没有生火的灰烬。

这是走人了,吴老贵说。

毕国兴认真观察了一番吴老贵所指的地方,忽然想起了小春说的徐教授,莫不是徐教授来过? 如果是徐教授,怎么连个招呼都不打呢?

看来不像偷猎的,他说,这个人很可能是来考察猫科动物的,小春来电话说林大的徐教授要来,还请你给关照一下。吴老贵点点头:看样子像个做学问的人。

吴老贵去别处巡山,毕国兴一个人坐在那块熟悉的卧牛石上歇息。河那边水雾缭绕,成片的都柿丛染了墨一般呈现出黛色。爷爷就是在这里发现白虎的,他感觉这个地方有种神秘的氛围,父亲闻到虎的气味是在这里,自己第一次听到虎啸也是在这里。他忽然产生了喊山的想法,应该与河那边对对话,验证一下白虎是不是出了状况。

他站起身,运足丹田之气开始喊山:哎哎——啊哦哦！河中的白鹭扑棱棱飞走了,对面盘旋的雀鹰也不知落到何处。他一连喊了三个长调,然后静听回音。很快,河那边传出低闷粗重的回声,似有一阵粗风刮过,与以往相比,这回声变得格外急促。他感到额头的汗水变成了露珠,这回声带给他许多不祥的联想。

## 五

来元青山勘查的人是杨群请来的物探队,他们勘查了三天,结果在山上发现了钼矿。

钼是什么东西？龙河人谁也说不清楚,包括杨群也不明就里。经过技术人员一番讲解,大家才知道钼这东西特金贵,价值远在铁之上。

杨群像打了鸡血一般亢奋,逢人便说:知道钼吗？铁和它比起来就是三孙子！杨群的愤怒是有底火的,桃山林场场长因为开矿办厂有政绩,听说已经调到林管局多种经营办当主任,这个位置一直被杨群所看好,杨群认为自己的能力也适合这个岗位。多种经营办老主任来龙河调研时,两人私下喝了半宿酒,据说老主任认为杨群是接替自己的不二人选。谁知一个铁矿让这把交椅换了主人。

很快,元青山钼矿项目开始紧锣密鼓地筹建起来。矿址就在白石砬子上方百米左右的山坳里,几排简易工棚已经建成,施工大军开始入驻,林场职工茶余饭后谈论的话题都是钼,都在计算钼矿会给林场带来多少效益,没有人再提老场长的锁魂链。

元青山开钼矿的消息对于毕国兴来说简直就是噩耗。一连几夜他无法入睡,机器轰鸣的建设工地让皮匠铺屋顶、院子每天都落满黑土沙尘,白石砬子也无法晾晒皮子。他清楚自己无法阻止钼矿建设,但他还是鼓足勇气去找杨群——有些话不说出来,憋着难受。

杨群一见到他就笑了,说:国兴你福气不小,听没听说过这样一句话? 动迁动迁,一步登天! 钼矿给你的补偿款你这辈子花不完。

他说:在元青山开矿,老场长的话你还听不听了?

杨群哈哈大笑:此一时彼一时,叔叔要是活着,保不齐会举双手赞成开矿!

他说:你毁掉元青山,赚了钱又有什么用?

杨群严肃起来,纠正道:怎么叫毁掉元青山? 开矿如同挖煤,不毁山表林木,你别瞎操心!

他呼吸有些急促,杨群这话显然说不通。爷爷说过,山是活的,你挖空它的肚子它还怎么活?

杨群从抽屉里拿出一份红头文件在他眼前晃了晃:喏,批文都下来了,板上钉钉,没的商量。全场千把号人都眼巴巴等着分红呢,要是知道你拦着,还不把你扔龙河里去?

他无语了。众怒难犯,这个道理他心里清楚。

杨群把文件放回抽屉,很大度地道:别担心,国兴,动迁后我在街面给你选个好地段,不耽误你开皮匠铺。

说实话,杨群做事还是很讲义气的,是条言而有信的汉子。天然林禁伐,林场上千人深陷生活窘境,靠上级补贴不咸不淡地活着,现在好不容易找到了一个就业致富的门路,谁愿意放弃呢?

他沮丧极了,目光定格在杨群办公桌后面的白墙上,那里挂着一张老场长的照片,照片中戴着前进帽的老场长在一棵秋天的柞树前灿烂地笑着。他心里说:老场长啊老场长,如果知道元青山要

215

开膛破肚你还笑得出来吗?

杨群送他到门口,很神秘地说:还记得我说过要给你一个大活儿吗? 快了,钼矿开工后这事就办。

他苦笑了一下,皮匠铺能有什么大活儿?


回家后,他打电话把元青山要开钼矿的消息告诉了小春。

小春闻听十分吃惊,说徐教授正在跑元青山国家森林公园和大型猫科动物保护基地的事,起草好的报告他看了。

毕国兴失望至极地说:采矿批文都下来了,这事恐怕不好办了。

小春说他要马上把消息告诉徐教授,请徐教授想想办法。小春又说徐教授已经悄悄去过元青山了,在都柿沟安装了三台自动红外摄像机,以便收集资料,一旦摄像机拍到野生虎,将是石破天惊的重大发现。

开钼矿的确没有毁林,但炸掉了虎头岩。

虎头岩被炸前一天晚上,毕国兴有些心神不宁,心里突突直跳,总感觉有事要发生。第二天清晨,一个戴安全帽的工人来敲门,告诉他不要出门,山坡上要爆破,当心碎石伤人。他问:爆破什么? 工人说是虎头岩,那块大石头碍事。他一惊,感到心要被爆破一样,回过拳头,用戴着银顶针的拳头正面顶住胸口,不这样做似乎心脏就会蹦出来。戴安全帽的工人到对面马路上去提示行人,并远远地摇动着手里的小红旗。不一会儿,一声地动山摇的巨响似乎从脚下发出,房子晃了晃,终于稳住,碎石雨却冰雹一样落下,砸得屋顶砰砰直响。

虎头岩完了,他感到心脏似乎不跳了,有一种休克般的死静。

杨群做事雷厉风行,不到一个星期,就在虎头岩被炸平的地

216

方,元青山钼矿举行了开工典礼。

平整后的山地上搭了主席台,立起巨幅喷涂背板,背板呈玫瑰底色,上面一排绿色大字:元青山钼矿奠基仪式。台子四周插满彩旗,东西两侧对排一台台挖掘机。杨群组织了龙河小学四个年级的学生手持绢花来列队助兴,县二人转剧团的演员也涂脂抹粉进行热场表演,隆重的升工仪式让寂静的龙河林场着实火了一回。

毕国兴没有去看热闹,他一向对二人转不感兴趣,与父亲喊山相比,二人转简直就是马嘶驴叫。前两天索三来催他动迁,被他断然拒绝。被驳了面子的索三撂下狠话:要不是看你和我姐夫是同学,早把你这皮匠铺推了,还商量个啥!

他给杨群打电话,杨群说:国兴你别听索三吓唬你,他把你的皮匠铺推了,我那大活儿找谁去?不过话又说回来,钼矿开工,你这皮匠铺在白石碴子下面就不安全了,早搬晚搬,早晚要搬,早搬没亏吃,谁叫咱俩是同学呢?置换的房子随你挑。

放下电话他的眼泪就下来了,元青山开矿,皮匠铺动迁,这些事怎么都发生在自己身上?他跑到白石碴子上声嘶力竭地喊了一回山,喊声被上面机器的轰鸣吞噬了,没了往日的回声。

工人像挖煤一样开始打巷道,进度极快,运渣车土拨鼠一样出出进进地忙碌,这情景不知怎么就让他联想到了《动物世界》里那些给大象掏肛的鬣狗群。鬣狗令人恶心,如果有机会硝一张鬣狗的皮子,他决不会用草灰和黄米的古法。

他每天都到山上看看,心里渴望徐教授正在跑的元青山国家森林公园和大型猫科动物保护基地能尽快有消息,一旦成为国家森林公园,元青山被掏肛的命运就会改变。

从洞口里挖出的碎石越堆越高,几乎堆成一座褐色的小山,他看到这些碎石如同看见了大山被捣碎的骨肉一样心里不是滋味。元青山这不是出状况了吗？他愤愤地想，山里为什么要有钼呢？钼这个怪物到底是什么模样？难道就是这些褐色的石头？他捡起一块碎石端详了一番，似乎闻到了一种咸咸的腥味，他联想到了血，刚刚剥下来的生牛皮就是这个味道。

夜里，小春打来电话，说徐教授的红外摄像机有了发现，自动镜头捕捉到一只金钱豹到河边饮水，就在河那边，徐教授简直要癫狂了，这是四十年来第一次在东北林区发现野生金钱豹！小春说向徐教授咨询了白虎一事，徐教授说元青山有虎也是西伯利亚虎，中国称东北虎，杨子荣当年打的就是东北虎。白虎是孟加拉虎，出现在小兴安岭林区的可能性不大。但徐教授也说了，不排除东北虎因为环境变化而产生变异，从理论上讲，白山黑水的环境，老虎进化成白虎也是成立的。

有豹就可能有虎，它们都是处于食物链顶端的大型猫科动物，从这一点来看，徐教授的项目很可能跑下来。小春在电话里安慰他。小春知道父亲因钼矿而寝食难安，一旦国家森林公园和大型猫科动物保护基地批下来，钼矿难题就会迎刃而解。

他问徐教授发现了多少豹子，是成群的还是独行的，是雌性还是雄性。小春说只录到一只，雄雌看不清，徐教授说了，豹子的伴侣是稳定的，摄像机肯定会捕捉到另一只。

# 六

索三又来催动迁。

毕国兴告诉索三，钼矿就是挖到皮匠铺底下，他也不会搬，搬了，对不住爷爷。

索三没辙，只好去找杨群。杨群说：我还有件大活儿找国兴办呢,在大活儿完事前不许你来硬的。

索三耸耸肩,道:我有个法子。他不搬是因为那个无名小庙,哪天我把庙推了,看他赖在白石碴子还有啥想头。

杨群愣了一下,无名小庙在毕国兴心里的位置确实非同一般,上学时两人曾来看过小庙,当时毕国兴得意扬扬,说红卫兵"破四旧"把关帝庙、土地庙都砸了,却没敢碰这座小庙,这小庙神通大着呢。杨群对此却有自己的看法:这么个鸡窝大的小庙谁会在意?红卫兵不砸是因为它实在不值得砸一回。杨群叫索三再等几天,自己来想办法。

这一次,他没有打电话叫毕国兴,而是亲自驾着吉普车来到毕氏皮匠铺,进门就把一个帆布包拎到面前,兴奋地说:国兴,大活儿来了!

这是什么? 毕国兴盯着帆布包问。

杨群左右睃了一眼,小声道:虎皮。

毕国兴大吃一惊,杨群怎么了? 上次熟豹皮,这次又熟虎皮,虎皮是熟得了的吗? 毕氏皮匠铺的铺规杨群不是不知道。他将帆布包推回去,态度十分坚决:对不起,毕氏皮匠铺有"三不熟"的铺规,虎皮无论如何是不能熟的。

杨群脸色有些泛红,道:你可知道这件大活儿对于我来说意义多重要吗? 我是答应过桑局的。

你答应啥局我不管,我不能破"三不熟"的规矩。他的语气不容商量。

都啥年月了,你还抱着老规矩不放,杨群说。

他摇摇头:啥年月老规矩也不能破。

我后半生就靠这张虎皮了,你就破一回例吧。杨群声音虽然很硬,但底气明显不足。

他还是摇摇头，让杨群坐下来，道：你知道老掌柜为啥闯关东吗？就是因为给一个亲戚加工了一件端罩，结果事发进了笆篱子。你现在让我加工虎皮，这不是把我往笆篱子里推吗？老掌柜的覆辙我怎么能去重蹈？

他停顿了一下接着说：还有，猎杀老虎是要坐牢的，这虎皮哪里来的呢？

说完，他小心翼翼地打开帆布包，一看，脸庞顿时失了血色，变得纸一样白——帆布包里竟然是一张卷好的白虎皮！他一下子惊坐在地上，张大了嘴，半天说不出话来。白虎，白虎皮！他的心几乎揪在一起，有一种缺氧的感觉，眼前浮现出河那边那片长满都柿的河谷，难道白虎被杨群捕杀了？泪水扑簌簌滚落下来，把身旁的杨群看愣了。

你咋了？杨群扶起他，一张虎皮就吓成这尻样，要是真虎还不吓死啊？

你从哪里弄的白虎皮？他惊厥般看着杨群那双铜铃般的眼睛。

杨群朝东北方努努嘴。

他心里一颤，东北方即是境外，也可能是河那边。

境外有白虎吗？他问。

杨群有些不耐烦：境外别说白虎皮，啥皮都能弄得到，只要你有钱。说着他又诡秘地一笑，道：这次不做坎肩，我要做一缝裘，我知道只有毕家能做，也只有虎皮可做。你别拒绝我，老同学，你当年在麦秸垛上告诉过我，一缝裘是毕家祖传绝活儿。

毕国兴脑袋嗡的一声，好像又被补了一闷棍。毕家一缝裘的手艺的确是自己向杨群炫耀的，他还说过，只有大张的虎皮才能做一缝裘，除了虎皮外其他够大的皮子做了也没价值，只有虎皮一缝裘才相当于国宝。没想到这些话过去几十年杨群还能记得住。他稳了稳心神道：一缝裘虽是毕家祖传手艺，但不瞒你说，父亲和我都没有做过，老掌柜做没做过我也不知道，我做不成这个大活儿。

你说谎，杨群脖子一歪道，你忘了，有一年我俩进都柿沟采都柿，路上你告诉我父亲教你用羊皮试做一缝裘。我当时就想，羊皮才多大呀，要是几张皮子拼起来就不是一缝裘了。你说羊皮可做童子穿的一缝裘，手艺都是一样。你忘了吗？

这一回毕国兴有些脸红了。杨群没说错，上学期间他和杨群是无话不说的好朋友，除却白虎和貔子的秘密他没说，其他对杨群并无隐瞒，杨群记性也太好了，自己用羊皮学做一缝裘的事他还记得。

你为什么非要做一缝裘？现在几人能懂？他不明白杨群怎么总有些奇怪的念头。

杨群在他的追问下道出了原委。

原来有一次桑局来林场检查工作，杨群在汇报完后，即兴发挥聪明才智，总结说龙河林场有三绝。桑局很感兴趣，就问有哪三绝。杨群便开始满嘴跑火车，说第一绝是元青山的山槐，打成床能治失眠；第二绝是元青山的哈士蟆，都是红肚皮，子大油多；第三嘛，他本来想说是元青山上的飞龙，但飞龙整个林区到处有，便临时改为毕氏皮匠的虎皮一缝裘。

桑局对前两绝不感冒，倒是对最后一绝兴趣蛮大，问一缝裘是什么，怎么从来没听过。杨群便把小时候从毕国兴那里得来的知识说给了桑局，然后他就见桑局若有所思。

调研结束，桑局本来已经上车，却再次下车，把杨群拉到一边悄悄地说，他有个大人物的夫人办了个古代服饰博物馆，要是有一件虎皮一缝裘，必将是镇馆之宝。杨群知道自己烧香引出鬼了，但还是拍着胸脯答应下来,这便有了这件所谓的大活儿。

你若是不帮忙,我就坐蜡了。杨群态度极为诚恳,没了平常的霸气。

杨群虽然说了软话,但毕国兴的耳边分明响起父亲当年除夕夜在小庙前对自己说的话:做事情规矩不能破。爷爷当年要是不制作那件端罩,毕氏皮匠何至于背井离乡闯关东?想到这,他摇摇头说:这个忙我帮不了,真的,帮了你,我后半生睡不安稳。

杨群的脸开始由红变白,鼻尖上有亮晶晶的汗珠沁出来。毕国兴从没有见过杨群鼻尖出汗,看来他真是急了,语气也开始变冷:怎么,怕我少你钱?他听出了杨群的不悦。

这不是钱的问题,有祖上的规矩在,你知道的。

杨群放缓语气说:给我倒杯水。

他找出茶叶,沏了一杯茉莉花茶。玻璃茶杯里缓缓地冒着热气,杨群端起茶杯,吹了吹漂在上面的茶叶,又放下来,两眼死死地盯着他,依旧放低了声音说:毕家"三不熟"的规矩我清楚,"三不熟"不等于三不做,你别拿规矩搪塞我。要不我找人把虎皮熟了,再请你来做总可以吧?

他没有回话,他知道杨群这是迂回战术。

国兴你回头想想,你找我办的事我哪一样差了?皮革厂的项目你说污染,我就没有上,结果让桃山林场捡了便宜。吴老贵想当巡山,你一句话我就额外加个指标让他当,你说让他巡元青山我也依了你,谁不知道巡元青山是肥差?你要是埋怨我开钼矿你就错了,换了你是我也会开,林场转型发展是不错,可是靠栽树猴年马月能见效益?老场长栽的树现在还没成材,可眼下上千号人是要体面地生活呀,我们不能守着金山要饭吃。

杨群这番话说得恳切,毕国兴的额头开始冒汗。

杨群接着说:索三要来推你房子,是我拦着不让动。我一直把你当兄弟待,可是你呢?

我不是那个意思,见到虎皮我头皮发麻。他找不出什么理由,只好实话实说。

杨群端起茶杯,不顾茶水烫人,咕咚咚几口喝下去,吐出几截茶梗,然后站起身道:话我说完了,底也交给你了,这个一缝裘事关我的前途命运,你看着办吧。说完推门走了。

毕国兴呆呆地站在屋中央,想说句什么,却什么也没有说。

老伴从里屋出来,望着杨群的吉普车一溜烟儿远去,对愣在那里的毕国兴说:杨场长真生气了,咋办?

他缓过神来,像是问老伴,又像是问自己:咋办?我做错了吗?

老伴摇摇头:虎皮一缝裘是万万做不得的,老虎和熊猫一个级别,都是国宝。

可是,杨群生气了咋办?

老伴不知怎么回答,轻轻叹了口气,转身到屋外去打扫院子,因为山坳里正在施工,院子里落满土灰,老伴每天都会打扫几遍。

他换了件衣服,出来对老伴说要进山看看。老伴问:进山去哪里? 他说当然去都柿沟。老伴说:天过晌了,明天去吧。他说想到都柿沟去喊山,看看河那边是不是有状况。老伴明白了他的心思,自从炸平了半山腰的虎头岩,他喊山只能到都柿沟。老伴清楚是杨群带来的这张白虎皮让他担忧河那边的白虎是不是安全。老伴说:去吧,要是天黑了,就到吴老贵窝棚里凑合一晚,别走夜路。

## 七

相遇总是发生在不经意间。毕国兴与徐教授就是这样,他们在都柿河边意外相逢。

毕国兴匆匆赶到都柿沟时已经是下午四点,他穿过成片的椴树林,下到河滩,站在卧牛石上观察河那边的情形。河那边寂静无声,墨绿色的都柿丛似乎涂上了一层金粉,看上去有种迷幻色彩。因为有湍急的都柿河相隔,河那边没人过去。杨群当场长后想在河上架座便桥,以便人们能过去采都柿,但这个想法被一条野鸡脖子给断送了。

野鸡脖子是都柿沟的一种毒蛇,因为体色像野鸡脖颈儿而得名。那天,得令架桥的几个工人肩扛斧锯费尽力气来到都柿沟,其中一个穿着短裤的包工头急不可待地跑到河边捧水洗脸,不想一脚踩上一条盘成一团的野鸡脖子。野鸡脖子蹦起来,朝包工头的小腿狠狠咬了一口,这一口几乎要了包工头的命,林场把他送到大连的蛇岛医院才治好。

此后,便再没人提在都柿河上架桥的事,毕国兴试探过杨群的想法,杨群说:为了采点儿都柿去和野鸡脖子纠缠,不划算。于是,河那边便保持了亘古不变的安宁。

毕国兴有时想,修路架桥到底是好事还是坏事恐怕不能一概而论,就像泰山、黄山修的索道,登山是方便了,神圣感却没了。

歇息了一阵后,他开始喊山。一连喊了三遍,却没有听到一丝回音。他慌了,揉揉眼,再次观察河那边,河滩、都柿丛、水曲柳柞树混交林,再往上就是高大的红松,河那边的植被层次分明,没有丝毫异常。他运足了力气正要再喊,身后传来的一声喝问把他吓了一跳:

你在这儿吆喝什么?

他回头一看,一个身穿满是口袋的土黄色马甲的中年人正冷冷地注视着自己。中年人留着黄黑相间的胡须,脖子上挂着相机,脚蹬一双高靿儿的翻毛皮鞋,他马上就猜到这是小春说的徐教授。

您是徐教授吧？他笑着说,我是毕小春的父亲毕国兴。

对方点点头,并没有表现出应有的热情,像教导学生一样说:别在这里大声吆喝,会惊扰河那边的动物。

他依旧笑着说:没事,河那边习惯了我喊山,我不喊才是出了状况。

徐教授眼里亮了一下,大概是对方的话让他感到稀奇,喊山是个很陌生的概念,这里的动物怎么会习惯人类的大声喧哗呢?

我知道您来,和巡山的吴老贵来找过您,可是没找到您的帐篷,他说。

教授下颌翘了翘,道:跟我来吧。

他很兴奋,上次和吴老贵来都柿沟,没有发现教授的踪迹,这次倒要看看教授的帐篷究竟藏在哪里。徐教授引他穿过一片黑桦林,来到一棵老榆树前,抬手指了指:你不恐高吧?

毕国兴抬头一看,两丈多高的老榆树树杈上架了一个简易树屋,屋不大,大概只能容下一人,被榆树枝叶遮挡得十分隐蔽,难怪上次他们没有发现。徐教授道:屋小,就不请你上去了,我们坐树下聊聊吧。

两人在树荫里席地坐下。小春都告诉你了吧,我的红外摄像机在河那边捕捉到了野生金钱豹,这个地方着实应该列入保护。徐教授说,我听小春介绍,你们祖孙三代一直以保护元青山为己任,挺让人感动的。

毕国兴不习惯被别人夸奖,自谦道:我们祖孙三代都是皮匠,你知道皮匠这职业是专门熟动物皮子的,动物是皮匠的衣食父母啊,爷爷立下保护元青山的规矩,应该算是一种自保吧。

教授微笑了一下,说:保护自然就是保护自己,这话对头,残害动物是罪孽,罪孽这个东西,靠别人是无法救赎的,只能靠自己。

毕国兴不想听教授讲大道理,他关心的是河那边的白虎,便问:您拍到了豹子,拍没拍到白虎呢? 有没有坏人谋害白虎?

教授起身,猴子一样敏捷地爬上树屋,拿下一个小型摄像机,打开显示屏给他看。摄像机在不同时间拍到了两个人,一人持柴刀,是吴老贵,几天后再拍到的人戴着墨镜,胸前吊着望远镜,肩扛双筒猎枪,一看便是索三。

教授问:这两个人你认识吗?

他点点头,说了两人的身份。

教授说:扛猎枪的这个人是在踩点,夏季动物脱毛,不适合打猎,此人想下手要等冬季,河水结冰,就能过去偷猎。

一阵山风吹来,毕国兴感到后背发凉,难道索三真的在打白虎的主意? 杨群拿的虎皮会不会是索三打的? 他不敢再想下去,自己喊山没了回应,按爷爷的说法就是大山出了状况。

小春说您在跑元青山国家森林公园一事,要是能成就太好了,元青山正在被掏心挖肝,看着揪心。

那是挖钼矿,污染严重不说,尾矿还有危险,这种开发是不能容忍的。教授说,我的报告递上去了,正等回复呢。当然,如果不回复,你们应该自发抵制这种破坏环境的行为,绿水青山不在了,你们的后人守着一堆堆矿渣生活吗? 开矿环评是很严格的,元青山钼矿做环评了吗? 你们场长别以为在深山老林里就可以当座山雕!

毕国兴闻言不由得对教授充满敬意,看来教授掌握的情况不少,什么时候去钼矿现场考察过他一无所知,这做法很像古代的微服私访,很可惜教授不是领导。

我们场长也有难处,他说,挖矿是为了林场转型发展。

教授摇摇头,很坚决地说:这事要管,我管定了。我拿到了第一手材料,河那边灌木丛里大型动物有狍子、鹿、野猪、猞猁和豹,这样的动物多样性地区只能在保护区里看到。我明天回省城就带着录像一个庙一个庙去拜,不信就感动不了菩萨。

毕国兴心头一热,看来小春学生物学对了,要是没有小春,徐教授怎么会到元青山来?

教授说:你告诉巡山的,要重点防备那个戴墨镜、胸前吊着望远镜、肩扛猎枪的人,从录像看他来这里显然目的性很强,好像在寻找什么。

他点点头,想起了那张已经被加工成坎肩的雌豹皮。

教授忽然问:你前面说河那边习惯了你喊山,这是啥意思?

毕国兴于是给教授讲了从爷爷开始喊山的来龙去脉,说白了,喊山就是与大山对话,与河那边的白虎对话,从回响中辨别大山和白虎是不是有状况。

教授的眼睛开始大放异彩。这可是一个独特的交流方式,教授说,你们祖孙三代几乎与大山、与白虎对话了一个世纪而不间断,这是一篇难得的好文章!

可是,我今天喊山没有听到任何回声,河那边静得吓人,这是从来没有的情况。他望着教授问,你说,白虎不会有状况吧?

教授安慰他:若有白虎,觅食范围也在几十平方公里,怎么会听到你喊山呢?

## 八

进入七月,山里的雨开始攒着堆下,有场雨竟失控下了一天一夜,眼看着窗前的马路变成一条流动的河。毕国兴给客户熟的几张羊皮无法晾晒,只能挂在屋里,皮板已经生出了绿斑。

老伴说:天漏了,不知要出什么状况。

吴老贵来了,穿着雨衣,拎着一把柴刀,进门脱下雨衣,露出汗气腾腾的脑袋,一看就是匆匆赶了很远的路。他喝下一碗水,抱怨道:都柿河发怒那才叫吓人,柳罐斗大小的石头满河滚,成片的都柿丛被山洪冲走,河边楸子树上缠满野鸡脖子,怎么有点要洪水滔天的感觉呢? 吴老贵虽说只有初中文化,话不多,却常常一语中的,说出害处,一句"洪水滔天"让毕国兴心里直发怵。他问:都柿河山洪暴发会不会伤到白虎? 吴老贵摇摇头,说:不知道,白虎精着呢,咋会被山洪冲走?

　　吴老贵是来说另一件事的,那个盗伐的又出现了。吴老贵脸上的皱纹有些变形,上唇哆嗦着说:这老小子盯上了河边成材的水曲柳,伐了树并不在山间运,而是去枝截断后直接放排到都柿河里,让河水冲到下游出了林场地界再拖上岸。老小子以为下雨天我不在山上,刚伐了两棵树,我就出现了,他们蒙了,扔了电锯就撒丫子往山里跑。你想,大树被放倒的轰响和水声不一样,水声脆,大树倒下的声音是很大的混响,一棵大树活了几百年,就那么被人杀了能心甘情愿倒下? 总该吼上几声吧? 我知道领头的就是抓了放放了抓的那个老小子,他有点跛脚,虽说穿着雨衣,我一看就是他。唉,我毕竟年纪大了,跑不过这些臭小子,他们像山狸猫一样跑了。

　　毕国兴意识到问题的严重,吴老贵单枪匹马,要是遭了歹人黑手怎么办? 我和你一起去找杨群,至少要给你配点装备,他说,人身安全第一。

　　吴老贵说:去也是白去,杨场长忙着开矿,哪能顾上我这个小小的巡山?

　　毕国兴说:不行,我还是给杨群打个电话,让他想办法保证你的安全,杨群毕竟是场长。

电话拨通,他说了吴老贵的处境,杨群在电话里安慰他:放心吧国兴,盗伐人不傻,他们只是要几根木头,不会要人命,要了人命他们能跑得了? 公安局又不是吃干饭的。

毕国兴放下电话,觉得这件事没有引起杨群的重视,盗伐人都是些五马六猴,啥事干不出来? 他嘱咐吴老贵再遇到这种事情不要急着抓人,先回来到保卫科搬救兵。吴老贵擤了下鼻涕,道:他们蛇鼠一窝,哪儿有救兵? 我的救兵就是你啦。

毕国兴告诉吴老贵,徐教授常去都柿沟,教授的树屋在河边一棵老榆树上,教授有卫星电话,有急事可到河边找教授打电话。他知道山里没有手机信号,发生危险无法和场里联系,上次他和教授交谈,问教授遇到困难怎么办,教授说自己的野外装备是国际标准,有卫星电话、足够的备用电池和压缩食品,独自在山里住上十天半个月一点问题都没有。

他请吴老贵吃了饭,两人喝了一瓶高粱烧。吴老贵略有醉意,拭着眼睛说:现在人人说梦想,国兴你知道我的梦想是啥吗? 他摇摇头,说实话,他从来没有想到吴老贵有什么梦想。我的梦想是绷一张世界上最大的鼓,在你喊山时给你擂鼓。他听后心里十分感动,眼泪注满眼圈,紧抿嘴唇沉默了好一会儿,然后敬了吴老贵满满一杯酒。

不想,这顿酒成了他与吴老贵的永别酒。他对不幸的预感成为现实,吴老贵果然出事了。

吴老贵的遗体在河边一处断崖下的浅水里被发现,淅沥的小雨和流动的河水破坏了现场,公安的结论排除他杀,估计是在巡山时失足跌落断崖而死。林场给吴老贵举行了规模不小的遗体告别仪式,并将其定为因公殉职。

吴老贵的遗体没有火化,毕国兴做主就葬在父亲的墓旁。杨

229

群本来不同意,看到毕国兴和吴老贵的家人态度坚决,便同意了他们的要求。

下葬时杨群来了,站在这座湿漉漉的新坟前眼圈有些发红。杨群说吴老贵是个好巡山,下雨天还在工作岗位,这样的职工是凤毛麟角了。毕国兴向杨群说自己怀疑是有人暗害吴老贵,吴老贵天天在山里转,怎么会跌落断崖?杨群想了想,道:怀疑归怀疑,我们只能相信公安部门的结论。再说了,要是他杀,是谁干的?证据在哪儿?

他一时无言以对。

杨群说:吴老贵的事迹要写进场志。

从墓地下山,走到白石硭子旁,杨群对他说:那件大活儿别忘了,我不催你,啥时候想通了啥时候做吧。

因为吴老贵死于都柿沟,林场上下一时传言纷纷,都说都柿沟邪性,都柿沟越发成了一个恐怖的地方。


毕国兴决定去省城找徐教授。

在林大,小春领着他找到了徐教授。徐教授见了他很热情,当听说巡山的吴老贵离世的消息后,教授似乎在回忆什么。

毕国兴问森林公园和保护基地的事怎么样了,教授说很快就有眉目了,据说大领导已经批示。关于皮匠铺动迁的事,徐教授让他沉住气,能顶就顶,能拖就拖,有些事的希望就在顶和拖之中。他告诉教授,小庙在主心骨就在,小庙没了,他会六神无主。教授说:你别想小庙了,小庙无非是一些砖头瓦块,你还是多想想河那边,河那边的獐狍野鹿可都有血有肉,郁闷的时候你就去河边喊山好了。

听教授这样说,他心里顿时亮堂了不少,是啊,河那边不是还在吗？越是无助的时候越要打起精神来！

霏霏细雨中，他从省城回到元青山，刚下汽车就望见一群人围着一台铲车聚集在白石砬子上方。他知道出状况了，将背包扔到院子里便快步上去看究竟。他拨开人群，不禁大吃一惊：小庙被铲车给推倒了！索三叼着烟，一条腿有节奏地抖动着，和身边几个保卫科的保安正在说说笑笑。他感到周身的血直往上涌，似乎要顶破脑门喷射而出。

他走过去盯着索三质问：为啥扒庙？

索三丢掉烟蒂，用脚踹灭，仰脸吐出一个烟圈，一脸坏笑地说：你这是明知故问哪，开矿修路，这小庙就是障碍你明白不？众人一阵哄笑。

他几乎和索三脸对脸说：你就不怕遭报应？

索三一脸坏笑顿时散去，打了个寒战说：你别吓唬我，我这是执行公务！再说了，这小庙属于非法临建。

胡说！毕国兴吼了一声，这小庙比林场年纪都大，你却说它是非法建筑，老掌柜建庙的时候，你的法在哪儿？

索三眨眨眼，毕国兴的话把他噎住了，"非法临建"这样的字眼他常用，不想今天却用错了地方。

毕国兴不想与索三多说，转身对铲车司机道：后面就是我家祖坟，你要是毁我家祖坟，我和你兑命。

铲车司机很年轻，粗大的喉结上下动了几下，说：我就一个开铲车的，推什么听索科长指示。

索三在一旁阴阳怪气地说：你还是早做迁坟准备吧，最多通知三遍，第三遍不迁就上铲车。

这时，山巅滚过一圈儿闷雷，云层像灰色的幔布缓缓拉下来，似乎要罩住高高隆起的矿石堆。

因为连阴雨,钼矿停止了施工,一个穿蓝色工作服戴着安全帽的人快步朝索三走过来,急三火四地问道:杨场长在家吗?

索三说:在呀,找我姐夫干吗?

安全帽说:巷道进水灌包了,赶快找杨场长弄几台抽水机!

索三打发人领着安全帽下山,自己指挥铲车开始平整场地。

毕国兴呆立原地,铲车每一次推动,都像碾压在心坎,他觉得心里在流血。爷爷修的这个小庙非常结实,将近一个世纪过去了,连块砖瓦都没换过,可见当初爷爷是多么用心。现在,百年小庙毁在铲车之下。这事情来得太突然,他不知道白石砬子下面的邻居是不是安全,这个地方从来没有过机器如此近距离的轰鸣。钼矿开工时他就担忧过黄家的安全,也曾想过黄家是不是会搬家,现在看来,小庙被毁后,白石砬子也难逃厄运了。

他不想再看下去,扭头踏着一路泥泞回家。这段坡路原本是长满小草的,踩上去像地毯一样松软,因为铲车的碾压,小路变得泥泞不堪。

回到皮匠铺,他将鞋子甩在门外,赤脚站在砖地上望着窗外发呆。窗外是那条沙石公路,公路西侧蜿蜒的龙河还在,但河边的湿地早就被开垦成稻田,都柿丛也不见了踪影。随着一阵轰鸣声,土黄色的铲车颠簸着开过去,整座屋子都在震动,灰尘从棚顶落下,他眼前一片模糊。铲车后跟着人群,送葬队伍一样蔫头耷脑,深一脚浅一脚地在一路泥泞中离去。天上开始淋雨,他看到索三坐在铲车驾驶室里,朝着皮匠铺比比画画。老伴走过来,和他一起看着走上公路的铲车和人群,轻轻叹了口气:杨群还是动手了。

他眼里含着泪,望着窗外淅淅沥沥的雨丝,似乎是自言自语:都怪我没本事,爷爷两桩心事都出状况了。

那个帆布包呢? 他问。老伴把装着白虎皮的帆布包拎出来放

232

到案子上。他抚摸着帆布包说:要是没它,皮匠铺今天也给扒了。

给杨群打个电话吧,老伴说,实在不行咱就搬家。

咱搬家容易,那黄家咋办?他声音有些颤抖,咱总不能把白石砬子也一块儿搬进屯子吧?

夜里,他和老伴一起提着一盏马灯来到白石砬子上方,在被铲车轧平的小庙废墟上用手抠出三块完整的青砖。然后,二人来到爷爷的土冢前,老伴提着马灯照亮,他用青砖两立一横垒了个小砖门,转头对老伴说:山门在,进门都是庙。

忽然,附近传出一阵婴儿的啼哭声,嘤嘤嘤,十分清脆。他并不害怕,大着声说:没事的,别怕。

说完,婴儿啼哭声消失了。

回来路上,老伴问:你刚才和谁说话? 黄家,他说,黄家被吓哭了。

# 九

因为下雨,钼矿放缓了挖山进度。

索三第二次上门来催促动迁,他警告说:一个小小皮匠铺对于钼矿来说连粒沙子都算不上,不能不识抬举。

毕国兴说:我没想让谁抬举,我就是一皮匠。

索三说:我知道你和你姐夫是同学,要是想多要点补偿就和你姐夫通融,当钉子户占不着便宜,我索三也不吃这一套!

毕国兴面无表情地说:这不是钱的事。

索三百思不得其解,眼前这个皮匠怎么死脑筋呢? 赖在白石砬子下到底想要什么?钼矿动迁补偿很可观,很多人羡慕得眼红,再说小庙已推倒,钼矿巷道也开挖多日,眼看着运矿石的路就要开修,硬顶在这里不是螳臂当车吗?索三威胁道:这是第二次通知,

233

第三次就要上铲车了。

毕国兴显然没有被索三的威胁吓住:来推吧,让这老宅子把我埋在这儿好了。

索三拂袖而去。

杨群打来电话,口气很严肃:国兴呀,钼矿的事政府有批文,你动不动迁都改变不了钼矿建设。你可知道,要是不搬家,钼矿粉尘会影响健康的,严重的可致癌。

毕国兴问:一个可致癌的项目你为啥要上?

杨群说:你别钻牛角尖了,要说污染,皮革厂才污染呢,当初有人来龙河投资,你劝我,我听了你的话没有同意,结果人家去了桃山林场,据说效益挺不错。世上污染的项目成千上万,都关掉可行吗?

现在,钼矿之事杨群主意已定,毕国兴说什么他都不会动摇。但杨群牵挂着那件大活儿,桃山林场那个老小子已经调到林管局多种经营办当主任了。杨群说:国兴你要帮帮我,林管局新空出一个位置,我做梦都想进城。你记不记得,小时候我俩在麦秸垛上谈论长大后要干什么,你说你想当一个像爷爷那样受人尊敬的皮匠,我说我就想离开山沟进城,哪怕像《黑三角》里那个老太太一样在大街上卖冰棍也行。你还笑话我说那个老太太是特务,说我将来想当特务,为此我把你的胳膊都掐青了。

我理解你的心情,毕国兴说,可我不能破了皮匠铺的规矩。

杨群的语气有些粗重,他能明显感到对耳膜的冲击:几十年交情了,你就不能帮帮我?

我还没想好,真的,再等等吧。毕国兴撂下电话,担心再说下去会吵架。

上午通的电话,下午杨群开车来了。

停了车,杨群门也不进,大声说:国兴,你出来!

毕国兴走出门,看到杨群的样子,心里颇感意外,杨群的脸色告诉他一定出了什么事。

啥事?他问。

我问你,是不是你找了林大的教授来告钼矿?杨群双目怒视。

毕国兴心里一惊,从杨群的态度看,应该是徐教授为元青山的奔走起了作用,要不杨群不会如此气急败坏。是我,他说,我去省里找了徐教授,听说徐教授要申请把元青山划成国家森林公园。

你呀你,你怎么能吃里爬外呢?他徐教授不是咱林场职工,只想着元青山,哪想着咱林场职工的生计?你这么做是砸全林场的饭碗啊国兴!我要是把你干的这事告诉职工们,他们能饶过你?

毕国兴一言不发,努力压抑着内心的兴奋。

杨群气鼓鼓地说:上面来通知了,要钼矿重新做环评,这一评又要耽误时间。

看到杨群焦躁的样子,毕国兴不免动了恻隐之心,他想了想,安慰道:要是钼矿环评没通过,我就破一回规矩,给你做了那件大活儿。

他原以为杨群会高兴,谁知杨群苦笑道:国兴啊,我宁可不做那件大活儿,也要开钼矿。你不是场长,不知道当场长的难处。

看来,开钼矿也不仅仅为了自己进城。

十

林管局组织的环评小组冒雨进驻龙河林场。

环评小组到现场察看了半天,接着又来到了皮匠铺向毕国兴询问生意情况。毕国兴发现带队的组长似乎是甩手掌柜,进到皮

235

匠铺不请自坐,拿着自带的水杯开始喝水,水杯很精致,像一件精密仪器,里面泡着当地产的刺五加。环评小组另两人一个是位年轻的女同志,眼睛很大,似乎没有眼白,她总是在本子上记着什么;一个是戴着遮阳帽的中年人,瘦而白,总是摆弄手机。毕国兴想和环评小组的人说点什么,又不知怎么开口,只能问什么答什么。

女干部问:山坡上开钼矿是您有不同意见吧?

他点点头,他从来没想隐瞒自己的态度。

那个摆弄手机的中年人问:你知道钼吗? 知道它有多少用途吗?

他摇摇头。

组长的问题有点跑偏,他一边徐徐饮水一边说:熟皮子可是污染环境的,你这店铺要是现在做环评肯定通不过。

毕国兴心里奇怪,这个组长真有意思,明明来给钼矿做环评,干吗扯到皮匠铺来了? 他不冷不热地回了一句:毕氏皮匠熟皮子是用草灰和黄米,没污染。

组长不白给,显然对鞣革做过功课,鼻子哼了一声:你熟皮子不用硝? 熟皮子又叫硝皮子,不用硝怎么行? 用硝就会污染水。

毕国兴觉得有必要给这位组长补补课,便指了指墙上一张发黄的纸道:你瞅瞅,这上边写着什么?

组长站起身,上前仔细看了看,原来是一张"四不用"铺规。铺规第二条明明写着毒料不用,后面关于毒料的解释中,有一个"硝"字。组长把水杯盖拧紧,很认可地点点头,道:不愧是老字号,讲究!


毕国兴没想到环评听证会杨群会叫他参加。

他第一次走进场部小会议室,选了个后排位置坐下,他很想听

236

听三位专家怎么说。

会议先由杨群介绍情况,接下来请职工代表发表意见。

林场职工包括毕国兴在内一共来了十位,那九个职工发言时都抱怨谁这么多事,环评能顶饭吃?钼矿抓紧开工就是了,很多人还等着到矿上工作呢。

问到他时,他说林大的徐教授正在申请国家森林公园,开矿和公园是不是相矛盾?

杨群说:国兴你搞错了,元青山就是申报国家森林公园,申请主体也是龙河林场,林大的教授没有资格申请。这句话把他呛回去,他不再说话,等着听专家的意见。

那个喜欢摆弄手机的中年人先发言,说根据探矿报告,钼矿下挖深度有三四百米,对环境的威胁主要是将来可能出现地表塌陷,但巷道走向是在大山里,不是居民生活区,即使塌陷也不会造成伤害。

女干部说话声音很小,毕国兴需要侧耳仔细来听。女干部说钼矿唯一影响的居民是皮匠铺,所以位于钼矿下方的皮匠铺必须搬迁。至于其他居民,因为都在两千五百米之外,没有大问题。

最后,组长表态拍板,龙河林场想继续开钼矿,必须动迁皮匠铺,开矿不能以牺牲人的健康为前提,这个问题解决不了,环评就不能最后通过。

会场里很多人吸烟,浓重的烟味儿弥漫开来,让毕国兴渐渐生出一种幻觉,他仿佛看到一群貔子站在白石砬子上向这里张望,貔子亮晶晶的眼里泪汪汪的,似乎在期待什么。他打了个喷嚏,貔子顷刻间隐身不见了。

毕国兴万万没有想到他的皮匠铺会成为靶子,而且是在这样一次会议上,所有人的目光都标枪一样投向他,他感到如芒在背。

他想,众人肯定以为他是为私利而阻挠建钼矿,除了已经殉职的吴老贵,没人知道自己是为了守护元青山。

杨群说:国兴啊,为了全林场千把号人,你就做点让步吧。

他没有接话,心头的血似乎凝固了一般,感觉不到流动。钼矿真的就那么重要吗?老场长的话你们都忘了吗?

但他什么也没有说,脚步沉重地离开了会场。


回家路上,天依旧下着小雨,他腋下夹着伞却没有撑开,任凭雨丝落在头上。他在想,自己是不是真的成了林场的罪人?恪守爷爷立下的不让元青山出状况的做法是不是过时或过分?

回到家里,尽管衣服已经湿透,但他全然不觉,站在屋中央,一副失神的样子。老伴心疼地过来用毛巾为他擦头和脸,埋怨他拿着伞却不撑开,这不是犯傻吗?

晚上,他给徐教授打了个电话。徐教授埋怨龙河林场所在的林管局对申请国家森林公园一事不上心,迟迟不打申请报告,他准备另辟蹊径,直接跑大型猫科动物保护基地一事,这件事不用基层申报,只要资料充分,上边可以直接批,保护基地的效能也能保全元青山。

他向教授说了环评小组开听证会的经过。教授说环评人员没抓到要点,钼矿选矿使用煤油、氰化钠和各种药剂,对地下水污染很大,而且一吨矿石需要五吨水,钼矿一上马,龙河就彻底毁了。

听教授这样说,他的心又悬起来,直到凌晨才入睡。

入睡后,他做了个梦,梦到一只白虎在河那边快步走来走去,不时朝着空中吼叫。醒来后,他使劲琢磨这梦到底何意,忽然就想到了自己的喊山,那么,白虎吼山,是不是担心人出状况呢?

# 十一

连阴雨一下十几天,元青山山前的沙石路翻浆如一条泥河。

徐教授来了,开着一辆老旧的北京吉普车蹚着泥河而至。吉普车停在皮匠铺门前,从车上下来了徐教授、小春和两名公安人员。

徐教授是为他的红外摄影机自动发送到电脑里的两段视频而来。一段视频中,几个蒙面人把一位老年人推下了山崖。另一段视频是一只豹子泅水从河那边过来,甫一上岸,就被人射杀。猎人打了两枪,第一枪击中了豹子的腹部,豹子凌空跃起,继续前扑,第二枪击中了豹子的前胸。视频中豹子在河里抽搐了很久,鲜血染红了河水。

一定要把犯罪分子绳之以法。两名公安人员在毕国兴看完视频后表达出破案的决心。

可惜的是,单从这两段视频看不到犯罪者的面孔,因为将吴老贵推下山崖和猎杀豹子的视频很可能因为电池不足没有完成整段传输,需要进入都柿沟给设备换上电池,再检查存储内存。徐教授说还有两部摄像机安放在隐蔽的地方,也属于红外触发自动摄像,只是不能完成自动上传,一旦被这两台机器捕捉到,犯罪分子也跑不了。

小春悄悄告诉父亲,大型猫科动物保护基地的事很快就会有结果了,尤其是猎杀豹子的视频被教授传到了网上,成了轰动一时的热帖,很多领导做了批示,这两位公安人员就是省公安厅派的。要知道,杀害一级保护动物的,可处十年以上有期徒刑或无期徒刑。

将吴老贵推下悬崖的应该是那几个盗伐惯犯,毕国兴说,可是

239

猎杀豹子的会是谁呢?

应该是一伙人,熟悉都柿沟情况。小春说,徐教授分析偷猎者不是个有经验的猎手,因为夏天动物皮毛不值钱,猎手一般都打野猪、狍子,无非为了吃肉,豹子打了可惜,因为豹肉吃不得,吃一次,身上的味道会阴魂附体一般保留很久,鸡鸭鹅狗都会避之唯恐不及。为了一张名贵豹皮,有经验的偷猎者会等到冬天再下手。

众人稍作歇息,徐教授便急着进山。小春要求当向导,毕国兴有些不放心。小春说自己长大了,总该做点给祖辈长脸的事。

小春的话感动了他,儿子上大学,虽然不可能再子承父业做皮匠,但为了元青山不出状况所发挥的作用,却让他自愧不如。

他将儿子的牛仔裤扎好裤腿,以防草爬子叮咬,然后嘱咐众人小心都柿沟里的野鸡脖子,每人拿一根木棍,以便打草惊蛇。

徐教授虽然年近五十,却行动敏捷,背着简易帐篷和户外行囊,持一根带钳子的白钢手杖,头羊般走在前面。


教授一行走后不到半个小时,一辆铲车轰隆隆从泥河中碾过来,铲车后面是几辆越野车。车辆直接开到了皮匠铺的院门口,呈扇形将皮匠铺围起来。索三从铲车上跳下来,站在院门口喊毕国兴的名字。

毕国兴并没有被这气势所吓住,他推门出来盯着索三问:什么事?

索三递过来一张盖着公章的纸。

他扫了几眼,是一张建矿指挥部下达的强迁通知书。

我把人车都带来了,给你两个小时搬家时间,搬家可以用我们的车,我姐夫说了,我们动迁人员帮你搬,免费。

看来,索三实施动迁之前,杨群是做过指示的。

这一天总会来的,无非早晚。环评论证会后,林场上下形成一种舆论,说皮匠铺阻碍钼矿建设,皮匠铺成了龙河林场转型发展的绊脚石、拦路虎。有人甚至说皮匠铺原来不是皮革社吗？是改制企业,动迁不了可以再改回来。集体企业本来就是林场的,凭什么毕国兴拿高额补偿？

话传到皮匠铺,他欲哭无泪,从老掌柜到父亲这一代,皮匠铺一直博施济众,口碑如金,怎么自己这一代会落到千夫所指的地步？是自己错了吗？肯定不是。让元青山不出状况,让山神常在,这是老掌柜立下的规矩,自己若有违逆,将来有何颜去见九泉之下的老掌柜和父亲？更何况冥冥之中还有老场长那条寒光凛凛的锁魂链！

他控制住自己的情绪,耐心地对索三说:我咨询过,发强迁指令的只能是法院,钼矿建设指挥部似乎没这个权力。你这样强拆民房是违法行为,你要承担后果的。

索三不耐烦地摆摆手:别跟我说这个,我就是执行指挥部的命令,两个小时后就上铲车。你还是赶快收拾一下值钱的家当,我派车拉到招待所去,我姐夫在招待所给你空出三个房间,待遇不低了。

你要铲平皮匠铺,就把我和老伴一起埋在这里好了,就用两条老命给你们的钼矿奠基。说完,他扭头回到了屋内,任凭索三怎么喊叫再也不出来。

索三给杨群打电话,汇报了强迁现场的情况,很快,杨群驾着吉普车亲自来了。杨群穿一件灰色夹克,里面的白衬衣多日未洗,一双水靴满是泥浆,加上一头乱发,看上去像个疲惫的建筑工。

索三向屋里指了指,杨群直奔屋内。索三想跟进去,被他挡在门外。

屋内,毕国兴正背着两手,站在悬挂着的"三不熟""四不用"铺规前出神,他知道杨群来了,杨群的呼吸、心跳、脚步声他都十分熟悉,闻声就能辨出来。

坐吧,他说,你是来逼我的,我知道。

国兴,为了钼矿,我几乎扒了一层皮,你就理解理解我好吗?几十年的交情,在一件与你本来没有瓜葛的事情上翻船,何苦呢?

杨群说完这话,毕国兴忽听到背后传来粗重的喘息声,回头一看,是杨群捂着胸口歪倒在炕沿上。杨群脸色发青,眉头紧蹙,大口喘着粗气,表情十分痛苦。他吓傻了,杨群一向熊一样健硕,怎么突然会这样?他单腿跪地俯身想把杨群扶起来,杨群很重,闭紧眼睛摆了摆手,示意他不要动。

你别吓唬我杨群,你这是咋了? 他抱着杨群的肩膀问。

杨群指了指上衣兜,手便无力地垂下去。

毕国兴从杨群上衣口袋里摸出一个小药瓶,仔细一看,是硝酸甘油片,拧开瓶盖,倒出一粒给杨群喂下。

服过药的杨群慢慢睁开眼,动情地看着他,鼻翼翕动了几下,道:我们是光腚娃娃,亲如兄弟,让我强迁你的房子,我怎么下得去手哇! 可是,不动迁,这运矿石的路就无法修,我是左右为难,左右为难呀!

他沉默了。杨群的话像一碗热汤浇在他冰凉的心底,他紧紧地咬着下唇,为了兄弟的生命,他几乎就要妥协,正在考虑该怎样说出口,这时,屋外索三喊:快看快看,白石碴子上是一群啥东西?

毕国兴搀扶着杨群推门出来,看到白石碴子上有大大小小十几只貔子,所有的貔子都身躯直立,前爪弯垂,惊恐地向皮匠铺张望。

杨群问:怎么不像黄鼠狼?

他小声说:是貔子。

白石砬子上的貔子有秩序地从砬子上下来,排成一列纵队首尾相衔往山下走来,它们匆匆经过院门,直奔公路而去。

毕国兴突然预感到了什么,反身叫老伴出来快走。老伴跑出来,似乎想起了什么,又快步折回去,再出来时手里多了个圆鼓鼓的帆布包。毕国兴一手拉着老伴,一手搀着杨群,对大家说:快快快!大伙跟着貔子走!

索三打开车门,从后座上拿出一支双筒猎枪,枪筒一折要安装子弹。毕国兴大喝一声:不要命了?!快走!

索三茫然地看了他一眼,再看杨群,杨群说:听国兴的。

貔子队伍继续往泥河一样的公路上走,他和老伴、杨群跟在貔子后面,众人抱着看热闹的心态也一路跟着。扛着双筒猎枪的索三在杨群身后嘀咕:这就是貔子呀,听说貔子邪性,我保准一枪一个。毕国兴回头狠狠盯了索三一眼,穿着雨靴的索三滑了个趔趄,嘟哝说:这破道!

貔子一路走向北侧高岗,在公路最高处钻进路旁一蓬榛棵不见了。

杨群说:貔子搬家,百年不遇。

话刚说完,忽然脚下的大地抖动起来,人们如同站在蹦蹦床上一般无法稳定。地震啦!索三喊了一声。大家惊恐万分,只听远处钼矿坑口处传来一阵轰隆隆山崩地裂的响声,几排工棚、淋湿的彩旗和标语忽然飘动起来,开始往坡下移动,紧接着巨大的矿石堆一点点变矮,片刻间,坑口如打开的闸门,泥浆喷涌而出,半个山坡凹陷下去。

老天爷,这是泥石流啊!索三惊呼道。

泥石流呈排山倒海之势一路狂泻,淹没白石砬子,冲毁皮匠

243

铺,包括铲车在内的几辆汽车如同玩具一样被挤压、扭曲,最后埋没在泥浆里。泥石流就像一条饥饿的巨兽越过公路,扎进龙河阻断了河水,眼看着被阻断的河道形成了水位不断上升的堰塞湖,酱油一样的河水漫入西面的稻田,原本黄绿色的稻田变成了一片巨大的泄洪区。

杨群说:是稻田救了龙河。杨群很清楚,如果没有稻田泄洪,堰塞湖升高后一旦垮坝,下游的林场居民就会遭受没顶之灾。

是貔子救了我们,索三呆呆地说,貔子真神了,能预感泥石流的发生。

毕国兴深深叹了口气,望着被毁掉的山坡说:元青山到底出了状况。

## 十二

元青山钼矿溃塌第二天,元青山大型猫科动物保护基地的批文下来了。这纸批文意味着钼矿建设被永远终结。

杨群拿到批文后直接来林场招待所找毕国兴。此时,毕家已经一无所有,只能暂住在杨群为了动迁为他准备的房间里。见到毕国兴,杨群将批文递给他,声音有些沙哑地道:你赢了。

他接过批文,看了看,又还回去。此时他更关心杨群:心脏怎么样了?龙河出这么大的事故,你会不会挨处分?

杨群坐在沙发上,双手抱住头,心有不甘地说:桃山林场开矿办厂怎么干怎么成,我们龙河林场为啥就这样倒霉?三排工棚、六台车眨眼就没了,要不是貔子发出信号救了咱们,十几个人会尸骨无存啊!

毕国兴不知该如何安慰杨群,他知道,上级来的事故调查组已经开始工作,钼矿建设存在的问题那是秃子头上的虱子——明摆着,想瞒是瞒不住的。

这时,走廊里传来一阵嘈杂的脚步声。他推门一看,是徐教授一行从山上赶回来了。徐教授他们夜晚住在山里,幸运地躲过了这场灭顶之灾,那辆北京吉普车却葬身在龙河里。

徐教授已经知道了大型猫科动物保护基地批下来的消息,对钼矿的溃塌和损失的吉普车也没有更多在意。一见杨群,徐教授就严肃地说:我们找到犯罪分子和偷猎人的影像了,红外自动摄像机拍下了那几个伤害吴老贵的凶手,公安人员已经开始抓捕。现在你们辨识一下这个偷猎者是谁。

杨群说:我看看。

徐教授打开手上的摄像机,翻出一段让杨群看。只看了几分钟,杨群便面如土灰,张大了嘴说不出话。

一旁的徐教授又接着看了一会儿,眼圈慢慢变红,哽咽着说:多好的一只豹子,就这么被打死了。

这时,屋门被推开,提着双筒猎枪的索三出现在门口,他一身迷彩装,头发蓬乱,上唇满是水疱。

你要干什么?! 杨群上前挡住索三,厉声道,作孽还不够吗?

见人们误会了自己,提着猎枪的索三先是愣了一下,紧接着做出了一个让现场所有人意料不到的举动——他掂了掂手里的猎枪,眼里流露出一丝不舍,突然抡起枪狠狠砸在水泥地上。砰的一声,在众人的惊恐中,索三那杆猎杀过蹲仓黑熊的双筒猎枪顿时断成两截,枪托部分在地上,枪筒还在手上。

索三扔掉手中的枪筒说:貔子救了我,也教育了我,我索三从此金盆洗手!

徐教授点点头,又接着摇摇头,道:晚了,你已经造孽了。

索三睁大了眼睛,狐疑的目光在每个人脸上睃了一遍,问杨

245

群:咋回事?

杨群没好气地问:你在都柿沟杀了一只豹子?

索三的目光又在每个人脸上睃了一遍,放低了声音问:你们咋知道的?

徐教授举了举手里的摄像机:证据在这里,高清的。

索三几乎要哭了,道:我真没想打,这豹子跳过河来攻击我,我没法子才开的枪,我不杀它,它就会吃我。

你知道它为何攻击你吗? 徐教授问。

索三摇摇头,一副无辜的样子。

因为你猎杀了它的配偶,它记住了你的嘴脸! 教授声音有些发抖,为这对豹子痛心不已。我察看了所有录像,发现这只豹子一直在寻找什么,我就知道,它要么在寻找配偶,要么在寻找仇人。你猎杀雌豹的时候,这只雄豹一定记住了你,所以才不顾一切过河复仇!

索三蹲下去,双手捂脸,一声不吭。

豹子和人一样,是一夫一妻制,杀妻之仇,焉能不报? 徐教授眼里噙满泪花,喃喃地说,但愿河那边还有它们的孩子。

杨群一把拎起蹲着的索三,没好气地说:自首去吧,好争取宽大处理!

索三缩着脖子走了,到门口又回头问:会蹲几年牢?

众人谁也没有回应。

徐教授让杨群安排一辆车,他们要抓紧赶回去,再跑跑国家森林公园的事。杨群一改过去的态度,亲自打电话安排车辆,将徐教授一行送走。


站在招待所空旷的院子里,杨群呆呆地望着不远处的元青山。

毕国兴顺着他的目光望去,是元青山被泥石流蹂躏的山坡。那面山坡原本是翠绿的,上面有群羊荟萃一般的白石砬子,现在全毁了,山体似乎被剥去了皮,露出带着筋肉的骨骼。

杨群说:趁我还说了算,我把原来林场供销社临街的房子批给你,你接着开皮匠铺吧,那是场部最好的房子了,算作给你的补偿。

毕国兴摇摇头,从右手中指上撸卜那枚银顶针,在嘴上吻了吻,郑重地揣进上衣口袋,然后说:我不开皮匠铺了,既然大山吞下了皮匠铺,就让它成为过去吧。我想申请一份工作。

啥工作? 杨群愣了一下,问。

接替吴老贵,去当元青山巡山! 他用十分坚定的语气说,不能让元青山再出状况了。

杨群一把握住他的双手:我答应你。

毕国兴的老伴大概听到了两人的对话,从屋里走出,手里拎着一个圆鼓鼓的帆布包,来到杨群跟前,双手递给他:还给你,这是皮匠铺唯一留下的东西。

杨群接过帆布包,抱在胸前好一会儿,然后道:我知道该把它交到哪里去。

原载于 2018 年第 10 期《人民文学》;2018 年第 11 期
《长江文艺·好小说》、2018 年第 12 期《中华文学选刊》、
2018 年第 12 期《小说月报》转载

# 陷　牛　沟

## 一

孤独了大半生的李复学忽然遇到了知音,这使他一日三餐视之如仇的咸萝卜条也嚼出了滋味儿。老婆觉得新奇,瞪着两只圆鼓鼓的眼睛问:"吗事,乐成这样?"老婆书没读过几年,却有双呼之欲出的近视眼,李复学给她配了一副镜子,可她死活也不戴。

"新来个县长。"他回答。

"新来个县长关你吗事?"老婆移了目光。她大概觉得丈夫的兴奋实在犯不上,便依旧扒她的米饭。

老婆虽然在酱菜厂工作,可对李复学这个县委宣传部管理论学习的大干事却从不放在眼里,有吗油水呢?老婆常常这样道:满肚子学问不如一罐腐乳。老婆每天下班总能带回一包咸萝卜或一罐臭豆腐之类的酱菜,这使她在丈夫面前显得很优越。

老婆和儿子已经吃完了,李复学仍在津津有味地嚼他的咸萝卜条。这是他今天最开胃的一顿饭。临下班前,组织部的王部长把他叫去,说新来的胡县长在参观文联举办的书法展览时,对他写的那几幅隶书很是欣赏。胡县长爱才如子,询问了一下他的情况之后,便提议他到县里的北部重镇巴林任镇长。王部长格外亲切地拍着他的肩头说:"好好干吧,你这可是破格呀。"乍听这个消息,李复学陡然间觉得脑袋大了许多,他不知道自己是怎样和王部长告别的,他只记得在离开王部长办公室时,向王部长很认真地鞠了

248

一躬。

将两碗米饭、一盘咸萝卜条一扫而光之后，李复学才觉得晚饭过于简单，该炒个菜喝点酒之类的东西才是。

他在满是油垢的厨房里睃了一圈儿才恍悟：自己这家是从来不备酒的。他对自己萌生出喝酒的想法感到奇怪，因为他对酒毫无兴趣，加上他父亲因酒惹祸的原因，他平素见酒就生出几分反感。父亲临终前的话平时似乎忘得很死，可一面对酒杯，父亲那沉甸甸的话便会很刺激地显示在他的脑神经上："我一辈子滴酒不沾，可我还是栽在这酒上……"

腰杆挺直的父亲一辈子不喝酒，他以自己的谨慎和言听计从在城郊那个长满杨树的村庄赢得了农村仓库保管员的职务。这是一个在那个时代农村里十分显赫的职务。仓库里储存着许多令农民们羡慕的东西，其中有几大缸醇香四溢的白酒。这酒是兑给社员的，谁家有了红白喜事，只要称上几斤麦或几斤苞米，便可来仓库兑上一斤烧酒。在所有兑酒的人中，只有支书是不拿粮的。支书有一个泡着一棵人参的大玻璃瓶，每次他总是说："老李头儿，我的参要干了。"这样，父亲便提瓶去仓库灌上满满的一瓶。作为保管员，每灌一次他都不能没有记载。他绝没有记黑账的想法，尤其对提拔自己当保管员的恩人，他只想自己应该有个数，酒进多少出多少保管员不清楚怎么行？谁知几年后，一次偶然的机会，这记账的本子被县里检查的干部看到了，于是这几百斤不花粮食的烧酒便把支书淹成了一只落汤鸡。支书被免职之时，也就是父亲病倒之日，支书只用一句话便断送了诚实父亲的健康。气恨交加的支书质问父亲："我哪块对不起你啊老李头儿，你怎么朝我打黑枪？"这一问，使父亲几年来一直精神恍惚，不思茶饭，两眼总是盯着坛坛罐罐发愣。父亲一直到临终前仍为此事感到羞愧难当。他用虚弱的声音向病榻前的亲人道出了自己的人生感悟："酒是个祸害人的东西呀，我一辈子不沾酒，当初当保管员时就瞅着那几缸酒打怵，怕这几缸酒出事，后来还是出了事，害了支书不说，还落了个打黑枪的坏名声……"

父亲的遗言使年轻的李复学对酒有了极为反感的认识，这认识使他即使面对茅台、五粮液也无动于衷。今天，他竟然萌生喝点酒的念头，这念头使他生了几丝酸楚：自己过去漠视酒，实在是自己从来就没有值得喝一杯酒的喜事而已。

对酒的想法，就像晚饭的一根咸萝卜条，咀嚼一下也就稀松平常地过去了。他故作轻松地将自己就要到巴林赴任镇长的事讲给了自己的女人，女人收拾碗筷的手胶在桌上一样停了下来，许久才惊喜地问："你不是在做梦？"

李复学仰在床上，望着天花板自言自语："这回恐怕要过一两年单身了。"

"这是真的？！"女人的脸笑成了一堆皱纹，"也真该你家祖坟冒冒青气了。"说完，女人手脚生风般地捡了饭桌，不一会儿，给丈夫端来一盆热腾腾的洗脚水，扯下丈夫的袜子，不容分说便把一双黑黄精瘦的脚捺进盆里。

"哎哟，好烫。"李复学咧了一下嘴，但他没有再说什么，他感到双脚痒痒的，似有无数小虫在爬，这感觉一直传遍他的全身。

洗完脚，女人提议早些睡，两人便上床。刚躺下的女人似乎想起了什么，提着断了橡皮筋的花衬裤过去把卧室的门插上了。上初中的儿子在客厅睡，平日里睡觉女人从不插门的。

女人肥猫般跳回床上，软软地偎进他的怀里。客厅里，那台蓬头垢面的黑白电视正由儿子旋来旋去地挑选节目。女人很想温存一番，用手指在他的胸脯轻轻地划着。但是，没等他调动起精力，女人的鼾声已充满了房间。她毕竟干了一天的体力活,酱菜厂的工作可不是轻松的。他今天没有对老婆的鼾声皱眉,望着酣睡的老婆,对这搅了他十多年宁静的鼾声,他竟然听出一种类似小夜曲的美妙。

过几天就要去当镇长了,他望着窗外空洞的夜色心想:

这镇长该怎么当呢?

## 二

巴林镇的确是山清水秀的好去处,土特产颇为丰富,一条九曲回肠的陷牛河在葱翠的山间打了个旋,便旋出了这个几千人的小镇。陷牛河沿着山沟缓缓地流出去,又一路穿起十几个村落,这便是归属巴林镇管辖的一些自然村。这条从大山深处走来的小溪,用她的一次次激动,在两岸冲积成一两片狭长而平坦的土地。这土地肥沃而滋润,以盛产上等的苞米而有名。每到盛夏,铺天盖地的苞米在阳光下红缨攒动,使这片山间谷地殷实而神秘。在陷牛河流经的一片沼泽处,有一个不算小的村落,名叫陷牛沟,以生产上等的苞米酒而闻名四乡。陷牛沟是巴林镇的骄傲,凡是来巴林的人,都不错过到陷牛沟痛饮一场苞米酒的机会。

镇党委书记老汪为李复学接风就安排在陷牛沟。

在一群低矮的塔头垒成的土房中,突兀起一个高大的红砖宅院,这便是陷牛沟村支书兼酒厂厂长熊四海的家。接风的酒宴就置在熊四海家宽敞火热的大坑上。

老汪是个被称为"坐地炮"的乡镇干部,在巴林这道沟子里混了几十年,练出了一身匪气。李复学和这样一个书记搭班子共事,这是他事先没有想到的。

参加接风的有老汪、副书记老齐、秘书刘禄和陷牛沟的支书熊四海,帮助炒菜的是陷牛沟的妇女主任春嫂。乍一看春嫂,李复学着实吃了一惊,真想不到这远离县城的山村里,竟然还有一位穿着紧绷绷的牛仔裤的妇女主任。春嫂看上去很难猜出她的年龄。她不但长得很动人,炒的菜也颇讲究,炕桌上叠着一层层盘子,油炸林蛙、熏山兔、爆炒野鸡。尤其令人惊奇的是桌中央的一盘红焖刺猬,春嫂努力保持了这只刺猬躯体的完整,使软心肠的人实在不忍心下口。李复学大致数了数,桌上已经不下二十道菜,厨房里的工作仍在紧张进行。

斟满碗的是陷牛沟有名的苞米酒。老汪用三个手指极熟练地抄起一碗酒,简短的开场白很是利落:"李镇长光荣下派,我表示热烈欢迎。欢迎嘛,就总得有个态度,今天,咱就从这酒上看态度,欢迎李镇长的,就干了这碗酒!"

老汪硕大的喉结上下动了几下,一碗酒见了底。

秘书刘禄跟着也干了一碗。

熊四海喝得很是轻松。副书记老齐已经五十有五,干巴巴的脸上堆着些固定的似笑非笑的皱纹。他先是看了看李复学,又极快地巡了老汪一眼,便把酒碗端至齐眉,然后再缓缓地把酒碗靠近唇边,咽一口停一下地饮了这碗酒。

李复学为难了,对他这个滴酒不沾的人来说,这足足三两多的一碗酒,不亚于一碗要命的敌敌畏。

"李镇长,请喝吧。"熊四海摇了摇空碗说。他穿一件灰色西装,沾满油垢的衬衣领口敞开着,一条曾经应该是很鲜艳的领带松松地拴在脖子上。李复学总觉得自己在哪一个电视小品里见过他。

"我不会喝酒,真的。"李复学盯着这一大碗酒说,"我从来没喝过酒。"

老汪眯着眼微笑不语。

这时，熊四海从炕上单腿跪起来，双手端起李复学的酒："李镇长第一次到我家，又是为您接风洗尘，镇长就给个面子吧。"说完，一碗酒双手举过头顶送过来。

李复学求救般望了望其他三人：老汪依然笑而不语；老齐则目光躲闪着他，把一双筷子长长地伸向一盘油汪汪的炒元蘑；秘书刘禄滚动的目光在他和老汪的脸上急速地更替着，夹着一只炸田鸡的筷子停在脑前。

李复学从熊四海单腿跪下的姿势猛然意识到：自己已不是宣传部的一个小干事，而是堂堂的巴林镇长，自己初到巴林，若在一碗酒上畏缩不前，那今后的工作还怎么开展？他从老汪笑而不语的神态里已经察觉出一丝挑战的意味儿，这是一场较量。记得不知哪位领导说过，酒场即沙场，士气和战斗力是成正比的，若不在气势上占据上风，那么必然一败涂地。李复学激动间忘了父亲关于酒的教诲，他庄严地双手接过熊四海高擎的酒碗。

他感到有一根烧红的铁条在喉咙里上下抽动，待那铁条完全落入胃里时，他的脑子里忽然展现出一幅王羲之形神兼备的狂草。

睁开眼，他发现的是四张阔开的嘴。

他放下碗，抄起筷子夹了一块酸黄瓜来缓解口腔中的麻木感。老汪点点头说："这酒，可是很有名气的哩。"

熊四海附和道："陷牛沟的酒不醉人。"

"吃菜，吃菜。"老齐依旧把那双长长的筷子伸向那炒元蘑。

李复学吞下去一碗酒，很快就充分地表现在脸上，他感到脸火炭般炽热，但头脑却异常地清醒，他看着老齐那城府极深的样子，估计老齐会起身劝酒的。

果然，吃了几口菜后，老齐端起了酒碗。

"镇长,我老齐在镇上管党群,是个不管钱不管粮的官,今后还需要镇长多给开点口子。来,我老齐敬你一杯。"

他把老齐的"老"字拖得很长,一碗酒颤巍巍地向每个人让了让,道:"俗话说,先喝为敬吧。"脖一仰,便把一碗酒喝了下去。

既然喝了老汪敬的酒,那老齐这碗酒也就很难拒绝了。李复学硬着头皮端起了第二碗酒,他仔细地看了看这碗酒,酒的色泽有些暗,碗底隐约沉淀着一些杂质,像一碗泡过了无数遍的淡茶。

"老齐,我喝一半吧。"李复学央求道,"要是这碗下去,我恐怕要桌子底下见你了。"

"李镇长海量,这碗酒一定不在话下。"熊四海在一边助威。

老汪微笑不语。

刘禄眼神慌乱,他看得出新来的镇长酒量肯定不行,因为镇长面对的都是些久经考验的酒坛老将,尤其是老汪一向有不把对手喝倒决不罢休的气概;老齐虽喝酒谨慎,却善细水长流,杯上拉锯坐个一天半夜不费工夫;熊四海更是酒场先锋,汪书记指向哪里他打向哪里,从来都是所向披靡的,无坚不摧;更何况还有春嫂这样一员女将尚未上场呢。镇长今天是完了,他暗自思忖,自他调到巴林镇当秘书以来,扳起手指算算,无论是上级来检查的领导,还是邻近来参观的干部,还没有哪位能清醒着走出陷牛沟。

李复学端着酒碗的手有些抖,使碗中的酒颤出一圈圈波纹。蓦然间他生出一种晕船的感觉,这细小的酒碗中的波纹竟然同大海中汹涌的波涛一样,能使人像浪中的舢板一样,摇来摇去的,无法自制。此时,他领悟到了所谓英雄海量的真正内涵。但是,他并不甘心,他知道英雄的反义词是什么,无论如何自己不能走向英雄的反面。想到这儿,他把满满的一碗酒一股脑儿倒进了喉咙。

众人一片喝彩。

刘禄下炕走到外屋，不一会儿拎回几瓶酒，把大家的酒碗逐一倒满。老齐提议大家慢慢喝，他说陷牛沟的酒滋味绵长，该仔细体会才好。于是，大家又开始吃菜。

老汪的菜吃得很热烈，咀嚼肉类的声音响彻餐桌之上。在两腮一鼓一凹的动作中，他不时瞥一眼两颊血红的李复学。他并不了解面前的这位镇长，他一直相信这样一个道理：酒，往往能洗去人们的伪装，如果想检验一个人的为人和德行，那么最好是选择酒这个东西。

老齐慢条斯理地剔着碟中的鱼刺。刘禄的眼睛则总是在自己的酒碗和镇长的酒碗中来回巡睃，看样子对自己是否敬一杯酒正迟疑不决。

李复学也正在想如果刘秘书敬这杯酒该如何对付，这时老汪却来了火儿，把筷子往桌上一拍："小刘你小子哑巴了！镇长直接领导你，你知道不？"

刘禄急忙双手端起碗："李镇长，今后就仰仗您多关照了，这桌上我年龄最小，可以说是您的晚辈，您就给个面子吧。"

李复学为难了，他看一眼这满满的一碗酒道："小刘，我真的不行了，就表示表示吧。"说完，他轻轻地抿了一口，奇怪，这碗酒怎么这么淡？

"李镇长。"刘禄恳切地叫了声，李复学发现刘禄的目光闪了一下，似乎向他暗示什么。

"李镇长，您要是不喝，那我就再喝一碗。"

"别别。"李复学不知被激动了还是被感动了，他狠狠心端起酒碗，"要喝大家都喝。"

老汪极爽快，用三根手指夹起酒碗道："大家都陪着干！"

李复学刚喝下第一口就觉得酒味儿不对，稍作停顿，他忽然明白了刘秘书的那个眼色,原来刘禄给他满的是一碗凉水。他心中一喜,咕咚咚,将一大碗凉水喝了下去。

放下酒碗,李复学发现汪书记的眼睛开始发红。李复学暗暗一笑:原来你老汪的酒量也不过如此。但是,他还没仔细看一看老齐和熊四海的眼睛,便觉得酒桌开始晃起来。坏了,酒劲儿上来了,他清醒时听到的最后一句话是熊四海的声音:

"春嫂呢?春嫂还没有敬酒呢。"

## 三

汪书记在他满是烟头儿的办公室里,手捻一罐头瓶浓茶向李复学介绍镇里的工作。

"要了解啥,你只管问。"

李复学打开笔记本,盯着那一大罐茶水道:"我初来乍到,头脑里一片空白,汪书记就详细唠唠吧。"

汪书记点点头,便人口、土地、乡镇企业、粮食亩产,一项项说起来。他啜一口浓茶便吐出一串数字,待那足足两升的茶水灌下去,李复学的笔记本上已写满了十多页。李复学暗暗吃惊:难怪老汪的酒量那么大,他这水量也非一般人所能比啊。

"汪书记记性真好。"李复学说。

老汪笑一笑,拎起暖瓶又注满一罐头瓶水,然后道:"不瞒你说,巴林的每块石头都在我的肚子里。"

同老汪唠完,李复学在刘禄的陪同下,逐个办公室地看望干部们。

来到党委办,见五六个男女干部正为什么事争论得面红耳赤,一问才知,是为正在播出的一部电视连续剧中的女主角会爱上哪个男人的问题,几个人观点不统一,又都说服不了别人,便请李复学来裁决。李复学笑一声,道:"你们都上导演的当了,导演卖关子的目的就是想折腾大家胡猜。"一句话,屋里哑了场,人们都感觉很新鲜地看他。李复学摆摆手:"大家接着唠,我再走走。"便和刘禄退出了党委办。

又走了七八个办公室,有六个屋是铁锁挡驾,刘禄说大概是下乡了。两个开着门的,一个是林业站,推门进去,李复学吓了一跳,见一瘦巴巴的农民被铐在暖气管子上,两道鼻涕和两道眼泪很不卫生地凝固在黑黄的脸上。一个毛头小伙子将双脚跷在桌子上,正如饥似渴地读一本封面上画着半裸女人的通俗杂志。刘禄喊了一声,小伙子才发现镇长来了,急忙蹦起来,手忙脚乱地张罗着找杯倒水。李复学摆了摆手问:"这人怎么了?"小伙子怒冲冲地回答:"这家伙偷伐木材,叫我给逮住了。"那农民的鼻涕又流了下来,抽泣着辩解:"就一根啊,俺盖房少了根檩条。"李复学不想再听下去,对小伙子说:"不能总是铐着,要抓紧点处理。""是的,等站长回来就处理。"小伙子话很快。李复学问:"站长什么时候回来?""站长开会去了,两三天吧。"李复学听了后叹气说:"别铐坏了人家的身体。"这回小伙子没说话,只是愣愣地看着李复学的背影许久,才莫名其妙地晃了晃头。

走到第二个有人的办公室,是镇派出所。派出所是个套间,外面的门开着,但室内很狼狈,好像刚刚经历过一场搏斗,值班日记、油墨盒等散落了一地。刘禄敲了敲里屋的门,不见回答,却听到里面有哗哗弄水的声响。刘禄再敲,并喊了声"高所长",门才被打开。高所长一手提着裤子一手把着门,见是刘禄和新来的镇长,便笑一笑说:"我以为又是那帮娘们儿呢。"李复学见他提着裤子已感蹊跷,又见屋内地中央一盆红水就更觉奇怪了,问:"高所长,你这是……?""妈的,这帮骚娘们儿可真够厉害的。"原来,镇机关大院内有一个冰棍厂,职工全都是些家属妇女,高所长有事无事常和这些妇女打打闹闹,在嘴上手上占了不少便宜,女人们亏吃多了,便图谋报复。这天,趁派出所只有他一个,七八个妇女便拥进派出所,一起动手掀翻了高所长,扒下裤子,拿来高所长桌上派出所的大印,蘸饱油墨,在高所长白生生的屁股上盖满了巴林镇派出所的大印。刚才,刘禄敲门的时候,高所长正蹲在地上满肚子晦气地洗屁股。高所长受此大辱,李复学也不宜在派出所久坐,简单唠几句便起身告辞。高所长送出门口的时候还不忘解释了一句:"妈的,好虎架不住一群狼。"

走到老齐办公室时,老齐悄悄地问:"昨天怎样?"

李复学知道他是在问昨天的酒,便很努力地一笑:"还可以。"

其实,他也不知道自己说这个"还可以"是受一种什么心理支配,直到现在他的头还在隐隐作痛。今天早晨他是强撑着起来的,他依稀记得昨晚好像是呕吐了,但早晨一看,屋内什么痕迹也没有,他便怀疑自己的记忆。

老齐竖起一根精瘦的大拇指:"行,李镇长你真行!"

所有的办公室都转了一圈儿,小刘去了厕所,李复学觉得肚子里也有问题需要解决,便跟着去了厕所。

蹲在脏兮兮的厕所里,李复学说:"刘秘书,昨晚亏是你那碗水,要不我会更惨。"

刘禄肩头抖动了一下,惊慌地四下望了望,道:"镇长,你可千万别对别人说我给你倒的是水,你知我知就行了。"

"别人倒的也是水吗?"李复学又问。

"不是,我看你实在,一碗酒脸就红透了。"

显然,刘禄不想在厕所里继续与镇长谈话,他草草地系上腰带先走了。李复学则又蹲了一会儿,空排了许多响屁,仍然觉得肚子里有什么东西没有排泄出来。但两只膝盖已经酸疼,他就只好打住继续蹲下去的想法,离开厕所。

他刚在自己的办公室坐定,老齐便像一只大虾似的一弓一弓地走进来,说驻县委办纪检监察组中午到,午饭请他作陪。

"这样的事有你老齐就可以了,我就不去了。"

"那怎么行? 我老齐可以不去,你和汪书记必须到场。"老齐挤一挤眼道,"这里有个规格问题。"

李复学按了按肚子:"好吧,我去就是了。"

午饭自然是一场酣战,陷牛沟的苞米酒再次在李复学身上证实了它的不同凡响。

检查组的人由于经常深入基层,个个都练就了一副酒桌上对垒拼杀的本领。酒至半场,李复学已支持不住,他看了看稳如泰山的汪书记,再看一眼不急不慢的老齐,心想:有两位仁兄顶着就可以了,趁还明白赶快撤。于是,他便借口解手,跌跌碰碰地跑回宿舍,把头往枕下一塞,开始呼呼大睡。

事后,汪书记很不满意,说:"老李你太滑,三个人的仗两个人怎么打得赢? 你睡得自在,我和老齐却让人家撂倒了。"

"我真不行,老汪,再不逃我就当俘虏了。"李复学歉意地说。

"李镇长呀,在乡下当干部须先练酒,你老是不行不行的怎么行? 没有酒什么你也玩不转。"老齐在一旁插话。

"老齐,你这是哪来的高论? 不会喝酒就干不了工作吗?"李复学不服气地反问。

"我这不是高论。不会喝酒工作很难开展,对上面咱就不说了,对下面,光靠一份斯文腔,你连个村民大会都开不成。"

"老李,你不要太书生气,老齐的话不是没有道理。你想想,不用酒泡泡,咱哪项检查能过关? 酒杯一端,标准放宽嘛。"

259

汪书记几句话把李复学说哑巴了,憋了半天他竟然也冒出一句粗话:"酒这东西,真他娘的。"

## 四

李复学到任后不久,镇党委重新调整了领导的包点村,根据老汪的提议,由李复学包陷牛沟。李复学很为老汪的这番用心所感动。谁不晓得陷牛沟是巴林的样板? 人口少,土地多,又有远近出名的酒厂,谁包谁出经验。老汪私下对李复学说:"你是县里派下来的,干出个样子来,几年后回到县里好有把椅子坐,我反正就这么回事了,陷牛沟这个典型就让给你吧。"李复学想推辞,话没说几句,老汪便紧了脸:"我是一把手,这事儿就这么定了吧。"这样,李复学就算接了陷牛沟,而老汪则去包了叫卧牛河的村子。这个卧牛河是全镇的一个包袱,地处三县交界,用镇干部的话说,那里是"穷山恶水出刁民"的地方,几个包点的干部都是雄赳赳地进去,灰溜溜地回来。老汪选了这么个屯子包点,实在令大家敬佩不已。

李复学想:既然要去陷牛沟蹲点,就需要先摸一摸陷牛沟的底数。他从接风宴上那碗水感到刘禄还是值得谈一谈的,于是,他把刘禄叫到办公室。

刘禄有些惶惑,椅子上的屁股很不安分,两只手搓着一支钢笔问:"李镇长找我有什么指示?"

"没什么指示,咱俩随便唠唠。"李复学起身欲给刘禄倒水,刘禄麻利地抢过暖瓶:"我来我来,李镇长你坐。"倒满两杯水,仔细地放好暖瓶,他又端坐在椅子上。

"小刘对陷牛沟的情况熟悉吧?"李复学问。

"这……不太好说。"

"怎么不好说?"

"领导包的点咱不好随便说。"

李复学沉默了一会儿,道:"我包陷牛沟了,我对这个屯子的情况不熟,就只好问问你了。"

"李镇长要去陷牛沟包点?"刘禄的眼睛睒了睒,欲说什么又打住了。

"汪书记定的。"李复学说,"你给我交交底吧,免得我下去闪了脚。"

"这……"刘禄面呈难色。

"话到我这里就是头儿,小刘你就谈谈吧,你那碗水使我相信你的话。"李复学的样子极诚恳。

刘禄受到了鼓舞,用力咬了一会儿下唇,说:"李镇长这么看重我,那我就豁出去了。不过现在不能说,晚上我到你办公室来。"

晚上,刘禄带来了一堆信,大都是省、地、县三级转到镇里来的。他把信往桌上一摊:"看看这些信,对陷牛沟就了解一二了。"

李复学刚翻了两封信就皱着眉头问:"熊四海有这么多的问题,为什么不查处?"

"查处?"刘禄冷笑一声,道,"一个村干部,省、地、县能下来查吗? 这信不管寄得多高,最终还得转到咱巴林镇党委的桌子上。"

李复学点点头,心想:老汪的点儿,谁去查呢?

读罢这些上访信,又和刘禄聊了聊,李复学对陷牛沟总算有了一些了解。陷牛沟的支书熊四海是个很能呼风唤雨的人物,他参过军,在部队里官至炊事班班长,因为犯了错误,不得不提前退伍还家。部队首长勉强给他保留了党籍。这张党票为熊四海的发迹起到了决定性的作用,他能当个陷牛沟的主宰,全凭这块响当当的招牌。熊四海回乡时,村里的领导班子已经到了三个人两颗牙的境地,全村仅有三位土改分浮财时入党的老贫农,已经两眼昏花,

261

无人再能理政。镇里正在犯难之际,从部队忽然回来个熊四海,使镇里的难题迎刃而解。熊四海,年龄不到三十,共产党员,光荣的退伍军人,尽管档案里有几份检讨和一张处分决定,陷牛沟的支书还是非他莫属。熊四海上任后,从县里跑来十几万元资金为陷牛沟的苞米酒厂扩大规模,改进工艺。这样,陷牛沟本来已小有名气的酒厂便产量日增,享誉日盛,省、地、县、镇、锦旗、奖状挂满了一面墙,熊四海这村支书兼酒厂厂长的大名也就顺着有线无线的广播传到了巴林镇以外的许多地方。但奇怪的是,这轰轰烈烈的酒厂并没给陷牛沟的百姓带来什么好处,村子里,除了熊四海等几户干部的红砖瓦房突兀在高处外,其他低洼处仍然是一片茅屋草舍。浓浓的酒香能诱发干部们旺盛的食欲,自然也能激起群众强烈的不满,于是,便有了一封封上访信。不过,这些信并没有影响熊四海的酒量,更没有影响上级对他的信任。

刘禄还向李复学介绍了春嫂,那个让李复学印象不错的妇女主任。春嫂的丈夫在部队服役,她里里外外一人操持,工作很泼辣,为人也极爽快,陷牛沟的工作有一半都是她做的。

送走了刘禄,李复学躺在床上仰望着天花板出神。熊四海熊四海,他脑子里总在出现这个名字,夜深了,仍没睡意,倒有一泡尿胀在小腹里。他趿着鞋来到院子里,顾不上到厕所,就站在镇政府门前的台阶上开尿。尿到一半,他似乎想起了什么,调整了一下方向,一气儿尿完。这尿尿的方向,是西北方的陷牛沟。

### 五

李复学从没有包过点,老汪便带他到卧牛河去见习。临行前老汪笑着说,书记、镇长同时蹲一个"茅坑",这事还挺稀罕呢。又说,到了屯子里可别文绉绉的,关键时候该硬就硬。

吉普车七拐八扭，哼哼了一小天，总算到了卧牛河。一进屯，一群猴一样的光腚孩子就围住了吉普车，司机捺了一阵喇叭，才把孩子们轰成一个长队，尾巴一样拖在车后。老汪骂了一声，嘴中嘀咕："他娘的，陈瞎子他计划生育咋抓的？冒出这么多孩子！"陈瞎子是卧牛河的支书，因一双小眼睛总是红红的，害眼病，得了个绰号叫陈瞎子。在大队部找到陈瞎子时，他正在手忙脚乱地张罗着套马车。见了老汪，他肿成两条红线一样的眼睛忽然闪开了一道黑缝儿，接着以手一拍大腿："老天爷，要出人命了！"他这副模样和动作一下子就为李复学心中陈瞎子的概念做了个通俗易懂的注解。李复学心想：难怪说嘴越烂越大，眼睛越烂越小，还真有点道理。

进屋一看，一个披头散发的女人正在村办公室的砖地上滚来滚去。一问才知，这女人是卧牛河有名的辣子，因逃避做绝育手术被陈瞎子在广播里点了名，女人觉得卷了面子，一气之下喝了农药，扬言要死在这里。

屋里已经挤满了看热闹的村民，陈瞎子手足无措，一双窄小的病眼可怜巴巴地望着老汪。他心里明白，要是女人真的死在村里，自己是不会有好戏瞧的，因为女人的腚后还有三个吊着清鼻涕的孩子。

老汪拨开众人，问："喝的什么药？"

"敌敌畏。"一个头发稀疏、长有几根黄胡子的男人回答。

"你是她爹？"老汪问。

"这是她男人二锁。"陈瞎子在一边道。

老汪蹲下身，用手使劲儿捏紧女人的两腮，女人的一张嘴便呈鱼唇形张开，于是红鲜鲜的舌头露了出来。老汪站起身，在人群中点了四个人，吩咐道："你们好好地把住她，别让她滚来滚去的。"四个被点中的人都是卧牛河游手好闲的泼皮无赖,平日难得在女人身上试试手劲儿,老汪一发话,四个人顿时心花怒放,如恶狼一般死死地把住了女人。

老汪又对陈瞎子和女人的丈夫吩咐:"快去寻些狗屎来!"

山村家家养狗,屋前屋后绝不乏猪粪狗屎。不一会儿,一舀子臭气熏天的狗屎端了来。女人的丈夫二锁惴惴地问:"这……能行吗?"

"行!"老汪说,"想活命就只有这么办了。"

被扭住的女人睁开了恐惧的两眼,她盯着那舀子狗屎拼命地摇晃脑袋:"我没喝药,我没喝药啊!"

老汪手一挥:"灌!"

于是,一舀子狗屎生生灌了下去。

老汪喝一声:"松手吧。"四个人放了手,女人躬起身开始哇哇大吐,直吐得办公室奇臭满屋,把所有看热闹的人都臭到了院子里。

老汪火气很大地训斥陈瞎子:"遇事以后多想条道儿! 你卧牛河离卫生院百儿八十里,等你马车送到那儿,人早就见阎王了。再说,到了医院不就洗个胃吗? 这办法比洗胃灵多了,保你吐个痛快。"

果然,这个倒霉的女人一连呕吐了三天,卧牛河出名的辣子被老汪一舀子狗屎治得软塌塌没了筋骨。

事后,老汪偷偷地告诉李复学,说那个女人根本就没喝敌敌畏,是在那里撒泼吓人,喝敌敌畏的人舌头还能那么红鲜吗?

李复学长长地噢了一声,眼睛睁得老大。

李复学在卧牛河村见习的第二件事,是老汪布置的一场抓赌活动。

卧牛河村民嗜赌是远近闻名的,这里不通电,全村没有一台电视,夜晚,村民们就只好围着一盏盏油灯推牌九。由于赌博,卧牛河村风日下,鸡鸣狗盗之事屡出,夫妻反目拉帮套搞破鞋之事不断。老汪决心来一次举动,刹刹这里呈铺天盖地之势的赌风。

此次行动老汪共分了三个组,每组两人,李复学和陈瞎子一组。事先已摸好了点儿,待夜深时三个组一齐出动,将三个赌窝一网打尽。老汪有个很好的谋划,他想让陈瞎子用没收来的赌资去跑跑县里的供电局,争取在年末给卧牛河接上电。

临出发时,老汪特意对这一组说:"老陈你堵后窗,李镇长堵前门。"陈瞎子道:"前门危险,还是由我来吧。"老汪喝一声:"你那双眼睛能看清人吗?"李复学以为老汪想试他的胆量,就掂了掂手电说:"我不在乎,前门还是由我来堵。"

夜幕里,李复学和陈瞎子像两个窃贼一样蹑手蹑脚地摸到一户草房前。这是一个赌窝,设赌人是个六十多岁的老光棍儿,他炕上无席,墙上无纸,却整日有酒有肉活得蛮滋润。李复学透过窗纸一看:屋梁上一盏马灯照得屋内通明如昼,火炕上两张矮脚木桌边堆满了人,牌九清脆的拍击声传出很远。他们谁也没有想到会有人抓赌,因为赌钱在卧牛河实在是司空见惯的事。所以当李复学以堂堂镇长的身份伫立在门口时,人们都呆住了,李复学整齐的装束使他们感到了政府的威严,也使他们意识到了赌钱是"犯事儿"的。片刻的僵持后,突然,几张牌九从暗处猛地飞向吱吱作响的马灯,随着啪一声响,霎时屋内一片黑暗。李复学被这"勇敢"的举动惊呆了,望着眼前这咕咚乱响的黑暗愣了半天才想起手中的手电。他急忙捺亮手电,屋里空荡荡的,唯有炕梢一个病恹恹的老头儿用黄而枯的手遮着刺眼的光束。老头儿阴声怪气地说:"干这个营生应该带枪才行。"

李复学听到了陈瞎子的呻吟才发现后窗大开,赌徒们竟然都是从后窗逃走的。李复学从后窗用手电一照,发现陈瞎子正歪在窗后的一片萝卜地里哼哼,那双本来红肿的眼睛大概挨了一拳,已变得乌青,看上去活像一只熊猫。

李复学恍然大悟:最危险的地方原来是后窗。

此次抓赌,收缴赌资近万元,每个被捉住的赌徒又罚出七天义务工,卧牛河不仅村风扶正,而且有这万元赃款通路,卧牛河村也接电有望了。

叫李复学心服的是老汪总是那么自我感觉良好,似乎他就是这个世界的中心,而他周围的人又总是不计条件地维护他。此次卧牛河蹲点的最后一天,民兵连长和他的老婆哭闹着来找老汪。民兵连长面有指痕,他的老婆则哭天抹泪,看来刚刚有过一场搏斗。老汪冲李复学使个眼色,示意由他来处理。李复学指了指板凳道:"你们俩都坐下。"

两个人赌气似的,都硬邦邦地站在那里,谁也不肯坐。

李复学问:"到底有什么过不去的事,打成这副样子?"

这一问,两个人炸了庙,他说她不讲理,她说他在外面胡搞,全是些鸡毛蒜皮、捕风捉影的小事。两人你争我嚷吵了好一会儿,都提出要离婚。

李复学调解说:"还是不要离吧,离婚对谁都不好,尤其对下一代,在心灵上的影响将是无法弥补的。很多离婚的人,事前凭一股火气,事后都流一肚子泪水。俗话说,休妻毁地,老来不济嘛……"

没待李复学的人生理论讲完,那个涕泪满面的女人把脖子一梗,说:"离,把死人说活了也得离!"

李复学有些不悦,道:"你再想一想,婚姻可不能意气用事……"

"离! 我这回是铁了心了,让他跟那个小妖精过去吧!"

"离就离，谁稀罕你怎的？"民兵连长毫不示弱。他的话不多，但每句都浸过氨水一般冲。

李复学说服不了这个女人，便训斥民兵连长道："你还是不是大队干部？"

民兵连长不服气地争辩："她要离，我有什么办法？"

李复学顿时语塞，他觉得自己的鼻尖上似有小虫子在爬，用手一试，竟是津津的汗珠儿。他正在难堪之时，身边的老汪啪地一拍桌子，吼道："反了！"老汪这一吼，两只斗鸡的夫妻都缩了脖子顺了眼，不再吵闹。

老汪鼻腔里重重地哼了声，喝道："离！谁他妈不离谁是王八蛋！明天到镇里我给你们办手续。"

两人你瞅我，我看你，都没了电，一双脑袋耷拉在前胸。

沉默了一会儿，民兵连长才惴惴地说："汪书记别生气，都是我们不好。"

"汪书记您大人不计小人过，我们不离了。"女人附和着。

"不离就快滚吧，好生生地过日子！"老汪气似乎还没有消，一双眉头蛇一样盘着。

就这样，李复学做了好一番思想工作没有解决的问题，老汪只消骂一声就妥了。

离开卧牛河那天，陈瞎子摆了一桌席，民兵连长左一杯右一杯代表老婆代表丈人丈母娘代表没成年的孩子敬了老汪不少酒。李复学边喝边想：人到底像个什么东西呢？他想了半天，心里豁然开朗：人太像驴子了。

他为自己的这种想法干了满满一杯酒。

这天李复学没少喝酒，百八十里山路一觉就睡回来了。

267

# 六

李复学感到胃有些不适,他开始想法子少喝酒。

从卧牛河回来那天算起,他已经半个月滴酒不沾。汪书记每次在酒桌上总是用眼睛的余光扫射他的酒杯,李复学总是佯装不觉,倒时时称自己胃疼。遇着逼急了,他便掏出一张皱巴巴的诊断书说:"胃溃疡,不信看诊断书。"这样,李复学好歹搪塞了许多酒场上的难题。

不过,李复学这一套只对乡、村两级干部有效,因为他镇长这块牌子使他的同事和下属多少得收敛一下酒气。要是上级来人时,他的这张盾牌就失去了挡酒的功能。

一天,县委党建工作规范化检查组来到巴林,带队的是县委副书记老范。老汪对这次检查格外重视,亲自吩咐刘禄去陷牛沟拉回一桶上好的苞米酒,又把李复学、老齐召到一起开个碰头会。老汪讲道:"咱巴林党建工作的粗细,老李、老齐你俩心里都有数,我看咱们办公桌上的不足就在酒桌上补回来。今晚喝酒时,我打头阵,老齐你跟着溜缝儿,各位助理上桌敬一杯,最后老李你再三杯扫尾,以我的经验,范书记准能喝透。"

老齐一前一后地点着头。这党建工作本来归他负责,可从没看他组织个会议,他几乎成了老汪酒桌上的影子,连自己办公桌上的报纸都懒得看。一天,他忽然发神经似的摇着报纸向大家宣布:"嘿,亚运会咱们又夺了两块金牌!"这一声都把大家说愣了,因为亚运会已经闭幕一个月了。

李复学对老汪安排的这个酒桌战斗方案提出了异议,他说自己胃疼,承担不了这最后三杯的重任。老汪有些不悦,道:"老李你那套把戏骗不了我,谁不会到卫生院开张纸做幌子? 别的场面我不攀你,可今天这喝酒就是工作嘛,要是咱镇的党建工作全县打狼,你我的脸面就光彩?"

喝酒就是工作,李复学想,老汪把话说到这份上,自己也就破一回例吧。

酒宴开始,几位脸色严肃的检查大员个个正襟危坐,吃菜时仅用筷子点一点,使桌上的气氛显得硬了一些。待老汪几杯酒灌下去,检查组一脸的紧张很快就被陷牛沟的苞米酒泡得松软如常。范书记油汪汪的脸上渗出一层汗珠儿,他解开了衬衣的扣子,一条黑花领带软塌塌地像一条死蛇挂在脖子上。

于是,老齐不失时机地插科打诨。

于是,大家开始称兄道弟。

于是,镇里的乡企站、农机站、林业站、技术推广站以及财税所、派出所的各路兵马轮番上来参战。

李复学看到酒宴将残,便硬着头皮敬了三杯。谁知这方刚刚欲作收场,那边范书记一个眼色,检查组的人开始反攻,声称每人要回敬一杯。老汪傻了眼,他想,这回糟了,检查组的人肯定经过选拔。他再巡一眼自己这方的人马,老齐两眼似睁非睁,李复学面色如酱如猪肝,其他几个也都硬了舌根,完了,整个一败军之阵。他轻叹一声:"唉,要是熊四海在场就好了。"他这句话别人没在意,李复学却听了个真切。

检查组的人都敬完酒,范书记仍酒兴不减,他提议大家行酒令来喝酒。李复学说:"范书记你来点个花样吧。"范书记摆摆手:"我对酒令没研究,还是老汪来吧。"老汪并不推辞,笑着说:"我老汪是两袖清风,一肚酒精,别的学问没有,对酒令还是通一点的。酒令嘛,可分雅令、通令和筹令。雅令属文人的,咱不会;通令是属两军对垒,像划拳,这也很平常;筹令则属不土不洋的,喝与不喝全靠运气。今天咱就来个筹令:取只空盘子,上放一把小勺,我转一下小勺,待小勺停下来,勺把指着谁谁就喝,若指到两人中间就两人各半杯。"

众人齐声叫好。于是,一把瓷勺在桌中央的盘子里飞转起来,又使酒桌掀起不少高潮。

这场酒战的结果是巴林镇一败涂地,检查组得胜而归。不过,县委发文件通报检查结果时,墙上无一块揭示板的巴林镇党委,在党建规范化管理上获得了优秀。

# 七

巴林镇盛产苞米。

除了陷牛沟的苞米在酿酒外,其他村子的苞米都堆成了一仓仓无法解决的难题。巴林人日复一日年复一年被大楂子粥浸泡着,人们曾试图种麦种豆,可最终是徒劳,巴林这道山沟邪了门地只长苞米。

何不建他个饲料厂呢? 李复学想。

他把想法告诉老汪,老汪并不反对,只是说:"办厂子可不是你弄书法,胡乱刷几笔都是字,这事情手续多着呢,到时候别草鸡就行。"

李复学想,自己好歹在县里干了二十多年,那么多熟人,办这么件小事还会犯难吗? 他拍了拍胸脯道:"这事就由我来办。"

李复学熬了几个晚上,亲自写出一篇蛮得意的论证报告,在党委会上念了念,第二天就和刘禄准备进城。

刘禄自从和李复学谈过陷牛沟的事后,两人的关系便有了点粘边抽丝的意思。他向李复学建议,是不是带些木耳、猴头之类的土特产,好疏通一下关系。李复学很不以为然:"我怎么好意思给

270

人家送东西呢？待事成之后摆一桌席就行了。"刘禄摇摇头说："空手套白狼,怕是难办事情。"李复学笑了："小刘你怎么忘了,我可是县委宣传部下来的,计委、经委、工商、银行,哪个部门没求过我整过材料？再说他们的领导我都熟,人熟就是一件宝,什么礼物有这件宝好？"

"那就试试看吧。"刘禄对镇长的这番高论半信半疑。

李复学在县里各个部门之间跑了一个星期,人瘦了一圈儿,结果却一无所获,甚至连个准确的答复都没有,他所得到的都是一句话:等着研究。

这样回去怎么向老汪和同事们交代呢？李复学抱着最后一线希望来找县长。自己是胡县长提名推荐的,他希望县长能在工作上扶他一把。

胡县长对他倒是很热情,同他谈了两个多小时,但谈的内容却都是魏碑体柳公权。胡县长滔滔不绝谈兴甚浓,李复学支支吾吾如坐针毡,他没有机会插话。直到胡县长谈得疲倦有了送客的意思,李复学才在门口说出了自己来拜谒县长的目的。胡县长不假思索地摆了摆手道："工作上的事情要按照程序走嘛,你先打个报告给计委。"

李复学和刘禄无精打采地回到他的家中,一进门,见老婆正在屋内抽泣。一问,原来是酱菜厂搞优化组合,她没有组合上去。老婆的一双近视眼早就哭成了两只烂桃,见丈夫回来,满腹委屈便有了倾泻的对象,牢骚、埋怨像一盆浑水泼向心情同样糟的李复学。

李复学因有刘禄在场,对老婆的无理就格外反感。他气冲冲地训斥老婆："就你这副样子,不优化你优化谁？除了哭闹再没别的本事。"

老婆哇的一声不干了,母虎般扑过来。李复学心想,自己大小

271

是个领导,决不能在下属面前失面子,一狠心,便做出了一副要搏斗的架势来迎战老婆。没想到他这一较劲儿,气汹汹的老婆倒弱了威风,没等刘禄劝架就中止了扑上来的动作,顺手抄起一只茶杯,举了举又放下来,换成杯边的一只秽迹斑斑的铁皮猫食碗,狠狠地摔下去。猫食碗叮当蹦了几蹦,顺着屋门滚了出去,把卧在床上的花猫惊得蹿起来,老鼠般逃出屋去。老婆摔了猫食碗,一腹怨气也就随着猫食碗的叮当乱响一泻而出,她伏在床上呜呜大哭起来,任刘禄怎么劝说,她只是长哭不止。

李复学软了肠子,老婆丢了饭碗心情肯定不会好,当丈夫的本应抚慰一番,帮助想个法子,可自己却这样不冷静。他暗暗责备自己,一个饲料厂的事把自己的脾气都弄坏了。他望了望双肩耸动的老婆,低了声道:"别哭了,没优化上怕什么?我给你调个工作不就行了吗?"

这话果然生效,老婆顿时息了哭声,瞪着两只外凸的眼睛望着他。他这才想到刚才这话的分量,心想,他妈的,往哪儿调?怎么调呢?

两个人蔫头耷脑地从县城返回巴林,没待向老汪汇报,老汪已经从李复学的神态上看出了一二。老汪习惯地摆摆手,道:"不用说了,什么结果我猜得到。"李复学唉声叹气地把经过向老汪学了一遍,最后可怜兮兮地感慨了一句:"没想到啊老汪,当个镇干部可真不易。"

听着李复学的诉苦,老汪就沉着头在屋里来回踱步,李复学最后的一句感慨使他肩头轻轻一颤。他停住步,突然猛地一拍桌子:"奶奶的,老子来啃这根骨头!刘秘书,你告诉熊四海准备五百斤苞米酒,县衙门就是铜墙铁壁,我明天也要泡开它!"

第二天,老汪带着一台客货两用车直开县城,陪他前去的是陷牛沟的熊四海。客货车的车斗里装了十只五升容量的白色塑料桶,距车百步,便可闻到浓浓的酒香。

李复学站在镇政府门前,呆呆地望着老汪的车子消失在山路里。

老汪和熊四海是在第三天的傍晚返回巴林的,老汪满面春风地把鼓胀胀的一个牛皮纸袋往李复学手中一拍:"都在这儿,一样不少,外加二十万的贷款指标。"

李复学托着这个牛皮纸袋,心中好生感慨,这是自己奔跑一周也没有得到的东西呀,而老汪却到手得这么容易。

"老李,四海功不可没啊,要是没有他在聚仙楼安排的那桌席,事情也不会这么顺利。"老汪指着熊四海夸奖说。

熊四海用捏烟的食指轻轻地弹了弹烟灰,说:"李镇长牵头抓的项目,我理该出力才是。再说也无所谓,我只不过把他们聚到饭店里来了个酒桌现场办公罢了,这些人没的说,都是我的铁哥们儿。"

李复学听出了熊四海话中的那一丝轻蔑,心想:他们连我这个镇长都不放在眼里,和你熊四海怎么会这么铁呢?

## 八

李复学决心查一查熊四海。

这想法在他脑子里储存了很久,考虑到各方面因素,他迟迟未下决心。但在近日他去了几次陷牛沟后,这想法终于按捺不住了。最明镜的问题:熊四海既是村支书,又是酒厂厂长,而酒厂的会计和出纳竟是一人,而这人又是熊四海的小姨子。这样的人事安排使李复学联想起那些上访信,他想,上访信里的事十件如有一件属实,他熊四海就足够分量了。

他决定找老汪谈一谈，熊四海这样的干部应该查一查，最起码支书和厂长这两顶帽子他只该戴一顶，缺少监督就会出问题嘛。

两人谈得不甚投机。老汪认为熊四海不会有太大的问题，这么个时代了，无非是些人情往来的事，谁都可以理解的。但李复学坚持自己的意见，查一查又有何妨呢？要是真的没有问题，也就正好证明了熊四海的清白。老汪满脸不高兴地说："我过去包的村，我不好参与，你和老齐来办吧。"李复学找到老齐，谈了自己的意图，谁知老齐没等他说完就把头摇成了一个拨浪鼓："李镇长，这事我去不了，我的小儿子下个月要结婚，我得张罗张罗，对了，到时候请你给主持婚礼怎样？"

李复学碰了个软钉子，便来找刘禄。刘禄听他一说，脸都变了色，道："镇长你是正科级，干两年换个地方再干，我可是要在巴林过日子的，你想想，两年后你一走，我可怎么工作？"

李复学也来了犟劲儿，两个人的拒绝越发激起他去碰碰陷牛沟的念头，心想：小小的陷牛沟难道是龙潭虎穴不成？他回到办公室收拾好牙具毛巾，往提兜里塞进一个新笔记本，便喊来司机去陷牛沟。司机小徐听说去陷牛沟，连忙到办公室拎出一个二十公斤容量的大塑料桶放在后座上。李复学问："拿桶干吗？"小徐嘿嘿一笑："捎点苞米酒。"李复学盯着这只已经有些发黄的酒桶愣了好一会儿才对小徐说："开车吧。"

傍晚，吉普车颠到了陷牛沟。停下车，李复学才觉得今天的做法有些唐突，调查事情最起码应有两个人才行，一个人可怎么采证呢？又想，既然来了，就算下乡蹲点吧，摸摸情况再说。

熊四海站在村委会门前已经等候了多时，李复学心想，他要查熊四海的事一定早就传到了这里。熊四海的苞米酒已经上上下下灌溉了一批人，他的想法仅在几个党委成员中说了说，整个镇大院便传得沸沸扬扬。李复学见他一副若无其事的样子,心里倒有些紧,心想,这个熊四海可不能小觑。他担心老汪用车,便吩咐小徐连夜赶回去。小徐把熊四海拉到一边嘀咕了几句,熊四海掏出纸和笔,唰唰唰,写了一张条子递给他,小徐揣起条子欢天喜地地上车走了。熊四海朝李复学笑了笑,说:"这个小徐子,见酒就没命。"

晚饭派在春嫂家,李复学有些犹豫,但派谁家的饭是村里的事,又不好挑挑拣拣,更何况有熊四海作陪,他也就只好同意了。入乡随俗,他想,在这偏远的山村里,自己这镇长的架子要放得低些。再说现在还只是怀疑熊四海有问题,要是真的都查否了,关系弄得紧张起来,还怎么开展工作?

两人沿着布满牲畜粪便的村路往春嫂家走,李复学为了使气氛轻松一些,便打破沉默说:"四海,我这次来有些情况想了解一下。你知道,老汪把这个村交给我了,弄得好与坏关键还看你的章程。"熊四海说:"李镇长过奖了,我是工作没干好,毛病倒不少,李镇长来诊治一下我是欢迎的。"李复学心头一颤,想了想,说:"群众的一些反映,组织上应该澄清一下,这是对一个同志负责嘛。"熊四海笑两声,道:"身正不怕影子斜,处久了,李镇长就了解我这个人了。"

两个人说着来到了春嫂家。李复学一跨进院子印象就不错:庭院干净利落,室内清香四溢,屋中间的桌子上已经摆满了盘盘碗碗。春嫂似乎着意打扮了一番,一身黑色的体型服把应该突出的部位突出无遗。李复学想,亏是熊四海作陪,要不这饭,一男一女怎么吃啊? 看正墙上大彩照中的那个当兵的似乎在冷冷地盯着饭桌,李复学便问:"春嫂怎么不随军呢?"熊四海道:"随军有什么好呢? 随军还上哪去当这个妇女主任?"

陷牛沟的饭自然少不了苞米酒,而且还是用大海碗。

"今晚不喝酒。"李复学语气坚定地说。

"为什么不喝?"春嫂解开绣花围裙,从外屋走进来道,"李镇长的大驾可是第一次光临我这茅草屋啊。"

"不为什么,以后干部下乡喝大酒的规矩得改一改。"李复学说。

熊四海脸上的肉跳了跳,佯装生气地说:"我说镇长对陷牛沟是不是有成见?陷牛沟的酒,省长来喝过,县长来喝过,你李镇长怎么就不能喝?要是碍我熊四海,我可以走嘛。是不是担心我有问题影响了你?说实在的,李镇长,我熊四海不像你,你是个拿工资的干部,我说到家还是一个种地的,再撸能把我撸到哪儿去?我用不上巴结你,也用不上巴结老汪。你们来了,我从感情上讲想陪大哥高兴高兴。要是咱们没感情,你请我我还不来呢。咱陷牛沟的人,没那么多穷讲究,就是感情厚。"

李复学被说得有些窘,道:"四海,你说什么话,不喝酒感情就薄了吗?"

"李镇长,陷牛沟有个说道,端上桌的酒要是不喝,就是不给主人面子。"熊四海说。春嫂也在一边道:"我哪一点得罪了李镇长吗?今天在我家,就请镇长给个面子吧。熊支书也不常来,都是难得地聚一聚,不喝点酒怎么行呢?"

李复学心里盘算:我喝归喝,查归查,老子这镇长又不是书呆子官,想用一顿酒就阻止我查问题,你姓熊的可就拨错了算盘珠儿。想到这儿,他说:"你们别说了,这酒我喝还不中吗?"

熊四海模模糊糊的,嘴角透出一丝不易察觉的微笑。

三个人说东道西之间,一碗酒见了底。李复学要求春嫂上饭,说这酒喝得恰到好处。这时,满面通红的熊四海又斟了满满两碗。

"李镇长,镇里的饲料厂办得怎样?"熊四海问。李复学说:"不错呀。"熊四海又说："李镇长还记得我为饲料厂出过力吧?"李复学笑了:"怎么不记得? 老汪说你功不可没嘛。"熊四海道:"那好,看在我为饲料厂跑前跑后的面子上,咱俩干一碗。"说完,一仰脖子,一碗酒干了下去,然后把只空碗照着李复学,说,"要是看得起我,就干。"

李复学勉强喝了半碗就不再喝了,他说:"四海,看起看不起不在一碗酒上,这酒又不是水,喝多了身体怎么吃得消?"

熊四海并不做正面回答,把一只空碗底朝天擎在空中,道:"剩一滴我罚一碗,李镇长看我是不是诚心实意。"那碗扣了半天,果然不滴一滴酒。

看到李复学把剩下的半碗酒干掉,熊四海很义气地说:"李镇长,我熊四海好歹也是一条汉子,偷鸡摸狗手脚不净的事从来不干。我因为抓工作狠才得罪了一些乡亲,不瞒你说,哪些人在告,我心里有数。"

李复学头有些晕,他听着熊四海的话,心道,熊四海,你真他妈的好样的,忘了在部队犯了什么错误? 还在吹什么从不干偷鸡摸狗的事。但他什么也没说,今天这酒好像格外烈,他感到自己的眼睛有些发花。这时,一直没说话的春嫂又满了一碗酒,春嫂说了许多话,什么第一次到她家第一次碰杯女同胞半边天军婚军属书法家都上来了。李复学蒙眬之中也有一份清醒,春嫂无非是想让他喝一碗酒,他想喝就喝了吧,反正自己把握一条:今晚喝多少酒,明天该查还是查。

次日醒来,李复学感到脖子上似乎有一条蛇在紧紧地缠着。他睁眼一看,心脏陡然间蹦到了嗓子口:自己竟然赤条条地睡在春嫂家炕上,他开始满炕寻找衣服。这时熊四海走了进来,一脸的微笑,如赢了棋的光棍儿。

"李镇长睡得可香?"

李复学头大如斗,一边匆匆地穿着衣服,一边死死地盯着熊四海的右手,他知道那手上拎的是一台"傻瓜",日本货,那玩意儿是不用调焦距的。

"真有你的,熊四海。"他说。

李复学瞥一眼炕上还在酣睡的女人,便摔门而去。

熊四海跟出来,在他身后跟了几步后站住说:"李镇长,我套挂马车送你。"

于是,一辆马车,两个人,在黎明的雾气里驶出了陷牛沟。

马车上的协议顺理成章。

## 九

一张折满皱纹的宣纸铺在桌上。

没有笔墨。

李复学两眼红肿,一头不规则的乱发在灯光下尤其显得杂乱。他愣愣地望着宣纸出神。

已近子夜时分,他在床上辗转半夜,实在无法入睡,就索性翻身起床,鬼使神差地演出了如此一幕。

突然,他把右手的食指塞进牙缝儿,两眼一闭,一股鲜血沿着嘴角流了下来。

他用血糊糊的食指在那张宣纸上一笔一画地写成两个大字:戒酒! 写成了这两个大字,他就像完成了一幅满意的作品一样,长出一口气,用纸胡乱地缠了一下食指,又和衣上床。

他终于入睡了,睡态如默哀般严肃。

李复学是被雷声震醒的。气象预报本来是多云有小雨,可是巴林镇承受的却是一场罕见的暴雨。雨后,无数道山洪魔术般从

278

山林中窜出,漫过种满苞米地的田野,汇进一个低洼处的村庄,使沟沟坎坎的巴林一下子变成了白晃晃的"一马平川"。

一下班,李复学就紧急召集镇机关的干部分头深入各村,查看灾情,帮助救灾。

受灾最重的是陷牛沟,大片的苞米地被山洪扫荡得一塌糊涂不说,还有一多半村民的土坯房进水,已有几间土房被水泡塌。陷牛沟是李复学包的村,他不能不去。

李复学赶到陷牛沟后,在村里转了一圈儿,却不见村干部们的影子,问了几个人才打听到,村干部正在酒厂开会。李复学赶到酒厂,见熊四海正在会上讨论如何救灾。李复学一看满屋子人像政治学习般煞有介事的样子就不自在,他想房都泡倒了好几间,你熊四海还在这儿摆什么花架子! 当熊四海谦虚地请他做指示时,他当即宣布:把会开到那些倒塌农户的门前去,有什么问题就解决什么问题。熊四海先是愣了一下,接着便说这建议好,他带头挽起裤脚走出屋子。李复学正要走,身后的衣服被拉住了,回头一看,原来是春嫂,正浅笑着将一双雨靴递过来。李复学下意识地看了一下自己脚上已被水弄脏的黄胶鞋,然后躲着春嫂暖融融的目光说:"鞋子反正也湿了,就不要换了吧。"

平心而论,尽管春嫂和熊四海合谋陷害了一回自己,可他对春嫂却恨不起来。他把所有忌恨都注在了熊四海的身上,甚至想象,春嫂的所作所为都是被逼无奈,由此他还生出几丝同情,回想那天夜晚,有时他还后悔当初竟会醉得那么死。

"还客气什么呢?"春嫂嗔怪地把一双雨靴往他怀里一塞,瞟了他一眼道,"又不是外人。"

李复学火辣辣的脸容不得他再推托,只好换上雨靴。但刚走了几步他便感到有些难受,雨靴虽是新的,可号码小了些。

李复学在陷牛沟奔波了一天,回到镇上时已近傍晚,刚进宿舍,刘禄便通知他,说胡县长来巴林查看灾情,请他去吃晚饭。

一整天的泥来水去,把李复学弄得筋骨松软、头重脚轻,要是其他人他就不会去赴这场晚宴了,胡县长对自己有知遇之恩,不去怎么能说得过去? 他急忙换了一套衣服,随刘禄来到招待所。

胡县长这是上任后第一次来巴林,老汪异常地重视,在招待所摆了花花绿绿一桌子。

一进屋,胡县长就上下打量他的一身干净衣服,弄得李复学很不自在。打过招呼之后,他往四周一看,原来连胡县长在内,在场的人都泥水满身。尤其是老汪,一件掉了扣的灰衬衣上斑斑点点,记录着白天不凡的经历。其实,满屋的人今天都干了些什么,李复学都猜得到。

"小李子抗灾挂花了?"胡县长微笑着问。其实,胡县长和李复学年龄相仿,但他仍亲热地称李复学为小李子。

李复学一愣,看了下缠着纱布的右手食指,说:"没事,都怪自己。"

大家团团坐定,今天人齐,几个平日捉不到影儿的副镇长也在。

老汪的一番祝酒词一扫大家灾后的沉闷,随着他的举杯提议,大家的情绪陡然高涨,酒桌上的话题紧紧围绕胡县长的魄力、水平、深入基层和爱民如子。因其是酒话,所以并不显出几分阿谀,倒使气氛变得热烈。

干杯时,李复学往自己的酒杯中斟了一杯饮料。老汪不让了:"李镇长,那玩意儿是咱爷们喝的吗? 胡县长来一次不容易,你就喝几杯吧。"

"汪书记,我戒酒了。"李复学说。

"哈哈哈,李镇长真逗,还让我揭老底吗? 上次范书记来你喝多少杯?"

老汪的这句话使胡县长的微笑一下子就凝固在脸上。他和老范不和,这是许多人知道的秘密,没想到自己一手提拔起来的李复学陪老范时能开怀畅饮,而陪自己时竟戒了酒。他冷冷地说:

"小李子,当了镇长连我这个县长都不放在眼里了,喝上几杯酒能天塌地陷?"

"这……"李复学面呈难色,"胡县长,我真的戒酒了。"

"戒酒?"胡县长冷笑一声,道,"老范来时你怎么不戒呢? 难道说我待你不如老范吗?"

满桌人都感到了胡县长这话的分量,老齐低着头有滋有味地吸烟,刘禄额上一层细汗,老汪一个劲儿地给李复学使眼色,几个副镇长则不断地相互对望着。

李复学一句话也说不出来,他用那只食指缠着纱布的手端起酒杯,透过一层泪幕望着胡县长说:

"你别说了胡县长,这酒……我喝!"

一年以后,老汪患了胃癌住进了县城医院。李复学在代理了两个月党委书记后,被县委正式任命为巴林镇的党委书记,接替他任镇长的是一个新来的大学生。

李复学以他说一不二的工作魄力赢得了巴林人的敬重。他对书法已失去兴致,原来挂满长幅的办公室早已四壁空空,唯独办公桌上留有一块刻金字的小牌匾,上面是郑板桥的四字名言:难得糊涂。许多人相中了这块精致的小牌匾,来讨,均遭拒绝。

李复学被县里酱菜厂优化掉的妻子也来到了巴林,在陷牛沟熊四海的酒厂当副厂长,月工资是李复学的三倍。这个一双凸眼两片薄唇的女人同春嫂的关系极为融洽,有时她就住在春嫂家。

281

值得一提的是,李复学的酒量已练得出神入化,巴林镇上上下下大小干部,包括熊四海在内,已无人能与他匹敌。

原载于 1995 年第 8 期《海燕》

# 一 滴 不 剩

## 一、水晶瓶

确切地说,杜克是被一瓶薰衣草精油吸引到紫城新区的。

杜克和女友小袋熊都迷恋薰衣草,尤其是杜克,每每闻到薰衣草散发出的芳香,他都会闭眼仰脸,鼻翼翕动,进入一种陶醉状态。

杜克和女友在澳大利亚的昆士兰大学读书。薰衣草正紫的季节,杜克会租一辆车,和女友小袋熊从布里斯班出发去库伦巴薰衣草农庄观光,那里的薰衣草花田恍若童话世界,会让人生出一种想要飞翔的感觉。

也许正是由于这种薰衣草情结,一年前杜克选择了应聘回国,到滨海市紫城新区担任管委会副主任。促成杜克告别小袋熊一心回国工作的是一部十三分钟的外宣片。那片子极地道,胜过某著名导演的奥运宣传片,每一组镜头都让人心动不已,尤其是宣传片中大量薰衣草花田的镜头,如同紫云铺地,令人惊艳不已。在杜克印象里滨海只有海和沙滩,这铺天盖地的薰衣草从何而来? 当屏幕上出现一个精美的水晶瓶特写镜头时,杜克惊叫了一声:"精油,薰衣草精油!"杜克觉得这个水晶瓶太值得拥有了。"一旦拥有,别无所求",不知怎么杜克脑子里就冒出这么一句话来。

滨海市的焦市长是个嘴角上弯的领导,系一条黑红黄相间的领带,英语很棒,讲话不用翻译。他在招聘会上庄严承诺,所有应聘到滨海工作的海归博士,滨海不仅要给房子、票子,而且还要给位子！也就是说要任实职。焦市长清华大学毕业，为人亲和，行事专业，身上没有陈腐自大的官气，给参加招聘会的大陆留学生们留下了不错的印象。会议进入交流互动阶段，杜克走过去，自我介绍后问："滨海有薰衣草农场？"焦市长说："当然有了，我们滨海有个新成立的紫城新区，被人称为'东北的普罗旺斯'，新区之所以叫紫城，就是因为薰衣草啊！"杜克心里有只蚕蛹在动，法国的普罗旺斯和意大利的托斯卡纳都以薰衣草闻名，想不到国内的滨海还有这样一个地方。他对小袋熊说想去应聘，小袋熊说："人家到澳大利亚来开招聘会，足见求贤若渴之心。你是学环境科学的，现在国内重视生态，回去正有用武之地。"有了女友的支持，杜克第二天就去宾馆见焦市长。杜克是第一个应聘的博士，焦市长很高兴，说招聘的岗位正好有市环保局总工职位，属于副县级。杜克说，如果能去紫城新区更好。市长当即拍板："那你就去紫城，做管委会副主任，也是副县级。不过这个职位来招聘前市委没研究，需要回去走程序。"杜克填了一摞表格，焦市长让秘书小吴留了电话，事情便基本落地。

　　焦市长布里斯班之行，只招了杜克一个海归博士，走程序自然就变得飞快。两个星期不到，杜克已经坐在紫城新区管委会大楼五楼的办公室上班了。杜克上班第一天，一头银发的管委会主任老纪召集五位副主任，对工作重新做了分工，让杜克分管行政和环保。杜克来新区之前，管委会已有一正四副，杜克是超职数配备，老纪从常务副主任老赵手中抽出了环保，从梁副主任分管工作中拿出了行政，算是为杜克分了工。杜克注意观察了这几个同事。老赵鼻尖发红，大概有螨虫作怪，总是用手指捏鼻子，不时呲一下，显示出某种轻蔑。老赵是一个没有爱好的人，古板而冷漠，白衬衣最上端的领扣都紧系着。老梁喜爱摄影，开会总是习惯性打瞌睡，

284

桌上连个笔记本都不摆。副主任老胡是个手机控，一把年纪了却喜欢玩微博微信，微博粉丝超过六位数，朋友说他之所以秃顶，都是刷"两微"累的。喜爱写旧体诗的老姜平生吃素，却胖如厨子，讲话喜欢用四六句，合辙押韵，给人一种学问高深莫测的感觉。老胡、老姜因为杜克到来没有涉及他俩的分工，对他不冷不热。紫城新区一正五副六个主任，杜克最年轻。杜克已经感觉到在其他四位副主任眼里，自己似乎就是个青葱学生，因为老胡见面时告诉他，自己儿子也在昆士兰大学留学。杜克很吃惊，能进昆士兰大学说明老胡儿子很优秀，反推一下，老胡智商也不会低。老姜办公室与杜克毗邻，他是第一个到杜克办公室来的管委会领导。他给杜克送来一本自己的诗集，杜克打开扉页一看，就觉得老姜不可小视，因为老姜写了"请杜克仁兄哂正"。杜克想，老姜年龄大自己十几岁却称仁兄，这是抬爱自己，"哂正"一词则是自谦，这样一来，老姜的诗非读不可了。相对于四位副主任，一把手老纪是个喜怒不形于色的人。老纪当过市政府办公厅副主任，有"文章太守"美誉，连五星级宾馆的菜单都能挑出错别字来，办公室负责材料的秀才们每次为他写讲话稿都战战兢兢。杜克看不出老纪对自己到来是欢迎还是不欢迎，老纪散会后对他说的几句话很实在，老纪说："紫城虽然是新区，但很多事还是要按老规矩办，否则一旦出事，没人给你扛雷。"正是这句话让他对眼前这头银发肃然起敬。杜克出国之前，因为电视上一则医药广告，颠覆了他对白发的一贯信任。那则广告上一个满头白发的老中医，信誓旦旦以人格作保推销某种中药，后来被有关部门查处，说药是假药，白发老人是个骗子。在这则广告之后，他认为靠一头白发来骗人，骗走的其实是价值观，他相信了这样一句话：不是老人变坏，而是坏人变老了。

上任第二天，杜克去了趟紫城最大的紫云迷香薰衣草庄园，并

285

找到了外宣片上那种瓶装精油。他买了两瓶，并为这精致的水晶瓶起名"梦之瓶"，一瓶置于宿舍，一瓶摆放在办公室，拍照后用微信发给小袋熊。小袋熊说："'梦之瓶'这个名字好，你是水瓶座，梦之瓶应该是你的吉祥物，我只是担心你这特洛伊王子被宙斯捉了去司酒。"杜克哈哈大笑："果真那样，我就到了神界。"

## 二、战神大兜

杜克的工作很简单，每天批批文件、参加会议，一切都按部就班，一切都井然有序。很快，他学会了调研。原来他根本不懂当领导还有一种工作方法叫调研，所谓调研就是下去走走看看，然后在会议室里讲讲话，在电视上露露脸，至于说了之后有没有用则没有人去管。

杜克下去调研时在绿松湖边的薰衣草花田里发现一只兜虫，甲壳黑亮，触须刚直，他知道小袋熊喜欢兜虫，便拍了照片发过去。很快小袋熊发来微信，照片上是一只威风凛凛的战神大兜，这是小袋熊新养的宠物。小袋熊说："你走了，我就养了这只战神大兜，想你的时候，就看看战神大兜。"小袋熊是北京人，父亲是国家机关一位部级领导，在华中某省担任过省长。小袋熊喜欢养甲虫当宠物，杜克对此并不反感，甲虫无毒，很多人喜欢甲虫，说明环保意识提高了。微信中这只战神大兜披坚执锐，斗志昂扬，有着犀牛般的力感，犀牛才一只角，这只小小的兜虫却有三只角，中间那只角如同一柄方天画戟，难怪有"战神"之称。小袋熊有些伤感地说："你知道还有半年我要到剑桥继续读博，战神大兜怎么办？过不了海关哪。"杜克说："办法只有一个——放生。"小袋熊说："对，放生大兜，也许会给你带来好运。"

小袋熊还没放生这只战神大兜，杜克的好运就来了——杜克接替老纪，成了紫城新区一把手。

　　事情源于焦市长的秘书小吴。在布里斯班时杜克认识了随焦市长出访的小吴，回国后两人一直保持联系。一天，小吴打来电话，说："焦市长问起你了杜克，说你是他从国外招回来的人才，马上满一年了，也不知道工作怎样。"小吴说，"你这只大'海龟'好稳啊，这么长时间也不向市长汇报汇报工作。"杜克觉得小吴说得有道理，就说："我给市长写个报告吧，顺便谈谈紫城新区下一步发展构想。"小吴说："这也好，你要是来市长这里汇报，紫城会有闲话，你抓紧写报告，我报给市长。"

　　杜克喜爱音乐，尤其喜欢班得瑞作品，他觉得班得瑞音乐简约、清爽，不那么复杂。与班得瑞音乐相比，他觉得紫城的日子就像一台乏善可陈的拉场戏，听不出高潮。杜克有个优点，可以一心两用，比如说手上写着材料，脑子里却可以开小差想着期货指数。他戴着耳机一边听班得瑞的《月光水岸》，一边在电脑键盘上用手指跳着舞步，有一搭无一搭就敲出了一份关于紫城新区创新发展构想的报告，然后一个"伊妹儿"就发给了小吴。杜克为自己完成了一项任务而兴奋，他给小袋熊发微信，说自己今天当了回战神大兜，给市长上了一份万言书，紫城真的可以成为东方的普罗旺斯，关键在于要素排列、统筹管理。小袋熊说："凭我的第六感，你这份报告不会泥牛入海，说不准会引起领导的注意。"报告发出第四天，市委组织部来了四个人，对新区班子进行考核。大楼里传言四起，有的说纪主任要走，有的说赵主任要提拔，梁、胡、姜三位副主任也紧张起来，每天早早地来到办公室，开着门办公。杜克认为自己来新区才一年，与四位资深副主任不在一个梯队里，考不考核与他关系不大，他除了开会、调研和到薰衣草花田转转外，其余时间依旧听班得瑞音乐，做键盘上的舞蹈者。入冬后，他不再喝蓝山咖啡，试着饮用薰衣草茶。薰衣草茶的泡法很简单,在沸水中加入薰衣草花,再加一点蜂蜜即可,傍晚时喝下一杯薰衣草茶,脑子会格外镇静、清醒,一天的杂乱无章呈现在电脑显示屏上会变得条理分明。

市委的决定超出新区所有人的预料——杜克接替了老纪。

宣布市委决定的大会干部到会率极高,会议室里白森森一片——新区干部喜欢穿白衬衣,不知什么时候,白衬衣成了新区的"官服"。杜克想,赤橙黄绿青蓝紫,色彩这么多,为什么偏偏都选中了白色?当他走上会场主席台时,台下的目光都集中他身上,他有些不自然,因为他穿了一件紫色的衬衣。主席台上坐了七个人——市委组织部长、老纪和包括杜克在内的五位副主任。其中常务副主任老赵脸色晦暗,像宿醉未醒,坐在椅子上肩膀支棱着,看上去让人很不舒服。梁主任眯着眼,似乎在假寐。胡主任油亮的头皮在灯光下如同一个伊丽莎白甜瓜,他依旧利用一切可利用的时间刷手机,神态专注,心无旁骛。姜主任嘴唇紧抿,两眼在台下搜索,似乎在找一个应到而未到的人。会议由市委组织部长主持,他严肃认真,不苟言笑,用标准的普通话宣布市委决定,纪守常同志另有任用,杜克同志任紫城新区管委会主任。大家都知道,新区党工委书记由分管副市长兼任,管委会主任实际上就是一把手。组织部长照本宣科,绝不增减半句,讲稿应该是会前审定好的。老纪也讲了半个钟头,老纪主要回顾了自己在紫城几年来的历程,表达了对紫城上下的深厚感情,但杜克一句也没记住,事情太突然,他的"CPU"(中央处理器)出现了短暂的死机。部长让杜克做表态讲话,杜克没有准备,但一年副主任的历练让他学会了些讲话的本事,他先讲了感谢的话,对方方面面都表示感谢,又讲了自谦和表决心的话。这个套路进行完,脑子便不由得进入了自己的界面,他说事业就像一个键盘,无非是二十六个字母和十个数字,为什么有人能打优质义案,而有人却只能斗地主打游戏? 同样是碳元素,为什么有的能成钻石,有的只能是草木灰? 就是排列组合所致。排列组合就是管理,管理是一门科学,更是一种文明,它追求的是效能最大化。杜克跳跃的思维忽然就想到了机关食堂。就拿机关食堂来说吧,他说,如果管理到位,怎么会有蟑螂乱爬? 台下发出嗡嗡的议论声,大家都在机关食堂吃饭,谁也没有注意到食堂里有蟑螂。坐在前排的行政中心主任刘霞有些脸红,低下头在笔记本上记着。作为分管食堂的领导,杜克对她说过两次蟑螂的事,她也训斥过食堂管理员,但蟑螂的问题一直没有解决。

散会后,老纪带着五位副主任下楼送走了组织部长,纪主任转过身向杜克表示祝贺,老纪说:"紫城发展的担子就交给你了。"杜克说:"感谢纪主任推荐我,没有您的推荐,我接不了班。"赵、梁、胡、姜四个副主任就站在身旁,论资历,四人都在杜克之上。

"不,我没推荐你,是组织选择了你。"老纪不领这个情,他说,"作为新区第一任主任,我想提醒你,紫城五百零六平方公里大地是棋盘而非键盘,键盘敲错了可以改,棋盘走错了就会输。"老纪说完微笑着走了。纪主任和其他四位副主任神情怪异,看来上级这种安排他们事先并不知情,很有些措手不及。四位副主任一一与杜克握手表示祝贺,杜克明显感到每只手都松松垮垮,像有所泄漏的气球。

杜克刚回到办公室,刘霞就影子一样跟进来,进门就哭,说自己没脸干这个主任了,连蟑螂都管不住,还怎么管人? 刘霞四十多岁,保养极佳,有胸无腹,染着栗色的齐耳短发,学过评剧,很有新凤霞的扮相,她的唱腔常常让公务接待晚宴风生水起。

杜克说:"我只是一时想到了蟑螂,你别往心里去。你来得正好,你抓紧做个食堂改革的方案吧,把食堂好好抓一抓,下一步食堂还要归梁主任管。"

"改革?"刘霞愣了一下,"怎么改?"

杜克说:"怎么改是你的事,我要的是品质和卫生,尤其不能有蟑螂。"

刘霞没想到杜主任会从食堂烧第一把火,新区那么多大事,这个大"海龟"却专门盯住了食堂里的蟑螂。"灭掉蟑螂应该不是难事,"刘霞说,"无非买一点好药。"

杜克摇摇头:"蟑螂这东西很厉害,一只被斩首的蟑螂,可以存活好多天。美国政府花在灭蟑螂上的支出每年高达十五亿美元,比防治艾滋病的支出还多。如果世界上发生核战,其他动植物包括人类都会死光光,唯有蟑螂能活下来。"

"天哪,蟑螂这么厉害!"刘霞惊愕不已。

杜克说:"但是我相信,刘主任家中厨房里肯定没有蟑螂,因为你是个干练精致的女人,怎么会容忍蟑螂的肮脏呢?"

刘霞的脸腾地红起来。"那倒是,"她说,"我心里对蟑螂恐惧至极。"

"民以食为天,天出了问题,不会是小事,我要的结果是食堂看不见蟑螂。"杜克起身送走刘霞,转身拿起办公桌上的梦之瓶,打开瓶盖,放在鼻子下闻了闻,刚才谈论讨厌的蟑螂让他有些反胃。薰衣草精油沁人心脾的芳香让他很快五脏归位,他端详着手中的水晶瓶,心想,梦想之水,梦之瓶,当然也就是幸运之瓶。那天在布里斯班,当屏幕上出现这款水晶瓶的特写时,他蓦然有了一种初恋般的冲动,这大概就是自己与紫城的缘分吧。

下午,小吴打来电话,问他:"杜克,你知道《投名状》吗?"杜克说:"应该是部国产片,听说票房不错。"小吴在电话里不耐烦了:

"得得得,我告诉你,你可不能给焦市长丢脸。"

夜里,杜克做了一个梦,梦见自己变成了一只兜虫,在城市滚烫的柏油路上爬行,街旁没有绿树,各种车辆从身边呼啸而过,他时刻都有被碾成粉末的危险。他内心充满恐惧,急忙给小袋熊发微信,小袋熊回话说:"你傻呀,你是战神大兜,是有翅膀的。"杜克这才想到自己能飞。这时,一辆太脱拉载重卡车迎面驶来,忽悠一下把他吓醒,他抬手一摸,额头上满是冷汗。是啊,威武的战神大兜虽然有三只角,但在滚滚车轮面前,不如一只螳螂。

## 三、喇嘛眼

杜克特别欣赏城东一个被薰衣草花田环绕的湖泊。湖泊水面不大,约有一公顷,湖畔长满蒲苇,浅水处长着成片的鸢尾花。鸢尾花色彩与薰衣草相近,气味却比薰衣草浓烈。野鸭、红嘴鸥、白鹭、鸳鸯等各种水鸟在湖中栖息。摄影爱好者早就注意到了这个宝石般的天然湖泊,黎明或黄昏之时,包括梁主任在内的许多摄影爱好者都会扛着长枪短炮来拍水鸟。这个湖在地图上叫绿松湖,杜克问过城建局长为什么叫绿松湖,城建局长挠了挠头皮道,大概过去湖边有松树吧。

杜克上任第二个月,滨海最大的开发商九天集团相中了这块水面,要来开发绿松湖。招商引资工作归老赵管,九天集团做通了老赵的工作,这个议题就需要上会研究。这是405会议室召开的第一次重要会议,会上,老赵讲了九天的实力和九天董事长吴怀中的魄力,说紫城能引进九天,各项经济指标年底会上升一大截,九天揽月不成问题。九天集团的开发设计是建设环湖高档别墅区,并且取了很洋的名字——普罗旺斯。老赵很兴奋,说:"建成之日,绿松湖会成为紫城的地中海!"

杜克让大家发表意见。老梁半闭着眼睛假寐了一会儿,听到杜克叫他,才缓缓睁开眼说,绿松湖是个拍鸟的绝佳之地,建了别墅,鸟就不会来了。老梁最近摄影水准大有进步,常常天不亮就起来到绿松湖拍日出、拍鸟,睡眠严重不足,白天常常犯困。老胡在看微信,老胡的微信朋友圈有五百人,在微信群中一呼百应,是心灵鸡汤的熬制者。他说开发不开发各有道理,要权衡一下利弊才能定。老姜则在本子上飞快地记着什么。老姜旧体诗写作也有长进,每天给自己规定写三首七律或五律,已经自费出版了两本诗集,正雄心勃勃准备冲击国家级文学大奖。老姜问:"啥叫普罗旺斯?"老赵解释说是欧洲一个地名。老姜说:"开发尚可为,不要起洋名。功夫在诗外,别惹平头哥。"老姜说的平头哥是指吴怀中,因为喜欢剃寸头被人起了个绰号平头哥。大家都发表了意见,老赵面容清癯,解开了领口的扣子,把有关绿松湖的规划图、效果图合上,等待杜克拍板。杜克说:"绿松湖是紫城唯一的天然湖,还是保持原生态好。再说,天然湖泊属于社会,我们不能把它圈起来建成少数富人的私家花园。"

　　会议不欢而散。

　　杜克想,自己是学环境科学的,如果默许这种恣意开发,等于自己掌自己嘴。他让司机开车带他去绿松湖,想再看看绿松湖为什么会诱发吴怀中的占有欲。从办公大楼到绿松湖,路程只有半个小时,出了城区便是八米宽的柏油路,路旁绿化带里种着零零散散的扫帚梅,跨过扫帚梅就是向两边延展的薰衣草花田。杜克想,难道扫帚梅比薰衣草还美吗?这个绿化带等于给一幅油画镶了个烂木框。车停下,他沿着薰衣草花田间的小路缓步来到湖边,一边走,一边在心里掂量老姜说的平头哥。说实话,对吴怀中这个开发商杜克很不以为然,九天集团完全靠占政府的便宜起家,为了省钱,竟偷偷在夜里跑到山上挖树,然后栽到自己开发的小区搞绿化,这样移植的大树成活率很低,还白白毁了山林。

湖边芦苇丛中有一个戴着遮阳帽的老者在垂钓,一问,是附近的村民,受雇为薰衣草庄园看护湖泊,防止有人下网打鱼。杜克早就听说紫云迷香薰衣草庄园对绿松湖很看重,为了不让农药污染湖水,拒绝使用除草剂,铲除杂草的工作就雇附近村民来做。这种自发的环保意识让杜克很感动,看来不是农民不环保,关键是你给了农民什么样的选择路径。老者把一根细细的鱼竿收起来,起身和杜克拉呱:"我在电视上见过你,你是新区领导吧?"杜克笑了笑:"您老还看电视新闻?"老者摇摇头:"不看不中,免费无线台就两个台,一个是中央台,一个是新区台,没的选择,所以中央领导我认识,新区领导我也认识。"杜克明白了是老者家里没有安装有线电视,电视台为了鼓励市民安装收费的高清电视,免费无线台频道一直在减少,没想到只剩下两个,中央台上面有要求,必须全覆盖,新区台是地方台,电视台不能不播。攀谈中,杜克问起这湖名的来历,老者说:"绿松湖是新区成立后领导给改的,其实,附近老百姓在绿松后面还加个'石'字,叫绿松石湖,就是说这个泡子很像一块巨大的绿松石。绿松石你知道吧?过去喇嘛常戴着的串珠,是宝石,所以四周村民又叫这个湖为喇嘛眼。"杜克觉得绿松石湖和喇嘛眼这两个名字都挺好,有文化,倒是减掉了"石"字的绿松湖有点俗。老者很健谈,说:"喇嘛眼你知道吗?就是佛眼,佛眼是五眼中最高等级的眼,能往后看三千年,往前看三千年,世上善恶一清二楚。"杜克点点头:"是啊,这么好的名字,为什么要改呢?"老者说:"那是你们当领导的事情,当领导的手持利斧,见树就修,总嫌树权碍事,修来修去就剩个树梢,还能有乘凉的树荫吗?"老者的话不无道理,杜克想,有些旁逸斜出的东西真的就是历史路标,不能一扫而光。

告别老者，杜克觉得自己坚持对了，哪怕老赵一万个不高兴，他也要坚持。杜克想，既然自己是战神大兜，那么第三只角就索性做柄护法宝剑，看好这只喇嘛眼。

杜克很显然过于乐观了，吴怀中这样的高等级开发商在滨海几乎是无坚不摧。杜克一连接了三个电话。第一个是老纪打来的，老纪已经是滨海人大常委会副主任，副市级，属于四大班子领导。老纪说："杜克啊，我记得绿松湖一带的规划是休闲旅游区吧，九天的项目似乎不违规嘛。"杜克说："绿松湖是喇嘛眼，您老在的时候保护得那么好，我怎敢给喇嘛眼上眼药？"老纪在电话那边沉默了许久，说："喇嘛眼是谁说的？"杜克说："这名字是附近村民告诉我的，我想既然是眼睛，就轻易碰不得。"老纪撂下了电话。次日，分管副市长打来电话，说九天的吴怀中找到市政府，投诉紫城新区招商引资工作不作为，绿松湖他前期设计费花了一千多万，现在却拖着不批，这损失谁出？杜克说新区从来没研究过绿松湖开发问题，没经过新区同意他就自己设计，这损失与紫城新区无关。副市长深谙官场之道，没有再说什么，只是提醒杜克："吴怀中是通天的人物，他连我这个副市长都不放在眼里，你可要有充分的思想准备。"杜克说："我不怕，我是战神大兜。"副市长不明白战神大兜是什么，问："什么战神大兜？"杜克说："是我女朋友养的一只兜虫。"副市长笑了，说："杜克呀，你可真幽默。"过了两天，小吴来电话，说别为了一个水泡子得罪平头哥，平头哥来磨了焦市长两天，焦市长烦透了，平头哥这个人黑白两道路路通，得罪不起。杜克说："那可不是水泡子，那是喇嘛眼。"小吴说："你这个远道的和尚果然不信邪，连喇嘛都拉来做挡箭牌。焦市长正是欣赏你这一点，说只有你才能六亲不认，给紫城杀出一条血路。"

剃着平头的吴怀中亲自来了。吴怀中是滨海市人大常委，到市政府各局办事全是绿色通道，因为政府组成人员任命有他一票。吴怀中很低调，浑身没有一样名牌，麻质衬衣、纯棉休闲裤、白袜、隆德祥圆口黑布鞋，看上去很有范儿。他来到杜克办公室，先不谈绿松湖项目，而是和杜克唠布里斯班，唠昆士兰大学，唠杜克的女友。他说自己在布里斯班有公司，有一个团队在黄金海岸搞旅游，光黑人员工就雇了几十个，这些黑人员工来自西非丛林，忠诚勇敢，为了公司利益敢于提着柴刀去拼命。杜克听他讲完，问："你知道战神大兜吗？"吴怀中愣了一下，摇摇头。杜克说："布里斯班不是非洲丛林，我在那里学习四年，还没看过打打杀杀的街景。"吴怀中点燃一支雪茄，吸了几口，很轻松地说："孔夫子说过一句话，'己欲达而达人'，你给我一条发财路，我也不挡你升官道，咱们相安无事。"杜克说："我会和老赵商量一下，给你提供几个可选择的方案，新区对所有的投资者都一视同仁。"

吴怀中没提绿松湖，临走的时候说："我回去研究一下战神大兜。"

## 四、蟑螂的盛宴

刘霞关于食堂的改革方案迟迟没能拿出来，杜克问她，她说早就写好了，在梁主任那里候审呢。杜克当了一把手，行政中心重归老梁管，老梁对食堂这样的小事不上心，刘霞的方案他只是画了一个圈儿便放在案头不管不问。杜克给老梁打了电话，老梁想起有这么一个文件，他叫来刘霞，让她直接找主任去汇报。他问刘霞："紫城这么多大事，杜主任怎么偏偏盯住食堂不放？"刘霞说，还不是蟑螂闹的。老梁说："你是行政中心主任，过去照顾老纪多，肯定无暇照顾杜主任，要转变好角色。"刘霞感动得眼泪差点流下来，老

295

梁是个懂黄金分割的人,关心人很会对焦,刘霞觉得自己过去对老梁也照顾不够,但老梁从不挑剔。

当穿一件紫色连衣裙的刘霞来到杜克办公室时,杜克眼睛为之一亮,如果不清楚刘霞的真实年龄,他对眼前这个滑爽女人的年龄一定会产生误判。杜克想,紫色实在是一种能够混淆年龄的颜色。但这种感觉转瞬即逝,他脑子里马上就想到了食堂里的蟑螂,除掉蟑螂是他坚持改革食堂的初衷。杜克接过方案,速度很快地浏览了一遍。刘霞的思路是承包,她要将现有的食堂职工大都调到物业去,食堂由承包人自行招聘厨师,行政中心负责监管奖罚。应该说刘霞的改革方案步伐不小。他夸奖了刘霞几句,说她真动了脑筋。刘霞说:"这三十年我个人得出的工作经验就两条:前十五年是一包就灵,后十五年是一卖准成。咱机关食堂不能卖,就搞承包吧。"杜克盯着电脑显示屏旁的梦之瓶说:"不管怎么改,目的就两条:一条是提高品质;一条是确保卫生,尤其不能有蟑螂。"刘霞说:"我已经想好了,每周都抽查,发现一只蟑螂就罚承包人一百块。"杜克没有表态,经济手段固然管用,但解决不了根本问题。

食堂承包,变化立见,卫生状况有了改善,主副食花样增加不少。但刚刚运行一个月,干部手机里开始传播一条微信,说食堂里做菜用的油是转基因豆油,吃了这种豆油年轻人会影响生育,中年人会阳痿。紫城新区机关年轻人不少,这条微信立马就成了一条爆炸性新闻,不仅年轻人反应强烈,中年干部也愤愤不平,好像自己回家后无所作为都是这豆油所致,议论像鬼旋风,几乎是拔地而起。刘霞把情况报告给杜克,杜克让老梁过问一下。老梁带人检查了一圈儿,回来说,微信传言不实,人家食用油包装上写得很清楚,都是九三压榨油。

杜克问刘霞:"为何微信上会有这样的假消息?"刘霞说:"当初

承包时竞标的有三家,三家都找了关系,都志在必得,但中标只能是一家,那两家怎会善罢甘休?"刘霞建议,是不是让食药监局来人检验一下。杜克想,转基因豆油既然国家允许销售,就没有禁止的法理,你就是检查出是转基因,还能处罚承包人吗? 他告诉刘霞,可以开个各单位办公室主任会议,由承包人说说豆油问题,谣言止于真相。

事情远远没有杜克想象的那样简单,办公室主任会议开过后,干部手机里微信更是叫个不停,什么越描越黑、欲盖弥彰的话都来了。还有相当级别的干部公开说,心里没鬼出来解释什么? 微信上的消息越传越猛,干部们甚至开始在公开场合议论,转基因豆油问题过去怎么就没有? 因为过去食堂不讲利润,现在承包了,承包当然要赚钱,利令智昏。有人开始扒承包人的来头儿,扒来扒去,扒出承包人与老梁有点远房亲属关系,老梁便成了众矢之的。老梁很生气,对刘霞动了态度。刘霞感到委屈,在杜克吃过晚饭回办公室时,她跟着上五楼来到杜克办公室。穿着紫色连衣裙的刘霞一进屋就趴在沙发上哭,哭得花枝乱颤。杜克从来没有遇到过这种情况,扶也不好,搀也不是,不知道怎样安慰她。在刘霞停止哭泣后,杜克问:"你这是怎么了?"刘霞擦干了眼泪道:"杜主任,我这是为你当先锋挡子弹。"杜克愣了一下,问:"这话怎么讲?"刘霞说:"食堂改革触动了一些人的利益,他们便把矛头指向了我,我是躺着也中枪。"杜克笑了笑,道:"你只要管住卫生和品质,时间一长大伙就习惯了。"刘霞站起身,放低了语气说:"我没什么,只是向你诉诉苦,也想让你知道,我是为谁而受伤。"刘霞说完,莞尔一笑,推门走了。刘霞走后杜克才发现房间里的味道不对,他的办公室里一向是薰衣草的清香,突然间味道变了,作为对气味有深入研究的环境学博士,他马上判断出,这是有名的费洛蒙香水味儿。

老梁来到杜克办公室,这是老梁第一次走进杜克办公室。老梁的白衬衣明亮耀眼,他坐下来眼睛便盯住电脑显示屏旁那个打开的小水晶瓶。老梁问:"你喜欢薰衣草?"杜克点点头。老梁说:"我也喜欢,我拍了好多薰衣草照片。"杜克知道老梁找自己不是谈薰衣草,便停下在键盘上舞蹈的十指,问老梁:"有事吧,梁主任?"老梁说:"食堂的事群众议论很大,我的压力也不小。我和老赵、老胡、老姜都交流过,他们认为目前这种承包不妥,想和你商量一下,换一种让干部放心的改革方式。"杜克想了想,道:"这是你分管的工作,本来就该你拿主意,我要的结果无非是没有蟑螂。"

老梁的改革方式被他自己称为"翻烧饼",就是停止承包,恢复过去的体制,同时在机关成立一个食堂管理委员会,每周周五上午由管理委员会对食堂进行一次全面检查,重点是检查卫生。一切恢复原样,大家对食堂的议论渐渐平息,杜克发现食堂的卫生状况有所改善,刘霞汇报说检查了几次,连条蟑螂腿都没发现。

杜克和小袋熊微聊时说起此事,小袋熊嘲笑他:"蟑螂喜暗怕光,昼伏夜出,大白天你能发现蟑螂吗?"杜克一拍脑门儿,对呀,上午检查怎会发现蟑螂?他给刘霞打电话,让她晚上下班别走,说晚上找她有事。

刘霞在办公室特意将制服换成了紫色连衣裙,她不知道主任找她何事,这是主任第一次在晚上找自己。时间过得很慢,晚上九点,杜克给刘霞打电话,让她陪自己去食堂看看。刘霞急忙找来食堂值班的管理员,陪主任来到地下一层的食堂。灯光下,就餐大厅整洁明亮,地砖纤尘不染。杜克径直来到厨房,灶下是一排木质厨门,杜克打开一个厨门,发现里面管道口的油渍上几十只蟑螂正在大餐,灯光一照,蟑螂四散而逃。刘霞惊叫一声,下意识地抓住了杜克的胳膊。杜克被抓疼了,扭头道:"你怕蟑螂,为什么还让它们滋生蔓延？"

"我的天，"刘霞说，"主任你真厉害！"

"我厉害什么？我只是厌恶蟑螂。"

## 五、八局之变

杜克不喜欢五楼会议室，原因有二：一是空间太大，装修豪华，似乎总有散不尽的甲醛味儿；二是名字过于夸张，叫国际会议厅，紫城新区从来没有外宾来开会，叫什么国际会议厅呢？他把管委会领导开会的地点改在四楼405会议室。405是个圆桌会议室，两圈儿能容三十几人，开会不用麦克风，便于讨论问题。会议室选定后，杜克让刘霞去买了一瓶薰衣草精油，打开瓶盖置于圆桌中间的花盆边，用吊兰的叶子遮挡上，让精油慢慢挥发。这样，进入405会议室，嗅觉灵敏的人便会闻到一种淡淡的薰衣草花香，紫城周边都是薰衣草花田，闻到这种花香不足为奇。杜克告诉刘霞要保密，刘霞红着脸说："看来我要更换香水牌子了。"

尽管小袋熊说薰衣草精油的香味有利于使会议达成一致意见，但在杜克看来，405会议室酝酿的许多大事都一波三折，尤其是对新区机构伤筋动骨的八局之变。杜克早就发现管委会工作效率低，十六个局工作根本不饱和，人浮于事不要紧，关键是多个庙就多道门槛，让来紫城办事的商户叫苦不迭。杜克记得焦市长的话，建立新区就是要杀出一条血路，既然是血路，就免不了动手术。兹事重大，杜克没让人社局操刀，自己在键盘上舞蹈了两个夜晚，敲出一份机构改革方案，方案的精髓是简政放权、压缩机构。他把十六个局压缩成八个，自己戏称这是八局之变。他把想法告诉小袋熊，已经到了英国的小袋熊很支持他的想法，说："八个局都多，你看看布里斯班，人家市政府才几个局？"杜克说，情况不一样，不能照搬照套。为了稳妥起见,杜克把方案发给小吴,让他转呈焦市长把把关。很快小吴回话,说市长在报告上画了个圈儿,没说赞成,也没说不赞成。杜克有些犯难,焦市长这个圈儿是什么意思呢?他给小袋熊发微信,小袋熊说:"这个都不懂,亏你还当一把手,遇到不好表态的事就画圈儿嘛!"杜克明白了,紫城新区机构问题,市长也没有最终决定权,市长画了圈儿,就等于默许他试一试。

隐藏在会议室吊兰下的薰衣草精油并没稳定住与会者的情绪,因为绿松湖开发受阻而心底有火的老赵对改革方案首先发难:"如果这么合并,我、老梁、老胡、老姜四人,最多一人管俩局,我们是局长还是区领导?"这个问题杜克的确没想到,他心里算了一下,改革后老赵、老梁每人分管三个局,老胡、老姜每人只能分管一个,看来,副主任职数是多了,不过副主任这个层面不是新区自己能定的。老姜说:"算了,我一个局也不分管了,我干脆去管文联吧。"这显然是气话了,因为新区根本没有文联。老胡说:"我可以协助老赵或老梁工作,当个主任助理。"老梁不说话,杜克问他的意见,他抬起头说:"我想问一下,这么改是上边的意见吗? 如果是,我服从;如果不是,我保留意见。"

杜克笑而不语。

阻力显而易见,他把目光投向圆桌中间的那盆吊兰。圆桌会议室中心是空的,刘霞在中央放了一个红木花架,花架上是一盆枝叶下垂的吊兰,杜克不知道自己在寻找什么,也许在找那个隐藏的梦之瓶。梦之瓶没有看到,他却发现吊兰叶子上有一个小小的瓢虫,这是个封闭的会议室,瓢虫怎么会进来? 瓢虫进来是不是与梦之瓶有关? 他脑子里开始跳跃,猛然就想到了战神大兜,大兜不是有第三只角吗? 这第三只角应该有所作为。他收回遐想,目光在每个人脸上扫过,然后拍板:"为了杀出一条血路,我们只能这样先行先试。"散会后杜克把列席会议的人社局长留下来,对他下了一道死令:一边合并机构,一边制定新的工作流程,快刀斩乱麻,一个月内拿下来。人社局是唯一一个不合并的局,局长是个军转干部,有很强的执行力,他说:"新区人浮于事的情况十分严重,像一个越长越大的瘤子,我们看着都着急。这些人都是通过各种关系进来的,我真替你捏把汗。主任,操刀容易收刀难啊。"人社局长了解新区错综复杂的人事关系,他想给这个海归主任提个醒。杜克笑了笑:"你只管执行,天塌下来我顶着就是。"

刘霞来找杜克,说会议室一瓶薰衣草精油不够,想多放两瓶。杜克想了想,没让她多放,精油的妙用在于润物无香,潜移默化,如果搞得浓香四溢,还像会议室吗?刘霞说,可是放少了不起作用呀,开会讨论问题容易争吵。杜克知道刘霞是个消息灵通人士,就说,对一个问题有不同意见很正常,众口一词才不正常。

紫城新区八局之变让滨海炸了庙,这则消息及后续发展成了干部手机上日日不变的头条。十六个局的局长、副局长全部重新竞聘上岗,一些落聘的局长、副局长成了非领导职务,一时间杜克成了整个滨海的焦点。杜克在手机上做了设置,只要不是市领导的电话他一概呼叫转移至办公室秘书科,他自己则一个局一个局督办。老纪打来了电话,但老纪没有提人的事,老纪说:"杜克你真行,你做了我想做不敢做的事。"放下电话杜克有些疑惑,他原以为最大阻力应该来自老纪,这些落聘的局长毕竟是老纪启用的,但老纪却能打来这样的电话,他觉得自己错看了老纪。

主管市长也打来电话,他说:"杜克啊,好歹我还兼任你们书记,这么大的事你也不和我商量一下?"杜克说:"市长,我这是保护您啊,我要是请示您,您是同意还是不同意呢?"主管市长在电话里笑了,道:"你小子回国还不到两年,就变成了泥鳅。"杜克说:"市长啊,我不是泥鳅,我是兜虫。"主管市长说:"我不管你是泥鳅还是兜虫,你自己导演的戏自己收好场,我只能睁一只眼闭一只眼了,只要你别把天捅破。"杜克心里明白,无论是老纪,还是主管市长,这些日子电话一定被打爆了。

刘霞很感谢杜克,杜克没有因为上次夜查发现蟑螂而难为她,只是给她列出了几种灭蟑螂药,让她搞卫生别留死角。杜克问她:"你在家搞卫生,床下、沙发下难道不打扫吗? 食堂也是这个道理呀!"这让她很是无地自容,好像耳后有灰被杜克发现了一般尴尬。她悄悄提醒杜克说:"有领导私下议论,说你不抓项目只抓机构,是思路上有偏差。"杜克说:"我不是抓机构,我是在抓营商环境。"刘霞说:"抓项目好比抓蛋糕,立竿见影;抓机构好比抓马蜂窝,抓不好还惹麻烦。"杜克觉得这话有道理,却想不出这道理出自哪里。

杜克果然杀出一条血路,八局之变跟跟跄跄搞成了。小吴打来电话,说:"杜克你是从一线天里穿过去的,这简直是奇迹! 市委那头儿以为是政府这边的意见,政府这边以为是市委那头儿的主张,两边出于大局团结的考虑,没有哪一方出面干预,他们谁也没有想到,这样一件捅破天的大事竟然是你杜克一人在键盘上鼓捣出来的。"杜克说:"我是一只兜虫,脑子里没那么多羁绊,不是有这样一句话吗?'一朝权在手,便把令来行。'"

年底,在研究政府工作报告时,市委这边提出,紫城新区机构改革这样一件大事,政府报告为什么只字没提? 政府回话,市编办归市委管,这件事是市委主导,要写也该写进市委报告,市委这边恍然大悟,紫城新区八局之变,原来都是杜克所为。

## 六、挥发还是泄漏

元旦后春节前,组织部门要对市属各县区、各单位进行年度考核。小吴来过电话,让杜克一定要重视这次考核。

杜克给小袋熊发微信,小袋熊告诉他,在剑桥她又养了一只兜虫,不过不是战神大兜,而是稀有的长戟大兜虫,体长达六厘米。"这种兜虫2013年首次在英国被发现,是国宝级兜虫。长戟大兜虫是宙斯的儿子,又称'大力神',有了它,你就所向披靡吧。"杜克笑了,他告诉小袋熊,知道自己为什么叫杜克吗?"Duke"在英语里是领导者,自己天生就是当领导的命。小袋熊嘘他,连画圈儿的学问都不懂,还天生当领导的命呢。小袋熊说有件事她要做检讨,她把杜克的简历及发表过的几篇学术论文发给伦敦一家环保公司,这家公司很感兴趣,说杜克随时可以到公司面试。杜克说:"我在紫城如日中天,你干吗忙着帮我跳槽?"小袋熊说:"你不了解官场的学问,如日中天之后,不就是下午了吗?"杜克这才想起,小袋熊可是官宦人家的千金,见过的世面比自己多。

不幸果然被小袋熊言中。年度考核后,市委在新一轮干部调整中对杜克做了另行安排,让他去市政府研究中心当主任,属于平调,不升不降。市委决定出来当天,小吴打电话告诉他两件事:一件是吴怀中出事了,因为行贿被省纪委"双规",估计要牵连不少人,说杜克挺有眼光的,要是绿松湖项目真的上马,紫城会倒一批干部。另一件事是,新区新来的主任是焦市长从省里挖来的,是个管理学博士,市政府研究中心主任这个位置也是焦市长争取的。杜克让小吴转达对焦市长的谢意,说自己两年没见小袋熊了,再不去见,担心小袋熊被大灰狼给拐跑。

市委组织部长来新区主持召开了领导干部大会。和上次宣布决定一样,部长面无表情,照本宣科,用标准的普通话把市委决定宣读了一遍,然后让杜克讲话。杜克精神有些溜号,一只长戟大兜虫在眼前若隐若现,他不记得自己讲了些什么,好像讲了喇嘛眼,

303

说任何时候都要保护好这只紫城之眼,只有这只眼能回望过去,也能洞悉未来。讲话结束时掌声很热烈,他知道这种热烈是对他调走的一种欢呼。新来的主任姓什么杜克没在意,他讲了些什么杜克也不再关心,但有两个观点还是楔子一般嵌入了耳鼓:一个是滨海整体是一盘棋,这是大局;一个是新区不管怎么新,都不能成为例外的理由。

市政府研究中心来电话要派人帮杜克搬东西,他没有同意,他所有的东西一个拉杆箱就能装下,无须劳驾别人。当夜,他在食堂吃了最后一次晚饭,因为是周末,食堂餐厅就餐的人很少,显得空旷肃静。值班厨师留着小胡子,在厨房里隔着玻璃冷冷地看着他。厨师们对食堂曾经发生的那次改革耿耿于怀,因为他们去当了一个月的园林工人,这种角色转换是一种耻辱。没等杜克吃完,厨师锁上厨房走人,偌大的餐厅里只有杜克一人在吃晚餐。杜克并无失落感,他习惯一个人吃饭,吃饭的时候他的大脑会十分活跃。忽然,一股薰衣草花香飘过来,回头一看,是刘霞,刘霞穿着一件乳白色风衣,里面是件紫色开司米高领毛衣。刘霞说:"杜主任,我想九点钟请您再检查一次厨房。"杜克问:"为什么?"刘霞低下头说:"只有这样,才能改变我在您心中的印象。"杜克说:"我心里对你什么印象呀?"刘霞说:"您肯定认为我是一个不讲卫生的女人,连食堂里的蟑螂都治不了。"杜克放下筷子说:"不是这样,说实话我挺欣赏你的,你很真诚。"刘霞眼圈红了,紧紧咬住下唇。杜克摇摇头,道:"这里的蟑螂已经与我无关,不过,你来得正好,请你打开405会议室,我一会儿想去看看这个开过无数次会议的地方。"杜克决定明天一早离开,到伦敦与小袋熊过春节,他对谁都没有讲,但他很想到405会议室去一趟。

杜克回到宿舍,拿起写字台上的梦之瓶,一看,瓶子已经干了,

304

他旋紧瓶盖,将空瓶放进拉杆箱。收拾办公室时,他发现电脑显示屏旁的梦之瓶也空了,他收好空瓶,心里有些怪自己,什么时候空的?自己太粗心大意了。他打开电脑播放器,班得瑞《非洲日落》清爽的音乐流水一般响起,仿佛带着串串气泡,拍打着他的神经。他仰坐在沙发椅上,脑海里一页页翻着两年来的往事。曲终,他下楼来到 405 会议室,楼道空空,墙壁上的壁灯散发着橘黄色的光,会议室大门虚掩,刘霞坐在会议室里等他。刘霞没有穿风衣,那件紫色高领毛衣让他为之一振。刘霞站起身说:"看来,杜主任对这个会议室很有感情。"杜克说:"我只是想起来一样东西。"他进到圆桌中央,拨开吊兰,找到那个梦之瓶,对着日光灯在眼前晃了晃,瓶中空空如也,薰衣草精油一滴不剩。

第二天天未亮,杜克约了个滴滴快车,直接去机场。他拉着拉杆箱,迎着凛冽的寒风一个人走出宿舍,来到车前正要上车,刘霞不知从何处冒了出来,她穿着乳白色风衣,里面是紫色高领毛衣。"你怎么来了?"杜克这个时间离开没有告诉任何人,刘霞怎么会知道?"您落了一件小东西,我给您送来了。"刘霞把一个小纸袋递给他。杜克接过去正要打开,刘霞说:"到车上再看吧,主任。"说完,展开双臂拥抱了一下杜克,然后转身走了。刘霞与他拥抱的时候,两人脸颊贴了一下,他感到了刘霞脸上冰凉的泪水。

路上,杜克打开小纸袋,里面是两瓶包装精致的薰衣草精油。

原载于 2018 年第 4 期《北京文学》;2020 年第 7 期
《长江文艺·好小说》转载

# 江 山 志

## 一

姜子峰晚上和朋友小聚,做东的朋友让他点菜,他顺口就点了个老鸭粉。朋友戏谑道:能不能上点档次?回回都换着花样吃粉条。他笑着道:啥叫上档次?可口就是上档次。

桌上一盘老鸭粉被他包圆了,其他人没怎么动筷子,说喝酒不能吃粉条。他不管这些,粉条吃了,酒也喝了,肚子里并没有闹起义,看来很多习惯性说法不靠谱儿。餐馆离家不远,饭后正好可以散散步,路上,手机提示音响了一下,是条微信:老家要没了,别忘了还有两道难题没解呢。

微信是小惠发来的,她是江山村小惠红粉坊的主人。

小惠是他同村同学,上学时虽然有那么一段朦朦胧胧的关系,但因为没有明确,彼此交往就不存在尴尬。他与小惠两家前后院相邻,小学六年两人一直是同班同桌,初中三年又一同住校。后来他考上高中,上了大学,毕业后在省城当了干部;小惠考上的是职高,职高专业有车床、汽修,还有美容美发,这些专业开粉坊用不上,小惠便退学回家,帮父亲叶立国打理粉坊。叶立国是江山四老之一叶兆廷的儿子,有"漏粉大王"的绰号,开的叶氏粉坊在十里八乡名气不小,小惠是独生女,叶氏粉坊只能由她来接班。江山村盛产优质土豆,漏制的粉条水晶一样筋道可口。粉条烹饪方法虽多,但江山村的村妇们往往化繁为简,热油葱花爆锅,五花肉翻炒几遍,添两瓢井水、几滴老抽,放上大把粉条,柴火炖至香味四溢,然后用深盘盛出,撒点剁椒添色,便成了家家待客不可缺少的一道菜。

微信像吹进心房的一阵清风,翻起一页页原本合上的记忆。

当年,他收到大学录取通知书时,亲友同学都前来祝贺,但来宾中没有他最希望看到的那个身影。直到傍晚小惠也没有来,前后院的距离不过百十步,此刻却像有关山重重阻挡着渴望的目光。自己和小惠在同学中传言不少,小惠也许是故意回避吧。他不怪小惠,只是觉得在这个扬眉吐气的日子里少了小惠的祝福有些遗憾,荣誉,只有同你爱的人和爱你的人分享才有幸福感。

姜家不如叶家宽裕,原因是姜子峰父母身体欠佳,父亲患有类风湿,母亲胃不好,两位老人常年离不开药,导致日子十分拮据。他考上大学是好事,但数目不小的学费却成了一道难题。父亲实在想不出辙来,便瞒着他去叶家借钱。两位老人平时称兄道弟,无话不谈,有时自然会唠起两个孩子的未来。叶立国曾说:老天爷总体是公平的,我身体好,粉坊收入也不差,但小惠学习上不去,你们两口子身子不好,日子紧巴一点,子峰这孩子却学业突出,咱两家要是能互补一下就好了。这实际上是叶立国释放出的一个信号,父亲自然明白。父亲来到叶家,委婉地说明了来意。叶立国说:钱不是问题,但这笔钱咱俩别经手,让子峰找小惠拿。父亲回来坐在门槛上一袋接一袋地抽烟,刺鼻的旱烟味甚至引起了头顶上集中燕子的抗议,叽叽喳喳叫个不停。他问父亲怎么一个劲儿抽烟。父亲叹了口气,和儿子说了实话。他听后没出声,走到杖子前望着院子里的豆角架发呆。豆角秧上结满了油豆角,母亲说摘下来可以到集市上卖,或许能卖个好价钱。他想,要卖多少豆角才能攒够学费呢?目光越过豆角架就是叶家那四间蓝色铁皮瓦的红砖房。

307

一只燕子受不了烟味,倏地从屋檐下飞出,盘旋了半圈,飞向前院。他转过身对父亲说:学费的事您别管了,我自己想办法。面若苦瓜的父亲说:你有什么办法? 去建筑工地当力工吗? 他说:我去找刘老师,总之您别再去小惠家了。

刘老师家在村子西北角,离被撤掉的村小学不远。刘老师叫刘希汉,是江山村小学民办教师,算是江山村有名的文化人。刘希汉喜欢学习好的孩子,因为姜子峰每次考试都能拔得头筹,对他格外偏爱,在校时就一口一个子峰地叫着。当年江山村小学一至六年级各有两个班,每个班三十个学生,三百多个小学生让村小如集市一般热闹。后来,学生越来越少,每个年级只能收上一个班。再后来,一个班也收不满,镇里便撤掉了江山村小学,孩子们只能去镇中心小学上学,小小年纪就开始住校。

刘老师一直在收集江山村村史资料,家中北炕上铺着很多旧书旧报。村小学被撤掉后刘老师找到村委会于主任,说江山村的三百年历史应该花工夫梳理一下,好让后人记得来处。刘老师还举了商山四皓的例子,说商洛有四皓,江山有四老,记下来才会传世。于主任赞同这个建议,村里出了点资料费以示支持。江山四老乍听起来有点社会色彩,其实就是当年村里四个年长而又口碑甚好的农民,有村委会于主任的父亲于有全、小惠的祖父叶兆廷、现任镇长袁昆的祖父袁子厚,还有当时的大队长刘宝山。四老都已经过世,他们的故事却在村民中口口相传,其间又被添枝加叶,渐成佳话。

因为刘老师家离村小近,上学时,课间姜子峰和同学常常跑来喝水。那时班里没有饮用水,学生也不带水壶,男孩子容易渴,下课后就像一群饥饿的小猪一样跑到刘老师家,在水缸里舀上一瓢水咕咚咕咚灌下去,然后一路飞跑,回到教室,有一次他甚至跑掉了鞋子。

刘老师的儿了在县工商银行工作,只有老两口在此居住。见他进门,刘老师摘下花镜说:子峰来啦。他说想早点过来向老师汇报,家里一直有客,走不开。刘老师道:晚饭前来,你大娘就会给你包芸豆馅包子吃。他朝师娘笑了笑。师娘面容慈善,话少,正戴着花镜绣十字绣。刘老师知道他考上的是政教专业,说这个专业好,毕业后十有八九会当干部。他说当不当干部不敢想,能早点毕业挣工资就好,免得父母作难。刘老师猜出了他的来意,就问他家里是不是在为筹集学费犯愁。他点点头,感到鼻子里有清鼻涕要流出来,抬起手背擦了擦。刘老师说:你考上大学是江山村的荣耀,咱村不穷,莫说你一个,就是十个大学生也供得起,学费老师会帮你想办法。

第二天下午,刘老师和村主任兼村支书老于来到姜子峰家。于主任是个长着络腮胡子的老汉,个子不高,有些肿眼泡,喜欢抽旱烟、下象棋,在下棋上全村没人能赢他。当年村委会换届,除了老于外还有三人参选,其中有一个搞工程的村民放出风去,要挑战连任的老于。投票前镇领导让候选人每人对选民讲几句话,其他三个人长篇大论地讲了很多,大都是许愿、表决心,只有老于说了一句能够写入村史的豪言壮语。他说:年光似鸟翩翩过,世事如棋局局新,做事就像下棋,赢棋才是硬道理,各位父老乡亲谁能下棋赢我,我立马让贤! 此言一出,于主任在选举中得了高票。落选者发牢骚,说:这是选棋手还是选村主任? 其实于主任连任也不是没有原因,他父亲于有全就是当年的老支书,位列江山四老之首。于主任将装着学费的档案袋递给姜子峰,鼓鼓囊囊的档案袋上的八个红字一下子就印在了他的心上,八个字是"江山村村民委员会"。于主任说这笔款子刘老师出了一半,另一半是村里出的,属于奖励,不用还。于主任说根据刘老师的建议,村里定了个新规矩,今后谁家孩子考上大学,村里出一半学费。他接过档案袋的那一刻心里热流滚滚,说:感谢刘老师,感谢于主任,感谢乡亲们。于主任说:你别感谢这个感谢那个,等有了出息别忘老家就行。刘老师说衣锦还乡、回报父老是历代士子求学的抱负,有了能力回馈老家是常理。他说自己考上的不是北大清华,不会有啥大出息。刘老师说:真要考上北大清华说不定就回不来了,你考上省城的大学,留在本省工作的可能性比较大。刘老师和于主任送学费这一幕他一直记在心里。

他还是民政厅一个普通公务员的时候,帮过于主任一个忙,这个忙,让他在老家赢得了好声誉。十年前的一个春天,于主任肺部长了个肿瘤,需要到省医院手术,省医院床位吃紧,住院要排队,正常排队至少在半个月以上,而病情不等人,一天一个变化。于主任家人找到他,希望他帮忙想想办法。事也凑巧,他的一个大学同学的母亲在省医院当护理部主任,很快把这件事给办妥了。于主任手术成功,向他表示感谢,他说这是小事一桩,没什么,于主任说救命可不是小事。秋后,于主任提着一袋粉条来省城感谢他,他注意到白布袋上印着"小惠红粉坊"五个字,心里暖暖的,就留下粉条,还给于主任两瓶名酒,两瓶名酒比一袋粉条价格要高出许多。于主任说:这事不妥,这不成了土豆换酒啦?其间他问起老家的事,于主任神色有些黯淡,说有点整不明白,一盘好棋稀里糊涂就下输了,八百户的江山村,现在人走了一半,就像棋盘上的棋子,越下越稀。身为民政厅干部,他自然知晓乡村现状,农村总体规模在萎缩,这是城镇化的必然结果。于主任说:我棋艺不到家,但愿接班的大奎能把棋下活。说实话我挺惭愧的,干了二十年村主任,好事没做成,问题倒留了一个。他问什么问题。于主任说:就是那个新

310

建的筷子厂呗,当年全民招商,镇里给各村下任务,完不成要"挨板子",我就饥不择食招来一个方便筷子厂。厂子建成后村民反对声一直不绝,因为加工筷子的木材大都来自石塘北面那片桦树林,村民担心那片林子早晚会被筷子厂给吃掉。于主任的感慨充满悔意,两只肿眼泡里似乎注满了泪水。

小惠每次给他发微信都很短,虽短,信息量却蛮大,许多时候要进一步沟通核实。这次也是,老家要没了,这是关乎江山村生死存亡的大事,不能轻描淡写。其实他总觉得自己亏欠小惠,因为大学四年,一直是小惠在资助他。当年父亲上小惠家借钱的事小惠并不知情,后来小惠听说了此事,专门找他解释,他说不怪小惠。小惠说:你若真不怪我,就接受我每学期给你发的私人助学金。他说:不行,我一个男子汉,花你的钱算怎么回事? 小惠说:我就是想为你做点事,我们从小一块长大,有份兄妹情谊在,尽管你是山上的树,我是垄沟里的土豆,你做栋梁,我做粉条,可这不影响我想帮你的心。他有些不好意思,就答应了小惠。小惠不忘替她爹说情,说:我爹让你找我拿钱没啥恶意,在他心里你早就是他的女婿了。没办法,老人想问题有时候简单,他不知道鱼一旦跳过龙门,南甸子里的小泡子就养不住了。听小惠这样说,他有些动感情,说:你这么帮我,不知该怎样回报你。小惠说:不是每个女孩子做事都是要回报的,不是有"心甘情愿"这个词吗? 你以后记住老家还有个开粉坊的小惠就行。

回家躺在床上,他毫无睡意,脑子里仍在想老家的历历往事。

二

老家是个会在记忆中发酵的地方。离开老家,有了审美距离,姜子峰不止一次梳理老家的山山水水,每次梳理,都会坚定一个观点:老家是个山水林田湖草沙样样不缺的古村。用刘老师的话讲,江山村五行相生,是块难得的宝地。

作为民政厅的干部,他去过全省数不清的乡村,一一比较后,江山村总是鹤立鸡群般突出。参加工作头一年,他给当地《生活报》投稿,他用一周时间写就一篇充满感情的散文,用细腻的笔法书写了家乡的自然之美。稿子投出后,一位叫叶子的女编辑给他打来电话。叶子声音很甜,问他:江山村真如你写的那么美吗?怎么山水林田湖草沙七大美景都汇集到了一个地方?有道是谁不说俺家乡好,你是不是过度美化了老家?要知道,媒体不能误导读者,文章发出来,万一有人按图索骥去游览美景却找不到,我们会挨骂的。他解释说:文章百分之百写实,没有虚夸,不信我可以带您去看看。

这篇名叫《江山记》的散文发表出来后反响果然不错,被好几个报刊转载。叶子由此成了他的朋友,后来又成了他的妻子。婚后每每说起这段经历,两人都认为是美丽的江山村成就了这份姻缘。

《江山记》虽然有些稚嫩,但因情感真挚,十几年后再读,仍然可圈可点。文章分为三部分,每部分都没用尽笔墨,让人感觉文字后面还有文字。

　　　江山村得此名字皆因有江有山,江是白龙江,山是药泉山。白龙江是条被传说神化的江,如果归类的话,它属于嫩江支流,发源于著名的五大连池,蜿蜒流淌百余里,在造就了六七块大大小小的沼泽后汇入了讷谟尔河。白龙江孕育了著名的"秃尾巴老李"的传说,据说也正因这一传说才有了白龙江的名字。

药泉山是一座神奇的山,山不高,形状却奇特,像个巨大的玉箍立在原野上。药泉山的神奇在于泉。东侧山脚下有两处名曰二龙眼的山泉,清澈、甘甜的泉水常年流淌不竭,是村民日常汲水处。药泉山山坳里原本有座药王庙,因为用二龙眼泉水洗濯眼部能去眼疾,村民感谢大山的馈赠,因而修了药王庙。药王庙不知毁于何年,后来村里胶东移民渐多,又在药王庙旧址上建起了秃尾巴老李庙,简称老李庙。此庙说是纪念秃尾巴老李,其实更是在固化某种乡愁,山东移民来到北大荒,用这样一座小庙来寄托绵绵不尽的思乡之情。可惜的是老李庙后来也毁弃了,遗址变成了一块平地。二十世纪八十年代中期,不知从哪里来了几个穿袈裟的和尚,想筹资在山上建一座钟灵寺,不知什么原因,一直没有建成。

以药泉山为中轴,往西,便是排列有致的江山村。与江南民居不同,东北村庄房屋大都规划整齐。从山顶西望,江山村就是一篇行间距等长等齐的文章,家家户户都有柞木杖子夹起的方形院落,院子里种着各种蔬菜,每家的柴垛都码放在院门旁,呈蘑菇形,这种垛法的好处是防雨,下再大的雨也耽误不了抱干柴烧火做饭。村中的红砖房皆用一种蓝色铁皮瓦,让排排房子看上去像兵营一般规整。村子再往西是个小自然屯,这是闯关东的山东老乡聚居的小西屯,它的存在,让江山村整体形状如同一个葫芦。

从药泉山北望,是一片茂密的白桦林。白桦林绵延数十里,像一道绿色的屏障阻挡着南下的北风。这片原始森林得以幸存,得益于森林三面尽是嶙峋的石塘,无路可行,即使采伐了木材也无法运出来。由此看来,要想保护原始森林,最好的办法是不在森林中修路。原始森林中的路是地方的政绩,

313

也是动植物脖颈上的绞索，因为有路，人类就会蜂拥而入，动植物的天堂也就会遭到践踏。白桦林是江山村村民采蘑菇、木耳和浆果的好去处。尤其难得的是，森林深处有一条泉水淙淙的飞龙沟，栖息着成群的飞龙。飞龙又叫岁贡鸟，是一种珍贵飞禽，名属上八珍之列。

药泉山东边，白龙江抛出一个大湾，形成了近千亩的稻田，因为是火山台地，厚度约尺半的腐殖土层下有一层坚硬的火山岩，岩下布满四通八达的地下河。挥镰收割的季节，会听到地下有哗哗的流水声，稻子由此得名响水稻，与著名的响水大米齐名。千亩稻田是江山村八百户人家的口粮田，面积虽不大，但产量不低，米价也好。稻田再往东，便是一块叫欢欣岭的坡地，村民在这里种植土豆。江山村的土豆皆为红皮，淀粉含量高，适合漏粉，因此成就了著名的小惠红粉坊。六七月份，白色和紫色的土豆花开满欢欣岭，让欢欣岭如披上盛装一样迷人。很多人没有在意过土豆花，其实，土豆花自成花束，是一种非常优雅的五瓣花，橘黄色的雄蕊结结实实，拱卫着绿色的雌蕊，内敛而不张扬，朴实而亲切。（他在写到土豆花时，不自觉就想到了小惠。的确，小惠就是常开在他心里的一朵土豆花。）在连片的土豆丛里，有一座长满青草的坟茔格外引人注目，那是妇孺皆知的梅公墓。

翻过欢欣岭，是一个宁静的湖泊，湖水呈海蓝色，因常有丹顶鹤栖息，当地人称之为鹤鸣湖。鹤鸣湖中生长着一种叫噘嘴岛子的白鱼，镰刀形，细鳞，肉质鲜美，是美食家的最爱。鹤鸣湖湖底无沙，皆是一种类似于紫砂的火山泥，泥软而不黏，踩上去特别柔滑。泥中生长着一种大型河蚌，个个都有两三斤，但少有人采食，适合养殖北珠。

药泉山的南面有一片水草丰茂的湿地,村民称之为南甸子。南甸子是白龙江的杰作,江水流到此处,地势变得平缓,河床放低姿态,将清澈的河水分发出去,形成了数不清的池塘,当地叫这种池塘为泡子。南甸子的每个泡子里都有品种繁多的淡水鱼,以鲫瓜子、胡罗子、柳根儿、老头鱼和鲶鱼居多。因为鱼多,便引来了丹顶鹤、苍鹭等大型水禽,偶尔也有天鹅栖息。奇怪的是大雁不在这里停留,大雁多落脚在无水的草地和林地边缘,当地人的说法是大雁义气,不与其他水禽争领地。水泡子四周长满蓝色的鸢尾花,五月,一簇簇鸢尾花像蓝色的火焰在岸边燃烧,烧得鱼儿争相在水中跳跃,成为难得一见的景观。此时正是野鸭孵蛋的季节,这欢快的鱼儿自然成为野鸭繁育所需要的美食。泡子之间相对凸起的地方,则长满高低错落的山丁子树。山丁子又叫野棠棣,春天,一树树白花戴云披雪,让人想起最美人间四月天的诗句;秋天,满树红盈盈的山丁子如串串朱玉,又像满枝玛瑙,倒映在池塘中,让一幅幅倒影成了美图。

　　湿地的东南角,是白龙江与讷谟尔河交汇处,当地人称之为连河口。连河口水色鸭绿,总是漩涡裹着漩涡,看上去有些吓人。喜欢编故事的人便杜撰出连河口下面有水猴子之说,吓得渡河的人总是绕过这里。其实,谁也没有看到水猴子什么模样,倒是河中水草总是疯长,湍急的河水冲来,成缕的草绕成了辫子,在水中若明若暗地上下左右摆动,好像猴子在水里张牙舞爪。不过,连河口确实出过人命,村里一个叫丁锁的小伙子与人打赌就淹死在这里。丁锁和几个伙伴在连河口钓鱼,不知怎么就唠起了水猴子,钓鱼的伙伴说离河远点甩钩,别让水猴子给拖下水去。丁锁以胆大出名,满不在乎地说哪里有什么水猴子,都是自己吓唬自己。伙伴说:你不怕你敢下去吗? 丁锁说:有啥不敢? 我一个猛子就能扎到河对面,去对面的白沙滩上晒太阳。伙伴说:你要是敢扎猛子,我今天钓的鱼都归你。丁锁二话没说,脱掉衣服一个鱼跃就扎了下去。丁锁水性好,常在鹤鸣湖里摸河蚌,但这次扎下去就没上来。慌了神的伙伴们找来船和网,费了两个多钟头才把他打捞上来,但七窍灌满泥沙的丁锁已经没救了。丁锁淹死后,连河口越发令人望而却步,连钓鱼的人也很少来了。两河相交,冲积出一片耀眼的白沙滩。离水近的河沙细而匀,色泽白亮;离水远的沙滩上皆为鹅卵石,运气好的话,能从中拾到玛瑙。白沙滩人迹罕至,是水禽的栖息地。

他这篇《江山记》发表后在江山村不见回应,因为村民没人订阅《生活报》。这让他很失望,原本想为家乡张目立传,没想到一篇美文打了水漂,连最有理由激动的小惠都没有点赞。令他有了意外收获的是叶子。叶子这个留着齐耳短发的女记者,对新鲜事物有种与生俱来的好奇。文章发表后叶子两次约他见面,深度了解江山村,一来二去两人就擦出了火花。他参加工作第二年,两人正式确定了恋爱关系。遗憾的是,因为工作忙,叶子只在冬天随他回过一趟老家,而冬季的江山村因为大雪覆盖,《江山记》里的景色大都如化石一样凝固起来。叶子那次去江山村把脚冻伤了,虽不严重,却又疼又痒了好长时间。叶子半开玩笑半抱怨地说:看来诗与远方只存在于文人的笔下,你把江山村写得那么美,看过后也不过如此。他说:江山村四季各有特点,最美的是夏天和秋天。夏天的鹤鸣湖和南甸子宛若仙境,鸟语花香,让人不想离开;秋季的飞龙沟最美,白桦树的叶子会变换颜色,由草绿,到鹅黄,再到金黄,最后变成赭红。你要是喜欢摄影，就要找准时间再去。叶子说：你别唬我，鹤鸣湖我不敢说，南甸子夏天瞎蒙子、蚊了、小咬 一定少不了，去一趟能带回一身包，比冻伤还难受。他没有反驳，叶子说得没错，南甸子虽然鸢飞鱼跃，但瞎蠓子、小咬确实厉害。上小学时他和小惠去南甸子捡野鸭蛋，野鸭蛋是捡了一篓子，但脸上、脖子上被蚊子、小咬叮的红包并不比野鸭蛋少。

他将小惠的微信告诉了叶子，叶子说那两道题确实应该解开，要不总觉得是个事儿。夜晚，他辗转反侧，眼睛像喝了咖啡一般亮，心里一直在想小惠那句话：老家要没了。他对自己说：老家怎么能没呢？老家是一个人压箱底的尊严呀。

## 三

高一那年中秋节的月亮忽明忽暗，他从双泉中学放假回来，吃过饭就跑去看刘老师，他要告诉刘老师他选择自学文科。进入高中后，双泉中学数理化任课老师教学有些吃力，毕竟是农村中学，师资力量相对薄弱，尽管老师很用力，但教学质量不是凭热情就能上去的。他选择自学文科，这是个没有办法的选择，因为文科可以自学，理科却离不开辅导。这个选择要向刘老师做解释，因为刘老师一直希望他学理科。刘老师听后沉吟片刻，说学理科靠笨功夫不成，而文科或许勤能补拙，怎么选科有利就怎么选择吧。离开刘老师家他便来找小惠，这个消息也应该让小惠知道。他还有个想法，希望小惠复学，两人一起自学文科。小惠家的院子像个小型打谷场，水泥地上立着一排排木架，木架上挂着晾晒的粉条，远看像染坊里一幅幅漂洗的白布。小惠父母去邻村走亲戚，小惠一人在家。他进来时，院子里的大黄狗没有叫，摇着尾巴跑过来嗅他的裤脚。小惠穿一件红线衣，扎着一条月白色的围裙，正站在一个半人

317

高的缸前弯腰揉拌芡粉。漏粉工艺并不复杂,把土豆芡粉调匀,揉成粉团盛入漏勺后一点点拍打,粉条从漏勺里成型出来,漏进开水锅煮好,再在清水里过滤,捞出挂起晾晒即可。他站在身后问:这么晚了还漏粉?小惠直起腰,回头用臂弯擦了擦额头,说:来了,子峰。我买了个方孔漏勺,试试怎么样。粉锅旁有长板凳,凳面亮晶晶的,很像他和小惠上学时坐的板凳。他坐下来,粉锅的雾气弥漫开来,屋里有些朦胧。小惠洗过手,摘下围裙,也在对面的板凳上坐下来。他觉得小惠系着围裙的样子很好看,像国外某幅油画里的人物。

找我有事?小惠问。他点点头:我刚才去找刘老师了,你知道,刘老师教我们的时候,常挂在嘴边的一句话是"学好数理化,走遍全天下",可是我选了文科,文科可以自学。小惠说:刘老师知道双泉中学师资不足,不会反对你学文科。他说:文科可以自学,你复学吧小惠,我俩一起学。小惠说:可是我已经退学了。

可以复学呀,你把职高学籍转到双泉中学,我俩一起自学文科,学文科主要靠记忆。他多么希望小惠也能上学,脑子里浮现出某个古装戏里男女主人公同窗读书的镜头。同窗三载,那将是多么幸福的图景。

小惠莞尔一笑,说:职高不能转普高,别瞎想了。对了,子峰,我新买了一个方孔漏勺,能漏制带棱的粉条,现在就漏两碗你尝尝怎样?说完,起身从缸里捧出一小团芡粉放进漏勺,然后将一双长长的木筷子递给他,让他一会儿帮着将开水锅里的粉条挑进清水锅里。小惠开始均匀地拍打粉团,随着不停的拍打,漏勺里的粉团变成一缕缕粉条漏进热气腾腾的开水锅,在开水中欢快地翻滚。小惠拍打粉团的动作非常均匀,小心翼翼,像母亲拍打婴儿的屁股,生怕拍疼了。漏出的粉条呈乳白色,到清水锅里滤过马上就变成了晶莹的水晶状。小惠没有多漏,漏了一小团芡粉便打住了,然后用两只碗盛好粉条去了厨房。不一会儿,两碗拌好的粉条就被端了出来。小惠笑着说:就在锅台边吃吧,腚坐锅台手把瓢,这是当主人的感觉。

方粉很好吃,他有生以来头一次吃这么入口爽滑的粉条。拌料中加了少许明油和清酱、葱蒜细末,还有黄瓜丝和红椒丝,可谓色香味俱佳。他顾不得吃相,三口两口就把一碗热拌方粉给吃了下去。小惠把另一碗推过来:好事成双,再吃一碗。他脸红了,说已经吃饱了。小惠说:就算替我吃一碗吧。他点点头,又吃了一碗,感觉肚子明显鼓了起来。

小惠说:书我是不念了,念也白搭,高中都考不上,还能考上大学?你好好念,替我圆个大学梦。他有些失望,同窗共读的浪漫不会出现了。

别有啥负担,考不上大不了回来种土豆。你种土豆,我漏粉条,咱俩一起开红粉坊也不差啥。我想好了,过两天给粉坊起个名字,就叫小惠红粉坊。小惠是个幽默的女孩子,平时总是笑哈哈的,同学们都称她为活宝。

吃了方粉觉得有点口渴,他起身到水缸旁想舀瓢水喝,刚拿起水瓢就被小惠一把夺了过去。吃粉条不要喝凉水,喝了凉水,粉条在你肚子里会变成柳条。小惠说完,拿来暖瓶给他倒了一碗热水。他接过碗,水太热,一时无法喝,就先把碗放在板凳上,两手按着膝盖看着热气腾腾的粉锅出神。

怎么犯傻啦? 小惠问。

他腼腆地笑了笑,道:我在想,江山村的土豆怎么是红皮的呢?学校食堂吃的都是黄皮土豆,一点也不好吃。

小惠说:是梅公让黄皮土豆变成了红皮土豆。小时候听爷爷

319

说梅公会变戏法,往白龙江里倒一桶水,满江就有了活蹦乱跳的蜊蛄虾。

梅公这个名字并不陌生,江山村无人不知梅公的故事。梅公叫梅立范,山东邹城人,一九五八年从北京的一所农学院下放到江山村。"下放"在当时是个常用词,一般是指那些从城市来农村参加生产劳动的人。据说梅公喜欢穿黑色中山装,戴灰色鸭舌帽,性格孤僻,不善言辞,一个人住在村子西南角一处旧马架子里。梅公是农作物种子专家,懂中医,喜欢动物,他不仅改良了当地的水稻和土豆,还用银针治好了许多人的风湿病。梅公这个名字是于主任的父亲于有全起的。于有全说下放的梅先生对江山村有大恩,先生来江山村前,当地的土豆和稻米并不出名,是先生培育出了新品种,让江山村的红皮土豆和响水稻成为香饽饽,有德之人,可以称公,以后村里不分大人小孩,都叫先生梅公。就这样,梅公的名字叫开了。刘老师曾对学生们说,梅公对江山村的贡献怎么夸都不为过。梅公做事低调。当地有过年杀年猪的习俗,谁家杀年猪请他吃猪肉他总是婉拒,但村民谁家有红白喜事他却不忘去随一份份子。梅公养了一条黑狗,不出工的时候就领着黑狗,翻过崎岖难走的石塘到白桦林里去转悠,对白桦林里的动植物做调查。梅公在下放的第八个年头的秋天不幸离世,村民都十分惋惜,那些被他治好病的村民甚至为他披麻戴孝,以谢大恩。关于梅公离世的原因众口不一。老支书于有全生前说梅公去南甸子打苫房草,不幸误入漂筏,落水遇难;另一种说法是梅公去讷谟尔河对岸某村见一位下放的同事,过河时不幸溺水身亡;第三种说法是梅公那条形影不离的黑狗掉进了连河口,梅公下河救狗,结果人与狗双双遇难。梅公去世后,当时江山村主事的江山四老商议决定,将其葬在地势稍高的欢欣岭,这就是后来的梅公墓。几十年过去了,土豆地里那个绿色的坟头不但没有湮没,反倒一年年在长高,因为每年秋天村民起土豆的时候,都会过来给梅公墓培土上坟。梅公墓没有立碑,坟丘上长满苣荬菜。

想到梅公墓,他忽然回忆起小时候发生的一件事,他问小惠:还记得梅公墓上那棵红菇娘吗?小惠说:当然,我是记仇的。他讪讪地说:我向你道歉,那时太小,不懂事。小惠嗔怪道:三岁看老,你小时候就坏。他笑了,知道小惠说的不是真话。

记忆是有选择的,尤其小时候,许多轰轰烈烈的大事过后即忘,一件微不足道的小事却会铭记在心。红菇娘一事再简单不过,就是孩子间的一次争执,但两人都没有忘。那年秋天,他俩随大人到土豆地起土豆。小惠看到梅公墓上有两个红盈盈的果子,就问他那是不是刺玫果。刺玫果是能吃的,酸甜可口。他说刺玫果都长在地头,地中间不会有。两人牵着手一起跑过去看究竟,到了墓前才发现这是一株红菇娘。红菇娘很纤细,叶子已经凋落,枝头上就剩下孤零零两个菇娘。他要上去摘,却被小惠一把拉住。小惠说:留着吧,坟头上的菇娘,摘了也不能吃。他说:怕啥?摘下来玩呗。他想挣脱小惠的手,用力一甩,却把小惠甩倒了,土豆地新翻的湿土弄脏了小惠的蓝裤子,小惠坐在地上抹起眼泪来。他擎着折断的红菇娘秧递过来,想安抚一下哭鼻子的小惠,没想到小惠起来捂着脸跑开了。后来一连三天上学小惠不和他说话,还用铅笔在课桌上画了一道不能越过的分界线。刘老师发现了问题,把两人叫到办公室,问明了情况后刘老师说:子峰啊,坟头上的红菇娘确实不该折,菇娘已经成熟,如果不折,来年坟头上生长的就不是苣荬菜,而是成片的红菇娘。刘老师的话让他内疚了很久,每每想起这件事,他总觉得是自己毁掉了梅公墓上成片的红菇娘。说来奇怪,折断了那株红菇娘后,再没见到梅公墓上长红菇娘。

这件事你要记一辈子吗？他问。

小惠笑了：不是记这件事，是记你一辈子的坏。哎，对了，将来你准备考什么大学？

我想考师范院校，你知道，我家里条件不好，师范院校有助学金。

小惠眼睛看着脚尖说：考上后肯定回不来了，大学毕业生最低也要留在县城，不可能回乡下，江山村再好也是乡下。

能不能考上还是个未知数，干吗想那么远？他也看着脚尖说。

希望你考上，小惠抬起头说，我每天漏粉的时候，看到漏出的粉条，你猜你想到了啥？想到了你写的作文，文笔流畅，带劲！说实话，你没有大昆魁梧，也没有大昆模样英俊，但作文写得好，女孩子都喜欢会作文的秀才。

别拿大昆和我比，我俩不是一路人。能听出来，他话里带着点醋意。大昆叫袁昆，是他和小惠的同学，大昆也考上了高中，与他同在双泉中学。他看不惯大昆总向小惠献殷勤那副样子。小惠笑了，小声道：我不喜欢大昆那种高头大马的人，像学体育的，但你得承认，大昆确实比你好看。

我知道你不喜欢他。

你咋知道？小惠面露疑惑。

初三上学期，一次上学路上遇到卖冰棍的，大昆给你买了一根，你皱着眉头没有吃，直到手里的冰棍化掉。

哦，是有这么回事。大昆买冰棍不该只给我买，还有几个同学眼巴巴地看着，我一个人这冰棍怎么吃得下去？

所以我看出来了，你根本不在意他。

小惠有些腼腆地笑了，歪着头对他说：你和大昆谁能考上大学呢？

322

他没有回答，这是三年后的事，说能，有说大话之嫌，说不能，又有些缺乏信心，便笼统地回答道：难说，就看谁命好了。

离开小惠家时，月光倾泻下来，明晃晃的，一排排粉条像镀了银光，将院子映衬得如白昼一般。小惠出来送他，大黄狗摇着尾巴跑过来，在他的裤腿处嗅着。院子四周的木杖子有些暗，吞噬了不少难得的月光。走在两排粉条之间，空隙变得狭窄，像走在高粱地里一样。小惠停下脚步道：把心思都用在学习上，别想三想四。他点点头，小惠离他很近，他嗅到了一股粉条的甜香。白色的粉条如同幕布，将小惠的红线衣衬得像鸡冠花一样夺目，红线衣完美地勾勒出小惠的身材。他想，如果写作文，该怎样形容此时的小惠呢？他猛然想到了"饱满"一词，小惠给人的感觉就是饱满，像刚才她轻轻拍打的芡粉团。他忽然觉得自己有些瞎想，身体开始燥热，心里咚咚直跳，有一种缺氧的感觉。他说：你回吧，小惠，我走了。说完加快脚步，走出晾粉区。一出大门，碰到了走亲戚归来的小惠父母，他讪讪地打了个招呼，做贼一样溜了。

## 四

他记得自己还是副处长时，村主任老于来省城找过他。于主任当年有恩于他，自然不能慢待，他和叶子请于主任吃火锅，点了省城最好的小麦啤酒。于主任说：子峰啊，我这次来是有事求你，你一定给想个法子。他问什么事，于主任说了两件事，这便是小惠微信里说的那两道难题。

原来，于主任因为年龄和健康问题，下一届将不再担任村主任，离任前他有两个心愿：一个是弄清梅公死亡的真实经过，好让刘老师给梅公写传；另一个是把梅公墓迁到药泉山上，然后在墓前建一座梅公祠。这两个心愿其实是一件事，但问题是两个，于主任和刘老师商量过这两件事,这也是刘老师的主意。于主任说现在的问题是建祠一事批不下来。

他和叶子对视了一眼,想不通于主任为什么突发奇想做这两件事。于主任显然看出了两人的疑惑,放下迟迟没有夹菜的筷子说:我不是没事找事,实底交给你们,我和刘老师就是为了给老爷子一个交代。

他知道老爷子就是江山村第一任支书于有全,响当当的江山四老之首,当年村里说一不二的人物。于主任接着说:老爷子在世时亲口交代我,一定要看好梅公墓,墓顶不能塌,荆棘要砍掉。民间有说法,坟顶塌陷、生长荆棘都对后人不利。梅公去世这么多年,没见后人来扫墓,说不定梅公根本就没有后人,江山村人理应担起梅公后人的责任。老爷子还有话,墓在人在,大仁不死,江山村三百年没出过一个像模像样的人物,老天给派来一个,这是江山村的造化。

叶子插话问:江山村几代人都不忘梅公,原因何在呢?

于主任说:梅公改良种子、治病救人这些事我不说了,单说梅公对动物的保护,就值得后人称赞。白桦林里的飞龙沟有飞龙,村民进去打飞龙是常事,梅公发现了这个问题,向江山四老提出建议,大意是保护飞龙沟,因为能用"龙"来命名的鸟一定是吉鸟,地位非同一般。吉鸟在此,江山村才能称得上物华天宝、人杰地灵;吉鸟不在,说明江山村气数将尽,不宜久居。因此要保护好飞龙,不能为了口腹之欲而滥杀。老爷子听了梅公的建议,在村里立下规矩,村民捕猎飞龙须经四老同意,若擅自进沟盗猎,抓住了一律严惩,轻者罚出义工,重则游街示众。

叶子感叹说梅公的认识够超前的,称其为公,名副其实。

保护飞龙只是一个例子,梅公还凭一己之力,挽救了在当地面

324

临灭绝的蝲蛄虾。白龙江里原本没有蝲蛄虾,是梅公从沾河引来的。沾河有条叫鸡爪沟的山间小溪,小溪里生长着红色的蝲蛄虾。这种虾对水质要求特高,水稍稍污染一点就不能存活,这种小东西成了水质的晴雨表。梅公听说鸡爪沟上游要开发钼矿,变得忧心忡忡。老爷子问怎么了,梅公向老爷子说了自己的担心,然后说想借一辆马车,带着抄罗子去鸡爪沟抓蝲蛄虾。老爷子让袁子厚赶车去办这件事,两人一连抓了三天,抓了有七八水桶,回来通通倒入白龙江放生。老爷子问放生这些蝲蛄虾有啥用处。梅公说世上许多事有用没用都是辩证的,没用就是有用,他不想看到蝲蛄虾在当地灭绝。几十年后,白龙江丰富的蝲蛄虾资源给沿岸带来了好处,当南方小龙虾火起来的时候,当地的蝲蛄虾也水涨船高受到热捧。

叶子说:就凭于主任说的这两点,梅公墓不仅该重建,而且要建得像模像样。

姜子峰问:建祠是老爷子的要求?于主任摇摇头,说老爷子没提这事,迁墓建祠是他的主意。于主任说自己的想法得到了其他几个村委委员的支持,大家都觉得迁墓建祠是件有意义的事。村里做了分工,资金由村级积累出,选址、立传由刘老师负责,祠址已经选在药泉山山坳。现在就差于主任前头说的两件事,刘老师说不能糊涂庙糊涂神,梅公溺亡经过不清,无法立传;再就是手续问题,建梅公祠手续镇上不批,根本不上报。

叶子说:相比较而言,审批手续简单,努努力可以办,而查明梅公死因有难度,结论一定要经得起时间考验,传说不能当史实。

他问:难道梅公去南甸子打苦房草溺水而死的说法有误?江山四老是事件的亲历者,他们应该知道详情,老爷子就没向你透露一点线索?

老爷子可不是满嘴跑火车的人,参加抗联时是交通员,嘴像没开封的罐头一样严实。老爷子最欣赏《红灯记》里鸠山那句台词:一个共产党员藏的东西,一万个人也找不到。于主任做了一个夸张的表情,络腮胡子几乎要支起来。他和叶子都笑了,于主任从来不乏幽默,下棋时谁要是在一边乱支着儿,于主任会拐弯抹角地撑回去,让支着儿者不敢再多嘴。

于主任接着说:一个八百户的大村,人要想聚堆儿,总得有个拴心的地场。过去有药王庙、老李庙,现在连十月初一送寒衣的地方都没有,这怎么行? 说实话,建梅公祠还有这么一层考虑。于主任的说法得到了叶子的肯定,叶子说古人建邑必建祠,这不是迷信,是慎终追远,和现在很多地方建有烈士陵园、纪念碑是一个道理,目的在于缅怀贤德先烈。

紫铜火锅烧开了,炭火很旺,三个人开始吃火锅。他打开一次性方便筷子递给于主任,于主任接过筷子,脸上露出一丝痛苦的表情。叶子眼尖,发现了于主任的不悦,问:您不习惯用方便筷子? 于主任摇摇头说:看到这筷子我就心里添堵,我做了件引狼入室的蠢事——在石塘边建了个一次性筷子厂。唉,那时候全民招商,村里饥不择食,就招来一个筷子厂,厂子建成,那片白桦林就遭了殃,盗伐现象怎么也刹不住。

不行就关掉嘛,姜子峰问,筷子厂手续全吗?

请神容易送神难。筷子厂手续齐全,老板叫关志强,背景不一般,因为一次性方便筷子能出口创汇,镇里还挺看重呢。

他没再接话,企业手续齐全,还能说什么呢? 吃完饭,他和叶子将于主任送到火车站,于主任进站前再次叮嘱:梅公祠的事一定要上心。他答应了。

事情没有想象的那么简单,尽管他和叶子动用了许多关系,可建祠一事就是批不下来。于主任多次打来电话催问，弄得他一听到江山村就心惊肉跳。于主任说：解两道题就这么难吗？你可是省里的干部。他解释说自己虽在省里工作，却不是什么大干部，也就是棋盘上一个没过河的小卒子。于主任说那就抓紧过河，别老在河这边待着，人一辈子就是从这岸到对岸的过程，过了河才能有出息。让他心里歉疚的是，直到于主任卸任，这河他也没过得去，题也没解得开。他感到无颜见江东父老，加之父母已经过世，就不愿意再回老家。

于主任离任后，继任者是小惠的堂兄大奎。大奎从于主任手里接过这两道题后接着催，大奎不出面，让小惠隔三岔五地发微信，他无计可施，就让小惠去问问刘老师该怎么办。刘老师出了个主意，先给梅公墓立块碑，让十里八乡都知道江山村有个文物级别的墓，然后找个契机，从保护文物的角度，将墓和碑从耕地里迁移到山上去。他说立碑当文物对待可以，但切切不可定级，一定级就更迁不走了。大奎听话，按他的意见来操办，出资买了块芝麻灰碑石，雇石匠雕刻出来，给梅公墓立了一通宽六十厘米、高两米、带碑首和碑座的墓碑。碑首是两龙相盘，龙头相聚，共拱一颗宝珠；碑座是花岗岩雕成的赑屃，敦实厚重，憨态古朴。他找了省城一位著名书法家，用馆阁体写了"梅公立范之墓"六个大字，又用小楷写了刘老师拟好的碑文，让小惠带回了江山村。刘老师写的碑文让叶子赞叹不止，她说想不到江山村里有真秀才。墓文如下：

虽有来处，去路不明；马铃薯红袍加身，响水米粒粒晶莹。泽被江山，黔首没齿难忘；孤坟一座，堪称北地青冢。抗拒遗忘，当属人文本分；忠良弘德，方能续写丹青。

327

立了碑,修祠一事便暂时放下了,多少也让他松了口气。当然,垂垂老矣的于主任不会忘记这两道题,还会有意无意来找小惠和大奎说起此事。于主任知道村里与姜子峰保持联系的只有小惠,与小惠说起此事无非是让小惠传话。已经没有几颗牙的于主任喜欢吃新漏的土豆粉,每次端着一盆新粉离开时都会嘱咐一句:要是看到子峰,告诉他还有两道题未解呢,别忘到脑后去。小惠在电话里对他提起此事,他说怎么会忘呢?想忘也忘不掉呀。但他确实为难,这两道题看似简单,却没有解题公式可用:建祠涉及宗教政策,没人敢开口子;半个多世纪前的一桩溺水死亡事件,物是人非,尘封已久,一点头绪都没有。

## 五

还乡的方式有许多种,十年没回,老家还是那个老家吗?他曾设计过多种回老家的方式:工作督查顺路回去,利用小长假和叶子来个自驾游,或者干脆去蹲点搞一次调研。唯独没想到会以去老家任职的方式回去。

省里要选派一批干部到乡村担任第一书记,机关党委书记宋大姐特意来找他,说:你们处一正两副三个处长,十一个人,是名副其实的大处,领导说你们处要出一个。宋大姐还特意嘱咐说:这是国家战略,不能讲困难,当然,我们厅有近水楼台的便利,去的村庄可以随便选。他难住了,处里虽然有十一个人,但女同志占了八位,派女同志下去肯定不妥,只能从三位男士中选一个。三位男士,除了他这个处长外,副处长老胡已经五十有八,患有严重痔疮,很难坐得住椅子;副主任科员小韩身体、年龄倒合适,但家里条件不允许,父母、岳父母都靠他照顾,一对双胞胎儿子在幼儿园需要接送,夫人是教师,上班早去晚归,家里大小事情都靠小韩。他找宋大姐说了难处,问能不能把指标分给别的处室。宋大姐严肃地说:子峰啊,动员会上厅长不是强调了吗? 不许讲困难,就是有天大的难题也必须克服,这是政治任务,是组织考验。他浑身激灵了一下,没敢去找厅长,回到处里开会让大家议一议。老胡这个老同志还是很有觉悟的,表态说:实在不行我去吧,退休前用最后两年工作时间为大家做点贡献。他从老胡的话里听出了一种易水送别的味道,眼泪差点流下来。老胡痔疮如此严重,还想当老将黄忠,这就是担当啊! 他摇摇头说:老胡呀,你有这番话就够了,你在处里管业务时间最长,还是在家坐镇好。小韩说:那就我下去吧,给我安排个离家近一点的村,我会开车,可以跑通勤。他又摇摇头说:驻村要求与村民同吃同住,再说离省城最近的村也有一百多公里,你能跑也跑不起,来回的汽油钱会花光你的工资,还怎么养家?

处里八位女同志中有一位未婚的小郭,是个胆子很大的文学青年,曾经一个人去西藏旅行,属于户外运动热爱者。她请缨说:处长,我去吧。如果派我去,就选您的老家江山村,我看过您写的《江山记》,觉得那是个属于诗与远方的好地方,特别令人向往。小郭的话让他心里咯噔了一下,去老家驻村,这是一个不错的主意,自己怎么没有想到这一层? 处里年龄最大的吴姐说:小郭不能去,到了农村天天和农民打交道,会耽误个人大事。吴姐没有直说找对象的事,但问题明摆着,在农村受社交局限,确实不利于谈恋爱。姜子峰点点头说:小郭热情可以理解,也值得表扬,但处里不能派美女上战场,那样的话我会被人戳破脊梁骨。

晚上,他做了一个梦,梦到江山村变成了一块巨大的漂筏,夕阳像松软的蛋黄平躺在漂筏的边缘,欢欣岭上的土豆花也不再是原有的黄、紫两色,而是变成了深蓝,那是南甸子鸢尾花的颜色。早晨醒来,他问叶子此梦有何寓意,叶子说应该是担心和忧虑。他表示认同,土豆怕涝,土豆花变成鸢尾花,说明收成堪忧。叶子说:你是担心老家会像漂筏一样沉陷,这也说明老家在你心里的位置不一般。他说:我若是去老家当两年驻村书记,你是否会支持? 叶子知道小惠给他发的微信,点点头说:我也很喜欢江山村,一个三百岁的古村不该被人从地图上抹去,你去吧,做个悲壮的末任第一书记。

在媒体工作的叶子消息灵通,她知道当地政府正在轰轰烈烈地推进合村并点工作,这个时候姜子峰去担任驻村第一书记,说不定就是该村最后一任第一书记。叶子的话让他陡然生出一种使命感,自己应该去,去后要想方设法保住江山村,江山村不在了,自己就没了老家。

第二天一上班他就去找宋大姐,报名到江山村任职。宋大姐一听顿时睁大了眼睛,惊愕地问:怎么? 你去? 他点点头说是,已经和爱人商量好了,选择去老家江山村。宋大姐摇摇头道:下去任职的少有正职,你走了,处里的工作咋办? 他说:老胡可以把工作顶起来,两年后老胡退休,我也回来了,驻村和单位工作两不误。宋大姐说:这事我说了不算,得厅长定。你若觉得处里实在派不出人,我就想办法给你调指标。他说:我想好了,就我去吧。

他从机关党委出来后直接去找厅长。厅长在下面担任过县委书记、地级市的市长,对农村工作有感情。听了他的想法后,厅长抿着嘴朝他竖起大拇指:子峰啊,你做了个正确的选择。他没想到厅长会答应这么痛快,心里不免有一丝失落,按理厅长说几句挽留的话才符合逻辑,厅长直接夸赞就意味着审批通过。厅长从办公桌后站起来,背着手一边踱步一边说:我们国家是个农业大国,不了解农村农业的干部在仕途上走不远,很少有人懂得土地里蕴藏着领导干部的底气,去了不会白去。厅长这么一说,他又觉得心里那丝失落倏然飞走了。厅长的观点没问题,许多领导也表达过类似的观点,事情往往就是这样,道理谁都懂,但说归说,做归做,真正能落下去的并不多。厅长回到椅子上坐定,看着他说:有什么要求,提! 他说确实有两点要求:一个是指定到江山村,别分到其他地方;另一个是如果工作上遇到难事,请厅长百忙中给说句话。厅长哈哈大笑起来,道:你个子峰啊,我以为你会要资金、要项目,谁知道你却提了两件毛毛雨的小事。我现在就可以答应你,如果需要协调什么事就来找我,别忘了我在那里当过市长。

离开厅长办公室,姜子峰仿佛刚洗过热水澡,浑身的汗毛孔都在张嘴呼吸。在走廊里他给小惠打了个电话,告诉小惠他要回江山村当书记。小惠误会了,以为他在开玩笑,不冷不热地说:别拿乡下人寻开心,江山村都啥样了你还逗闷子。他小声说:这是真的,我刚找厅长汇报,厅长已经同意了。小惠还是不相信,说:要是十几年前你这么说,我会激动得睡不着觉,现在我已经是半老徐娘,没那么大吸引力。他知道小惠误会了,依然压低了声音说:这事与你我个人无关,哦,不是,也不能说无关,我回老家当书记,也有去解那两道题的意思。小惠说:村里有大奎呢,怎么会有两个书记? 你别诳我了。他有点急,纠正说:我是驻村第一书记,不取代大奎的位置,说白了是挂职,满打满算两年时间。电话那头沉寂了一会儿,他似乎听到了急促的呼吸声,想问话,对方却把电话挂了。

# 六

老宅的三间瓦房仍在,院子里长了些被当地人叫作黑黝黝的龙葵。事先他请大奎将闲置多年的老宅收拾了一下,购置了必备的锅碗瓢盆,他将在老宅里住上两年。老宅得以保全并不是他有什么远见,主要是房屋降到白菜价也无人问津,他便干脆留下来,算是个念想。专程来送他的宋大姐里里外外看了老宅一番后说：子峰，你给我也踅摸个宅院，退休后我来这里养老，种菜养鸡，远离乌烟瘴气的城市。这当然是玩笑话，宋大姐是二级巡视员，副厅级，怎么可能住到农村来？

小惠本来安排了接风家宴，但宋大姐不想给村里添麻烦，坚持要走。小惠给宋大姐带上几袋粉条，说：你们单位肯定有食堂，带回去尝尝，若是觉得这土豆粉条好吃，我可以常年供货。他一听心里笑了，小惠真会做买卖，他们厅将近两百人，食堂采购一些优质土豆粉条应该没有问题。宋大姐说：这事好办，从支援子峰书记工作角度讲我们食堂也该购买您的土豆粉条，这些粉条回去我就送到食堂。宋大姐走后，小惠对他说：你们厅里的人真好，待人亲。

没有欢迎的人群，也没有令人激动的场景，村民对他这个空降来的第一书记连点好奇心都谈不上，迎接他的只有大奎、小惠和村委会另外两男一女三个委员。三个委员都年过五旬，比大奎年长，他在记忆中翻箱倒柜，却找不到有关这三人的任何蛛丝马迹。三个委员不冷不热，一副公事公办的样子。村委会条件尚可，一栋外墙贴着白瓷砖的独楼，高两层，每层有六扇窗户。门前的花坛里没有植花，长着几丛苗壮的苍耳子，大门两侧还保留着春节时贴的对联，因为风吹雨打已经褪色。楼前院门外是个小广场，广场打了水泥地面，安有几个铁制健身器材。小楼一楼办理村务，里面一个二十出头的小姑娘旁若无人地盯着电脑屏幕；二楼是办公室和党群活动中心。上到二楼，可见满墙红彤彤的墙报，内容五花八门，有村务公开的，有护林防火的，有治安综合治理的，还有妇女、共青团的。让他感兴趣的是村里也有河长、湖长，河是白龙江，湖是鹤鸣湖，两个职务由大奎兼任。他想，还应该安排一个甸长，南甸子的管理也需要落实责任。

大奎对他的到来没什么忌惮,镇里很多村都派了第一书记,第一书记来自省、市、县三级,都是有公职身份的干部,期满后就会走人,没有谁会留在村里抢村干部的交椅。大奎人憨厚,是个守成型村干部。小惠说大奎的优点是听喝,镇里怎么说大奎怎么干,绝对不会走样。他的到来对大奎来说是个难得的解脱,至少这两年大奎可以少操心。他和大奎第一次交流就觉得大奎精神头不够,有种淤积成病的悲观情绪。大奎说:江山村就像下坡雪地上一挂松套的爬犁,这些年一直往下出溜,想拉也拉不住。他说:江山村不缺资源,也不贫困,怎么就提不起精神来呢?大奎说:归根结底是人稀了,进城的进城,南迁的南迁,这些年别提人了,连燕子都不来村里筑巢了。更可怕的是鹤鸣湖里的丹顶鹤也不见了,南甸子过去乌泱泱的老头鱼、柳根鱼现在用旋网也打不上几条,整个儿没戏了。他问原因,大奎说是过度使用农药的结果,雨水把地里的残留农药冲到了湖里和南甸子里,导致了这种情况。

他隐隐觉得村里面临的问题比预料的要多,问大奎怎样才能让村里人打起精神来。大奎说人心散了,咋整也不行。这句话让他明白了自己该从哪里入手开展工作,当务之急不是解那两道题,而是收拾人心,而收拾人心的关键是保住村子。皮之不存,毛将焉附?一个将要搬迁的村子,人心能不散吗?他让大奎陪他到村里走走。昔日八百户的大村,只剩下百十户还在居住。大多数院落的门上都挂了锁,铁锁锈迹斑斑,院子应该许久没有住人。因为是老村,年头久远的民居不少,有许多被称为"海青房"的老宅。这是一种具有满族特色的民居:房屋起脊,三五间连为一体;窗分上下两层,开窗时用木棍支撑;屋内是南北对面两面大炕;烟囱远离主屋,有烟道与火炕相通。他清晰地记得小时候冬天在火炕上烤火盆的情景,从灶坑里将火炭撮满火盆,家人围坐在周边,将红皮土豆埋入盆中,一边烤火,一边等待土豆烤熟时散发出来的香气,这样焖熟的土豆又甜又面,格外好吃。走到一个有沙果树的院子前,他停下脚步问大奎:这是老许家吧? 老许家的大儿子许黎明和我是同学,上学时总缠着我讲故事。大奎点点头,说老许家去山东东营了,他家的十五亩地由村里代耕。走到一口水井旁,他发现紧挨着水井的一户人家大门敞开着,就问这是不是老袁家。大奎说:是,袁家的小儿子袁昆是你的高中同学,现在是咱们镇长,江山村合并计划就是袁昆提出来的。他站在井台上,脑子里却在过电影。袁昆的模样他再熟悉不过了,这小子天生一副好体格,头发像钢丝一样硬,在学校运动会上获得过两次铅球冠军。袁昆很走运,高考失利后,税务部门从落选考生中选录了一些人,袁昆得以进入体制。袁昆的爷爷是江山四老中的袁子厚,人民公社时期曾担任过治保主任,也是江山村有头有脸的人物。他问袁家谁还在这里住,大奎说一个来自拜泉的人家租了院子养木耳,袁家人都进城了。他心里动了一下。整个村子走下来,他发现有点不对劲儿,村里看不到一只鸡鸭鹅狗,村路上静得有些恐怖,问原因,大奎说镇上对家禽家畜饲养管理十分严格,散放散养抓住了要罚款。他哦了一声,没有言语。

　　走遍整个村落,让他遗憾的是小西屯的人几乎走空了,这个都讲山东话的第六生产队成了一个空壳。唯一感到欣慰的是小惠的红粉坊开得还好,小惠买下左邻右舍两处院子,建了一个大型土豆窖,适度扩大了生产规模,还雇有几个工人。小惠红粉坊的粉条都是一斤的小包装,有固定的小贩来进货,生意较为平稳。欣欣岭的红皮土豆能一直种下去,得益于小惠红粉坊,村民起了土豆后除了自用,都卖到了小惠红粉坊,村民开着胶轮车往红粉坊送土豆的情景是江山村平时少见的热闹场面。大奎说小惠也不容易,在机器加工效率极高的情况下,她坚持手工漏粉,劝她改用机器,她说机压面条永远没有手擀面好吃,手工漏粉是小惠红粉坊的招牌,不能改。红粉坊的土豆粉条不愁销。镇政府外出招商送礼从来少不了两样东西,那就是红粉坊的粉条和江山村的响水米。可惜的是响水稻精加工不在村里,而是在七十公里外的北安。

回到老家,自然要去拜访刘老师。大奎说刘老师腿脚不好,尽管走路不便,但还是经常拄着手杖满屯子转悠。大奎说刘老师在写一部有关江山村历史和江山四老的书,但写作速度慢得离谱,写了几十年也没写出来。他想,或许刘老师根本就没有动笔,写书只是他心底不断发酵的一个念头而已。刘老师院子里有棵老榆树,树下摆着一把藤椅,天气好的时候,刘老师喜欢坐在藤椅上晒太阳。其实,刘老师是有条件到县城养老的,他儿子已经是县工商银行行长了,将父母安顿在县城有集中供暖的楼房里居住不是难事。但刘老师不走,理由就一个:自己要在江山村写书。刘老师坐在老榆树下听收音机,阳光透过老榆树的枝叶照到他灰色的居家服上,看上去像某种迷彩。他上前打招呼,拴着绳索的小花狗朝他摇着尾巴,却不叫,但目光中充满警惕。

打过招呼后,他在藤椅旁的小马扎上坐下,和刘老师靠得很近。刘老师说:小惠说你要回来,回来好,回来好呀。

回到生我养我的地方做点事是当年您的嘱托,子峰不敢忘记。他握住刘老师的手说。小惠说你是回来解题的,题当然要解,但还有比解题更大的事,就是保住江山村,保住你的老家。刘老师头脑清楚,说话有板有眼。

他点点头,老师就是老师,与弟子想法不谋而合。他问刘老师写村史和江山四老的书进展怎样,是不是需要找些资料。刘老师说资料攒了不少,江山四老的故事也基本理清了。他让刘老师讲讲江山四老的故事,说自己过去听到的都是些片段,不完整。

刘老师乐意讲述这些故事,有枝有蔓地讲述起江山四老的故事。

四老中的老大叫于有全,读过两年私塾,年轻时在朝阳山抗联部队当交通员,是经历过枪林弹雨的人。于有全觉得天底下最好的地方就是江山村,东北光复后他选择了回村务农,理由很明确:外面哪里也没江山村好,豺狼赶跑了,回家最安逸。如果于有全选择留在部队,老年就会享受离休待遇。有人与于有全说起此事,于有全说那不一定,要是不回村,说不定就牺牲在战场上了呢,那些留在部队的战友,都是九死一生。因为有过部队经历,从土改到合作化,再到人民公社,于有全一直在村里当支书,一直当到离世。于有全有主见,敢负责,平时喜欢背着手、板着脸村里村外地走。闲下来时他会在大队部看《三国演义》,说话办事常常引用书中人物的话。

小惠的祖父叶兆廷在四老中排行老二,当年在村里当会计兼保管员,腰上总是挂着一大串黄白相间的钥匙,走起路来哗啦啦直响。掌握钥匙多少是权力大小的标志,保管员这个职位很是令人羡慕,村集体的家底都在保管员手上。叶兆廷保管的不仅是生产资料,还有许多生活物资,比如豆油、煤油和牛马饲料。三年困难时期,叶兆廷经于老爷子同意,常常用麻袋夹着半块豆饼到村西刘大裤裆家串门。知道内情的人说这是替刘乐去尽孝。刘大裤裆的儿子刘乐和叶兆廷一起参加抗美援朝,刘乐是司号员,叶兆廷是连部通信员,两人整天跟在连长腚后,彼此亲如兄弟。战场上两个岗位最危险,一个是旗手,一个是司号员。刘乐在一次部队冲锋时挺身吹号,不幸中弹倒下。叶兆廷把刘乐拽到隐蔽处时,刘乐已经不行了。牺牲前刘乐断断续续地说:我爹有风湿病,你替我尽点做儿子的孝心吧。叶兆廷复员后没忘刘乐的托付，一直将刘大裤裆照顾到去世。"三反""五反"时，有人揭发叶兆廷拿公家的东西送人情，于有全把责任担了过去。于有全说叶兆廷是受组织委托去照顾烈属的，谁再说三道四，就是对烈士大不敬。

治保主任袁子厚在四老中排行老三。袁子厚喜欢打猎，善于下猎套逮狍子、野兔，敢独自深入白桦林人迹罕至处。那个年代白桦林里常有狼群出没，但袁子厚不怕，可见狼也怕狠人。只要袁子厚下套，遛套必然不会走空。袁子厚是江山村走进白桦林次数最多的人。作为治保主任的袁子厚在防盗猎上颇为内行，于有全根据梅公的建议严防盗猎后，看管飞龙沟的任务就交给了袁子厚，袁子厚成了飞龙的保护神。袁子厚因为目光敏锐，善于察觉蛛丝马迹，常常被镇公安特派员借去办案，帮助公安破过不少案子，村民私下叫他"袁捕快"。袁子厚的孙子袁昆十分崇拜自己的爷爷，当了镇长还常带这句口头禅，我爷爷怎么怎么说。有人就问镇长爷爷是谁，这样无意中宣传了江山四老。

四老中最小的是刘宝山，人民公社时期的大队长。刘宝山是个干净人，最看不上邋遢鬼，他除了抓各队生产劳动外，其余时间主要抓爱国卫生。江山村房屋院落整齐划一，砂子街面镶了马路牙子，这都是刘宝山常年抓个不停的结果。在他的主张下，江山村开了"两社一堂"，也就是理发社、缝纫社和澡堂子，村民使用几乎免费，只需记几个工分，秋后扣除。"两社一堂"条件虽然简陋，却极大地方便了村民，江山村社员明显比其他村的人干净立整，这要归功于刘宝山。有段时间刘宝山这个爱干净的人自己无法干净了，他因为腿病发作而瘫痪，吃喝拉撒都在炕上，对刘宝山来说这是最无法忍受的难堪，他一度想撞墙而死。后来，是梅公下了六个月干针，刘宝山才重新下地干净起来。刘宝山懂得感恩，只要在街上见到梅公,就要鞠躬行礼。刘宝山去世时人们发现他连点胡茬都没有,脸收拾得溜光。家人说老人在去世前,自己躺在床上照着镜子用刮脸刀刮了脸,说不能胡子拉碴地去见阎王,要给阎王留个好印象,免得被阎王分去干脏活儿。

江山四老有两件事被后人传为美谈。第一件是救了地主于德才的命。于德才是个十分吝啬的地主,在村里口碑极差,总是拖欠长工工钱。但于德才也有长处,他是个有绝活儿的车老板,会甩"绝户鞭",再难驾驭的马,只要他甩上三鞭子,马就会变得服服帖帖。土改时于德才把家中的细软藏在土豆窖里想蒙混过关,结果被一个长工揭发出来。这个长工对于德才有意见的原因很简单,就是于德才给他吃的粘豆包里不放糖稀,长工说哪有包豆包不放糖稀的?不放糖稀的红豆馅干巴巴的,像豆腐渣。糖稀是用甜菜疙瘩熬出来的,用来替代白糖、红糖。于德才没理长工,长工便把他藏东西的事给抖搂了出来。这种情况土改工作队绝对不会允许,必须严惩。当时于有全是村贫协主席,其他三老都是贫协委员,四个人就能决定于德才的生死。于有全开会商议此事,四老都觉得于德才不过是只铁公鸡,没啥血债,还是要想办法保住他的性命。大家商量来商量去也想不出个法子,工作组又一直在催。于有全就拍了板,让于德才将功赎罪,由民兵押送到红花尔基军马场去劳动。马场领导是于有才在抗联时的战友,于有才给战友写了封信,介绍了于德才会甩"绝户鞭"的本事,让他为部队义务驯马。这实际上是保护了于德才,因为工作组不会去部队要人。被送到马场的于德才不仅保住了性命,还被马场吸收为军工,留在马场,挣上了工资。

四老做的另一件事是让江山村有了小西屯。那时的山东人多地少,常闹饥荒,来东北的逃荒者甚多。四老中除了刘宝山外,其

338

他三老都是早年闯关东的山东人的后裔,于有全的太祖父来自招远,另两位的祖上来自掖县(今山东莱州),家谱里都有记载。尽管人隔几代,口音不再,但一提到山东,几个老人还会生出一种天然的亲近感。当时村里从胶东牟平、栖霞等地来了许多人,都是拖家带口,背包罗伞。袁子厚问于有全该怎么办,这些大人孩子个个面黄肌瘦,看着可怜。四老在一起商量,于有全决定先把逃荒者分下去,三户管一家,暂时解决他们的吃住问题,然后派人去公社请示。公社干部也正急得团团转,因为其他几个大队也有类似情况。公社的答复是,如果没有安置能力,就礼送到有能力安置的地方,说白了就是让逃荒者继续往北走。于有全觉得不妥,对三老说:这些人无非想讨口饭吃,我们的祖辈当年也应该是这种情形,举目无亲、拖家带口,这个时候最需要帮助。啥叫"礼送到有能力安置的地方"?不就是像赶牲口一样把人赶走吗?江山村无论如何不能这么干,咱虽然地不多,但接纳百八十户不成问题,咱就给这些山东老乡单独编个第六生产队吧。做出决定后,村里出劳力,到南甸子打塔头和苦房草,又在药泉山北坡伐了些杨树,然后全大队一起在村西盖房子。简易塔头房盖好后,一家一栋分下去,江山村从此有了个说胶东话的小西屯。江山村户数鼎盛时期达八百户,小西屯贡献了六分之一人口。值得一提的是,刘老师就是小西屯人,老家在山东荣成王家村。

从刘老师家回来后,姜子峰满脑子都是江山四老在转悠。当夜,他做了个梦,梦中的四老从东南西北四个方向向他走近,个个表情严肃,用冷峻的目光审视着他。他忽悠一下醒了,醒来无法入睡,心里一直在琢磨,四老一起来找自己干什么?怎么感觉像是来上访的呢?

第二天上午他查阅了近几年村里的各种报表,对江山村的总体情况有了基本把握。中午他对大奎说：下午把你的电动摩托借给我，我去镇上找大昆。大昆就是袁昆，双泉镇镇长。大奎说：让小惠派车送你吧，一个省里来的大干部，骑电驴子算怎么回事？他说：不要麻烦小惠，你约一下大昆，就说我下午去拜见他。

## 七

姜子峰没想到袁昆的官威和他魁梧的体格一样大。

一见面，袁昆就说：子峰，你回来应该先来找我，你虽然级别比我高，但县官不如现管，我现在可是你的顶头上司。虽是玩笑话，但也透出一丝得意。他说：哪里敢怠慢？昨天报到，今天就来，到了你的辖区，不敢不拜码头。袁昆哈哈大笑，说：晚上别走啦，把小惠也接来，我在食堂安排一桌，咱几个喝点。他知道，上初中时袁昆对小惠就虎视眈眈，同学中甚至传出袁昆是他情敌的说法，现在看来虽是无稽之谈，但大昆对小惠颇有好感倒是事实。他摇摇头道：现在公务接待不许喝酒，别搞了。袁昆说：怕啥？自己带酒，食堂加几个菜，又不去酒店，不违规。他想了想，点点头道：那就悉听尊便。

两人坐下，他没有寒暄，直接抛出正题：大昆啊，听说你在推进江山村合并一事？

是啊，全县村庄布局在做调整，江山村与周边三个村要合成一个新村，新村地址在十二里外的青山村。大昆确认了这一消息。

能不能保留江山村不合并？江山村没了，你我就没了老家。姜子峰有话直说。

袁昆烟瘾大，点燃一根烟吸了几口，然后将半截香烟掐灭在烟灰缸里，抬起头说：子峰呀，工作上感情不能代替理智，站位要高一点，发展总要有代价，有时甚至还要交学费。江山村的合并，就像凤凰涅槃,是在毁灭中实现重生,合并后将是一个脱胎换骨的新农村。他吃了一惊,大手大脚的袁昆何时变得懂哲学了? 看来士别三日,确实当刮目相看。

这么说江山村难逃一死的命运?

袁昆说:对于江山村来说,合并是死,不合并也是死,早晚都会死。现在涅槃重生,至少不会出现负资产,这算是一个机遇期吧。

这是什么逻辑? 怎么江山村就非要死? 出于礼貌,他没有反驳,而是建议道:江山村有产业特色,符合省里乡村振兴一村一品的布局要求,理应保留。实在想兼并,也可以以江山村为主体,吸纳另外三个村,把江山村做大做强。

老同学呀,这可不是一个简单的并村问题。你还记得喜欢下棋的老于主任吧,他说过一句话,让我受用终生,他说人生如同下棋,把握好全局才会赢。乡村工作最忌讳的就是小富即安、因循守旧,一定要有大手笔、大格局。不瞒你说,我在下一盘大棋,把江山村整体搬迁,然后以江山村环境优势为依托,招商引资,打造一个动漫软件园。那时候,江山村就是东北的蒙特利尔,是创造奇迹的"迷你硅谷"。

饼画得很大,也很圆,万一搬了村庄又招不来商怎么办? 谁来买单? 他心里这么想,嘴上却说:这个策划是谁做的? 招商可行性有多大?

我认识一个来自蒙特利尔的加拿大籍华人,此人派头很大,在蒙特利尔和温哥华都有地产项目,招商不成问题,土地整理后园区由他负责。这个项目县里、市里都关注,有望列入重点项目清单。

软件园占地应该不小,整体搬迁江山村,也空不出多少宅基地来。

你说得对,所以规划把稻田和欢欣岭也划进来了。袁昆说。

341

什么？基本农田你也敢占？！他吃了一惊,占用耕地,县里、市里无权审批,再说要占的可是寸土寸金的响水稻田。

书生气了吧？袁昆朝他笑了笑道,没听说这样一句话吗？想,都是问题;干,全是办法。只要耕地总数不减,调编不成问题,无非多跑几趟而已。

他张大了嘴,大昆的兴高采烈和胸有成竹让他摸不着头脑,难道基层的事情真如大昆所言？他打了个冷战,刚才骑摩托出了点汗,被空调一吹,后背有些湿凉。他心里很不解,袁昆的爷爷袁子厚是江山四老之一,如果老人在天有灵,对江山村不在了会作何感想？他望着袁昆那张红通通的大脸问:江山村也是你家所在,家弄没了,你就一点不心疼？

不是家弄没了,而是以另一种形态存在,树挪死,人挪活,是换了村址再发展。袁昆停顿了一下说,你想过没有,子峰,江山村再这么下去,早晚会成名存实亡的空壳村。

可以想办法把人气拢起来呀,江山村发展潜力还是很大的。他眉头微微蹙了蹙,他反感大昆总是把江山村的未来想得毫无出路。

怎么拢都白费力气,暴雨骤降,独伞难遮。依我看,你来老家挂职,做做调研,会会熟人,写篇乡村振兴方面的调研报告,两年时间一眨眼就过去了,就别闲吃萝卜淡操心了。袁昆的态度很明确,不要他在第一书记这个职位上想法过多,应该顺应时势。

他把目光投向袁昆办公桌后面的书柜,里面摆着一套塑封的《曾国藩家书》,还有几本名人传记,看来袁昆不是做太平官的人,心里还是想干点事情的。他说:大昆呀,对一个村庄的不公,就是对所有村庄的威胁。你这么大刀阔斧地搞合并,让所有的村干部都胆战心惊,因为谁也不敢保证下一步会不会存在。袁昆又哈哈

342

大笑起来,用戏谑的眼光望着他道:我们都学过世界历史,尽管我高考落榜,但学过的知识却没忘,"羊吃人"你还记得吧? 这是无法绕过的发展阶段,我们不能在田园牧歌里自我陶醉,因为世界在发展,城市化的推土机所向披靡,无坚不摧,这就是残酷的现实。

他不得不佩服袁昆的表达,刚才袁昆这番谈吐,语言和气质不比县长差。他忽然有些走神,脑海里身材健硕的大昆仿佛幻化成一块巨大的橡皮,正在粗鲁地擦去乡路、田垄和所有新旧房屋,橡皮所到之处,一片鸡飞狗跳。

你怎么发呆了? 大昆问。

他回过神来,不想再争论村庄去留问题,身子微微前倾了一点说:我在想,这次回来有两件事要办,需要你帮忙。

袁昆大方地道:啥事说吧,只要我能办的,就不成问题。

你肯定能办到,尤其是头一件事,就差你一句话。他说,头一件事是在药泉山上建个梅公祠,规模不大,最多三间房,同时把梅公墓迁到梅公祠去;另一件是搞清楚梅公真实死亡经过,还原历史真相。

袁昆听后用一种陌生的目光打量着他,好一会儿才说:你又不是考古工作者,翻动这些陈芝麻烂谷子干啥? 据我所知,第一书记没有这项职责,你是想写小说吗?

他摇摇头:这是于主任几年前去省城给我出的两道题,此次回来我想找到答案。因为当时我答应了,不能因为于主任不在了这事就搁置不办。

袁昆说:恕我直言,老同学,这两道题你都解不开。先说头一件,动漫软件园规划里包括药泉山,山上准备建一座地标性欧式金属雕塑,想想看,现代雕塑旁边建个中式梅公祠,显然有点不伦不类。第二件事,江山四老早就有了结论,没有再调查的价值,如果

343

不是溺亡,公安早就立案调查了。袁昆几句话就把门堵上了。他不得不承认,袁昆话虽粗,但不能说没有道理。他知道在基层办事不能硬杠,要慢慢寻找突破口,便故意做出一副任性的样子说:我不管,反正我来江山村是奔着你这个镇长来的,来之前我就和夫人说,咱老家有人,有人好办事,你别让我灰头土脸地回去就行。

袁昆搔搔头道:你高高在上,不知道下面的难处,我这个当镇长的天天脑子里就两个字——指标!指标能压死人,哪有时间解什么题?我劝你也别做这些无用功。应该说袁昆的说法符合实际,他对基层工作有所了解,指标这东西,除却正面作用外,确实有化良币为劣币的副作用,但目标管理是最有用的手段,除此之外也没有更好的办法。

袁昆拿出一张全县经济社会发展统计表递给他,他接过快速浏览了一下,双泉镇的指标在全县明显靠后,在双泉镇一栏,他看到了江山村的名字,江山村村民收入在全镇名列第二,生产总值列第三,算是相当不错的村。他知道了,江山村被合并不是经济问题,说穿了是为了给动漫软件园腾地方。

两人没有达成共识,只能唠些闲嗑。袁昆说还记得一件事,有次在宿舍姜子峰要洗衣服,向同宿舍一个姓沈的同学借肥皂,那个长着一双小眼睛的沈姓同学说:凭啥借给你呀?一句话把他晾在那里。袁昆看不下去,把自己的肥皂递给了他。袁昆问他是不是还记得这件事。他说当然记得,那个同学叫沈明占,学习很用功,但成绩上不去。袁昆说:这个沈明占也在镇政府,是临时工,冬季烧锅炉,夏季就在食堂买菜当火头军。对了,你说晚上吃饭带不带他?他说:好呀,都是同学,没有高低贵贱之分。袁昆说:那晚上就我们四个,我带一箱玉泉方瓶,大家放开量喝。

晚饭前小惠来了,带了一辆红色小型客货车。小惠一见到袁昆就问啥时候结红粉坊的账,袁昆说:不就是欠了点粉条款吗?这么大的镇政府还会赖账?小惠不说了,转头对姜子峰说:晚上把电动摩托放车上,乡路没路灯,酒后骑不得车。他这才明白小惠为什么要带一辆客货车来。

镇政府食堂餐具不是很讲究,盘碗都是不锈钢的,几十年也用不坏。四个大号不锈钢盘子里盛着粉条炖鸡、家焖噘嘴岛子、酱焖老头鱼、燫大鹅,另外配了几碟小菜。袁昆说:子峰在省里什么样的大馆子都吃过,到村镇食堂的次数估计不是很多,都是老同学,就将就着吃吧,别挑。姜子峰说:去农村机会不少,像这样丰盛的晚宴还是第一次吃。袁昆道:菜不够,酒来凑,玉泉方瓶我备足了,放开喝。食堂没有小酒盅,都是二两一个的口杯。袁昆给每人倒上一杯,端起杯说:子峰是当年双泉中学的高考状元,是全双泉镇的骄傲,因为对家乡有感情,这次回来挂职,我们先喝一杯欢迎酒。说完,和每个人碰了杯,一仰脖干了。诚惶诚恐的沈明占正在左顾右盼,袁昆把手中的空杯朝他照了照,嘴里嗯了一声,沈明占马上干了。沈明占穿一身迷彩服,皮肤像秋梨一样又糙又黑,眼睛却滴溜溜转个不停。姜子峰发现沈明占端杯的手食指上缠着创可贴,脖子上有根细细的红绳,应该是佩戴了什么挂件。让他惊讶的是小惠很痛快地干了杯中酒,然后稳稳地放好杯子,把袁昆眼前的酒瓶拿到自己跟前,替袁昆斟酒。他和小惠虽然上学时有那么一段感情,但喝酒还是第一次,不知道小惠酒量怎样。酒量这个东西后天锻炼和先天因素大概是三七开,或许是生意需要练就了小惠的酒量。

怎么,子峰有困难吗?袁昆望着他说,农村有句话,叫酒下去工作上去,一杯酒胜过十箩筐话。

他笑了笑,抬手也干了这杯白酒,抿了抿嘴唇道:好酒!

345

袁昆笑了,说这酒是自己家的库底子,不是老同学回乡不会拿出来。

小惠说:大昆,我提一杯酒吧。袁昆点了点头道:今晚每人提一杯,属于共同科目,然后再单挑。他估算了一下,每人提一杯就是八两,虽说玉泉方瓶属于低度酒,但终归是白酒,看来今晚要超量。

小惠给每人斟满酒,站起身说:喝这杯酒前我要说说我和子峰的事。他愣了一下,瞬间觉得头在变大,小惠这是怎么了? 为何要说他俩的事? 他不能打断小惠的话,也不知道小惠要说什么,只觉得怀里像跳进一只松鼠,乱跳乱碰个不停。袁昆哈哈笑起来,说:小惠这是剧透,我和明占算是偏得了。

小惠说:我以前没机会解释,有些话像一团芡粉堵在心里,今天说出来,就等于芡粉漏成了粉条,心里会舒坦不少。你们知道,当年很多同学都认为我和子峰谈过恋爱,包括大昆也这么看,上初中时就老拿话挤对我,有的同学说我俩的关系像锅烧开的水,就等着下饺子还是面条了。其实这都是瞎猜,我和子峰两家前后院住着,关系确实很好,但彼此从来没有过搞对象的念头。子峰志向远大,心高气傲,不可能找个村姑当老婆,而我一门心思在开粉坊上,也不想进城,因为城里没地方漏粉,所以我俩彼此心如明镜,属于有情无缘那一类的。子峰这次回来,与我催他解题也许有关,也许没关,我心里很清楚,子峰不是为了我才回来的,我们只是好同学、好兄妹、好邻居。再说了,地位不同,见识不一样,凭子峰的条件,想出轨也不会找我这个农村漏粉的半老徐娘,是吧子峰?

这个提问不好回答,说是和不是都不妥。他端起酒杯道:小惠,你不就是想劝这杯酒吗? 不用说这么多,我喝就是了。

袁昆说:上学时你喜欢子峰这不是秘密,地球人都知道,你俩

346

做了六年同桌,同学们都说刘老师偏心眼儿呢。

沈明占也大胆地插话说:我虽不是江山村的,但在双泉中学就听说过小惠,说子峰的对象如何如何漂亮,像扮演刘三姐的黄婉秋。

小惠笑了笑说:还有同学说我是大昆的对象呢,可见都是谣传。我要说的话说完了,先声明一下,这可不是此地无银三百两,你们若是听进去了,我们就干一杯。

没有人反对,四个人都干了一个满杯。

袁昆放下酒杯说:小惠,你刚才说催子峰解题,那两道题是你出的?

我就是个传话的,这两道题是已故的于主任出的,交代给了大奎,大奎就钉上我了。袁昆摇摇头:这哪里是给子峰出题? 这明明是出给我的嘛。我和子峰说了,这两道题都无解。

小惠给每个人斟上酒,坐下来道:大昆呀,话别说死,世上还没有漏不成粉条的土豆,就看漏粉师傅的手艺。子峰现在是省城的大处长,打个比方吧,子峰就像一只蜘蛛,哪根手指脚趾都连着一条线,那就是关系网,关系网可是万能的。

他扑哧一声笑了,小惠这个比喻太逗了,自己成了蛛网中央的大蜘蛛。袁昆没有笑,他知道小惠的话不无道理,不能小看了子峰背后的关系,子峰毕竟和县长一个级别。袁昆说:两道题能不能解是一回事,费劲巴力地解没有意义的题、做无用功又是一回事,还是要谋定而后动。

他不想在酒桌上讨论这个严肃的话题,朝袁昆点点头说:该我提酒了吧?

袁昆摇摇头:你先等一会儿,让明占提。明占你小子今天是小鱼穿到大串上了,还等什么? 袁昆简单介绍了一下沈明占的情况。

沈明占前几年当小包工头搞拆迁,出了事故,左腿残疾,生活陷入困顿,得知袁昆当了镇长,便来求袁昆帮忙找点事做。袁昆安排他冬天给镇政府烧锅炉,夏天在食堂帮工,算是帮他解决了大问题。沈明占对袁昆感激不尽,一举一动都能表现出对镇长的恭敬。

沈明占端起酒杯说:我没啥身份,也不会说话,就说三句话吧。第一句,感谢大昆能赏我一口饭吃;第二句,欢迎子峰回来;第三句,祝小惠红粉坊越办越红火!我先干为敬了。说完,一仰脖,干了满满一个口杯。

轮到姜子峰提酒,他觉得酒有点上头,本不想喝满杯,但勤快的小惠又起身逐个斟满酒。小惠体形变化不大,饱满而标致,刘海儿上染了一点栗色,没有戴首饰,看上去有种清水芙蓉的感觉。一个女老板,经济条件好,却不穿金戴银,保持一份难得的朴素,在乡下这样的女性已经很少见了。

他端起杯说:我也学明占,只说三句话。第一句话,回到江山村我百感交集,这里储存着我青少年时期几乎所有的记忆,我爱着江山村,在心里从没远离过它;第二句话,同学情是天下最真挚的感情,同学在一起,不论职位,不论贫富,大家都是肩膀一边高的寒窗学子;第三句话,我会尽我所能为江山村做点事情,不负两年任职时光。我还要缀上一句,大昆是同学的骄傲,也是江山村的骄傲,过去有江山四老,今天有镇长大昆,江山村的明天就靠大昆了。说完,他笑吟吟地与每个人碰过杯,然后一饮而尽。

接下来就是捉对儿厮杀阶段。袁昆一手擎杯,一手搭在他肩膀上,放低了声音说:我不同意你给梅公迁坟,不光是怕影响动漫软件园的环境,还有一个重要原因,过些日子我再和你说。

四个人相互对饮。他与小惠对饮时,小惠拦住他没让斟满。小惠说:别人喝多了回去有人照顾,你若喝多了只有老鼠和蛐蛐儿做伴。他笑起来,小惠还像当年那样幽默。

这是一次名副其实的大酒,四人都进入了状态。袁昆久经沙场,散席后送大家出来时步伐稳健,声音洪亮。沈明占就住在镇政府院内的职工宿舍里,自己蹒跚着回去了,左腿看上去似乎短了一截。小惠的客货车拉着姜子峰和电动摩托驶回江山村。柏油乡路很平,司机开车也稳。两人都坐在后排,他问:酒桌上为啥要说那番话? 小惠望着前面的风挡说:茨粉总要漏成粉条的。

乡下夜晚飞虫多,在灯光的诱惑下不时有飞虫撞到风挡上,原本透明的玻璃渐渐有些花,司机只好打开雨刮器刮了刮。两人谁也没有打瞌睡。

# 八

上任三个月,姜子峰做了一件大事——关停了方便筷子厂。

在镇里开会时袁昆叫住他,当着大奎的面说:子峰你行啊,头一板斧就见了血,砍掉了我一个纳税大户,你这斧头是啥做的? 他笑了笑道:是桃木斧。

在担任副处长时,他以叶子司机的身份参加了一个饭局,在饭局上认识了林业厅的林处长。林处长是牡丹江海林人,那次饭局的组织者。林处长牵头开展的全省天然林保护专项行动被叶子报道后,省长做了批示,为了表示感谢,他安排了一个小范围饭局。林处长叫林卫,有点军人做派,他们处的职责就是保护天然林,国家实行严格的天然林保护政策,如何去落实就在他们处。两人很谈得来,彼此留了电话、加了微信。

他到村里任职后,马上就想到了那片正被关志强的筷子厂蚕食的白桦林。他亲自去白桦林察看了一天,发现这片原生态白桦林盗伐问题十分严重,不用说,盗伐的木材都流向了石塘边的筷子

349

厂。让他痛心的是,白桦林深处的飞龙沟也遭到了破坏,如果继续破坏下去,这块飞龙栖息地将彻底消失。在飞龙沟,他看到了一棵白桦树上落着七八只飞龙,这应该是一个家族,见到人后,飞龙扑棱棱飞走了。飞龙恋家,它们以家族为单位栖息在山泉溪水边,以各种野生植物的绿芽、果实为食。因为食物洁净,飞龙肉有种珍奇的松香,这让它成为达官显贵们的美味佳肴。小时候,下雪后他曾跟大人来飞龙沟抓过飞龙。飞龙和鸵鸟似乎都是一个师父教出来的,发现危险后顾头不顾腚,钻入雪下挡住自己的视线就以为别人看不到。捕捉的方法也简单,张开网罩住雪地出口,然后拍打雪地,飞龙从出口飞出便自投罗网。飞龙都是成对生活,一抓就是两只。但村里人抓飞龙十分节制,因为四老立下一个规矩,家里没有大事,不准去飞龙沟打飞龙。这个规矩是梅公提议的,被四老采纳并日渐成为村规民约。筷子厂建起来后,村规遭到了践踏,盗伐白桦树的人会搂草打兔子,趁机盗猎飞龙。

从白桦林回来后子峰对大奎说:筷子厂必须关掉,这厂子像只可恶的大蚕虫,早晚会把白桦林吃光。大奎说:不行啊,筷子厂是镇里上了光荣榜的企业,咱们关不掉。再说筷子厂老总关志强是个社会人,路子野,马仔多,还是不惹他为好。子峰摇了摇头:白桦林是江山村独一无二的资源,不能让他这么祸祸。这事你别管了,我来想办法。

他给叶子打电话,让她去找林处长,把白桦林和筷子厂的实情告诉林处长,并出主意说,媒体准备就白桦林飞龙沟盗猎飞龙一事进行曝光,飞龙可是国家二级重点保护动物,出了这种事情,林业部门责无旁贷。

三天后,林处长带人来到了江山村,叶子也应邀同行。在察看了白桦林现场情况后,林处长神色凝重地说:我要感谢你,姜书记,是你没让我的错误继续犯下去。白桦林遭到盗伐和飞龙被盗猎，从某种程度上讲是我的失职，如果媒体报道出去，我做检查、被免职是小事，给厅里、省里造成不良影响这责任我可承担不起。林处长一行拍照、录像，对筷子厂、白桦林、飞龙沟的情况做了全面了解，然后连夜返回省城。叶子没在村里停留，悄悄告诉他要跟回去趁热打铁。

省里来人调查筷子厂的消息很快被关志强知道了，这个脖子上挂有金链子的中年人目光凶狠，五官夸张，一张大饼子脸上的两道蚕眉像刷了黑漆，两道法令纹像猎豹的泪线。关志强来到村委会，一见面就瞪着眼质问：姜书记你几个意思？我的厂子手续齐全，哪里招你惹你了？你一来就找事。

他起身让座，关志强不坐，叉腿站在办公室中间等着要说法。

他倒了一杯水递给关志强说：关总，你来得正好，你不来我还要去找你，与你商量厂子下一步的事。政府一方面要依法办事，规范相关生产活动；另一方面，也要积极帮助企业寻找出路。你的企业不做筷子，可以转型发展，不能在一棵树上吊死嘛。

少来这一套！关志强吼道，我的厂子证照齐全，凭啥不让我干？镇政府还支持我呢，你一个挂职干部就想把我的筷子厂搅黄了，没门儿！说完，狠狠地把水杯摔在地上，转身扬长而去。

大奎过来安慰他，说：这个老小子就是驴性，和村里闹过几次了，你要小心点，防备他玩阴的。

他说：商人的目的是赚钱，不是要命，筷子厂真要关掉的话，我们帮他找个赚钱的生意转型发展，他就不会气性这么大了。

可是，江山村还能有什么生意赚钱呢？总不能也让他开粉坊吧。大奎一脸难色。

这时，袁昆打来电话，说要到红粉坊看看，让他也过去坐坐。

351

他来到村里还没有好好参观一下小惠红粉坊,这正是个机会,便提前来到红粉坊等候。袁昆还没到,小惠陪他在客厅坐着。小惠问:你得罪关总了? 他说:不是我得罪他,是他得罪了白桦林,得罪了飞龙沟。这事我要是不管,还当什么第一书记? 小惠点点头:是该管,早就该管。

不一会儿,袁昆的吉普车到了。下车后,袁昆背着手参观了漏粉车间和成品仓库,随车来的一个小姑娘抓拍了几张照片,参观就算结束。三人来到客厅,袁昆以一种埋怨的口气对他说:子峰啊,你逗英雄,却让小惠付出了代价。他吃了一惊,问小惠是怎么回事。小惠苦笑了一下,摇摇头道:没什么,不就五吨粉条吗? 红粉坊的粉条不愁卖。袁昆道出了实情,原来筷子厂在小惠这里订购了五吨粉条,厂子传出遭调查后,订单被取消了。他心里有点过意不去,刚才小惠没有提此事,还表示了对他的支持,小惠是个有是非观的人。

袁昆说让他找个两全其美的办法解决筷子厂一事,既能保护白桦林、飞龙沟,又不让筷子厂倒闭。他说正在想办法,筷子厂的厂房邻近石塘,空间大,有改造价值。

关志强来村委会讨说法的第三天,省里通过市里、县里下达通知到镇里,江山村筷子厂立即停产接受调查。这就是袁昆说姜子峰头一板斧就见血的原因。那次开会见面,袁昆特意嘱咐他要提防关志强,关志强已经放出风去要走着瞧。袁昆还把镇派出所所长的电话号码给了他,说已经和所长打过招呼,遇到情况随时给所长打电话。袁昆说不希望省里派来的第一书记在本地出事,镇政府也负不起这个责任。他知道这是老同学实实在在的关心,袁昆在这个问题上挺有胸怀,筷子厂关掉必然会影响镇里的税收,最上火的是袁昆,可是袁昆表现得如此大度,这让他不得不重新认识这个老同学。

其实，筷子厂未关之时，他就在谋划另一件大事。江山村之所以面临合并，人少也是一个原因，要保住江山村就必须聚拢人气。为此，他要在小西屯上做文章。既然当年山东老乡闯关东形成了小西屯，那么现在能不能再动员一批山东籍企业家来这里复兴小西屯呢？他认识省齐鲁商会和齐鲁文化促进会的赵总，便跟赵总谈了自己的想法。赵总是个有家乡情怀的企业家，麾下有众多企业，觉得可以在小西屯搞个闯关东民俗街，把江山村的资源整合起来发展旅游，还可以把稻田、土豆地变成绿色有机农产品基地，彻底解决农药残留对鹤鸣湖、南甸子造成污染的问题。赵总聘请专家开始做规划，规划一旦获批，停产的筷子厂厂房可以改造成供游客消费的快捷酒店，避免筷子厂一关了之。

关志强还没来得及报复，人就进了拘留所，涉嫌罪名有三：一是盗伐，二是行贿，三是涉黑。这三条罪状哪一条被落实，都够关志强喝一壶的。袁昆来江山村村委会找到姜子峰，说冤家宜解不宜结，关总的事还是松松口好，否则这个浑小子放出来后不会善罢甘休。他说司法上的事谁也没办法，自己一介村干部，无法左右公安办案。袁昆说：公安办案会征求你的意见，你可以多要些生态补偿，至于人嘛，就别关押了。他盯着袁昆问：你该不会是拿了这家伙的好处吧？袁昆摇摇头道：关总倒是多次想表示表示，可我有我的抱负和底线，不会在小河沟里翻船，换句话说，我根本看不上筷子厂那仨瓜俩枣。他说：那我就放心了。

尽管他没做什么工作，但关志强还是很快出来了。关志强一出来就驱车来到江山村，上了村委会二楼，一把推开拦在门口的大全，就朝着坐在办公桌前的姜子峰拱手致谢，诚恳地说：谢了姜书记，袁镇长都跟我说了，没有你开恩，我肯定要蹲笆篱子。他说：我没做什么,你不用谢我,要谢就谢公安干警。他这么一说,关志强更为感动,说:这种事我懂,我也捞过人,明人不说暗话,这样吧,关停的厂子怎么弄我听你的。姜子峰等的就是这句话,便说了齐鲁商会要建小西屯闯关东民俗街一事,闲置的厂房可以租给齐鲁商会,由他们改造为民俗陈列馆和接待游客的快捷酒店。他特别建议说:你呢,可以在村里其他几处适合旅游的地方,设置些住宿的木刻楞,因为有民俗街的游客为依托,木刻楞收入会不错。关志强说:就这么办了,我马上就去定制木刻楞。

关志强走后,小惠提着个天蓝色双肩包来到村委会,从包里拿出一柄木斧递给他,说刚从县里回来,特意到工艺品商店买了这把桃木斧,让他挂在北墙上辟邪。他很纳闷儿,那天自己是和袁昆开玩笑,小惠怎么知道自己说了桃木斧?他瞅了大奎一眼,大奎憨憨地笑了,他知道一定是大奎传了话。

# 九

小西屯闯关东民俗街项目卡在了袁昆的案头,这个项目与袁昆的动漫软件园规划冲突。袁昆在电话里劝他说:民俗街没税收,费力没回报,可动漫软件园就不同了,不仅国家扶持,而且税收也可观。咱俩换位思考一下,要是你当这个镇长,应该批哪个?

他很清楚两个项目只能上一个,因为只有一个小西屯。他说:大昆呀,动漫软件园可以选其他村嘛,为啥非要搬迁江山村?袁昆说:我也想在别的村搞,可是外商单单看上了江山村,说江山村有点像多伦多,山水林田湖草沙皆可利用,别的村没这个条件。姜子峰说:这样吧,我到镇里专门向你汇报,你等着我。

放下电话,他骑上大奎的电动摩托赶往镇里。袁昆很守信,在办公室抽着烟等他,满屋子都是烟味儿。两人坐下,他向袁昆汇报了和齐鲁商会洽谈的情况,说了小西屯项目的规划和绿色有机农产品基地的前景。袁昆的眉头一直锁着,方方正正的大脸像关公脸一样。听完汇报他冷冷地说:子峰,你回来好像是专门和我作对来了,为啥?

你想多了,大昆,我为什么要和你作对? 我无非是想保住江山村,保住响米稻田,保住南甸子,保住我们共同的老家。

别和我唠这些艺术嗑儿,难道江山村就该保持原始状态不发展?

毁掉良田搞动漫软件园,与国家耕地保护政策相抵触,我认为你批不下来。

只要舍得跑,没有盖不上的章。我也告诉你,动漫软件园获批只是个时间问题。

那我们各报各的项目,由上级来决定。

上级不会批小西屯项目的,市、县领导更看重软件园,软件园是个高大上的外资项目,省里对各市有引进外资指标考核,对这类项目求之不得。

这次见面,两人谈得有点不愉快。姜子峰离开时,袁昆只在楼梯口做了告别。他走出镇政府办公楼大门,恰巧遇到了沈明占。沈明占拎着两个圆鼓鼓的大号塑料袋从农用车上跳下来,见到他就喊道:子峰,我正要找你。姜子峰停好摩托,问他提着什么。沈明占说是豆角和茄子,镇食堂有自己的菜园,种菜不打农药。他问有什么事,沈明占左右看了看,像做贼似的小声说:你帮帮大昆吧,咱们镇一把手空缺了一年多,你烧把火把他推上去。再说了,你帮他也就是帮我,江山村整体搬走,我就可以干老本行去搞拆迁。他很讨厌沈明占说的后半截话,便耐住性子说:我可不会烧火,提拔大昆是组织上的事。沈明占说:大昆现在就像一壶水烧成了八十

355

度,再加把柴就能烧开,软件园项目要是能成,大昆稳稳当当是一把手。他笑了,心想,真是滑稽,帮厨却帮出了一个政治家。他拍了拍沈明占的肩膀道:你是做饭烧锅炉的,这烧火的事应该你来做呀。

事情果然不出所料,动漫软件园项目流产了,省里在论证项目时,决定把它放在省城的两所大学之间,目的是构建产学研一体化的现代园区。除此之外,县里合村并点的请示也被省民政厅打了回来,据说是厅长对此提出了异议。消息传回来,袁昆很失落,认为这一切都是姜子峰做工作的结果。袁昆来到小惠红粉坊,说要找姜子峰喝酒,两人一定喝出个高低来。小惠给他打了电话,一边准备菜,一边悄悄让司机去接刘老师。小惠担心自己控制不了局面,看大昆的脸色就知道来者不善。

小惠摆了炕桌,芹菜炒粉、肘花、油炸花生米和拍黄瓜四个小菜也很快备齐。姜子峰应约而来,与袁昆在炕上对面而坐。袁昆两眼死死地盯着那盘拍黄瓜,自言自语道:多光溜的一根黄瓜,就这样被拍个稀碎。姜子峰没有接话,担心事情越描越黑。他望了一眼站在地上的小惠,小惠轻轻摇了摇头,也不知说什么好。软件园项目流产,小西屯闯关东民俗街项目却获得批准,原因是不占耕地,而且是充分利用闲置民房和厂房,各景点的木刻楞也是临时建筑,因此审批起来没遇到麻烦。

袁昆端起酒杯说:子峰,你赢了,我祝贺你!

两人一连喝了三杯,菜一口没动。小惠像观众一样看着两人,表情有些奇怪。袁昆突然苦笑道:既生瑜,何生亮! 子峰啊,你大学毕业,在省里当大官多好,干吗回来与我这个大学漏子争高下?我不过是个科级干部,连品级都谈不上,难道你还放不下当年那点事?

当年啥事？姜子峰疑惑不解。

别装糊涂，小惠你怎么不说话？袁昆问。

你是指那封信吧，大昆？子峰不知道，我也不可能告诉他。

别替子峰打掩护了，若是没有这个心结，子峰干吗回来？想挂职，全省有的是好地方。

什么信？你俩在说什么？我怎么听不明白？他的目光像汽车雨刮器一样在袁昆和小惠之间刷来刷去。

初三时我给小惠写过一封情书，想必你早看过了，可那都是青春懵懂时候的事儿，该翻篇儿了，再说小惠没嫁你也没嫁我，咱俩还纠结个啥？

他明白了，袁昆把事情想得过于复杂。他还是没有解释，此事怎么解释都是徒劳。

一旁的小惠说：你们两个大男人这是干啥？小时候的事还拿来掐架，多难为情！上学时你俩对我好，到现在我想起来还有点感动，在我心里你俩都是好样的。听我一句劝，咱仨喝一杯，有啥不是记在我头上吧，你俩别闹别扭。小惠有些哽咽。说到这个份儿上，两人无法拒绝小惠的好意，都端起了杯。酒还未喝，刘老师推门进来了。两人见状急忙放下酒杯，跳下炕来迎接刘老师，一人搀着一条胳膊把刘老师架上炕。

三人一起敬刘老师酒，刘老师端杯表示了一下，道：你们接着唠。

姜子峰主动敬了袁昆一杯酒，说了些宽慰的话，也请袁昆理解自己的做法。他尤其讲了飞龙沟遭到破坏的样子，看了窝心扎心，飞龙沟当年得以保全，还是袁昆爷爷袁子厚的功劳，要是袁子厚在世，断然不会允许这等事情发生。当然，有一件事他不可能对袁昆说，第一书记的职责之一是建强当地班子，他已经正式向县委组织部推荐了袁昆。

袁昆把头扭向刘老师,带着委屈的声调说:我千辛万苦招来的金凤凰飞走了,飞到了省城,江山村错过了一次千载难逢的发展机遇,我心里难过呀,老师。

刘老师不动声色地说:我问你们,中国画最忌讳什么?

三个人都没有回答这个十分突兀的问题。刘老师接着说:最忌讳的是过满,过满多败笔。人这一辈子要多留白,因为世上之事是做不完的,有些做不好做不完的事,留给子孙去做未必就不好,长江后浪推前浪,后人总比前人办法多。江山村就像一块璞玉,当你雕艺不精、考虑不周的时候,不要贸然下手,留白也是政绩。

袁昆听进去了,快速眨着眼睛,嘴里嘟囔了一句:留白也是政绩。

但存方寸地,留与子孙耕。这是老祖宗留下的话,仔细想想,道理深刻呀。

三个人都点了点头。

袁昆长舒一口气道:得了,我知道刘老师是来劝我的,这事就过去吧。我问你,子峰,你的目的已经达到,下一步还想干啥?我得有个思想准备,免得再陷入被动。

我向你汇报过,下一步要做的事就是解开那两道题。

不行不行不行! 袁昆态度很坚决,这件事我不会答应的。

为什么呀? 这是一件好事。再说了,欢欣岭上孤零零地竖着一盔坟,不协调嘛。他不理解袁昆为何如此固执,软件园项目落到省城,建祠迁坟的顾虑已经迎刃而解。

子峰,你不要以为就你对江山村有感情,我也不差啥。我爷爷亲口告诉我,梅公墓要守好,一锨土都不许动。我问为啥,爷爷说:你不需要知道为啥,照我的说法做就是。我要是同意迁走梅公墓,

358

怎么向死去的爷爷交代?

这话不假,刘老师说,江山四老都给后人留下过类似遗嘱,要后人保护好梅公墓,这其实是四老对梅公的敬重。

小西屯闯关东民俗街建设工作出奇顺利,齐鲁商会的赵总颇有号召力,动员了十几家会员企业参与这一项目,仅仅一年时间,一条胶东乡村风格的民俗街便建成了,民宿、餐饮、采摘、演艺、土特产购物,各种功能一应俱全。为了解决冬季半年闲问题,牵头的企业在药泉山北坡建了索道,搞了一个滑雪场。为了给当地纳税,齐鲁商会在江山村注册了一个独立核算的旅游公司,把村子周边所有的旅游资源串联起来,打包经营。整合了稻田、土豆地的绿色有机生产基地合作社也建立起来,村民以土地入股,实行标准化生产。一时间,江山村变得热闹起来,许多外出的村民纷纷回归,经营起了农家乐。清晨和傍晚,站在药泉山上鸟瞰这个三百岁的村庄,会看到小西屯又有久违的炊烟在袅袅升起,因为游客点名要吃柴火做的农家饭。很多人有体会,烧麦秸、豆秸和木桦子做出的饭菜味道各不相同,真正影响味道的是烧什么火。

让袁昆改变看法的是小西屯发展模式成了全省的典型,上级领导频频来调研,每次袁昆都要陪同,袁昆对小西屯旅游业的讲解甚至比姜子峰还专业。姜子峰担任第一书记的第二年春天,袁昆正式被任命为双泉镇党委书记,成了一把手。

十

梅公祠总算有了着落,姜子峰将消息告诉刘老师时,坐在藤椅上的刘老师一下子站了起来,爆了句粗口。

这是他有生以来第一次听见刘老师骂人,觉得这粗口好没道理,明明是喜讯,怎么还会爆粗口? 他不好问,扶刘老师坐下来。

刘老师吩咐老伴:中午包芸豆馅包子,我要留子峰吃饭!

刘老师最喜欢吃芸豆馅包子,而且只喜欢吃老伴包的发面芸豆馅包子。芸豆馅里的猪肉要带点肥肉,不能绞,须切成肉丁,再加上葱姜蒜末,倒点老抽,搅拌成馅。刘老师每遇喜庆之事,都要吃芸豆馅包子。

机缘和巧合是人生的大礼包,梅公祠这道让他几乎绝望的难题,却在不经意间得以解开。春节回省城过年,他带了些红粉坊的土豆粉条去感谢林处长。林处长热情接待了他,说:你要是带烟带酒来我是不会收的,可你带着几袋粉条,却之不恭,我就破例收下,但我要回送你一件礼物。说完,从书柜里拿出一个锦盒,里面是个黑色茶盏。林处长说这是民宗局的一位好友送的,茶盏上还印有一行金字:慈云寺开光纪念。林处长说这是为了纪念慈云寺建成开光,住持老和尚在福建定制的建窑兔毫盏,这茶盏很神奇,倒入白开水也能喝出茶的境界来。他对茶盏兴趣不大,林处长提到的民宗局让他脑洞大开。他问林处长可否请民宗局的朋友帮个忙把药泉山上的梅公祠给批了。林处长马上就给这位朋友打了个电话,朋友说新建肯定不行,要是过去有寺庙之类的建筑,找到合适的理由复建还是有可能的,让申请人把材料准备好,起草一份请示报上来。他马上就想到了江山村曾经有过的药王庙和老李庙,知道了报告应该从哪里下笔。

春节假期一过,他就回到江山村找刘老师,问刘老师有没有药泉山历史上药王庙和老李庙的相关资料。刘老师说这些东西都在柳条包里。刘老师有三个柳条编成的书箱,称之为柳条包,收集的资料都分门别类地存放在这三个柳条包里。果然,刘老师从柳条包里找出了清乾隆年间药王庙的记载和伪满时期药泉山秃尾巴老李庙的地图。他这才知道,秃尾巴老李庙毁于伪满时期,是伪满克

360

山警署派人捣毁了庙宇,将一众铜像拉去齐齐哈尔造了子弹。

他研究了一番刘老师收集的资料,发现秃尾巴老李、梅公和小西屯村民都是山东籍,就想到还是应该打山东牌,把梅公祠作为闯关东民俗街的配套项目来请示。他起草了报告,直接去省里找林处长,请林处长陪他一同去民宗局。民宗局的人审阅材料后表示同意,但需要按程序办,由村报镇,镇报县,县报市,最后再报省。他懂得这套程序,原本想走个捷径,看来走不通了,不用想,镇、县、市三道关肯定难过。林处长提醒他:你们厅长不是在市里当过市长吗?请他发句话呀。他拍了下脑门儿,是啊,怎么把厅长这茬儿给忘了呢?他回厅里找厅长,厅长听后说:这算个什么事,不就建个祠堂吗?说完抄起电话分别给市里、县里打了电话,问题迎刃而解!

吃过香喷喷的芸豆馅包子,他陪刘老师喝茶聊天。刘老师一直喜欢喝花茶,说喝花茶有种春天在南甸子踏青的味道。两人商议梅公祠的一些细节事宜。刘老师说梅公墓还是应该迁,于主任出的题没错,祠墓一体才好祭祀。他说:这事我再想办法说服大昆。刘老师叹了口气,说:现在的难题是梅公的传记难写,死因不清,传记只能含糊,读了易生疑窦。他点点头,写史的最高标准就是尊重史实,任何猜测、粉饰、先入为主,都是史家大忌,刘老师显然清楚这一点。

这个消息自然要告诉袁昆。袁昆听后表情没有大的变化,只是哦了一声,说:省里批了你就建吧,但不要毁林,实在需要伐树的话,必须走手续。袁昆当上一把手后人变得沉稳了,过去点火就着的脾气好像被湿煤压住了,只剩下一丝细烟。小惠当面调侃袁昆:别人都是官升脾气长,你怎么正相反?过去高高竖着的尾巴变成了腚后拖着的一把扫帚,啥原因?袁昆说于主任有句名言:棋盘上忙乎的都是车马炮,将帅以不动为安,一动,说明被人将军了。

袁昆接到通知要到省委党校培训三个月,走之前特意来江山村与姜子峰告别。袁昆还专门去看了刘老师,给刘老师送去两盒茉莉花茶。从刘老师家出来,袁昆提出上药泉山看看刘老师选的建祠地点。袁昆说他不信风水,但看了那么多皇陵、皇宫,觉得风水这东西还是了解点好,免得犯忌。姜子峰和大奎陪袁昆登上药泉山,来到山坳中心一块花生形状的平地,这便是刘老师选中的地方。平地四周都是高大的柞树,唯有平地上只长着些榛窠、苔条等灌木。大奎说:好奇怪,这地方为啥不长树呢? 他明白原因,却没有回答,而是把目光投向袁昆。袁昆说这里原来应该有建筑,浮土下面是瓦砾,所以不会长大树。他心里很佩服袁昆,基层干部万万不可小觑,人的地位与知识不会成正比,有些人职位很高,脑子里却空空如也。袁昆站在一丛苔条旁,顺手摘了一朵紫花嗅了嗅,转过身对他说:子峰呀,你说梅公祠建成后,可不可以把江山四老的事迹也装进去?

他眼睛顿时一亮,这可是个好主意! 讲梅公的故事绕不开江山四老。他说这当然好,请刘老师给江山四老写个生平介绍,再配上照片,专门设计一面墙,这事就成了。

离开山坳,三个人登上山顶,极目远眺,田畴、湿地、河流、湖泊尽收眼底,江山村安静如饱后静卧的牛群,沐浴在午后的阳光里。蜿蜒的白龙江紧紧依偎着村庄流过之后,像一条害羞的白龙把龙头埋进南甸子无边的绿色里。东面欢欣岭的土豆地里,隐隐约约可以看到梅公墓那块醒目的墓碑。

袁昆望着眼前的景象若有所思地说:子峰呀,看来你是对的,动漫软件园在哪里都能建,可三百岁的江山村只有一个,搬迁就没了。

姜子峰拍了拍袁昆的肩膀道:你的初衷也不错,毕竟是为了地区发展,好在最后我们殊途同归。袁昆摇摇头道:动机再好,也不是值得原谅的理由。

袁昆去省城学习后,姜子峰专程回去一趟,请袁昆吃了一顿火锅。吃饭时,他再次提到梅公墓迁坟一事,袁昆说:你要是问我,我肯定不会答应。他便没有再提此事。

叶子打来电话,说准备去北京采访一个文化论坛,他脑海里忽然闪过一个念头,让叶子去梅公原单位看看,大学档案管理比较规范,也许能找到梅公死因的详细记载。他给叶子交代了这个任务,叶子答应了,叶子也想早日解开梅公真实死因这道难题。

叶子去梅公原单位确实查到了死亡结论,这个结论是江山大队革委会出具的手写证明,证明梅立范去南甸子打苫房草,误入漂筏区域,失足溺水而死,死后葬在欢欣岭。证明落款是一九六七年八月八日,然后是江山大队革委会的印章。叶子还复印了一纸学校当时做的简单结案决定,上面说学校在运动中发现了梅立范一些新的问题线索,派人去江山村,拟将其带回学校进一步审查,到后发现该人已经溺水身亡并于当地下葬,经研究,梅案就此结案。这个决定证明人死案了,梅公之事已经画上了句号。看来这个结论是可信的,姜子峰说,梅公确实死于溺水。他将叶子了解到的情况告诉了刘老师,刘老师听后没表态,抬头望着院中那棵老榆树,树上有几只灰喜鹊跳来跳去。叶子得来的结论与村民们的传说并无二致。

梅公祠建筑量不大,不到一个月就基本竣工。梅公祠后是一个四米见方的墓穴,墓穴做了两层防水,青砖铺底砌边,水泥预制板盖板已经备好,只等着将梅公墓里的遗骨装殓入新棺,迁来下葬。包工头来找他,问什么时候迁坟。他难住了,袁昆态度不改,硬迁的话有些不近情理,袁昆毕竟是镇里一把手。

他叫上小惠、大奎，三人一起来到刘老师家。刘老师桌上铺着稿纸，一管黑色拧盖钢笔放在稿纸上，稿纸上没着一字。刘老师说自己正在思考梅公的传该如何下笔，写了几个开头，都不满意，感觉找不到灵感。他说了来意后，刘老师沉吟了一会儿，说这件事还是要问问大昆，好事不能拧着办。他让小惠给袁昆打电话，再做做大昆的工作。小惠是个聪明人，将手机开了免提后打通了袁昆的电话。小惠简单说了情况，说施工队不能无限期拖下去，请大昆尽快拿个主意。小惠甚至用了激将法，说：大昆你要是个男子汉，就别这么磨磨叽叽，给个痛快话。大家都屏住了呼吸，想听听大昆会如何回复。电话那边停顿了足足三秒钟，才传出一字一句的回复：小惠，请你告诉子峰和大奎，你们若是问我的话，我的态度很明确，我不赞成，因为我不能违背爷爷的嘱托。说完便挂了电话。小惠收起电话，摊开两只手，做了一个遗憾的表情。

他很失望，深吸一口气慢慢往外呼，他明显感觉呼出的气有些发热。突然刘老师一拍大腿，道：大昆话里有话，子峰你去迁坟吧。

明明都听到大昆说不赞成，怎么就可以迁坟了呢？他望着刘老师，从刘老师的表情上看，刚才说的话并不是玩笑。

你们听到大昆刚才是怎么说的了吗？他说"你们若是问我的话"，这个前提很重要，问他，他不赞成；不问他，他就视而不见呀！刘老师两眼闪光，脸颊有些泛红。

三个人不约而同地哦了一声，对呀，大昆这是话里有话。

他吩咐大奎马上安排迁坟事宜，由施工方按民俗礼仪操办，该准备什么就准备什么，而且要留好影像资料。刘老师说自己要出席迁坟仪式，旧坟第一锹土他来动，新坟第一抔土他来捧。姜子峰决定，除了施工方外，村委会成员、刘老师、小惠和小西屯民俗街所有业主都可以到现场见证这一时刻。参加者要素衣、庄重，家长要管束好小孩子,不许在现场嬉闹。

江山村不缺人才,红白之事有名的司仪有好几位。包工头特意选择了一个年长、面容方正的老司仪来操办此事。司仪是有价码的,老司仪听说是主持梅公墓迁址,当即表示分文不收。

依照民俗,老司仪准备了红布、白布、萝卜、筷子、纸钱等,一张榆木条案置于碑前,案上摆着三牲。新棺是用油松木打制的,松木纹理清晰可见。包工头原本要涂黑漆的,被刘老师制止,换成了清亮的明漆。迁坟仪式过于烦琐,但他没有干预,农村风俗如此,此等事宜还是随俗为好。老司仪忙而不乱,神情庄重。他第一次见识迁坟,不明白迁坟为什么要用萝卜和筷子。现场黑压压的人群一直保持安静,只有老司仪用略带沙哑的声音主事。天空有些暗,却无云,仿佛罩了一层灰色的幕布。第一锹土依旧俗要由死者长子来动的,耄耋之年的刘老师无疑担当了这一角色。因为要施工,梅公墓周围平整出一块净地,长势正好的土豆秧被毁掉不少,这是征得了小惠同意的。梅公墓所在的这一块地恰好是小惠家的责任田,小惠对大奎说,梅公改良土豆,让江山村获益长达半个多世纪,为了梅公,就是把她家地里所有土豆秧都铲了她也绝无怨言。叶子专程从省城赶来,她带了两个单反相机,想多拍些照片留作资料。新闻敏感性极强的叶子一直认为这件事意义非常,值得媒体报道。

起开梅公墓的一刹那,天空中灰色的幕布好像忽然被一只无形的手拉开,阳光直射下来,将墓穴照得一览无余。墓穴里是一口布满沙土的腐朽棺材,戴着白手套的施工人员慢慢揭开顶盖,现场所有人都愣住了——棺中空荡荡的,没有尸骨,也没有殉葬物,只有一个蜡封的酱色坛子。施工人员以为坛子里是骨灰,小心翼翼地启封后,里面竟然也是空的,只有薄薄一封信札。信札递到姜子峰手上,他仔细看了三遍,然后递给了刘老师。信札很短,只有短短几句话：

> 梅公立范,发展生产,治病救人,有恩德于江山村,村民感激不尽。忽闻上峰派员欲来提审,凶吉难料,恐有不测,我等议事之人不忍,决定礼送梅公出村,沉浮生死自此天定。立此疑冢,以惑耳目,若有司洞悉,此事断与梅公无关,亦非梅公所愿,皆我等议事之人定时位、具信函、赠盘缠、立盟约,劝迫其离开。我等愿为此承担罚责。此证。立字人:于有全、叶兆廷、袁子厚、刘宝山。丁未年七月初三立秋。

江山四老的名字上都按了指印,五十多年过去,指印还是血一样红。

刘老师双手捧着信札贴在胸口,慢慢朝着空棺跪下去,颤巍巍地说:原来如此,原来如此啊!

此事经叶子报道后,叶子所在报社接到了来自新加坡的一封电子邮件,发件人介绍自己是梅立范之子,其父一九九八年七月在新加坡无疾而终。他在感谢江山村父老善待其父的义举后,提出想捐献一些父亲的遗物,并参加梅公祠落成仪式,不知是否可以。

叶子将邮件转给子峰。子峰让大奎做决定。一向喜欢听喝的大奎用一种坚定的语气道:我也要像江山四老那样敢担事,发邀请函请梅公儿子来,村里负责接待。

原载于 2023 年第 1 期《长江文艺》;2023 年第 2 期《中篇小说选刊》、2023 年第 2 期《北京文学·中篇小说月报》、2023 年第 3 期《小说月报》、2023 年第 4 期《海外文摘·文学版》转载